Knaur.

Knaur.

Über die Autorin:

Hildegard Burri-Bayer wurde 1958 in Düsseldorf geboren. Sie ließ sich zur Dozentin für Museumspädagogik ausbilden und wurde Leiterin eines privaten Stadtmuseums für Ausgrabungen.
Hildegard Burri-Bayer ist verheiratet und hat fünf Kinder. »Der goldene Reif« ist nach »Die Sternenscheibe« ihr zweiter Roman.

Hildegard Burri-Bayer

Der goldene Reif

Roman

Knaur Taschenbuch Verlag

Von der Autorin ist außerdem erschienen:

Die Sternenscheibe

Bitte besuchen Sie uns im Internet:
www.knaur.de

Originalausgabe 2005

Ein Unternehmen der Droemerschen Verlagsanstalt Th. Knaur
Nachf. GmbH & Co. KG, München

Redaktion: Antje Nissen
Umschlaggestaltung: ZERO Werbeagentur, München
Umschlagabbildung:
Satz: Ventura Publisher im Verlag
Druck und Bindung: Nørhaven Paperback A/S
Printed in Denmark
ISBN 3-426-62658-6

2 4 5 3 1

Für meinen Mann Alfred
und meine Kinder
Jennifer, Alice, Ron, Dave und Steven.

Liebe muss nicht bitten, auch nicht fordern.
Liebe muss die Kraft haben,
in sich selbst zur Gewissheit zu kommen,
dann wird sie nicht mehr gezogen, sondern zieht.

Hermann Hesse

Miriam McCarthy erwachte von dem Geschrei der Vögel vor dem Fenster ihrer kleinen Wohnung am Rande der Londoner Innenstadt. Am ganzen Körper zitternd öffnete sie die Augen und versuchte, die grässlichen Bilder aus dem Traum zu vertreiben, der sie immer noch fest umklammert hielt. Benommen setzte sie sich auf und presste ihre Hand vor die Stirn, um die überwältigende Bilderflut in ihrem Kopf zu stoppen.

Der Traum machte ihr Angst; er verfolgte sie, seitdem sie denken konnte. Bis heute hatte sie allerdings keine Erklärung dafür, woher die furchtbaren Bilder kamen.

Sie sah sterbende Krieger mit langen Bärten und riesigen Schwertern in der Hand. Wohin man sich wandte, war die Erde blutrot gefärbt und mit wahllos abgetrennten Gliedmaßen übersät, die das grausame Kriegsgeschehen widerspiegelten. Das Schlimmste aber war der süßliche Geruch, der wie ein klebriger Schleier schwer über dem Schlachtfeld hing. Todesangst und Grauen, vermischt mit Schweiß und Exkrementen und dem langsam trocknenden Blut von Männern, Tieren, Frauen und Kindern. Sie konnte die furchtbaren Schreie nicht vergessen, die nach diesem Traum tagelang in ihren Ohren schrillten, wie ein Echo, das nicht aufhörte sich zu wiederholen.

Sie saß vor ihrer Mutter auf dem wild galoppierenden Pferd und krallte sich verzweifelt in die struppige Mähne des Tieres. Die panische Angst ihrer Mutter, die sie immer mit liebevoller Geborgenheit umhüllt hatte, griff wie eine Klaue nach ihr und ließ sie vor Schreck erstarren. Dann erreichten sie den Nebel. Gelbe Schwefelwolken, undurchdringlich und zäh, die alles verschlangen, was in ihre Nähe kam.

Plötzlich war es still, so still, dass Mutter und Tochter das Blut in ihren Adern rauschen hörten und ihre hämmernden Herzen das gedämpfte Trommeln der Hufe übertönten. Miriam spürte noch den Körper ihrer Mutter, roch den vertrauten Duft ihrer Haut, der sich mit dem herabrinnenden Schweiß vermischte, dann war der Traum vorbei.

Noch immer benommen starrte sie auf die leere Stelle neben ihr im Bett. Brian war fort, er hatte sie verlassen. Wie gerne hätte sie sich jetzt in seinen Arm geschmiegt und seine zärtlichen, starken Hände auf ihrem Körper gespürt, um sich den Schrecken dieses Traumes langsam fortstreicheln zu lassen.

Tränen stiegen ihr in die Augen, als sie daran dachte, dass er es kaum hatte abwarten können, um seine Sachen zu packen und zu verschwinden. Hatte ihm die Beziehung mit ihr so wenig bedeutet?

Es fiel ihr nicht leicht, alleine zu leben. Die vier Jahre ihrer Beziehung hatten ausgereicht, um sich so aneinander zu gewöhnen, dass der Verlust tiefe Wunden hinterließ, obwohl sie nicht einmal sicher war, ob sie Brian wirklich geliebt hatte oder nur aus Gewohnheit mit ihm zusammengeblieben war.

Schon wenige Monate, nachdem er in ihr Leben gestürmt war, hatte sie feststellen müssen, dass Brian nicht der Mann war, für den sie ihn gehalten hatte. Er war oberflächlich und eitel, worüber auch sein fröhlicher Charme auf Dauer nicht hinwegtäuschen konnte. Doch bevor sie darüber länger nachdenken konnte, hatte er seine Wohnung längst aufgegeben und war zu ihr gezogen.

Sie hatte den Dingen ihren Lauf gelassen, in der Hoffnung, er würde sich irgendwann ändern. Das bevorstehende Examen und die anschließende Promotion hatten sie so sehr beschäftigt, dass kaum Zeit für Gemeinsamkeiten geblieben war. Vielleicht hatten sie sich deswegen auseinander gelebt? Wenn ihre Beziehung innig genug gewesen wäre, hätte Diana es niemals geschafft, sich zwischen sie zu drängen.

Miriam zwang ihre Gedanken in eine andere Richtung. Es machte keinen Sinn, Vergangenem hinterherzutrauern oder über einen Mann nachzudenken, der ihre Liebe nicht zu schätzen wusste, obwohl sie ihn immer noch vermisste.

Ein Blick auf ihren silbernen Radiowecker zeigte ihr, dass es erst kurz nach acht war. Sie sprang aus dem Bett, setzte etwas Wasser für den Tee auf und lief mit nackten Füßen ins Badezimmer.

Kritisch betrachtete sie ihr schmales Gesicht mit den hohen Wangenknochen in dem wunderschönen Kristallspiegel, den Brian ihr zum Geburtstag geschenkt hatte. Miriam zog eine Grimasse. Sie hatte schon besser ausgesehen. Ihre Haut war blass und tiefe Ringe lagen unter ihren leicht schräg stehenden blauen Augen. Nur ihr dichtes, rotblondes Haar glänzte wie immer und fiel ihr in großen Wellen über die Schultern. Sie war die Einzige in ihrer Familie mit roten Haaren; es musste das Erbe ihres Vaters sein, den sie nie kennen gelernt hatte.

In zwei Wochen würde sie dreißig werden. Das Leben war nicht unendlich und sie hatte bald das erste Drittel davon hinter sich gelassen. Was würde das nächste bringen?

Sie goss sich eine große Tasse Tee ein, kuschelte sich in ihren Lieblingssessel und griff nach der Fernbedienung, um die Nachrichten zu sehen. Ein langer, verregneter Sonntag lag vor ihr und es gab keinen Grund zur Eile.

Nach fünf Minuten war sie auf dem neuesten Stand der aktuellen Kriege in der Welt, der üblichen Streitereien der Politiker und einer Überschwemmungskatastrophe in einem Land, das so weit von ihrem Leben entfernt war wie der Mond. Sie wollte gerade den Fernseher ausmachen, als der nächste Film angekündigt wurde. Es war ein Film über einen schottischen Freiheitskämpfer im zwölften Jahrhundert, untermalt von traumhaft schönen Landschaftsbildern aus den Highlands. Fasziniert starrte sie zwei Stunden lang auf die Mattscheibe und vergaß alles um sich herum.

Sie liebte das schottische Hochland mit seinen blaugrün schimmernden Hügeln. Kindheitserinnerungen stiegen in ihr hoch und sie konnte sich nicht satt sehen an den Bildern, die ihr entgegenflimmerten.

Der dunkelhaarige, gut aussehende Leinwandheld jagte auf einem schwarzen Hengst über die Highlands, die melancholische Einsamkeit ausstrahlten. Unbändiger Stolz ging von ihm aus, gepaart mit dem wildem Drang nach Freiheit, die er brauchte wie die Luft zum Atmen.

Er war ein Mann, der für seine Überzeugungen sterben würde und nur einmal in seinem Leben liebte. Warum gab es solche Traummänner nur im Fernsehen oder in Romanen? Das war einfach nicht gerecht.

Der Film ging Miriam nicht mehr aus dem Kopf. Immer wieder tauchten die Bilder von den grünen Hügeln in ihren Gedanken auf und sie stellte sich vor, wie herrlich es wäre, durch die Highlands zu reiten. Die Idee in ihrem Kopf nahm mehr und mehr Gestalt an. Warum sollte sie nur davon träumen? Es gab Träume, die sich erfüllen ließen, und sie hatte noch drei Monate Zeit, bevor sie ihre erste Stelle als Dozentin für Kunstgeschichte an der Londoner Universität antreten würde.

Seit langem hatte sie geplant, nach Inverurie zu fahren, um nach ihrem Elternhaus zu sehen, das seit dem Tod ihrer Großmutter vor acht Monaten unbewohnt war. Sie musste sich endlich entscheiden, ob sie das Haus behalten wollte oder nicht. Brian zuliebe hatte sie die Reise immer wieder verschoben. Er war durch und durch Engländer und mochte das schottische Hochland nicht.

Miriam beschloss, ihre Idee in die Tat umsetzen, und machte sich sofort an die Arbeit. Über das Internet buchte sie einen Flug nach Schottland. Anschließend rief sie ihre Freundin Mary an und bat sie, während ihrer Abwesenheit die Blumen zu gießen. Die nächsten Tage verbrachte sie damit, ihre Wohnung aufzuräumen, die Post zu erledigen und ihren Koffer zu packen.

Eine Woche später war es so weit und sie flog mit der British Airways von London nach Aberdeen. Sie konnte es jetzt kaum mehr erwarten, den Ort ihrer Kindheit wiederzusehen. Es regnete in Strömen, als sie aus dem Flugzeug stieg. Das saftige Grün, das sie jedes Mal vor Augen hatte, wenn sie an Schottland dachte, hatte sich in zähes Grau verwandelt. Die Straßen waren genauso farblos wie die Häuser, deren Dächer nahtlos in den grauen Himmel übergingen.

Die verschiedensten Gefühle stürmten auf sie ein, als sie mit dem Taxi die fünfunddreißig Kilometer nach Inverurie fuhr. Sauber, freundlich und nach wie vor von der grellen Hektik der Großstädte unberührt, hatte sich der kleine Ort kaum verändert. Ihr Herz zog sich zusammen, als das Taxi vor ihrem Elternhaus stoppte. Es war kleiner, als sie es in Erinnerung hatte.

Sie bezahlte den Taxifahrer und stieg mit klopfendem

Herzen die beiden Stufen zum Eingang hinauf. In Gedanken sah sie ihre Mutter lächelnd im Rahmen der dunkelrot gestrichenen Haustüre stehen, von dem nun die Farbe abblätterte. Ihre Mutter lächelte immer, nur wenn sie sich unbeobachtet fühlte, legte sich tiefe, melancholische Trauer wie ein Schatten über ihr schönes Gesicht, das von den gleichen schräg stehenden Augen beherrscht wurde, wie Miriam sie besaß. Dann zog sie sich in ihre Gedankenwelt zurück, zu der sie niemandem Zutritt gewährte, nicht einmal ihrer Tochter, die sie über alles liebte. Sie war viel zu früh gestorben. Miriam war erst acht Jahre alt gewesen, als ihre Mutter von einem betrunkenen Autofahrer angefahren wurde und in ein Koma fiel, aus dem sie nie wieder erwachte. Sie wuchs bei ihrer Großmutter auf, die ebenfalls nicht über ihren Vater redete, nach dem sie sich als kleines Mädchen so sehr gesehnt hatte. Ihre Mutter hatte ihr nur erzählt, dass er kurz nach ihrer Geburt gestorben und ein wundervoller Mann gewesen sei. Nicht einmal ein Foto hatte Miriam von ihm gesehen.

Im Dorf war viel über ihren Vater spekuliert worden, nachdem ihre Mutter einige Jahre verreist und dann mit ihrer kleinen Tochter an der Hand zurückgekehrt war. Doch nach einer Weile hatten sich die Menschen im Dorf an die Situation gewöhnt und begonnen, über andere Dinge zu reden. Mit zitternder Hand holte Miriam den altmodischen Schlüssel aus ihrer eleganten schwarzen Handtasche und schloss die schwere Holztüre auf.

Feuchte, abgestandene Luft schlug ihr entgegen, die sie an Gerüche aus ihrer Kindheit erinnerte. Ihr Blick wanderte durch die kleine Diele mit der altmodischen Blümchentapete und den blank gewienerten, dunklen Dielen, die jetzt von einer dicken Staubschicht überzogen waren, und blieb an den silbergerahmten Schwarzweißfotos über dem Sideboard hängen. Sie stellte ihren Koffer ab und betrachtete die Fotos der drei Menschen, die ihr am meisten bedeutet hatten und die sie schrecklich vermisste. Ihre Großmutter, deren aristokratische, stolze Gesichtszüge auch im Alter schön geblieben waren, und ihr geliebter Großvater, dessen Güte schon auf dem Foto zu erkennen war. Sie nahm das Foto ihrer Mutter von der Wand und strich zärtlich mit dem Finger darüber. Ihre Mutter war wunderschön gewesen. Lange blonde Haare umrahmten das schmale Gesicht mit der leicht gebogenen Nase und dem vollen, warmen Mund.

Sie hängte das Foto zurück an die Wand und betrat das kleine, gemütliche Wohnzimmer mit dem grün gekachelten Ofen, der den Raum beherrschte. Ich hätte früher kommen sollen, warf Miriam sich vor, als sie die von der Feuchtigkeit stammenden Wellen in der Tapete entdeckte.

Plötzlich hatte sie das Gefühl, keine Luft mehr zu bekommen. Die Gedanken an die Vergangenheit waren erdrückend. Rasch lief sie zu den beiden kleinen Fenstern und öffnete sie weit. Sie genoss die frische, kühle Luft, die in das niedrige Zimmer strömte und die sie tief in ihre Lungen sog.

Das Wichtigste war, erst einmal durchzuheizen, um die Feuchtigkeit aus dem Haus zu bekommen. Sie lief um das Gebäude herum, zu dem kleinen Schuppen im Garten und nahm so viel von den ordentlich gestapelten Holzscheiten, wie sie tragen konnte.

Wenige Minuten später brannte ein gemütliches Feuer im Ofen. Miriam band ihr Haar zu einem Pferdeschwanz zusammen und nahm Staubtuch, Wischmob und Besen zur Hand, um das Haus von den dicken Staubschichten zu befreien.

Nachdem sie alle Zimmer bis auf das ihrer Mutter gesäubert hatte, setzte sie Wasser für einen Tee auf, nahm ihren Koffer und brachte ihn in ihr Schlafzimmer. Wehmütig betrachtete sie die Poster, Puppen und Stofftiere, die ihr eine Zeit lang so viel bedeutet hatten. Sie räumte ihre Kleider in den Schrank und lief zurück in die kleine Wohnküche, um ihren Tee zu trinken, als ihr Magen sich mit einem unangenehmen Rumoren bemerkbar machte. Seit dem Frühstück hatte Miriam nichts mehr gegessen und jetzt war es bereits vier Uhr nachmittags. Der Pub von Mrs. MacMulligan fiel ihr ein und mit ihm die köstlichen Eintöpfe, die genau das Richtige waren, wenn man einen so großen Hunger verspürte wie sie jetzt. Sie legte ihren Mantel um, nahm ihre Handtasche und verließ das Haus. Der Pub lag nur wenige Meter von ihrem Elternhaus entfernt auf der anderen Straßenseite und wurde von Mrs. MacMulligan nach dem Tod ihres Mannes alleine bewirtschaftet. Mister MacMulligan war an den Folgen seines übermäßigen Whiskykonsums gestorben, wie man hinter vorgehaltener Hand munkelte. Man konnte ihn gut verstehen. Was blieb einem anderes übrig als zu trinken, wenn man eine derartig herrschsüchtige Frau zu Hause hatte?

Mit klopfendem Herzen betrat Miriam den Pub. Obwohl es erst früher Nachmittag war, saßen mehrere Männer zigarrerauchend an der Theke und tranken Guinness und Whisky. Neugierige Blicke folgten ihr, als sie sich an einen kleinen Tisch in die Nähe des Fensters setzte. Mrs. MacMulligan erkannte sie sofort, so wie sie es befürchtet hatte. Sie war noch dicker, als Miriam sie in Erinnerung hatte. Ihr schweres, graues Haar trug sie zu einem Dutt hochgesteckt. Als sie Miriam entdeckt hatte, wischte sie sich die Hände an ihrer sauber gestärkten Schürze ab und lief mit wogendem Busen und unverhohlener Neugier in den kleinen Augen auf sie zu.

»Das ist aber eine Überraschung, Kindchen, wie geht es dir denn?« Den flinken Augen von Mrs. MacMulligan entging nicht die geringste Kleinigkeit. Sie musterte Miriam von oben bis unten, während sie weiterredete, ohne eine Antwort auf ihre Frage abzuwarten.

»Wir haben dich früher erwartet, deine Großmutter ist schon fast ein Jahr unter der Erde und du warst das letzte Mal bei ihrer Beerdigung hier, aber ihr jungen Dinger habt ja keine Zeit mehr für unsereins. Wenn ich mich nicht um die Gräber deiner Lieben gekümmert hätte, wie würden sie wohl heute aussehen? Verwahrlost wären sie und eine Schande für unseren Ort.« Ein vorwurfsvoller Blick folgte ihren Worten. Miriam bereute es fast, dass sie hierher gekommen war, obwohl man Mrs. MacMulligan ohnehin nicht entgehen konnte. Spätestens am morgigen Tag hätte die Rauchfahne, die aus Miriams Haus stieg, ihre Anwesenheit verraten.

»Wann bist du denn eingetroffen, du siehst müde aus und Hunger wirst du auch haben. Ich habe noch etwas von dem Braten, den ich gestern zubereitet habe.«

Miriam ließ das Geplapper der dicken Wirtin eine Weile über sich ergehen und beantwortete ihre Fragen so knapp wie möglich. Endlich besann sich Mrs. MacMulligan wieder ihrer Pflichten, nachdem die Männer an der Theke bereits auffordernd mit ihren leeren Gläsern klapperten.

Erleichtert lehnte Miriam sich in dem alten Stuhl zurück und starrte auf den blank gescheuerten Holztisch, dessen Mitte von einer karierten Decke geschmückt wurde, auf der sich lediglich ein schwerer Aschenbecher mit Whiskywerbung und einige Bierdeckel befanden.

Nach wenigen Minuten kam Mrs. MacMulligan mit einem dampfenden Teller zurück, gefüllt mit Kartoffeln, Lammfleisch und Sauce. Sie stellte den Teller vor Miriam auf den Tisch und wünschte ihr einen guten Appetit. Das Essen roch köstlich und ihr Magen quittierte den aufsteigenden Duft mit einem auffordernden Knurren. Eines musste man der Frau lassen, sie konnte mindestens so gut kochen wie andere Leute ausfragen und das wollte etwas heißen.

»Nun iss schön, damit du was auf die Rippen bekommst.« Missbilligend wanderten ihre Augen über den engen Pullover, der Miriams schlanke Taille betonte. Eigentlich ist Mrs. MacMulligan ja ganz nett, dachte Miriam, während sie sich heißhungrig über das Essen hermachte. Wenn sie nur nicht so fürchterlich geschwätzig und neugierig wäre.

Nach dem Essen fühlte sie sich besser. Sie stand auf, bezahlte und bedankte sich bei Mrs. MacMulligan für die Pflege der Gräber und ließ sich das Versprechen abnehmen, bald wieder vorbeizuschauen.

Auf dem Rückweg kaufte sie noch einige Lebensmittel ein und beobachtete die Menschen auf der Straße, die emsig ihren Geschäften nachgingen. Nur im letzten Moment konnte sie einem großen, dunkelblonden Mann ausweichen, der mit der *Times* unter dem Arm aus dem Zeitungsladen stürmte. Er schien es eilig zu haben. Miriam murmelte eine Entschuldigung, ohne sich den Mann näher anzusehen, und ging weiter.

Malcolm blieb verblüfft stehen und starrte der jungen Frau nach. Die Stimme kam ihm bekannt vor. Das konnte doch nicht wahr sein. Miriam! Es war Miriam, seine Freundin aus der Schulzeit, die er beinahe umgerannt hätte. Während er ihr nachlief, rief er ihren Namen. Miriam drehte sich überrascht um. Lächelnd ließ sie es zu, dass er sie überschwänglich in seine Arme riss und auf beide Wangen küsste. Dann schob er sie ein Stück zurück, um sie genauer zu betrachten. Sie war noch schöner als in seiner Erinnerung. Ihre Wangen hatten sich vor Überraschung und Freude gerötet und ihre Augen strahlten wie zwei funkelnde Sterne.

»Seit wann bist du hier? Du hättest mich anrufen können, dann hätte ich dich vom Flughafen abgeholt. Wie lange hast du geplant zu bleiben?« Die Fragen sprudelten nur so aus ihm heraus.

»Ich bin heute Mittag angekommen, hätte dich selbstverständlich heute Abend angerufen und wie lange ich bleibe, steht noch nicht fest.« Lächelnd sah sie ihren alten Schulfreund an.

»Auf jeden Fall lange genug, um alle deine Fragen zu beantworten«, setzte sie scherzhaft hinzu. Malcolm warf einen Blick auf seine goldene Armbanduhr.

»Ich habe in einer halben Stunde noch einen Termin, hast du heute Abend schon etwas vor? Wir könnten essen gehen.«

»Es wäre mir lieber, du würdest mich in meinem Haus besuchen. Ich mache uns ein paar Sandwiches und wir können uns unterhalten. Ich möchte möglichst bald die persönlichen Dinge meiner Mutter durchsehen, weil ich mich immer noch nicht entschieden habe, ob ich das Haus behalten möchte oder es doch besser verkaufe.«

»Einverstanden, ich werde um acht Uhr bei dir sein«, versprach Malcolm und küsste sie zum Abschied noch einmal auf die Wange. Dann drehte er sich um und lief mit langen Schritten auf einen mattglänzenden, silbernen Rover zu. Miriam sah ihm lächelnd zu, wie er sich in seinen Wagen schwang und davonbrauste. Sie freute sich auf den Abend mit ihm. Es waren mindestens fünf Jahre vergangen, seitdem sie sich das letzte Mal gesehen hatten, oder waren es schon sechs?

Jedenfalls hatte er sich kaum verändert. Er war immer noch genauso liebevoll und fröhlich, wie sie ihn in Erinnerung gehabt hatte.

Gut gelaunt lief sie nach Hause, verstaute ihre Einkäufe im Kühlschrank, legte noch etwas Holz nach und begab sich an ihre Arbeit. Mit klopfendem Herzen öffnete sie die Türe zum Schlafzimmer ihrer Mutter. Obwohl sie sehr jung gestorben war, hatte Miriam seit ihrem Tod den Raum nicht mehr betreten. Doch heute wollte sie es endlich wagen. Ein leichter Rosenduft stieg ihr in die Nase. Entsprang er ihrer Einbildung? Genauso hatte ihre Mutter immer gerochen. Miriam unterdrückte die aufsteigenden Tränen und nahm sich zusammen. Irgendwann musste sie den Nachlass ihrer Mutter ja einmal durchsehen. Sie setzte sich an den zierlichen, antiken Sekretär und öffnete mit zitternden Händen die erste Schublade. Ordentlich zusammengebunden lagen einige Briefe darin, die sie neugierig öffnete. Die Briefe stammten von verflossenen Verehrern ihrer Mutter, aus einer Zeit lange vor ihrer Geburt. Sie legte die Briefe zurück und zog die nächste Schublade heraus. Abgesehen von einem mahagonifarbenen, glänzenden Holzkästchen, das mit einem winzigen, goldenen Vorhängeschloss versehen war, befand sich nichts darin. Neugierig nahm Miriam das Kästchen in die Hand. Der Schlüssel fehlte. Sie zog eine Schublade nach der anderen heraus, konnte ihn aber nirgendwo finden. Es widerstrebte ihr, das Schloss zu zerstören, und so nahm sie das Kästchen mit in das Wohnzimmer, nachdem sie den restlichen Teil des Sekretärs durchgesehen hatte. Malcolm würde vielleicht eine Idee haben, wie man das Schloss aufbekam. Er hatte immer schon für alles eine Lösung gefunden, wenn es Probleme gegeben hatte. Während der Schulzeit war er einer der am meisten umschwärmten Jungen gewesen und auch sie war eine Zeit lang in ihn verliebt gewesen. Malcolm hatte ihre Gefühle damals erwidert, was Miriam zunächst als sehr schmeichelhaft empfand. Doch etwas hatte immer gefehlt. Sie wusste nicht genau, was es war, besaß er doch alles, was man sich von einem Mann wünschen konnte. Er war zuverlässig, gut aussehend und charmant, hatte immer gute Laune und strahlte die Geborgenheit aus, die sie bei Brian so vermisst hatte. Wie kam es, dass sie mit einem Mann wie Brian zusammengezogen war und nicht mit Malcolm, der sie anscheinend immer noch sehr attraktiv fand? Sie wusste keine Antwort auf diese Frage. Nach einem Blick auf die antike Wanduhr, die noch von ihren Ur-Großeltern stammte, begann sie damit, einige Sandwiches zu belegen und die Flasche Rotwein zu öffnen, die sie am Nachmittag gekauft hatte. Malcolm würde in einer halben Stunde bei ihr sein und sie wollte sich noch umziehen, bevor er eintraf.

Sie war gerade fertig, als es klingelte. Malcolm stand lächelnd in der Tür. Er war frisch rasiert und duftete nach einem teuren Rasierwasser. In der Hand hielt er einen großen Blumenstrauß, den er ihr mit einer eleganten Verbeugung überreichte.

»Ich weiß doch, wie sehr du Blumen liebst«, sagte er mit warmer Stimme und küsste sie auf die Wange.

Miriam bedankte sich höflich und bat ihn ins Wohnzimmer. Malcolm setzte sich in einen der beiden dunkelbraunen Ledersessel und sah sich neugierig um. Die warme Atmosphäre in dem kleinen Raum gefiel ihm sehr. Auf dem niedrigen Tischchen standen liebevoll zubereitete Sandwiches und zwei Rotweingläser, die in dem Licht des Kerzenleuchters funkelten, den Miriam in die Mitte gestellt hatte. Miriam ließ sich in dem anderen Sessel nieder und sie redeten eine Weile darüber, wie es ihnen nach ihrer Schulzeit ergangen war.

Malcolm hatte Betriebswirtschaft studiert und arbeitete nun als Juniorpartner in einer großen Firma. Er besaß eine große Wohnung, die er alleine bewohnte. Bisher hatte er keine Frau gefunden, mit der er sich ein gemeinsames Leben vorstellen konnte.

Plötzlich fiel Miriam das Mahagonikästchen wieder ein. Sie sprang auf und holte es. Auffordernd hielt sie es Malcolm entgegen.

»Es ist abgeschlossen und ich kann den Schlüssel nicht finden. Kannst du es öffnen, ohne das Schloss zu beschädigen?«

Malcolm betrachtete das Schloss einen Moment und begann zu grinsen.

»Hast du eine Haarnadel oder Ähnliches? Das Schloss erinnert mich an die Schlösser von euren Tagebüchern, die ihr früher des Öfteren mit in die Schule genommen habt. Weißt du noch, wie wir Jungs uns einen Spaß daraus gemacht haben, sie zu öffnen, wenn eines unbeobachtet herumlag? Ich glaube, ich kriege das noch einmal hin.«

Miriam musste lachen, als sie daran dachte, wie empört sie und ihre Freundinnen damals über so viel Frechheit und Indiskretion gewesen waren. Rasch lief sie ins Badezimmer und kam mit einer Haarnadel ihrer Großmutter zurück. Sie reichte sie ihrem alten Freund und sah bewundernd zu, wie er geschickt damit hantierte. In weniger als einer Minute sprang das Schloss auf. Mit einem triumphierenden Lächeln reichte er Miriam das Kästchen.

»Dafür habe ich mir aber mindestens einen Kuss verdient«, flachste er und zog die Hand, in der er das Kästchen hielt, näher zu sich. Miriam gab ihm mit einem gespielten Seufzer einen Kuss auf die Wange.

Dann nahm sie ihm das Kästchen aus der Hand und öffnete es erwartungsvoll. Es war der Schmuck ihrer Mutter, der sich in seinem Inneren befand. Sie nahm ein Schmuckstück nach dem anderen heraus und betrachtete es. Gedankenverloren streifte sie sich einen Ring mit einem wunderschön geschliffenen, roten Stein über den Finger. Ihre Mutter hatte Rubinschmuck geliebt. Miriam war enttäuscht, dass sich, abgesehen von dem Schmuck, nichts in dem Kästchen befand.

»Freust du dich nicht darüber, das noch alles da ist?« Malcolm war die Traurigkeit in ihren Augen nicht entgangen.

Miriam sah ihn nachdenklich an. »Ich habe die ganze Zeit über gehofft, dass ich in dem Nachlass meiner Mutter irgendetwas über meinen Vater finden würde. Ich weiß bis heute nichts von ihm. Wer er war, wie er gelebt hat und wann er gestorben ist. Meine Mutter hätte mir sicher alles über ihn erzählt, wenn sie nicht so früh gestorben wäre.« Sie legte den Schmuck zurück in das Kästchen und stellte es auf den Tisch. »Ich weiß nicht einmal, wie er ausgesehen hat. Und meine Großmutter hat ebenfalls hartnäckig über ihn geschwiegen«, sagte sie traurig.

Malcolm beugte sich zu ihr herüber, um ihr tröstend über den Arm zu streichen. Dabei streifte er mit seinem Ellenbogen versehentlich das Kästchen, das polternd auf die Dielen stürzte. Die Schmuckstücke fielen heraus und verteilten sich über dem Boden.

Malcolm sprang sofort auf, um alles aufzusammeln. Als er das Kästchen in die Hand nahm, bemerkte er, dass der mit blauem Samt bezogene Boden nur lose eingelegt war. Neugierig hob er ihn hoch und entdeckte einen Briefumschlag darunter, auf dem Miriams Name stand.

»Sieh mal, was ich gefunden habe.« Er hielt Miriam den

Brief hin, die ihn mit großen Augen ansah. Was hatte ihre Mutter ihr mitteilen wollen? Ob sie jetzt mehr erfahren würde? Vorsichtig öffnete sie den Umschlag und zog drei eng beschriebene Briefbögen heraus. Sie erkannte die feine, klare Handschrift ihrer Mutter sofort. Aufgeregt begann sie zu lesen.

Malcolm beobachtete sie gespannt. Bewundernd betrachtete er Miriams klares Profil und das seidige Haar, das ihr rotgolden schimmernd über die schmalen Schultern floss, wie ein Wasserfall, den die untergehende Sonne für einen winzigen Augenblick in flüssiges Kupfer zu verwandeln schien.

Plötzlich wurde ihm klar, dass er nie aufgehört hatte sie zu lieben. Wie hatte er es nur all die Jahre ohne sie aushalten können? Keine der Frauen, die es in seinem Leben gegeben hatte, war ihm wirklich wichtig gewesen, weil er unbewusst jede von ihnen mit Miriam verglichen hatte.

Er liebte alles an ihr; die ernsthafte Nachdenklichkeit ebenso wie ihren etwas spröden Humor. Die schönen Beine mit den schmalen Fesseln und ihren schlanken Hals. Es gab ihm einen Stich, wenn er daran dachte, dass ein anderer Mann sie in seinen Armen gehalten und trotzdem unglücklich gemacht hatte. Doch das war endgültig vorbei, wie Miriam ihm erklärt hatte. Ob es jemals eine Chance für ihn gab, sie für sich zu gewinnen?

Er war so in seine Gedanken versunken, dass er nicht bemerkte, wie alle Farbe aus Miriams Gesicht gewichen war.

»Wie kann das möglich sein?« Die Fassungslosigkeit in Miriams Stimme brachte ihn wieder in die Wirklichkeit zurück.

»Wie kann was möglich sein?«, fragte er beunruhigt. »Sag schon, was steht in dem Brief?«

Miriam gab ihm keine Antwort. Immer wieder las sie den Brief. Der Schock war zu groß und die Buchstaben begannen vor ihren Augen zu tanzen. Es kam Malcolm wie eine Ewigkeit vor, bis Miriam ihm endlich wortlos den Brief reichte.

Meine geliebte Miriam,
wenn du diesen Brief liest, muss etwas geschehen sein, das mich daran gehindert hat, dir selbst von deinem Vater zu erzählen. Ich habe damit so lange warten wollen, bis aus dir eine junge Frau geworden ist und du die Tragweite meiner Geschichte besser verkraften kannst.
Doch bevor ich beginne, sollst du wissen, dass ich dich mehr liebe als mein Leben. Du bist immer ein zärtliches, liebes Kind gewesen und hast mich allein durch deine Anwesenheit sehr glücklich gemacht. Es fällt mir schwer, die richtigen Worte zu finden, denn das, was ich dir jetzt schreibe, wird nicht leicht für dich zu verstehen sein.
Aus diesem Grund habe ich auch deinen Großeltern nichts von dem erzählt, was ich in den vier Jahren, die ich damals fort war, erlebt habe. Sie hätten mir nicht geglaubt, auch wenn sie sich bemüht hätten, wäre es ihnen nicht gelungen. Ich wollte sie nicht beunruhigen, obwohl es mir wehgetan hat, dass sie die ganzen Jahre über gedacht haben, ich wäre mit einem Mann durchgebrannt und hätte sie in Angst und Sorge zurückgelassen. Doch du hast ein Recht darauf zu erfahren, was geschehen ist und wer dein Vater war.
Es begann damit, dass ich an einer Abschlussfahrt von der Schule teilnahm. Die Schulleitung hatte einen fünftägigen Campingausflug in die Grampian Mountains für meinen Jahrgang geplant und wir waren alle begeistert, noch ein paar Tage gemeinsam zu verbringen, nachdem wir endlich die Schulzeit hinter

uns gelassen hatten. Wir wanderten den ganzen Tag durch die herrliche Natur und genossen es, uns abends am Lagerfeuer Geschichten zu erzählen.
Eines Morgens, als ich Wasser von einer nahe gelegenen Quelle holen wollte, entdeckte ich einen schweren goldenen Halsreif am Uferrand. Er war wunderschön gearbeitet und so konnte ich nicht widerstehen und legte ihn mir für einen Moment um den Hals. Doch dann erschien der Nebel, der plötzlich überall war und mich fast erstickt hätte. Ich wurde besinnungslos. Als ich wieder zu mir kam, fand ich mich in einer fremden Gegend wieder. Die Quelle war noch da, aber sie befand sich plötzlich inmitten eines tiefen Waldes auf einer kleinen Lichtung. Verzweifelt habe ich nach meinen Klassenkameraden und Lehrern gesucht, doch ich konnte sie nicht finden. Es war niemand mehr da.
Ich war erst zwanzig Jahre alt und musste zu meinem Entsetzen feststellen, dass ich mich in einer völlig anderen Zeit befand! Wie ich später herausfand, war es das Jahr vierundfünfzig nach Christus. Du hast richtig gelesen, mein kleines Mädchen! Es ist schwer zu glauben, aber ich hatte tatsächlich eine Reise durch die Zeit gemacht. Allein und verängstigt bin ich durch den dichten Wald und die Berge gelaufen, habe mich von wild wachsenden Beeren ernährt und nachts unter den Bäumen geschlafen, bis ich irgendwann zu einem kleinen Dorf kam. Die Menschen haben mir erlaubt, bei ihnen unterzukommen, doch sie waren sehr misstrauisch. Ich musste von morgens bis abends hart arbeiten und es hat Monate gedauert, bis die Frauen mich akzeptiert haben. Erst als ich den kleinen Sohn des Stammesfürsten vor dem Ersticken retten konnte, wurden die Menschen freundlicher und schenkten mir etwas Vertrauen. Natürlich habe ich verzweifelt versucht, die Quelle wiederzufinden, um zurück nach Hause zu kommen, doch es ist mir nicht gelungen. Ich hatte Angst, die Dorfgemeinschaft zu verlassen, und gleichzeitig habe ich mich nur schwer an diese Art zu leben gewöhnen können. Doch dann

habe ich deinen Vater kennen gelernt. Aedui war der älteste Sohn des Fürsten Artebates und hat mich geheiratet, obwohl ich keine Mitgift besaß. Ich hatte im Übrigen keine Wahl, weil ich dem Stammesfürsten gehorchen musste, der diese Hochzeit arrangiert hatte. Doch Aedui hat mich gut behandelt und irgendwann habe ich angefangen mich in ihn zu verlieben. Es war nicht leicht für mich, in dieser fremden, grausamen Zeit zu leben, mit Menschen, die an Naturgötter glaubten und von Aberglauben geprägt waren, doch dein Vater hat mir durch seine Liebe die Kraft gegeben, die ich brauchte.

Als du ein Jahr später geboren wurdest, waren wir überglücklich. Du warst mein kleiner Sonnenschein! Mein altes Leben ist immer weiter von mir fortgerückt, bis es mir nur noch wie ein Traum erschien, den ich vor langer Zeit einmal geträumt hatte.

Doch eines Tages wurde unser Dorf von den Römern überfallen und niedergebrannt. Dein Vater und viele andere Menschen aus unserem Dorf wurden brutal getötet; Männer, Frauen und Kinder einfach abgeschlachtet. Ich konnte im letzten Moment mit dir fliehen und habe es durch eine glückliche Fügung geschafft, die Quelle zu finden und in unsere Zeit zurückzukehren. Bis heute, wo ich diesen Brief an dich schreibe, erscheint es mir als der glücklichste Zufall, dass ich den goldenen Reifen ein zweites Mal anlegen und der Gefahr entrinnen konnte. Der Weg aus den Grampain Mountains nach Hause war ein Kinderspiel gegen alles, was ich davor erlebt hatte.

Deine Großeltern waren überglücklich darüber, dass ich wieder da war, und sie haben mich nie gedrängt, über meine Erlebnisse zu sprechen. Es ist einfacher, Dinge, die man nicht wahrhaben möchte, totzuschweigen, als sich mit ihnen auseinander zu setzen. Doch die Wahrheit lässt sich nicht auf Dauer verdrängen.

Was würde ich dafür geben, wenn ich jetzt bei dir sein und dich

trösten könnte. Der Brief muss ein Schock für dich sein und ich habe lange überlegt, ob ich ihn schreiben soll. Doch für den Fall, dass mir etwas zustoßen sollte, ist es wichtig, dass du auf diese Weise alles über deine Herkunft erfährst.
Dein Vater war ein tapferer und gütiger Mann. Seine wunderschönen roten Haare hast du übrigens von ihm geerbt. Aedui gehörte zum Stamm der Caledonier, unseren Vorfahren, die den Grundstein für die Unabhängigkeit unseres geliebten Schottlands gelegt und mit ihrem Blut erkämpft haben. Er war liebevoll und gerecht, aber er konnte auch kämpfen und töten, wenn es um die Sicherheit unseres Dorfes ging. Er war sehr stolz auf dich und hat dich geliebt, obwohl du nicht der Sohn warst, den er sich gewünscht hatte.
Ich habe ihn nie vergessen und denke oft an die Zeit mit ihm zurück. Unser Glück währte nicht lange, doch ich bin für jeden Tag, den ich mit ihm verbringen durfte, dankbar. Nicht jeder Mensch erlebt eine Beziehung, die so innig und bedingungslos war wie die unsere, und ich wünsche mir nichts sehnlicher, als dass du ebenfalls dieses Glück erfahren wirst.

In Liebe deine Mutter

Nachdem Malcolm den Brief gelesen hatte, sah er Miriam schweigend an. Hilflosigkeit lag in seinem Blick. Er versuchte, das eben Gelesene zu verstehen, doch es war zu fantastisch. Wie hatte Miriams Mutter mit dieser Geschichte leben können?

Zärtlich nahm Malcolm Miriams Hand und streichelte sie sanft. Sie fühlte sich kalt an. Lange Zeit saßen sie nebeneinander und starrten in das Feuer, dessen gemütliches Knistern eine anheimelnde Atmosphäre verbreitete.

Miriam kam zuerst wieder zu sich. »Ich möchte alles

über die Zeit erfahren, in der mein Vater mit meiner Mutter gelebt hat«, sagte sie und sprang auf.

Sie lief zu dem Bücherschrank ihres Großvaters, öffnete ihn und sah die darin geordneten Bücher durch.

Kurze Zeit später kam sie beladen mit einem Stapel zurück und legte ihn auf den Tisch. Dann griff sie nach ihrem Weinglas und trank es in einem Zug leer.

Wohlige Wärme durchströmte sie und ihre Wangen begannen sich zu röten.

»Du hast Recht, wir sollten uns erst einmal von diesem Schock erholen.« Malcolm nahm sein Glas und trank es ebenfalls in einem Zug leer.

Er nahm das oberste Buch und begann darin zu lesen. Es gab einige Bücher über die Geschichte Schottlands, doch nur wenig aus dieser Zeit, in der erst Julius Cäsar, dann Domitian und anschließend Kaiser Hadrian versucht hatten, Schottland zu erobern, um an das begehrte Zinn und andere wertvolle Metalle zu gelangen. Über die Caledonier und die anderen Stämme fanden sie nur sehr wenig Informationen. Miriam beschloss, gleich am nächsten Tag die kleine Bücherei im Ort aufzusuchen.

»Ich werde einige Zeit benötigen, um den Inhalt dieses Briefes zu verarbeiten. Doch meine Mutter hatte Recht. Auch wenn es schwierig für mich ist, das alles zu begreifen, weiß ich jetzt, wer mein Vater war und warum es keine Fotos von ihm gibt.« Sie sah Malcolm an.

»Kannst du mir sagen, wann die erste Kamera erfunden worden ist?«

»Irgendwann im neunzehnten Jahrhundert, glaube ich.«

»Es muss schrecklich für meine Mutter gewesen sein, in dieser fremden Zeit leben zu müssen, ohne Freunde und Familie, sie war doch noch so jung. Könntest du dir das vorstellen? Keine Autos, Fernseher, Waschmaschinen oder Kühlschränke? Keine Supermärkte, Krankenhäuser, nicht einmal ein Telefon.«

»Es gibt heute noch genügend Länder auf der Welt, in denen die Menschen auf die moderne Zivilisation und Technik verzichten müssen«, gab Malcolm nachdenklich zur Antwort. »Doch nicht nur auf die Zivilisation, sondern auch auf Demokratie und Freiheit. Ich glaube, jede Zeit hat auch ihre guten Seiten. Vergiss nicht, dass deine Mutter dort glücklich gewesen war, weil sie einen Mann wie deinen Vater kennen gelernt hatte, der ihr Familie und Freunde ersetzte. Technik und Geld allein haben noch keinem Menschen Zufriedenheit gebracht.«

Miriam hatte die Rotweingläser noch einmal gefüllt und nahm einen großen Schluck. Der Wein entspannte sie ein wenig.

»Ich werde nach der Quelle suchen«, sagte sie plötzlich. Der Gedanke war ihr gerade erst gekommen, aber er gefiel ihr. Sie setzte sich auf.

»Ich muss es einfach tun! Ich möchte die Stelle sehen, an der sie verschwunden ist, mehr nicht. Schließlich hatte ich mir schon in London vorgenommen, durch die Highlands zu reiten, um wieder einen klaren Kopf zu bekommen. Es gibt doch sicher eine Möglichkeit herauszufinden, von wo aus die Schulklasse damals aufgebrochen ist, oder? Allzu weit kann es nicht sein, weil sie gewandert sind. Mit den Pferden wären wir schneller und flexibler. Wirst du mich begleiten?« Dem bittenden Blick aus ihren schönen blauen Augen konnte Malcolm keine Sekunde lang widerstehen.

»Mir wird nichts anderes übrig bleiben. Ich könnte den Gedanken, dich allein in den Bergen zu wissen, nicht ertragen. Wann hast du denn vor aufzubrechen? Wie ich dich kenne, würdest du doch am liebsten sofort losreiten, aber ich habe diese Woche noch einige wichtige Termine, die sich nicht ohne weiteres verschieben lassen.« Bewundernd sah er Miriam an. Es war beeindruckend, wie sie mit dieser völlig neuen Situation umging. Aber war sie nicht schon immer spontan gewesen und hatte sich durch nichts unterkriegen lassen? Malcolm hatten diese Eigenschaften stets sehr gut an ihr gefallen.

»Was hältst du vom nächsten Wochenende? Wir könnten Freitag Mittag losreiten und wären Sonntag Abend wieder zurück. Hast du eigentlich deine Angst vor Spinnen überwunden? Wir werden in einem Zelt übernachten müssen.« Er grinste, als er daran dachte, dass das Einzige, was seine schöne Miriam aus der Fassung bringen konnte, harmlose, kleine Spinnen waren.

»Darüber brauchst du dir keine Gedanken zu machen.« Miriam erwiderte sein Grinsen. »Ich bin fest entschlossen.«

»Ich werde Willie anrufen und ihn fragen, ob er zwei Pferde für uns hat. Du erinnerst dich doch sicher noch an unseren kleinen rothaarigen Freund? Soweit ich informiert bin, führt er jetzt die Farm seiner Eltern. Während ich das Zelt und die Vorräte besorge, könntest du die Schule deiner Mutter besuchen und dort Erkundigungen einziehen.« Auf einmal freute er sich auf den Ausflug in die Berge. Er würde Miriam für sich allein haben und Tag und Nacht mit ihr zusammen sein. Davon abgesehen lag sein letzter Urlaub schon einige Zeit zurück. Es würde ihm sicher nicht schaden, einmal einige Tage auszuspannen.

Malcolm erhob sich. »Es ist schon spät und ich habe morgen einen anstrengenden Tag vor mir. Kann ich dich jetzt allein lassen, oder möchtest du, dass ich bei dir bleibe?«

»Nein danke, ich muss nachdenken. Ich brauche noch

etwas Zeit, um den heutigen Tag zu verarbeiten.« Miriam hatte sich ebenfalls erhoben, um Malcolm hinauszubegleiten. »Ich bin so froh, dass du hier warst.« Sie gab ihm einen Kuss auf die Wange und verabschiedete sich von ihm.

»Ich rufe dich morgen Abend an«, versprach Malcolm, bevor er ging. Miriam schloss die Türe hinter ihm und ließ sich gedankenverloren in ihren Sessel fallen. Die Morgendämmerung zog bereits herauf, als sie sich schließlich in ihr Schlafzimmer zurückzog und in einen unruhigen Schlaf sank.

Sie erwachte gegen Mittag, mit einem erwartungsvollen Kribbeln in der Magengegend. Nachdem sie geduscht hatte, fühlte sie sich erfrischt und voller Tatendrang. Gut gelaunt holte sie ihr altes Fahrrad aus dem Schuppen. Die Reifen waren platt von dem langen Stehen, doch das tat ihrer Stimmung keinen Abbruch. Sie pumpte sie auf und fuhr zu der Schule, die erst ihre Mutter und später sie besucht hatten. Der Weg führte an granitverkleideten, einstöckigen Häusern mit den typischen Ziegeldächern und Treppengiebeln vorbei, die jetzt im Sonnenlicht silbern glänzten. Wenige Minuten später fuhr sie auf das alte Schulgebäude zu. Als sie die schwere Eingangstüre öffnete, schlug ihr der bittere Geruch von altem Holz entgegen und die verschiedensten Erinnerungen an ihre Schulzeit stiegen in ihr hoch.

Sie hatte Glück. Ihre alte Lehrerin, die kleine, aber energische Mrs. MacLish, lief ihr auf dem Flur entgegen. Sie hatte sich kaum verändert, nur ihre Haare waren von dem strengen Silbergrau in ein sanfteres Weiß übergegangen. Freundlich wurde Miriam von ihr begrüßt. Mrs. MacLish lud Miriam ein, mit in ihr Büro zu kommen. Sie war mittlerweile zur Direktorin der Schule befördert worden.

Nachdem Miriam eine Weile von ihrem Studium und dem Leben in London erzählt hatte, sah Mrs. MacLish sie prüfend an.

»Es ist schön, dass du den Weg zu uns gefunden hast, doch ich habe das Gefühl, dass es einen Grund für deinen Besuch gibt. Oder bist du wirklich nur gekommen, um deine alte Lehrerin wiederzusehen?« Ein feines Lächeln begleitete ihre Worte. Miriams Erregung war ihr nicht entgangen.

»Ihnen konnte man noch nie etwas vormachen.« Miriam lächelte jetzt ebenfalls. Es war wirklich schön, Mrs. MacLish zu sehen. Sie war eine warmherzige Frau, die immer Verständnis für ihre Schüler gehabt hatte. Doch sie konnte auch streng sein, wenn es erforderlich gewesen war.

»Sie haben Recht. Ich habe tatsächlich einen Grund für meinen Besuch. Ich würde gerne wissen, wo genau der Ausflug des Abschlussjahrgangs meiner Mutter damals stattgefunden hat.« Erwartungsvoll sah sie Mrs. MacLish an.

Die Direktorin lehnte sich in ihrem Stuhl zurück und erwiderte den Blick. Ihr Lächeln war bei Miriams Worten verschwunden und ihr Gesicht ernst geworden. Miriam wurde ganz unbehaglich, während sie auf eine Antwort wartete.

»Darf ich fragen, warum du dich nach so langer Zeit dafür interessierst? In der Schule ist über diesen Ausflug nie wieder gesprochen worden. Es hat nach dem Verschwinden deiner Mutter auch keine weiteren Ausflüge mehr in die Grampian Mountains gegeben. Die ganze Schule stand damals unter Schock. Wir haben nie erfahren, was deiner Mutter in den vier Jahren, die sie verschwunden war, geschehen ist. Weder deine Mutter noch deine

Großeltern haben später darüber auch nur ein Wort verloren, obwohl wir damals die ganze Zeit über mit ihnen gezittert, gebetet und gehofft haben. Auch die Journalisten haben nichts in Erfahrung bringen können, sosehr sie sich auch bemühten. Wochenlang haben sie damals das Haus deiner Großeltern belagert.« Mrs. Mac Lish stand auf und holte einen schwarzen Aktenordner aus dem Schrank. Sie schlug ihn auf und zeigte der überraschten Miriam einige vergilbte Zeitungsartikel.

»Schülerin während Abschlussfahrt spurlos verschwunden« lautete die Schlagzeile. »Während eines Ausfluges in die Grampian Mountains wurde eine Schülerin entführt«, las sie in dem zweiten Artikel. Darunter ein Foto von ihrer Mutter. Dann folgte ein Bericht über das Verschwinden von Menschen; laut Statistik waren es landesweit jedes Jahr mehr als fünfzigtausend, von denen die meisten allerdings nach einigen Tagen wieder auftauchten. Je länger ein Mensch verschwunden blieb, desto weniger Chancen rechnete man sich aus, dass er noch am Leben war. Es gab noch weitere Artikel, die mit der Zeit kleiner wurden, bis andere Themen das Verschwinden ihrer Mutter verdrängten. Mrs. MacLish beobachtete Miriam aufmerksam. Ihre Neugier war geweckt.

»Wenn du etwas über das Verschwinden deiner Mutter weißt, würde ich mich freuen, wenn du es mir erzählst. Du kennst mich lange genug und weißt, dass du mir vertrauen kannst.«

»Meine Mutter hat mir einen Brief hinterlassen, doch er war nur für mich bestimmt und ich bin mir nicht sicher, ob sie damit einverstanden wäre, wenn ich darüber rede.« Miriam zögerte einen Moment. Hier in diesem nüchternen Büro, wo grelles Neonlicht das Tageslicht ersetzte, kam ihr der Inhalt des Briefes selbst unwirklich vor. Obwohl sie niemals die Glaubwürdigkeit ihrer Mutter in Frage stellen würde, schlichen sich leise Zweifel in ihre Gedanken. Vielleicht konnte Mrs. MacLish ihr einen Rat geben, sie war verschwiegen und würde das in sie gesetzte Vertrauen nicht missbrauchen. »Ich habe ihn erst gestern Abend gefunden, als ich den Nachlass meiner Mutter durchgesehen habe, und bin immer noch verwirrt von dem, was ich darin gelesen habe.« Sie öffnete ihre Handtasche, nahm den Brief heraus und reichte ihn Mrs. MacLish, die ihn gespannt entgegennahm. »Ich möchte, dass Sie ihn lesen.«

Gründlich, wie es ihre Art war, las die Schulleiterin den Brief zweimal hintereinander, um auch wirklich nichts zu übersehen.

Als sie fertig war, gab sie Miriam den Brief zurück und blickte nachdenklich aus dem Fenster. Sie wählte ihre Worte mit Bedacht.

»Das, was ich gerade gelesen habe, ist schwer zu glauben. Zeitreisen gehören für mich in das Reich der Fabeln. Ich weiß nicht, was ich dir dazu sagen soll. Vielleicht hatte deine Mutter so schreckliche Erlebnisse, dass sie die Realität verdrängt und sich diese Geschichte eingebildet hat, um darüber hinwegzukommen? Es gibt solche Fälle, bei denen manche Menschen, die Furchtbares durchlitten haben, nach einer gewissen Zeit so fest an ihre erfundene Geschichte glauben, als hätten sie diese tatsächlich erlebt.« Nachdenklich sah sie Miriam an, die überlegte, ob sie Mrs. MacLish von ihrem Traum erzählen sollte. Er war der Beweis, dass ihre Mutter die Wahrheit gesagt hatte. Woher sonst konnten die furchtbaren Bilder stammen, wenn sie diese nicht selbst erlebt hatte? Schockartig wurde ihr bewusst, dass auch sie selbst in der Vergangenheit gelebt hatte! So weit hatte sie gestern Abend noch nicht denken können, dafür hatte ihr der Kopf zu sehr geschwirrt.

Sie musste einfach über diese Dinge reden, und Mrs. MacLish mit ihrer warmherzigen, mütterlichen Art war ein Mensch, dem man sich öffnen konnte.

»Es gibt da noch etwas, das ich Ihnen sagen möchte.« Sie erzählte der erstaunten Schulleiterin von dem grässlichen Traum, der sie seit ihrer Kindheit verfolgte und quälte. Mrs. MacLish war fassungslos, als Miriam mit ihrem Bericht fertig war. Eine Weile saßen die beiden unterschiedlichen Frauen schweigend da.

»Das ist wirklich unglaublich.« Mrs. MacLish schüttelte mehrmals den Kopf.

»Es mag sein, dass es Dinge zwischen Himmel und Erde gibt, die wir nicht begreifen können, und wenn ich dich nicht so gut kennen würde, dann würde ich mir auch weiter keine Gedanken darüber machen. Doch in diesem Fall glaube ich, dass an dieser fantastischen Geschichte sogar wider jegliche Vernunft etwas dran sein könnte.« Sie stand auf und legte tröstend einen Arm um Miriams Schulter.

»Du hast es nicht leicht gehabt in deinem Leben«, sagte sie mitleidig. »Jetzt weiß ich auch, warum du wissen möchtest, wohin deine Mutter damals gewandert ist. Du würdest dich gerne dorthin begeben, um eine Antwort auf deine Fragen zu erhalten und deine Wurzeln zu finden. Das kann ich gut verstehen und ich werde dir gerne dabei behilflich sein. Bitte versprich mir, dass du bei allen Unternehmungen sehr vorsichtig sein wirst. Und besuche mich wieder, wenn es dir gelingen sollte, irgendetwas in Erfahrung zu bringen.« Sie reichte Miriam einen der Zeitungsartikel.

»Hier kannst du genau nachlesen, wohin die Schulklasse damals gewandert ist, und auch, an welchem Ort deine Mutter wahrscheinlich verschwunden ist.« Die beiden Frauen sahen sich an. Das Geheimnis, das sie von nun an teilten, würde sie für immer verbinden. Miriam beugte sich zu der einen ganzen Kopf kleineren Schulleiterin hinunter und küsste sie liebevoll auf die Wange.

»Ich werde mich bei Ihnen melden, sobald ich von meinem Ausflug zurück bin«, versprach sie.

In der Türe drehte sie sich noch einmal um und winkte Mrs. MacLish zu, die gedankenverloren wieder hinter ihrem Schreibtisch Platz genommen hatte.

Erwartungsvolle Spannung breitete sich in ihr aus, als sie an den bevorstehenden Ausflug in die Grampian Mountains dachte. Rasch fuhr sie die wenigen Kilometer zu ihrem Haus zurück.

Unterwegs hielt sie noch an der kleinen Bücherei an, die allerdings geschlossen war. Miriam hatte nicht daran gedacht, dass sie nur zweimal in der Woche für Besucher geöffnet war. Kurz entschlossen steuerte sie das nächstgelegene Buchgeschäft an und kaufte einige Bücher von dem römischen Geschichtsschreiber Tacitus, der über die Überfälle der Römer auf Britannien berichtet hatte.

Sie war gerade zu Hause angekommen, als Malcolm anrief.

»Wie geht es dir heute? War dein Besuch in der Schule erfolgreich?«, fragte er.

Miriam erzählte ihm von ihrem Gespräch mit der Schulleiterin.

»Ich habe mit Willie wegen der Pferde gesprochen, er würde uns gerne begleiten, wenn du damit einverstanden bist.« Er verschwieg ihr, dass er über diesen Vorschlag nicht sehr begeistert war. Lieber wäre er mit Miriam alleine aufgebrochen, hatte es aber nicht gewagt, ihr Willies Vorschlag vorzuenthalten. »Natürlich habe ich ihm nichts über das Geheimnis deiner Mutter erzählt.«

»Warum nicht? Wenn Willie dabei ist, wird es sicherlich lustig.« Sie reagierte genau so, wie er es erwartet hatte, spontan und unbekümmert. Das lachende Gesicht Willies mit den vielen Sommersprossen tauchte vor ihren Augen auf. Sorglos und spöttelnd hatte er damals vor nichts und niemandem Respekt gehabt und sie oft mit seinen Späßen zum Lachen gebracht. Egal, was er auch tat, es hatte nie jemanden gegeben, der ihm ernsthaft böse gewesen war.

Die drei Tage bis zum Freitag verbrachte Miriam überwiegend mit Lesen. Immer tiefer tauchte sie in die ihr fremde Vergangenheit ein. Sie wollte alles über die Zeit wissen, in der ihr Vater, aber auch ihre Mutter gelebt hatten. Noch nie war Geschichte spannender und waren die Menschen dieser Zeit lebendiger für sie gewesen.

Endlich kam der Freitag. Miriam erwachte mit einer kribbelnden Erwartung im Bauch. Rasch stand sie auf, um zu duschen und ihren Rucksack zu packen. Das Wichtigste war warme, regenfeste Kleidung. Im Hochland konnte es im April noch empfindlich kalt werden und sie mussten mit scharfen Winden und Wolkenbrüchen rechnen. Als Miriam sich entschieden hatte, was sie alles mitnehmen wollte, war es schon fast Mittag. Nachdem sie noch eine Kleinigkeit gegessen hatte, fuhr Malcolm auch schon vor, um sie abzuholen. In der Jeans und der dunkelblauen Outdoorjacke sah er noch besser aus als im Anzug. Lächelnd begrüßte er sie.

»Ich freue mich richtig auf unseren Ausflug. Laut Wetterbericht wird es voraussichtlich nicht regnen, obwohl man das nie so genau sagen kann. Das Wetter im Hochland kann von einem Moment auf den anderen umschlagen.«

Sie tranken noch gemeinsam eine Tasse Tee, dann drängte Malcolm zum Aufbruch.

»Es wird eine Weile dauern, bis wir alles gepackt haben und auf den Pferden sitzen. Wenn du fertig bist, würde ich vorschlagen, dass wir jetzt fahren.«

Malcolm trug Miriams Rucksack zu seinem Wagen und sah ihr zu, wie sie sorgfältig die Haustüre verschloss. Dann nahm sie neben ihm auf dem Beifahrersitz Platz.

Die Pferdefarm lag außerhalb von Inverurie. Sie fuhren sanft ansteigende Alleen entlang, die an beiden Seiten von dünnen Kiefern gesäumt wurden.

Zehn Minuten später erreichten sie die Highland Farm von Willies Eltern, auf der sie beide als Kinder reiten gelernt hatten. Malcolm parkte den Wagen im Hof und winkte Willie zu, der schon damit beschäftigt war, die Pferde zu satteln. Die drei Tiere standen festgebunden neben dem verwitterten Gatter, das dringend einen Anstrich benötigte. Überhaupt wirkte die Farm etwas verwahrlost. Das wild wuchernde Unkraut anstelle der früher so liebevoll gepflanzten Blumen in der langen Einfahrt verstärkte diesen Eindruck noch.

Miriam stieg aus und begrüßte gemeinsam mit Malcolm ihren alten Schulfreund. Er hatte sich kaum verändert. Grinsend ließ er zu, dass Miriam ihn auf beide Wangen küsste.

»Schön, dich zu sehen, liebste Miriam. Ich habe gehört, du hast Kunst studiert? Hoffentlich hast du das Reiten nicht verlernt. Nach acht Stunden auf dem Pferd wirst du dir deinen hübschen Hintern wund geritten haben«, sagte er und betrachtete sie grinsend von oben bis unten. Miriam ging auf sein Geplänkel ein.

»Ich habe mir ein Kissen eingesteckt, falls es zu schlimm wird«, lachte sie und streichelte dem Pferd, das ihr am nächsten stand, zärtlich über die weichen Nüstern. Es war ein gutgebauter, kräftiger Rappe, mit einem sichelförmigen Mal auf der Stirn. Aus großen, sanftmütigen Augen sah das Tier auf sie herab.

»Kann ich den hier reiten?«, fragte sie. »Er ist wunderschön.«

Willie grinste. »Er heißt Moonlight, doch der Name täuscht. Er ist ein Teufel und hat richtig Pfeffer im Hintern. Sein Blick ist jedoch so sanft wie sein Name. Wäre er ein Mensch, würde er den perfekten Schauspieler abgeben. Ich denke, Malcolm sollte ihn reiten, man braucht sehr viel Kraft für ihn. Für dich habe ich Milkshake vorgesehen.« Er wies auf eine karamellfarbene Stute, die nicht ganz so groß war und geduldig wartend dastand.

Lachend und plaudernd verstauten sie ihre Vorräte und das Zelt mit seinem Zubehör in den Satteltaschen und hinter den Sätteln. Willie gab seinem Knecht noch einige Anweisungen, dann bestiegen sie die Pferde und ritten hintereinander durch das schief in den Angeln hängende Gatter, über dem ein ausgeblichenes Schild mit dem Namen des Gestüts sich knarrend im Wind hin und her bewegte.

Miriam hatte den Zeitungsartikel, den Mrs. MacLish ihr gegeben hatte, in ihre Jackentasche gesteckt. Eine Weile ritten sie die schmale Straße entlang und bogen dann in einen kleinen Feldweg, der sich durch frühlingshafte Wiesen auf die blaugrün schimmernden Hügel zuschlängelte. Dicke, weiße Wolken trieben vom Wind gepeitscht am Himmel und ließen nur für kurze Momente die Strahlen der Sonne durch. Miriam genoss den frischen Wind, der mit ihren Haaren spielte und auch den letzten trüben Gedanken aus ihrem Kopf blies. Sie fühlte sich so frei wie schon lange nicht mehr. Die Pferde schienen sich genau wie sie über den Ritt zu freuen. Mit geblähten Nüstern warfen sie übermütig ihre Köpfe hoch und schnaubten erwartungsvoll.

Willie erzählte Malcolm, wie es ihm in den letzten Jahren ergangen war. Seine Frau hatte ihn vor einiger Zeit verlassen und er hatte große Probleme, die Farm alleine zu führen. Seine ganze Hoffnung lag in der Pferdezucht, doch dann war sein bester Hengst an einer Kolik gestorben und ihm fehlte das Geld für ein neues Pferd mit ähnlich guter Abstammung.

Miriam hörte dem Gespräch der Männer kaum zu. Sie hing ihren Gedanken nach, die sich um ihre geliebte Mutter drehten und um ihren Vater, den sie so gerne kennen gelernt hätte.

Moonlight tänzelte ungeduldig hin und her und Malcolm hatte Mühe, ihn zu halten.

»Was haltet ihr von einem kleinen Galopp?«, fragte er. »Moonlight scheint ein wenig Bewegung nötig zu haben.«

Willie drehte sich fröhlich grinsend zu Miriam um. Man konnte ihm ansehen, wie sehr er den Ausflug mit seinen Freunden genoss. Es war für ihn die Gelegenheit, seine Probleme eine Zeit lang hinter sich zu lassen.

»Bist du bereit zu galoppieren?«

Miriam nickte glücklich. Moonlight schoss los wie eine Rakete, als Malcolm die Zügel lockerte. Milkshake und Fire, Willies rotbraune Stute, die gut zu seinen Haaren passte, folgten ihm. Sie flogen über den Boden hinweg auf die grünen Hügel zu.

Der Ausflug war genauso, wie sie es sich erträumt hatte. Schwer atmend parierten sie nach einer Weile die schwitzenden Pferde wieder zum Schritt durch. Miriams Wangen hatten sich von der Anstrengung gerötet und ihre weit geöffneten Augen sogen die Landschaft in sich auf, als wolle sie diesen Augenblick für immer bewahren. Sie war nie schöner gewesen. Immer wieder warf Malcolm ihr sehnsuchtsvolle Blicke zu. Was würde er dafür geben, sie in seinen zu Armen halten und ihren schönen Körper mit seinen Händen zu erforschen und mit Küssen zu bedecken. Doch er schob seine Gedanken rasch wieder beiseite. Miriam hatte gerade erst eine große Enttäuschung hinter sich und so, wie er sie kannte, würde sie noch eine ganze Weile brauchen, um damit fertig zu werden. Er durfte nichts überstürzen, indem er sie jetzt bedrängte. Es blieb ihm also nichts anderes übrig, als sich in Geduld zu üben.

Die drei Freunde waren überwältigt von der rauen Schönheit der Landschaft, deren Farbe von sattem Grün in Gelb und dann wieder in tiefes Braun wechselte. Sie ritten an kleinen Seen und Bächen vorbei, in denen sich die Wolken spiegelten. Immer wieder entdeckten sie alte Mauersteine und verfallene Gemäuer, welche die geschichtsträchtige Vergangenheit Schottlands bezeugten. Nach einer Weile tauchte ein größerer See vor ihnen auf, der wie ein eingefasster Edelstein zwischen Bergen schimmerte, deren Spitzen durch dichte Nebel verhüllt wurden. Schattenlichter tanzten auf der silbernen Oberfläche des Sees, als sie langsam den nächsten Hügel hinunterritten. Sie näherten sich dem Ufer, an dessen Böschung die Rhododendren erste Knospen zeigten. Gut gelaunt sprangen sie von ihren Pferden und nahmen ihnen die Sättel ab.

Während die Pferde sich sofort über das kurze, würzige Gras hermachten, ließen sich die drei Freunde auf dem warmen Ufersand nieder. Malcolm nahm eine Thermoskanne mit Tee und ein paar Sandwiches aus seinem Rucksack, die sie hungrig verzehrten. Er sah Miriam an, die mit glänzenden Augen neben ihm saß.

»Es wird schnell dunkel hier oben und ich denke, es ist besser, wenn wir bald weiterreiten und uns nach einem Schlafplatz umsehen, solange es noch hell ist. Es ist schon eine Weile her, seitdem ich das letzte Mal ein Zelt aufgestellt habe. Ich werde sicher einige Zeit dafür benötigen.« Malcolm plante wie immer alles ganz genau.

»Wenn ich mich nicht täusche, befindet sich nicht weit von hier entfernt eine alte Burg, von der noch einige Mauern erhalten sind. Wir hätten Schutz vor dem Wind und auch vor Regen, falls das Wetter umschlagen sollte.« Willie warf einen misstrauischen Blick auf die schweren Wolken über ihnen, die nicht mehr so strahlend weiß waren wie zu Beginn ihres Ausfluges.

Miriam war mit allem einverstanden. Sie befand sich in einem wahren Euphorietaumel. Das Kribbeln in ihrer Magengegend hatte sich verstärkt und sie fühlte, dass etwas auf sie zukam, das sie ihrem Ziel näher bringen würde. Ob sie weitergeritten wäre, wenn sie geahnt hätte, welche Abenteuer ihnen noch bevorstanden?

Immer wieder schweiften ihre Gedanken zu ihrer Mutter, der sie sich nahe fühlte wie lange nicht mehr.

Die Farben am Himmel schienen förmlich zu explodieren, als die Sonne glutrot hinter den düster aufragenden Bergen versank. Rasch wurde es dunkel und Miriam spürte schmerzhaft einige Muskeln, von denen sie vergessen hatte, dass es sie gab. In dem vorherrschenden Zwielicht tauchten schemenhaft einige Mauerreste vor ihnen auf. Sie hatten die Burg erreicht, von dem Willie gesprochen hatte. Das Haupttor und ein großer Teil des ehemaligen Wohntrakts waren noch gut erhalten. Bei der Errichtung der Burg hatte man geschickt die vorhandenen Gegebenheiten genutzt und sie so nah an die abfallenden Steilwände gebaut, dass zwei Seiten der Burg unangreifbar waren. Von vorne war sie durch eine hohe Mauer und zwei Türme geschützt, von denen allerdings nur noch der rechte stand. Die Mauern verströmten feuchte Kälte, als Miriam, Malcolm und Willie durch das Tor in den weiträumigen Innenhof ritten.

»Wir sind da.« Willie stieg vom Pferd, Malcolm tat es ihm nach. Grinsend beobachtete er, wie Miriam sich langsam von ihrem Pferd gleiten ließ.

»Am besten, du schläfst heute Nacht auf dem Bauch, das tut weniger weh«, spöttelte er.

Malcolm beschloss, das Zelt in einem der ehemaligen Stallgebäude aufzuschlagen. Sie würden dort von drei Seiten Schutz haben, falls es regnete oder der Ostwind schärfer werden sollte.

Während Malcolm mit dem Aufbau des Zeltes beschäftigt war, suchte Willie unter den kargen caledonischen Kiefern, die sich in der Nähe der Burg befanden, nach Feuerholz. Miriam kümmerte sich währenddessen um die Pferde und führte sie zu einem nahe gelegenen Bach, dessen Uferrand von saftigem Gras gesäumt war. Sie wusch sich Gesicht und Hände in dem kalten klaren Wasser und beobachtete die Pferde, die friedlich grasten.

Unmerklich war es fast dunkel geworden. Als Miriam sich wenig später auf den Rückweg machte, ließ die Dämmerung die Ruine noch düsterer erscheinen. Ein Schauer lief ihr über den Rücken, als sie mit den Pferden durch das große Tor schritt. Das Klappern der Hufe auf dem mit Gras überwucherten Kopfsteinpflaster unterbrach die tiefe Stille, die über der Burg lag. Willie kam ihr entgegen und übernahm die Pferde, um sie festzubinden.

Malcolm war es gelungen, das Zelt aufzubauen, und so hatte er schon damit begonnen, das Abendessen vorzubereiten, als Miriam zu ihm trat. Sie setzte sich neben das gemütlich flackernde Feuer und sah ihm zu, wie er einen Topf an einem kleinen Eisengestell befestigte.

»Es ist unheimlich hier.« Ehrfürchtig betrachtete sie die verwitterten, alten Steine, die aus einer längst vergangenen Zeit stammten. Wer hier wohl einmal gelebt hatte? Ob

Malcolm etwas darüber wusste? Sie beschloss, ihn später danach zu fragen.

Abgesehen von dem leisen Schnauben der Pferde und dem Knistern des Feuers war es still. Ein großer dunkler Schatten flog lautlos über sie hinweg. Miriam sprang erschrocken auf.

»Die Fledermäuse tun dir nichts und werden dich auch nicht überfallen, um dein Blut zu trinken«, bemerkte Malcolm, der ihrem Blick gefolgt war.

»Am besten, du bleibst so nahe wie möglich bei mir, dann kann ich dich beschützen.« Ein sehnsuchtsvoller Klang begleitete seine Worte.

Er liebt mich immer noch, schoss es Miriam durch den Kopf. Unwillkürlich musste sie an Brian denken. Die Enttäuschung über sein Verhalten saß tief. Sie würde sich auf jeden Fall Zeit lassen, bevor sie eine neue Beziehung einging.

Malcolm hatte eine Dose mit Bohnen und Würstchen in den Topf gegeben, die er unter Rühren erhitzte. Hungrig sog Miriam den aufsteigenden Duft ein.

Endlich war das Essen fertig. Malcolm packte noch etwas Brot und einige Dosen Starkbier aus und reichte jedem einen Teller. Es schmeckte herrlich, Miriam hatte lange nicht mehr mit so großem Appetit gegessen. Sie nahm einen großen Schluck von dem Bier. Wohlige Wärme breitete sich in ihr aus. Satt und zufrieden beobachtete sie die beiden Männer, die jetzt ebenfalls mit dem Essen fertig waren.

Die knisternden Flammen warfen tanzende Schatten auf die alten Gemäuer.

»Bist du zufrieden mit meinen Kochkünsten?«, fragte Malcolm freundlich. Es war ihm nicht entgangen, mit welchem Appetit sie sich über das Essen hergemacht hatte. Endlich einmal eine Frau, die nicht ständig auf Diät war.

Miriam lächelte ihn an. »Vielen Dank, es hat sehr gut geschmeckt.«

Feuchte Kälte zog vom Boden hoch und Miriam begann zu frösteln. Malcolm, der bemerkte, wie Miriam zitterte, stand auf und legte ihr eine warme Decke über die Schulter. Miriam bedankte sich höflich. Malcolm war wirklich ein Traummann. Er war charmant und zuvorkommend und konnte auch noch kochen. Die Frau, die ihn bekam, konnte sich wirklich glücklich schätzen.

»So lässt es sich leben.« Willie nahm sich noch eine Dose Bier und lehnte sich zufrieden zurück.

Miriam war so entspannt wie lange nicht mehr. Die funkelnden Sterne über ihr, das knisternde Feuer und die herrliche würzige Luft waren einfach überwältigend. »Morgen suchen wir nach der Quelle, wenn wir die Richtung nicht verfehlt haben, kann sie nicht sehr weit von hier entfernt sein.«

»Was für eine Quelle?« Willie war neugierig geworden. Miriam und Malcolm warfen sich einen bedeutungsvollen Blick zu. Dann atmete Miriam tief ein und beschloss, ihrem alten Schulfreund Willie von dem Brief und auch von ihrem Traum zu erzählen.

Umgeben von der düsteren Atmosphäre der alten Burg, rückte die Vergangenheit näher und selbst die fantastischsten Geschichten erschienen in diesem Moment glaubwürdig. Willie fühlte, wie sich seine Nackenhaare sträubten. Er war noch nie sehr mutig gewesen.

»Vorausgesetzt, es war wirklich so, wie deine Mutter geschrieben hat, und wir finden diese Quelle. Was wollt ihr denn dann unternehmen? Ihr spielt doch nicht etwa mit dem Gedanken, in die Vergangenheit zurückzugehen? Ach, was rede ich da. Zeitreisen sind doch gar nicht möglich.« Er trank sein Bier in einem Zug leer und öffnete sofort eine neue Dose. »Interessant wäre der goldene Halsreif. Wenn wir den finden, haben wir ausgesorgt. Er muss ein Vermögen wert sein.« Er sah Miriam an. »Du würdest uns doch an dem Fund beteiligen, oder? Hat deine Mutter auch etwas über seine Größe und sein Gewicht geschrieben?« Neugierig beugte er sich nach vorn und wartete auf ihre Antwort.

Miriam setzte sich auf und strich sich eine Haarsträhne aus dem Gesicht.

»Über die Größe und das Gewicht hat sie nichts geschrieben, weil es nicht wichtig ist. Ich weiß nicht, was uns morgen erwartet, aber ich habe den ganzen Tag über schon so ein seltsames Gefühl.«

Malcolm strich ihr freundschaftlich über den Arm.

»Wir werden schon auf dich aufpassen. Solange ich bei dir bin, wird dir jedenfalls nichts geschehen.«

Der goldene Halsreif ging Willie nicht mehr aus dem Kopf und er beschloss, alles zu unternehmen, um ihn zu finden. Wenn er ihn verkaufen könnte, wären seine finanziellen Probleme gelöst und er könnte sich endlich einen neuen Zuchthengst kaufen. Vielleicht sogar noch einige Stuten? Gut gelaunt erzählte er noch einige Anekdoten aus der Schulzeit und Miriams helles Lachen klang durch die alten Gemäuer. Bis tief in die Nacht saßen sie um das Feuer herum und ließen ihre Jugendzeit wieder aufleben.

»Wisst ihr eigentlich etwas über diese Burg?«, fragte Miriam unvermittelt. »Es würde mich schon interessieren, wer sie bewohnt hat, bevor ich hier übernachte.«

Malcolm starrte ins Feuer. Sein Gesicht verdüsterte sich.

»Die meisten dieser Burgen stammen aus einer Zeit, die alle Schotten am liebsten vergessen würden. Damals hat sich eine der schlimmsten Geschichten innerhalb des eigenen Volkes ereignet.« Trauer schwang in seiner Stimme mit, als er fortfuhr.

»Es war im Jahre 1692, als die Campbells achtunddreißig Mitglieder des MacDonalds-Clans ermordeten. Der Rest des Clans ist auf der Flucht erfroren. Fehden zwischen den einzelnen Clans waren nichts Besonderes in den weitgehend gesetzlosen Highlands, doch die heiligste Ehre der Kelten, ihre Gastfreundschaft, war in einem Maße verletzt worden, die es bis dahin nicht gegeben hatte. König William der Dritte hatte die alte Feindschaft, die zwischen den Clans herrschte, ausgenutzt und die Campbells zu dieser schandvollen Tat angestachelt. Er konnte es nicht verschmerzen, dass die MacDonalds ihm den Treueid auf die Krone verweigerten. Diese heimtückische und feige Bluttat hat der Clan-Ehre den Todesstoß versetzt. Eigentlich müsstet ihr diese Geschichte doch noch aus dem Geschichtsunterricht kennen. Mir hat sie sich fest ins Herz gebrannt.«

Miriam war bei seiner Erzählung ein Schauer über den Rücken gelaufen. Die Geschichte war genauso grausam wie ihr Traum. Sie stand auf.

»Es ist schon spät. Ich bin müde und werde schlafen gehen.« Sie wünschte Malcolm und Willie eine gute Nacht und begab sich in das Zelt. Malcolm brachte ihr eine kleine Campingtaschenlampe, damit sie etwas sehen konnte. Wieder war Miriam gerührt von seiner unaufdringlichen Aufmerksamkeit. Die leisen Stimmen der Männer gaben ihr ein Gefühl von Geborgenheit. Müde von dem langen Ritt und der kräftigen Luft, schlief sie fast sofort ein. Sie träumte von niedergemetzelten Schotten und einem grausamen König, der ein riesiges, blutüberströmtes Schwert in der erhobenen Hand hielt und aus kalten, grauen Augen auf sie herabsah.

Als Miriam am nächsten Morgen erwachte, spürte sie schmerzhaft jeden ihrer Muskeln abwärts der Taille. Vorsichtig stand sie auf und trat aus dem Zelt. Die Sonne war gerade aufgegangen. Ein riesiger, leuchtender Feuerball, der ein warmes, rot schimmerndes Licht auf die noch dunklen Hügel warf und schwerelos den Himmel hinaufstieg, wie er es seit ewigen Zeiten tat. Kein Wunder, dass die Menschen früher die Sonne angebetet haben, dachte Miriam. Hier in dieser faszinierenden Einsamkeit der Highlands konnte man die geballte Macht der Elemente spüren, gegen die die hoch entwickelte Technik der Zivilisation keine Chance hatte. Sie war überwältigt von der Farbenpracht, mit der die Sonne nach und nach die Schatten der Nacht vor sich herschob, um sie schließlich ganz zu verdrängen.

Sie lief zum Bach und schaufelte sich mit den Händen das eiskalte Wasser ins Gesicht. Das Geschrei der Vögel, von denen man nicht einen entdecken konnte, begleitete sie zurück ins Castle.

Willie war gerade dabei, das Feuer zu entfachen. Er konnte es kaum erwarten, loszureiten und das Gold zu finden. Malcolm trat auf sie zu.

»Ich hoffe, du hast gut geschlafen?« Lächelnd sah er sie an. Das kalte Wasser hatte ihr Gesicht durchblutet und ließ ihre Wangen rosig schimmern. Ihre tiefblauen Augen leuchteten. Malcolm musste sich beherrschen, um sie nicht in seine Arme zu reißen. Doch er wollte nichts überstürzen. Er musste warten, bis sie sich von den Schatten der Vergangenheit befreit hatte.

Miriam gab das Lächeln zurück.

»Danke der Nachfrage, ich habe tief und fest geschlafen.« Sie sah die Sehnsucht in seinen Augen und senkte rasch den Blick. Dann drehte sie sich um und lief zu den

Pferden. Zärtlich streichelte sie Milkshake über die weichen Nüstern. Sie führte die drei Pferde zum Bach und ließ sie trinken und eine Weile grasen.

Ihr Blick schweifte über die grünen Hügel. Wie schön es hier war. Sie waren die einzigen Menschen weit und breit in dieser Einsamkeit. Kaum zu glauben, dass Millionen Menschen diesen Planeten bevölkerten und nicht das geringste Geräusch von ihnen bis hierher drang.

Tief sog Miriam die würzige Luft in ihre Lungen und war einfach nur glücklich. Der Duft von gebratenem Schinken zog in ihre Nase und erinnerte sie daran, dass sie noch nicht gefrühstückt hatte. Die Pferde folgten ihr bereitwillig zum Lager zurück. Es gab Eier mit Schinken, Toast und Tee. Sie ließen sich Zeit mit dem Frühstück und saßen entspannt auf dem weichen Boden und tranken ihren Tee.

Man sollte öfter in die Highlands reiten, dachte Malcolm. Hier oben besinnt man sich wieder auf die wichtigen Dinge des Lebens und jedes noch so große Problem schrumpft auf die Größe eines Sandkorns zusammen. Ein Satz fiel ihm ein, den sein Vater vor langer Zeit gesagt hatte. »Menschen, die um das Überleben kämpfen, haben keine Zeit, über den Sinn des Lebens nachzudenken.« Der erste Teil des Satzes bezog sich auf die Freiheitskämpfer, die sich todesmutig gegen die verhassten Engländer erhoben hatten, der zweite auf die jungen Leute von heute, die alles hatten und doch nie zufrieden waren. Hektisch jagten sie durch das Leben, auf der Suche nach ihrem persönlichen Glück.

Willie war ebenfalls still geworden. Nachdenklich starrte er auf die Berge, die als dunkle Silhouetten in den Himmel ragten. Er war froh darüber, dass er mitgeritten war. Hier konnte man endlich einmal in Ruhe nachdenken. Seine Gläubiger waren weit entfernt. Niemand belästigte ihn oder versuchte ihn unter Druck zu setzen. Der Goldreif trat wieder in den Vordergrund seiner Gedanken.

Er sprang auf und sah auffordernd auf Miriam und Malcolm hinunter.

»Was ist, wollt ihr ewig hier sitzen bleiben? Lasst uns weiterreiten, oder haben sich deine Muskeln noch nicht von gestern erholt?« Er grinste Miriam ins Gesicht.

»Noch nicht ganz, ehrlich gesagt.« Miriam erwiderte gut gelaunt seinen Blick. »Doch das wird mich nicht daran hindern weiterzureiten, wenn ihr so weit seid.«

Der rothaarige Willie sah aus wie ein übermütiger, großer Junge. Man konnte ihm einfach nicht böse sein.

Hier in dieser melancholischen Einsamkeit rückte man schneller zusammen und es herrschte eine Vertrautheit zwischen den drei Freunden, als wären sie nie getrennt gewesen.

Gemeinsam bauten sie das Zelt ab und packten alles auf die Pferde. Miriam konnte mit ihrem Muskelkater kaum laufen und Malcolm half ihr bereitwillig auf ihr Pferd.

Die Pferde tänzelten übermütig und fielen rasch in einen scharfen Galopp. Wieder flogen sie über die kahlen Hügel, die von weitem grünblau schimmerten. Der Himmel veränderte sich ständig und schien das einzig Lebendige in der eher trostlosen Gegend zu sein. Sie ritten durch die endlose Heide, die nur von Schafen mit schwarzen Gesichtern, Hasen und Moorhühnern bewohnt war. Dann kamen sie in einen Kiefernwald, dessen Boden mit überdimensionalen Buckeln aus Heide und anderem Kraut übersät war. Miriam ließ ihren Gedanken wieder freien Lauf. Der Boden wirkte feminin und mystisch und die Buckel erinnerten Miriam an wogende Busen. Die Erde, über die sie ritten, hatte das Leben, das vor Urzeiten an

Land gespült worden war, aufgenommen und es genährt, wie eine Mutter ihre Kinder.

Eine mächtige Drillingskiefer, deren Stämme fest ineinander verschlungen waren, erhob sich wie ein Wächter über dem fruchtbaren Boden. Die Stämme waren von hellen Flechten überzogen, Parasiten, die dem Baum seine Kraft raubten. Seine Erhabenheit wird nicht mehr lange dauern, dachte Miriam versonnen. Die schimmelähnlichen Flechten waren der Beginn von Verwesung und Tod. Abgebrochene Äste, ebenfalls von weißen Flechten überzogen, lagen wie bleichende Knochen unter dem Baum.

Gegen Mittag erreichten sie ein blühendes Tal. Ein breiter Bach floss durch die Wiesen, die mit Büschen und Bäumen besetzt waren. Wilde Rhododendren leuchteten pinkfarben zwischen caledonischen Kiefern und Fichten und bildeten einen erfrischenden Kontrast zu dem matten Grün der Hügel. Ein mächtiger Steinadler zog langsam seine Kreise über ihnen, auf der Suche nach Beute.

Die wildromantische Schönheit dieses verlassenen Tals verschlug Miriam den Atem. Sie sah Malcolm an und spürte, dass er das Gleiche dachte wie sie.

Es schien, als wäre die Zeit hier stehen geblieben, zumindest folgte sie anderen Gesetzen als in der Zivilisation mit ihrer grellen Hektik. Hier leben zu dürfen wäre ein Traum.

Sie stiegen von ihren Pferden und ließen sie von dem glitzernden, klaren Wasser trinken. Miriam lief zu einem der moosüberzogenen Findlinge, die wie durch Riesenhände verstreut überall herumlagen oder standen. Sie ließ sich in das weiche Gras sinken und lehnte ihren Kopf an einen der grauen Steine, die seit Jahrtausenden hier lagen und wahrscheinlich mit der letzten Eiszeit hierher gekommen waren. Sie genoss die warmen Sonnenstrahlen, die auf ihr Gesicht fielen. Ihre Augenlider wurden schwer. Ohne es zu bemerken, sank sie in einen tiefen Schlaf.

Ein alter Mann stand wenige Meter von ihr entfernt, gestützt auf einen seltsam gedrehten Stock. Er trug einen waidblau gefärbten Umhang über einem weißen Gewand, das ihm fast bis zu den Füßen reichte. Sein langer Bart hing ihm bis auf die Brust. Aus funkelnden, wässrigblauen Augen sah er sie an. In diesen Augen lag so viel Weisheit, dass Miriam vor Ehrfurcht erzitterte.

Nach einer Weile drehte er sich um und starrte hinunter auf das tosende, schäumende Meer, dessen Wellen an dem harten Felsgestein brachen, um sich zischend und spritzend wieder mit dem übrigen Meerwasser zu vereinen.

Sie befanden sich auf felsigen Klippen, hoch über dem Meer. Wie war sie hierher gekommen? Miriam konnte sich nicht daran erinnern. Es war auch nicht wichtig. Sie spürte, dass es keine Rolle spielte. Nichts spielte mehr eine Rolle, es kam ihr vor, als wäre die Zeit stehen geblieben.

Der Wind blies ihr mit aller Kraft die salzige, feuchte Luft ins Gesicht und bog die wenigen Gräser, die auf den Klippen unter ihren Füßen wuchsen, bis sie fast auf dem steinigen Boden lagen. Das Meeresrauschen war so laut, dass Miriam ihr eigenes Wort nicht verstehen konnte und doch nahm sie den Lärm kaum wahr. Sie hörte ihr Herz pochen. Gleichmäßig und dumpf.

Langsam, einen Fuß vor den anderen setzend, schritt Miriam auf den alten Mann zu. Etwas zog sie magisch zu ihm hin. Sie musste unbedingt mit ihm sprechen. Als sie ihn beinahe erreicht hatte, verschwand seine Gestalt vor ihren Augen. Er löste sich geradezu in Nichts auf, wie Nebelfetzen in der Sonne.

Verwirrt schlug sie die Augen auf. Sie war offensichtlich eingeschlafen. Ob der Traum irgendetwas zu bedeuten hatte? Er war genauso real gewesen wie der Stein in ihrem Rücken. Sie blieb noch einen Moment sitzen und starrte auf das schimmernde Wasser, das ruhig und gleichmäßig durch das Tal plätscherte, sich an manchen Stellen wirbelnd drehte, um dann wieder seinen gewohnten Lauf zu nehmen.

Als sie zurückkam, reichte Malcolm ihr einige Biskuits, die sie hungrig verzehrte.

»Du hast so tief und fest geschlafen wie ein Baby; das Reiten und die frische Luft sind anstrengend, nicht wahr? Man muss sich erst wieder daran gewöhnen.« Er zog die Thermoskanne, die sie nach dem Frühstück noch einmal mit heißem Tee gefüllt hatten, aus der Satteltasche und reichte ihr einen Becher, den sie dankbar entgegennahm.

Miriam zog den Zeitungsartikel aus ihrer Jacke und studierte ihn, obwohl sie ihn längst auswendig kannte.

»Ich glaube, dies hier ist das Tal, das in dem Artikel beschrieben worden ist. Wir sind endlich da und können uns auf die Suche nach der Quelle begeben.«

Malcolm begann das Zelt aufzubauen, während Miriam und Willie Feuerholz sammelten. Willies Augen bekamen einen gierigen Glanz, als er an das Gold dachte. Er musste die Quelle als Erster finden – vielleicht könnte er dann den Reif ganz für sich allein beanspruchen. Sobald er wieder Geld hatte, konnte er sich endlich die Frauen leisten, die er begehrte. Der Whisky und das viele Pech, das er in den letzten Jahren gehabt hatte, hatten ihn verändert. Er war unbarmherzig geworden. Nur sein Äußeres erinnerte an den fröhlichen, unbekümmerten Jungen, der er früher einmal gewesen war. In der Gesellschaft seiner früheren Freunde fiel es ihm jedoch nicht schwer, die Rolle des früheren Willie zu spielen. Doch genau genommen hatte er sein Leben lang Malcolm um dessen Aussehen beneidet und die ganzen Jahre über in seinem Schatten gestanden. Das Leben war einfach ungerecht. Malcolm waren die Mädchen seit der Schulzeit nachgelaufen, egal, wo er auftauchte. Er hatte es nicht einmal bemerkt, weil er immer nur Augen für Miriam gehabt hatte. Auch Willie war in sie verliebt gewesen, aber Frauen wie Miriam verliebten sich nicht in kleine rothaarige Männer wie ihn.

Rasch entfernte er sich von dem Lager. Er würde sich am besten jetzt gleich auf die Suche nach der Quelle begeben. Das Feuerholz konnte er später immer noch sammeln.

Miriam hatte sich auf der Suche nach trockenen Ästen immer weiter vom Lager entfernt und dabei eine halbverfallene Hütte entdeckt, die sich eng an den Felsen schmiegte, der den hinteren Teil des Tales umgab. Neugierig trat sie näher. Die Hütte sah aus, als wäre sie mindestens hundert Jahre alt und aus dem Holz der Umgebung gebaut. Das überhängende Dach war mit Gras gedeckt und reichte fast bis zum Boden. Die grob zusammengehauene, schief in den Angeln hängende Holztüre stand halb offen. Beim Eintreten musste Miriam sich bücken, um sich nicht den Kopf zu stoßen.

Nachdem ihre Augen sich an das Halbdunkel im Inneren der Hütte gewöhnt hatten, stellte sie enttäuscht fest, dass die Hütte, abgesehen von dem trockenen Stroh, das einen Teil des festgestampften Lehmbodens bedeckte, leer war. Trotzdem konnte sie den Hauch vergangener Zeiten, der in diesem Raum hing, fast körperlich fühlen.

Ein heftiger Windstoß fuhr plötzlich durch die Hütte und setzte die Holztüre knarrend in Bewegung. Mit ihm kam der Geruch von Blut und Tod durch die Ritzen und breitete sich langsam in dem niedrigen Raum aus.

Es war unheimlich. Miriam lief ein eiskalter Schauer über den Rücken. Ihre Nackenhaare stellten sich auf. Ohne nachzudenken drehte sie sich um und rannte so schnell sie konnte aus der Hütte. In ihrer Panik vergaß sie, sich zu bücken und stieß mit der Stirn an die Türschwelle. Sie ignorierte den dumpfen Schmerz, der sich wellenförmig in ihrem Kopf ausbreitete, und rannte noch ein ganzes Stück weiter.

Schwer atmend blieb sie schließlich stehen und starrte aus sicherer Entfernung auf die verfallene Hütte, die jetzt harmlos in dem hellen Sonnenlicht lag. Sie rieb sich die schmerzende Stirn, auf der eine walnussgroße Beule hervorgetreten war. War es ihre Einbildung, die ihr einen Streich gespielt hatte?

Aber abgesehen von dem Geruch, war noch etwas seltsam gewesen: kurz bevor sie aus der Hütte gestürmt war, hatte sie das Gefühl gehabt, nicht alleine gewesen zu sein.

Nachdenklich lief sie zum Lager zurück. Was hatte das zu bedeuten? Oder hatte sie sich alles nur eingebildet? In dieser Einsamkeit liefen einem die verrücktesten Gedanken durch den Kopf. Sie verspürte das Bedürfnis, Malcolm von ihren Erlebnissen zu erzählen, doch als sie zum Lager kam, war es Willie, dem sie zuerst begegnete. Sein Blick fiel auf ihre Beule und sein Gesicht verzog sich zu einem breiten Grinsen. Ein harter Glanz war in seine Augen getreten, die spöttisch funkelten.

Er war zum Lager zurückgekehrt, nachdem er festgestellt hatte, dass das Tal wesentlich größer war, als er ursprünglich angenommen hatte. Er brauchte sein Pferd, denn reitend würde es leichter sein, die Gegend zu erkunden, als zu Fuß.

»Was ist denn mit dir passiert? Hast du einen Baum übersehen oder dich mit einem Hirsch angelegt? Du siehst aus, als wärst du einem Gespenst begegnet.«

»Lass Miriam in Ruhe, sie sieht ganz blass aus«, unterbrach Malcolm ihn. Seine Stimme wurde tröstend, als er sich ihr zuwandte.

»Du solltest deine Stirn kühlen.«

Er stand auf und zog ein Taschentuch aus seiner Hosentasche und lief zum nahen Bach, wo er es in das kalte Wasser tauchte und ausdrückte. Er trat zu Miriam und legte ihr das zusammengefaltete Taschentuch sanft auf die Beule.

»Möchtest du darüber reden, was geschehen ist?« Aufmerksam sah er ihr in die Augen. Er fühlte sich verantwortlich für Miriam und konnte den Gedanken, dass ihr etwas zustoßen könnte, nicht ertragen.

Willie beobachtete die beiden mit einem schiefen Grinsen. Warum machte Malcolm so ein Aufsehen um eine kleine Beule? Das war doch lächerlich. Immerhin war Miriam erwachsen und kein kleines Mädchen mehr. Eine bekannte Eifersucht stieg in ihm hoch, als er die Vertrautheit bemerkte, die zwischen den beiden herrschte.

»Ich habe mich nur gestoßen, weiter nichts.« Sie verspürte nicht das geringste Bedürfnis, sich von Willie verspotten zu lassen.

Auch Malcolm war der Blick, mit dem Willie sie bedachte, nicht entgangen. Er legte einen Arm um sie und sah Willie herausfordernd an.

»Du wolltest doch das Tal erkunden. Bei der Gelegenheit kannst du noch etwas Holz mitbringen. Wir werden es brauchen, wenn wir das Feuer die ganze Nacht brennen lassen wollen.«

»Ist gut, ich habe schon verstanden.« Er war mal wieder entlassen, ausgeschlossen aus der trauten Zweisamkeit. Willie schwang sich wütend auf sein Pferd. Was würde er dafür geben, einmal an Malcolms Stelle zu sein. Missmutig drückte er seinem Pferd die Fersen in die Seite, um es anzutreiben.

Miriam fühlte sich sicher und geborgen in Malcolms Arm, der freundschaftlich um ihre Schulter lag, und genoss die Wärme, die von ihm ausstrahlte.

Doch dieser Moment der Nähe war rasch vorüber. Malcolm schob sie ein Stück von sich fort, um ihr in die Augen zu sehen.

»Möchtest du mir nicht sagen, was dich so erschreckt hat?«, fragte er besorgt.

Er sah sie so liebevoll an, als wäre sie für ihn der wichtigste Mensch auf der Welt. Sie wusste, dass er sie nicht auslachen würde.

»Ich habe dort, wo die Felsen stehen, eine alte Hütte entdeckt und bin hineingegangen, um zu sehen, was sich im Inneren befindet. Plötzlich fuhr ein Windstoß durch die Hütte und brachte einen Geruch nach Blut und Tod mit sich, den ich aus meinem Traum kenne. Es war irgendwie unheimlich. Ich hatte das Gefühl, als würde sich außer mir noch jemand in der Hütte befinden, und bekam panische Angst. Als ich aus der Hütte gerannt bin, habe ich mir den Kopf an dem Balken über der Türe gestoßen. Wahrscheinlich habe ich mir das alles nur eingebildet. Als ich vorhin am Bach eingeschlafen bin, hatte ich einen seltsamen Traum.«

Malcolm, der ihr aufmerksam zugehört hatte, sah sie auffordernd an. Und Miriam erzählte ihm von dem alten Mann mit dem gedrehten Stock.

»Ich hoffe, du hältst mich nicht für überspannt?«, fragte sie etwas unsicher.

Malcolms Blick schweifte nachdenklich über ihren Kopf hinweg, auf einen Punkt hinter ihr.

»Vergiss nicht, dass wir Schotten sind. Wir sind mit den

alten Sagen und Legenden aufgewachsen und glauben an sie. Sie sind auch jetzt noch im dritten Jahrtausend nach Christus real für uns, weil sie unsere Geschichte erzählen.«

Miriam nickte. Diese Geschichten waren sehr alt und reichten zurück bis zur ersten Besiedelung Schottlands. Sie berichteten von Helden, Göttern und mystischen Dingen, für die es in der heutigen Zeit kaum noch Platz gab. So wie die uralten Druiden ihr Wissen einst nur mündlich weitergegeben haben, gaben auch heute noch die Eltern und Großeltern ihre Geschichten weiter. Mittlerweile gab es eine Menge Leute, die die Sagen und Legenden niederschreiben, doch es war nicht dasselbe.

Eine Weile hingen beide ihren Gedanken nach.

»Ich fände es schön, wenn es etwas geben würde, das noch nicht erforscht und von der Wissenschaft in Einzelteile zerlegt worden ist. Irgendetwas, ein Geheimnis, dem man auf die Spur kommen und von dem man träumen kann.«

»Es gibt viele Geheimnisse, wie das deiner Mutter zum Beispiel, doch nicht jeder Mensch ist offen dafür. Wir denken nicht nur mit unserem Verstand, sondern lassen Platz für Gefühle, auch wenn wir das nach außen hin nicht zeigen.«

Malcolm genoss es, mit Miriam offen über seine Gedanken reden zu können, die er bisher für sich behalten hatte.

Vielleicht weil sie anders ist, dachte er. Sie hatte etwas an sich, das er sich nicht erklären konnte und das ihn früher bereits zu ihr hingezogen hatte. Ihre Seelen waren verwandt. Er spürte es ganz deutlich.

Willie kam zurück. Man sah ihm an, dass er schlechte Laune hatte. Er hatte das ganze Tal untersucht, soweit es ihm mit dem Pferd möglich gewesen war, und nicht die kleinste Spur einer Quelle entdeckt.

»Ich habe Hunger, wann gibt es endlich etwas zu essen?« Er bückte sich und zog eine Dose Bier aus einer der Satteltaschen.

»Möchte jemand ein Bier?«, fragte er. Miriam schüttelte den Kopf.

»In London trinkt man erst, wenn es bereits dunkel ist«, lachte sie. Die Schmerzen in ihrem Kopf hatten nachgelassen und sie genoss es, in diesem wunderschönen Tal zu sitzen und mit Malcolm über das Leben zu philosophieren.

»Wir sind aber in Schottland und hier trinkt man Bier, wann immer man Lust darauf bekommt«, gab Willie grinsend zurück und warf Malcolm eine Dose zu. Seine schlechte Laune schien vergessen. Doch das konnte sich schnell wieder ändern. Seit seine Geldsorgen immer drückender wurden, wechselte seine Stimmung so schnell wie das Wetter in den Highlands.

»Wenn das so ist, dann nehme ich auch eins.« Miriam sah ihn auffordernd an.

Sie prosteten sich zu, tranken jeder eine Dose Bier und bereiteten vergnügt und flachsend das Essen vor. Es gab Eintopf mit Fleisch und Brot, dazu Käse und luftgetrockneten Schinken. Hungrig machten sie sich über das Essen her und spülten alles mit einigen Dosen Bier herunter. Sie waren fröhlich wie Kinder und genauso albern.

Später, als der Mond sein fahles Licht über das Tal warf, erzählte Malcolm eine der alten Sagen, die er schon als Kind gehört hatte. Das Feuer warf flackernde Schatten auf die Umgebung und Miriam rutschte unwillkürlich ein wenig näher an Malcolm heran, um seiner warmen Stimme besser lauschen zu können.

»Meine Geschichte passt zu dem Traum, den du heute gehabt hast«, begann er. »Sie handelt von den Druiden.

Das wichtigste und heiligste Symbol der Druiden war das kosmische Ei, aus dem alles Leben und auch die Erde und der Himmel entstanden sind. Es konnte nur unter größten Mühen in den Besitz eines Volkes gebracht werden und auch dann nur, wenn die Sterne in einer bestimmten Konstellation zum vollen Mond standen. Der Stamm, dessen Priester es gelänge, sich in den Besitz des Eis zu bringen, wäre allen anderen Stämmen überlegen. In diesem Volk würde Einigkeit herrschen und die Ernte würde so ertragreich sein, dass es Essen im Überfluss gab. Dem Stamm, der das Ei besäße, wären die Götter wohlgesinnt. Doch der Versuch, an dieses Ei zu gelangen, war sehr gefährlich und hat viele Helden bereits das Leben gekostet.

Die Legende sagt, dass Schlangen sich in großer Zahl zu einer kunstvollen Verschlingung zusammenballen müssen, um das kosmische Ei mit dem Speichel ihrer Schlünde und dem Schaum ihrer Leiber entstehen zu lassen. Doch dieses Ereignis geschieht nur alle dreihundert Jahre einmal. In dem Moment, in dem die Schlangen das Ei zischend in die Höhe schleudern, muss jemand, der sehr wagemutig ist, es blitzschnell mit einem Umhang auffangen, denn das Ei darf den Boden nicht berühren.

Wenn es einem weisen und mutigen Mann tatsächlich gelänge, das Ei unbeschadet aufzufangen, wäre er gut beraten, so schnell wie möglich mit seinem Pferd zu fliehen, da die Schlangen ihn so lange verfolgen werden, bis sie durch das Wasser eines Flusses aufgehalten werden.

Das Ei hingegen wird immer gegen den Strom schwimmen, auch wenn dieser noch so stark ist. Es ist das Zeichen dafür, dass es sich um das echte Ei handelt. Es darf nur an einem heiligen Ort aufbewahrt werden und wird nur einmal im Jahr bei den großen Versammlungen hervorgeholt, um den Priestern Weisheit bei ihren Entscheidungen zu verleihen. Viele Geschichten ranken sich um dieses Weltenei. Die einen behaupten, es wäre bis heute niemandem gelungen, es den Schlangen zu nehmen. Andere sagen, dass es sich viele Jahrhunderte im Besitz der Kelten befunden hat und durch einen Verrat gestohlen wurde. Nur deshalb ist es den Sachsen damals gelungen, unser Volk zu besiegen. Das Volk nämlich, welches das kosmische Ei besitzt, ist unbesiegbar.«

»Wie sieht das Ei denn aus, wie groß ist es?«, fragte Miriam, die andächtig zugehört hatte.

»Das weiß niemand genau. Manche Leute sagen, es hätte die Größe eines Apfels und sei gekennzeichnet durch eine knorpelige Schale mit zahlreichen Saugnäpfen, wie Polypenarme, doch andere sind davon überzeugt, dass es glatt ist und aussieht wie flüssiges Gold.«

Sie redeten noch eine Weile und lauschten dann dem Rauschen der Bäume, die ihre eigenen Geschichten zu erzählen schienen. Eine eigenartige Stimmung hatte sich über die kleine Gruppe gelegt, die abwechselnd in das Feuer, dann wieder auf die funkelnden Sterne sah und sich wünschte, die Geheimnisse des Universums zu begreifen. Lange blieben sie an diesem Abend am Feuer sitzen und begaben sich erst weit nach Mitternacht in ihr Zelt.

Als Miriam am nächsten Morgen als Erste erwachte, war der Himmel verhangen und das schwache Sonnenlicht, das durch die dichte Wolkendecke brach, verlieh der Landschaft etwas Schwermütiges. Sie genoss die würzige, feuchte Morgenluft und machte sich auf den kurzen Weg zum Bach, um sich zu waschen.

Sie hatte gerade die Hände in das Wasser getaucht, als sie ein klägliches Krächzen hörte. Als sie aufsah, entdeckte sie einen Raben, dessen linker Flügel kraftlos herunterhing. Er schien gebrochen zu sein.

Mitleidig stand Miriam auf und lief auf den verletzten Vogel zu. Doch dieser hüpfte schimpfend fort. Miriam folgte ihm. Jedes Mal, wenn sie ihn beinahe erreicht hatte, setzte sich der Rabe wieder in Bewegung. Beruhigend sprach sie auf ihn ein.

»Ich möchte dir doch nur helfen, mit dem verletzten Flügel kannst du nicht fliegen.«

Ihre Worte interessierten den Raben nicht im Geringsten. Ängstlich hüpfte er weiter, bis er in dem dichten Strauchwerk neben dem Bach verschwand. Miriam schob die mannshohen Sträucher beiseite, um besser sehen zu können. Doch sie konnte den Vogel nirgends entdecken. Sie blieb stehen, in der Hoffnung, sein Krächzen würde ihn verraten, aber sie konnte nichts hören.

Suchend lief sie noch eine Weile weiter, bis sie auf einen schmalen Pfad kam, der sich durch die Büsche schlängelte. Sie war gerade im Begriff, ihre Suche aufzugeben, als sie ein leises Plätschern vernahm. Der Weg wurde jetzt breiter und führte auf eine Quelle zu, die von dem herabfließenden Wasser des hinter ihr liegenden Felsens gespeist wurde. Miriams Herz begann aufgeregt zu hämmern. Ob das die Quelle war, von der ihre Mutter geschrieben hatte? Sie lag so versteckt, dass man sie nur durch Zufall entdecken konnte. Wie hatte ihre Mutter sie damals gefunden? Vielleicht waren die Sträucher und Büsche vor dreißig Jahren nicht so dicht und hoch gewesen, das wäre eine Möglichkeit.

Der weiche, mit Flechten überzogene Boden verschluckte ihre Schritte, als sie näher an die Quelle herantrat, neben der drei riesige moosüberwachsene Menhire teilweise übereinander lagen, als hätte sie jemand umgeworfen. Mit klopfendem Herzen beugte Miriam sich über das silbrig schimmernde Wasser. Das Wasser bewegte sich mit einer schwachen Strömung; langsam trieben einige Blätter im Kreis.

Ein Schauer durchlief sie, als sie am Uferrand etwas aufblitzen sah. Miriam stockte der Atem. Dort lag ein goldener Halsreif – zum Greifen nah! Er war wunderschön gearbeitet und kunstvoll gedreht. Seine beiden Enden gingen in dicke verzierte Knäufe über, in deren Mitte sich jeweils ein Loch befand. Sie streckte ihre Hände aus, um nach dem Schmuckstück zu greifen, als eine Stimme in ihrem Inneren sie zögern ließ. Sei vorsichtig, mahnte sie. Gebannt starrte Miriam in das Wasser. Der Reif zog sie magisch an und sie konnte einfach nicht widerstehen. Kurz entschlossen griff sie nach dem kostbaren Schmuckstück und zog es aus dem Wasser. Es war schwerer als erwartet. Ihre Hände hielten das kalte Metall fest umschlossen, während sie die feinen Verzierungen bewunderte. Wie ihre Mutter sich wohl gefühlt hatte, als sie ihn vor dreißig Jahren in den Händen gehalten hatte? Fasziniert von seiner magischen Anziehungskraft, zweifelte Miriam nicht einen Moment daran, dass es sich um den Halsreif handelte, von dem ihre Mutter ihr berichtet hatte.

Ohne dass es ihr bewusst wurde, bewegten sich ihre Hände langsam nach oben und legten den schweren Reif um ihren Hals.

»Nein, das darfst du nicht!«, Malcolms verzweifelter Schrei hallte in ihren Ohren. Gefolgt von Willie stürmte er mit großen Schritten auf sie zu.

Als er aufgewacht war und festgestellt hatte, dass Miriam sich nicht im Lager befand, hatte er sich sofort mit Willie auf die Suche nach ihr begeben. Besorgt waren die beiden Männer Miriams Fußspuren gefolgt, die sich deutlich auf dem feuchten Boden abzeichneten. Doch sie waren zu spät gekommen.

Der Nebel kam wie aus dem Nichts. Zähe gelbe Schwefelwolken schienen sie zu verschlingen und nahmen ihnen die Luft zum Atmen. Besinnungslos sanken sie zu Boden. Die Dunkelheit des Vergessens umhüllte sie wie ein Liebender seine Geliebte. Dann gab es nichts mehr.

Malcolm kam als Erster wieder zu sich. Sein Kopf dröhnte und sein Hals war so trocken, dass es schmerzte. Gierig sog er die feuchtkalte Luft in seine Lungen und schlug die Augen auf. Das grelle Sonnenlicht schnitt wie ein scharfes Messer in seine Augen. Die Lider fielen ihm zu. Er war zwar bei Bewusstsein, doch es gelang ihm nicht aufzustehen. Hilflos sank er zurück in einen tiefen Schlaf. Als er das nächste Mal erwachte, war es bereits dunkel. Mühsam richtete er sich auf und kroch auf Miriam zu, die leise stöhnend einige Meter von ihm entfernt lag. Behutsam strich er ihr eine feuchte Haarsträhne aus dem Gesicht und rüttelte sie sanft an der Schulter.

Er wollte etwas sagen, doch er brachte nur ein Krächzen hervor. Sein Hals war wie ausgedörrt. Er musste dringend etwas trinken und kroch weiter zu der Quelle, wo er sich das köstliche Nass die trockene Kehle herunterrinnen ließ. Gestärkt stand er auf und beugte sich über Miriam, die gerade ihre Augen geöffnet hatte und ihn verwirrt ansah.

»Ich habe solchen Durst«, flüsterte sie matt. Malcolm lief zur Quelle und schöpfte Wasser in seine Hände, das er anschließend vorsichtig in Miriams leicht geöffneten Mund laufen ließ.

Miriam glaubte, noch nie etwas Besseres getrunken zu haben. Malcolm holte noch mehrmals Wasser, bis Miriams Durst gestillt war. Sie hatte sich halb aufgerichtet und er setzte sich neben sie, um sie zu stützen.

»Was ist geschehen?« Hilflosigkeit klang aus ihrer

Stimme. Malcolm nahm sie in den Arm und streichelte ihr sanft über das feuchte Haar.

»Ich weiß es nicht genau. Wir haben gesehen, wie du den Halsreif umgelegt hast, und dann war der Nebel um uns herum. Ich hoffe nur, dass sich meine Befürchtungen über das, was mit uns geschehen ist, nicht bestätigen. Kann ich dich für einen Moment allein lassen? Ich würde gerne nach Willie sehen.« Miriam nickte. Sie sah zu, wie Malcolm sich über Willie beugte, der wenige Meter von ihr auf dem Boden lag und gerade dabei war, zu sich zu kommen. Er half ihm beim Aufstehen und stützte ihn auf dem kurzen Weg zur Quelle, aus der Willie gierig trank, bis auch sein Durst gelöscht war.

Benommen saßen sie in der Nähe des Wassers und versuchten zu begreifen, was mit ihnen geschehen war. In dem schwachen Mondlicht konnten sie deutlich erkennen, dass sich die Umgebung verändert hatte. Der vorher lichte Wald war dicht und dunkel geworden. Mächtige Eichen umgaben die Quelle, die vorher nicht dort gestanden hatten. Durch das dichte Geäst wirkte das Nachtlicht seltsam gebrochen und das leise Rascheln der Blätter war unheimlich.

Die eben noch umgestürzten Menhire standen nun hoch aufgerichtet wie drohende Schatten hinter ihnen.

»Die Steine erinnern mich an eine Opferstätte, die ich in einem Film gesehen habe.« Willie hatte die Worte nur geflüstert, trotzdem konnte man die Angst in seiner Stimme deutlich hören.

»So wie es aussieht, hat deine Mutter die Wahrheit geschrieben. Ich kann mir zwar nicht vorstellen, dass wir tatsächlich durch die Zeit gereist sind, doch wenn ich mich hier so umsehe, spricht einiges dafür«, bemerkte Malcolm trocken. Willie sah ihn entsetzt an.

»Das meinst du doch nicht im Ernst?«, fragte er besorgt. Dann fiel sein Blick auf Miriam. »Warum, um Himmels willen, hast du das getan? Du hättest doch wissen müssen, was passiert«, fuhr er die verstörte junge Frau an. Miriam schwieg benommen.

»Jetzt beruhige dich erst einmal«, rief Malcolm. »Vielleicht irre ich mich ja auch. Der Gedanke, dass wir uns in einer anderen Zeit befinden könnten, ist eigentlich viel zu fantastisch, auch wenn ich mir das hier nicht erklären kann.« Er wies auf die Menhire. »Man braucht doch mindestens zwanzig starke Männer oder einen Kran, um solche Steine aufzurichten.«

»Der goldene Halsreif ist nicht mehr da.« Miriam fasste sich an den nackten Hals. »Eben hatte ich ihn noch um.«

»Nun sag schon, ist er wirklich so wertvoll, wie deine Mutter behauptet hat?«, wollte Willie wissen. Ein gieriger Glanz war in seine Augen getreten. Die Angst, die ihn eben noch beherrscht hatte, war für den Moment vergessen.

»Er ist wunderschön, doch er war auch sehr schwer, ich habe kaum noch Luft bekommen, als ich ihn umgelegt habe. Ich verstehe nicht, wo er geblieben ist. Wir brauchen ihn, um wieder nach Hause zu kommen.« Ihre Stimme war ganz dünn vor Angst und in ihrem Kopf wirbelten die Gedanken völlig durcheinander.

Hilflos sah sie Malcolm an.

»Ich habe Angst«, flüsterte sie ihm zu.

Malcolm nahm sie zärtlich in den Arm. Er spürte, wie sie zitterte, und streichelte ihr beruhigend über den Rücken.

»Wir sollten zurück zu unserem Lager gehen, und etwas schlafen. Morgen früh, wenn es hell ist, werden wir nach dem Halsreif suchen.«

Die drei Freunde erhoben sich und schlugen die Richtung ein, in der sie ihre Zelte vermuteten.

Es knackte und raschelte um sie herum und die ungewohnten Geräusche des Waldes waren furchterregend. Beim Schrei eines Käuzchens zuckten alle drei erschrocken zusammen und Miriam legte schutzsuchend ihre Hand in Malcolms. Sie liefen schneller und waren erleichtert, als sie endlich den Waldrand erreicht hatten und den vertrauten Bach vor sich sahen. Der abnehmende Mond spiegelte sich in dem dahinfließenden Wasser und verlieh ihm einen silbrig schimmernden Glanz. Willie war vorausgelaufen und blieb nach wenigen Metern stehen. Suchend sah er sich um. »Unser Lager ist verschwunden. Ich bin ganz sicher, dass es an dieser Stelle gestanden hat.« Er drehte sich um und wartete, bis Miriam und Malcolm bei ihm waren. Wo vorher Wiesen und Gräser gestanden hatten, waren jetzt riesige Weizenfelder angelegt, deren grüne Halme sich wellenförmig im Wind wiegten.

Von weitem konnten sie einen Palisadenzaun erkennen, hinter dem dunkle Schatten in den mondbeschienenen Himmel ragten.

Ein silberner Streifen erschien am Himmel und kündigte die herannahende Morgendämmerung an. Willie sah Malcolm auffordernd an. Doch dieser zuckte nur mit der Schulter. »Wenn du eine Erklärung von mir möchtest, muss ich dich leider enttäuschen.« Er wies auf die Weizenfelder. »Ich habe noch nie gehört, dass Kornfelder über Nacht entstehen, und genauso wenig, dass Pferde und Zelte verschwinden. Es sei denn, sie sind gestohlen worden.«

»Sie sind nicht gestohlen worden.« Miriam wirkte ruhig und gefasst. »Wir sollten uns an den Gedanken gewöhnen, dass wir uns in einer anderen Zeit befinden, wahrscheinlich im ersten Jahrhundert nach Christus. Auch wenn es unglaubwürdig klingt, finde ich keine andere Erklärung dafür. Ich habe nie an den Worten meiner Mutter gezweifelt.«

»Und was können wir deiner Meinung nach tun, um wieder zurückzukommen?« Willie sah Miriam ärgerlich an. Er verdrehte die Augen und schlug sich mit der Hand vor die Stirn. »Du machst mich noch ganz verrückt. Zeitreisen sind doch vollkommen unmöglich!«

Miriam schnitt ihm eine Grimasse. »Seht euch doch um! Alles sieht jetzt anders aus und die Pferde und das Lager sind auch verschwunden. Ich schlage vor, wir gehen zurück zur Quelle und suchen nach dem Halsreif. Wir müssen ihn unbedingt finden, weil er die einzige Möglichkeit für uns ist, um wieder zurückzukommen. Oder hat jemand von euch vielleicht eine bessere Idee?«

Malcolm warf noch einen Blick auf das Dorf, das die aufgehende Sonne in ein warmes Licht tauchte.

»Wenn ich mich darauf verlassen könnte, dass die Menschen, die dort leben, uns freundlich empfangen, würde ich vorschlagen, ihnen einen Besuch abzustatten. Ich habe so großen Hunger, dass ich ein ganzes Wildschwein verdrücken könnte.«

»Was ist, wenn irgendjemand uns zuvorkommt und den Halsreif vor uns findet? Wir sollten sofort zur Quelle gehen.« Miriams Stimme klang drängend.

»Du hast Recht, es wird das Beste sein, sofort aufzubrechen«, gab Malcolm nach.

In dem frühen Morgenlicht wirkte der Wald weniger bedrohlich. Als sie die Quelle erreicht hatten, suchten sie systematisch den Uferrand und den umliegenden Boden ab. Doch von dem Halsreif war nichts zu sehen.

Enttäuscht und mit blassen Gesichtern sahen die drei sich an. »Ich fühle mich wie in einem Albtraum und möchte nur noch schlafen.« Miriam ließ sich auf den weichen, von Flechten überzogenen Boden sinken und rollte sich wie eine Katze zusammen. Sekunden später war sie eingeschlafen. Malcolm und Willie blieb nichts anderes übrig, als es ihr gleich zu tun. Sie konnten Miriam unmöglich alleine lassen. Wenig später sanken auch sie erschöpft in einen tiefen Schlaf.

Nur Malcolm zuckte bei jedem Geräusch zusammen. Er konnte den Gedanken nicht ertragen, Miriam nicht beschützen zu können.

Malcolm erwachte mit einem unbestimmten Gefühl von Gefahr. Als er die Augen aufschlug, stand nur wenige Meter von ihrem Schlafplatz entfernt ein riesiger Elch und trank genüsslich von dem klaren Wasser der Quelle. Verblüfft rieb Malcolm sich die Augen. Seit wann gab es in Schottland Elche? In der Schule hatte er gelernt, dass sie seit langer Zeit in seinen heimatlichen Gefilden ausgestorben waren.

Als er sich so leise wie möglich erhob, drehte der Elch sich um und warf ihm einen misstrauischen Blick aus seinen großen, dunklen Augen zu. Dann setzte er sich in Bewegung und war wenige Sekunden später im Wald verschwunden. Während Malcolm ihm nachsah, fielen ihm die Ereignisse der letzten Nacht wieder ein, und ihm wurde schmerzlich bewusst, dass er sich das erste Mal in seinem Leben in einer Situation befand, die er nicht im Griff hatte.

Er weckte Miriam und Willie. Die morgendliche Feuchtigkeit war durch ihre Jeans gekrochen, aber zum Glück hatten alle drei wetterfeste Jacken an.

Willies Stimmung war auf den Nullpunkt gesunken. Schlecht gelaunt starrte er auf den Waldboden.

»Ich habe Hunger und möchte meine Pferde zurückhaben. Lass dir endlich etwas einfallen«, murrte er, an Miriam gewandt. Sein Gesicht war ein einziger Vorwurf.

»Wir dürfen nicht aufgeben. Der Halsreif kann sich

doch nicht in Luft aufgelöst haben. Vielleicht sollten wir die Umgebung um die Quelle herum noch einmal gründlich untersuchen«, schlug Miriam vor.

»Wie oft sollen wir denn noch suchen?«, rief Willie vorwurfsvoll. »Wir haben doch schon alles abgegrast.« Mutlos ließen sich die drei Freunde auf dem weichen Waldboden nieder. Eine dunkle Wolke hatte sich vor die Sonne geschoben und den Himmel verdunkelt. Es würde gleich anfangen zu regnen.

Malcolm sah Miriam an.

»Erzähle mir noch einmal deinen Traum. Versuche, dich an jede Kleinigkeit zu erinnern. Hatte deine Mutter den Reif dabei, als ihr geflohen seid? Wenn nicht, würde das bedeuten, dass es noch eine andere Möglichkeit geben muss, von hier fortzukommen.«

Miriam schloss die Augen und rief sich den Traum in Erinnerung. Die beiden Männer beobachteten sie erwartungsvoll. Doch so viel Miriam auch nachdachte, von dem Reif war in ihrem Traum nichts zu sehen.

Sie öffnete die Augen wieder. »Ich habe hinter meiner Mutter auf dem Pferd gesessen. An den Halsreif kann ich mich nicht erinnern. Nur an den unheimlichen Nebel, der plötzlich überall um uns herum war. Ich glaube, meine Mutter ist in ihn hineingeritten, um unsere Verfolger abzuschütteln. Ich hatte große Angst gehabt und konnte kaum noch atmen. Dann ist der Traum vorbei und ich wache jedes Mal schweißgebadet auf.«

»Wenn das so ist, sollten wir uns auf keinen Fall zu weit von hier entfernen. Vielleicht taucht der Nebel zu bestimmten Zeiten von alleine auf und bringt uns wieder zurück?« Ratlosigkeit lag in Malcolms Stimme.

Doch sie kamen nicht mehr dazu, weiter über die Situation nachzudenken, in der sie sich befanden.

Der Waldboden begann zu beben. Wildes Geschrei übertönte das Trommeln der herannahenden Hufe. Ein verängstigter Hirsch rannte an ihnen vorbei, in seinen weit aufgerissenen Augen stand blanke Panik. Entsetzt starrten Malcolm, Willie und Miriam auf die Gestalten, die sich ihnen rasch näherten. Es war unverkennbar eine Horde schwer bewaffneter Krieger, die auf struppigen Pferden saßen und sie beinahe über den Haufen geritten hätten. Malcolm hatte sich schützend über Miriam gebeugt, die vor Angst erstarrt war. Der vorderste Reiter, Centurio Trebellius Bolanus, erhob den Arm, während er brutal sein Pferd zurückriss und einige Worte hinter sich brüllte, die sie nicht verstehen konnten. Er trug einen Kampfhelm mit Wangenklappen und ein Kettenhemd. An seiner rechten Seite hing ein mächtiges Schwert in einer mit Leder bezogenen Holzscheide, links ein Dolch. In seinen tief in den Höhlen liegenden Augen lag ein fiebriger Glanz. Sein Gesicht war schmutzig und von Schweiß überzogen. Er betrachtete die kleine Gruppe abschätzend. Gierig glitten seine fast schwarzen Augen über die zitternde Miriam. Trebellius Bolanus war mit seinen Männern als Patrouille ausgesandt worden und nutzte die Gelegenheit zum Jagen, um endlich an Fleisch zu kommen. Der tägliche Getreidebrei reichte einfach nicht aus, um einen richtigen Mann auf Dauer zufrieden zu stellen. Der Centurio entstammte einer verarmten Patrizierfamilie, die durch einen ungeschickten, politischen Schachzug seines Bruders Claudius bei Kaiser Domitian in Ungnade gefallen war. Wie es üblich war, wurde das gesamte Vermögen der Familie eingezogen und er konnte froh sein, das nackte Leben behalten zu haben. Es war ihm nichts anderes übrig geblieben, als sich zum Kriegsdienst zu melden.

Mit einem Blick hatte er erfasst, dass die beiden Männer

unbewaffnet waren und keine Gefahr für ihn und seine Legionäre darstellten. Sie sahen aus, wie die verweichlichten Schreiberlinge, die Gnaeus Iulius Agricola in seinem Tross mit sich führte und deren Muskeln so schwach waren, dass sie gerade noch ihren Stilus halten konnten, mit dem sie auf teuren Pergamentrollen all das, was ihnen diktiert wurde, niederschrieben.

Er leckte sich genüsslich über die Lippen, während er breit grinsend vom Pferd sprang und auf Malcolm zulief. Mit einer blitzschnellen Bewegung packte er den überraschten Malcolm am Arm und schleuderte ihn brutal zur Seite. Auf seinen Wink hin sprangen vier der Männer von ihren Pferden und zerrten Malcolm und Willie zu den beiden nächsten Bäumen. Als Malcolm sich zur Wehr setzen wollte, schlug der Legionär, ein junger, dunkelhaariger Bursche, ihm brutal seinen Schwertgriff ins Gesicht. Malcolms Lippen platzten auf und Blut schoss ihm aus Nase und Mund. Der Legionär fesselte ihn an den Baum und versetzte ihm noch einige Schläge in die Magengegend. Spöttisch spuckte er auf den Boden und wandte sich dann mit einer verächtlichen Bewegung von ihm ab. Wenn alle Caledonier so waren wie dieser hier, hätten sie nichts zu befürchten. Der blonde Mann mit den gepflegten Händen hatte sich nicht einmal ernsthaft gewehrt, obwohl er ihn um einen ganzen Kopf überragte.

Halb besinnungslos vor Schmerz und Entsetzen musste Malcolm mit ansehen, wie Willie nicht weit von ihm an einen anderen Baum gebunden wurde und der offensichtliche Anführer der römischen Soldaten Miriam an den Haaren hochzog und ihr die Jacke vom Leib riss. Seine schmutzige, schwielige Hand griff nach Miriams Brust und drückte sie so fest, dass sie vor Schmerz aufschrie. Abgestandener Atem und ein widerlicher Geruch nach

Schweiß schlugen ihr ins Gesicht, während sie verzweifelt versuchte, ihren Kopf abzuwenden. Doch der Centurio versetzte ihr eine Ohrfeige und drückte sie gewaltsam auf den Boden. Mit einer Hand zerrte er an ihrer Hose und zerriss sie, während er mit der anderen Hand sein Geschlechtsteil hervorholte. Die wilde Gier in seinen Augen machte Miriam Angst. Sie wehrte sich mit all ihrer Kraft und kratzte, trat und biss nach ihm.

Aber ihr nutzloser Versuch, sich zu wehren, schien den ekelhaften, nach Schweiß stinkenden Kerl noch mehr anzuheizen. Er zerrte an ihrem T-Shirt und schob es hoch. Dann begann er stöhnend ihre nackte Brust zu kneten und drückte brutal sein Knie zwischen ihre Beine, um sie auseinander zu zwingen.

Die anderen Legionäre sahen grinsend und etwas ungeduldig zu. Sie würden ebenfalls noch an die Reihe kommen. Die Frau war eine willkommene Abwechslung und würde ihnen für eine Weile Erleichterung verschaffen. Die Kurtisanen, die hinter ihrem Tross herliefen, waren so teuer, dass sie fast einen ganzen Monatslohn kosteten, und schließlich wollte man ja auch ab und zu Wein trinken und würfeln, um sich von dem tristen Lagerleben abzulenken.

Schnell waren die wenigen Sesterzen jedes Mal verbraucht und man musste lange Wochen warten, bis es den nächsten Lohn gab. Die verdammten Geldverleiher, die mit ihren Münzen winkten, erhöhten beinahe täglich die Zinsen. Befand man sich erst einmal in ihren gierigen Klauen, gab es kaum eine Chance, ihnen wieder zu entkommen.

Der junge Legionär, der Malcolm zusammengeschlagen hatte, rieb sich voller Erregung sein Glied, während seine Augen gierig an Miriams nackter Brust hingen. Ein grausamer Zug lag um seinen Mund.

Die Truppe war so auf das Geschehen vor sich fixiert, dass sie die herannahende Gefahr erst bemerkte, als es zu spät war.

Immer mehr Männer hatten das aus Steinen gebaute Langhaus betreten, das als Versammlungsraum diente, und sich auf den mit Fellen überzogenen Lehmbänken rings um die Feuerstelle niedergelassen. Sie alle waren Gaufürsten aus der näheren und weiteren Umgebung, die gemeinsam beratschlagen wollten, wie man gegen die drohende Gefahr vorgehen konnte, die von dem römischen Heer ausging, das sich in gleichmäßigem Tempo wie ein riesiger Moloch unaufhaltsam auf sie zu bewegte.

Es wurde bereits heftig diskutiert und jeder Neuankömmling bemerkte sofort, dass die Männer in zwei Gruppen gespalten waren. Lautstark brüllten sie sich gegenseitig ihre Meinung ins Gesicht. Jeder versuchte den anderen zu übertönen, und schon sprangen zwei der jüngeren Männer auf und griffen wütend nach ihren Schwertern, um aufeinander loszugehen.

In diesem Moment betrat Calach, gefolgt von den Druiden, den halbdunklen Raum, der nur durch das Feuer und einige in Öl getränkte Fackeln beleuchtet war. Ein sorgenvoller Zug lag über seinem Gesicht, der ihn älter erscheinen ließ, als er tatsächlich war. Bei seinem Eintreten verstummten die Männer und starrten ihn mit einer Mischung aus Bewunderung und Ehrfurcht an. Er war zum Vergobretos gewählt worden, dem Vollzieher der Urteile. Sein Ruf als Heerführer hatte sich in ganz Britannien verbreitet. Er war mittelgroß und schlank. Seine durchtrainierten Muskeln traten bei jeder seiner Bewegungen unter dem kurzärmeligen tunikartigen Hemd hervor. Darüber trug er einem schweren Kettenpanzer, der aus über dreißigtausend kleinen Metallringen bestand. Die rotblonden Haare fielen ihm bis auf die Schultern und seine gerade, nur leicht gebogene Nase verlieh seinen scharfgeschnittenen Gesichtszügen etwas Aristokratisches.

Mog Ruith, der weiseste aller Druiden, trat hervor und ergriff das Wort. Sein Gesicht war ernst. Der Flug der Vögel und das Wiehern der heiligen Pferde hatten nichts Gutes für die Zukunft verhießen.

Erneut wurde die schwere Holztüre geöffnet und ein Späher stürzte, außer Atem von dem schnellen Lauf, den er hinter sich hatte, in das Versammlungshaus. Er trat auf Calach zu, der aufmerksam den Worten des Druiden gelauscht hatte. Seine Brust hob und senkte sich rasch, er rang nach Atem und Schweißbäche rannen ihm über das glatt rasierte Gesicht.

»Eine Horde Römer treibt sich an unserer heiligen Quelle herum, es sind nicht sehr viele«, berichtete er aufgeregt und rang nach Luft.

Calach reagierte genauso, wie es der junge Krieger von ihm erwartet hatte. Er wusste, dass die verhassten Römer ihr Gold erbeuten wollten und keinen Respekt vor den Göttern seines Stammes hatten. Er konnte es nicht verstehen, dass die Götter tatenlos zusahen, wie die Römer die ihnen geweihten Gaben aus ihren Flüssen und anderen Gewässern stahlen, ohne sie für diesen Frevel zu bestrafen. Kein Caledonier würde dies jemals wagen.

Die Ader auf seiner Stirn schwoll vor Zorn und Erregung an. Die Versammlung konnte warten. Mit großen

Schritten verließ er das Langhaus und rief die Männer seiner Gefolgschaft zusammen, die gelangweilt im Lager saßen und sich die Zeit mit Essen und Trinken und dem gegenseitigen Prahlen ihrer Heldentaten während der vergangenen Schlachten vertrieben. Bei seinem Erscheinen hatten sie sich erhoben und sahen ihm erwartungsvoll entgegen. Die Versammlung der Fürsten konnte in keinem Fall schon vorüber sein. Sie hatte gerade erst begonnen und würde mindestens noch zwei weitere Tage andauern.

»Folgt mir«, rief er ihnen zu. »Die Römer wagen es, unsere Quelle zu entweihen! Es ist aber nur eine Vorhut, wir werden leichtes Spiel haben.« Sofort ergriffen die Krieger ihre Schwerter und Schilde. Sie waren erfreut über die Abwechslung, die sich ihnen bot. Die jüngeren Männer drängten johlend und schreiend nach vorn, getragen von der Hoffnung, einen Kopf zu erbeuten und dadurch in die Reihen der Krieger aufgenommen zu werden. Bevor sie die Quelle erreichten, hob Calach warnend den Arm und bedeutete ihnen, sich zu verteilen. Lautlos wie Schatten schlichen sie näher. Der Anführer der Truppe schien mit einem Weib beschäftigt zu sein, das sich schreiend und windend gegen ihn zu wehren versuchte. Umso besser für seine Männer, es würde ein schneller Kampf werden.

Als sie die Römer umzingelt hatten, hob er den Arm und gab das verabredete Zeichen. Von jetzt auf gleich brach die Hölle los. Bevor die Legionäre überhaupt reagieren konnten, rollten ihre Köpfe über den weichen Waldboden. Es waren an die hundert Caledonier, die auf die fünfzehn Römer losgingen. Die jungen Männer drängten sich gegenseitig zur Seite, um wenigstens einen Kopf zu erwischen.

Calach trat mit seinem gezückten Schwert auf Trebellius zu, der erschrocken aufgesprungen war und hastig versuchte, sein Schwert aus der ledernen Hülle zu ziehen. Die junge Frau war blitzschnell aufgesprungen und hatte sich hinter den nächsten Baum geflüchtet, wo sie erschöpft zusammensackte. Einen Moment standen die beiden Feinde einander gegenüber und sahen sich abschätzend in die Augen. Calach drehte sich um. Trebellius' Augen glitzerten tückisch auf. Er umschloss den Griff seines Schwertes fester, bereit, es Calach in den ungeschützten Rücken zu stoßen.

Die Bewegung, mit der Calach jedoch plötzlich herumwirbelte, war so schnell, dass Trebellius keine Chance mehr hatte zu reagieren. Das Letzte, was er hörte, war der hasserfüllte Schrei des Caledoniers, der seinen finalen Schwertstreich begleitete. Der abgetrennte Kopf des Centurios knallte auf den Boden und drehte sich noch einmal um sich selbst, bevor er mit dem Gesicht nach oben liegen blieb. Blut spritzte aus dem Torso, als er langsam zu Boden sank.

Mit vor Schreck geweiteten Augen starrte Miriam auf die Szene, die sich vor ihren Augen abspielte. Es war wie in ihrem Albtraum. Sie kreuzte die Arme über ihrer entblößten Brust und schloss die Augen, während sie sich langsam hin und her wiegte. Calach warf einen Blick in die Runde. Die römischen Legionäre waren allesamt tot. Sie hatten leichtes Spiel gehabt, genau so, wie er es erwartet hatte. Er drehte sich wieder um und betrachtete die Frau, die er gerade noch vor einer Vergewaltigung bewahrt hatte. Sie war wunderschön. Es rührte ihn, wie sie auf dem Boden saß und hilflos vor sich hin murmelte. Er beugte sich zu ihr hinunter und streichelte ihr über die Haare, die sich weich und glatt anfühlten.

»Es ist vorbei, du bist in Sicherheit«, sagte er leise auf

Gälisch. Er spürte, dass seine Männer ihn beobachteten, doch er konnte nicht anders.

Widerwillig riss er sich von der schönen, fremden Frau los und drehte sich um. Als Anführer durfte er keine Schwäche zeigen.

Er gab den Befehl, Malcolm und Willie loszubinden, vor deren weit aufgerissenen Augen die Kampfszenen wie ein Film abgelaufen waren. Ihr Verstand weigerte sich, die Wahrheit zu begreifen. Malcolm rappelte sich mühsam auf und lief hinüber zu Miriam, um sie in die Arme zu nehmen und ihr dabei zu helfen, ihre Kleidung in Ordnung zu bringen. Für den Moment sind wir erst einmal in Sicherheit, dachte er. Er durfte gar nicht darüber nachdenken, was geschehen wäre, wenn diese Männer sie nicht gerettet hätten. Als er aufsah, traf sich sein Blick mit dem von Calach, der ihn aus schmalen Augen beobachtet hatte.

»Ihr habt unser Leben gerettet, dafür möchten wir euch danken«, sagte Malcolm in Englisch und deutete mit dem Kopf eine Verbeugung an.

Calach ahnte, was Malcolm mit seinen Worten sagen wollte, obwohl er kein Wort verstanden hatte. Nachdenklich betrachtete er den Mann mit der seltsamen Kleidung. Seine Lippen waren aufgeplatzt und die linke Gesichtshälfte geschwollen. Er und sein Begleiter wirkten harmlos. Trotzdem musste er herausfinden, wer sie waren und was sie vorhatten. Immerhin konnten sie auch Spione sein, obwohl die Anwesenheit der Frau dagegen sprach.

»Kommt mit uns und seid unsere Gäste«, antwortete er auf Gälisch. Es klang mehr nach einem Befehl als nach einer Einladung.

Malcolm hatte genau wie Miriam und Willie die alte keltische Sprache in der Schule als Pflichtfach gehabt. Obwohl er davon ausgegangen war, dass er sie niemals in seinem Leben benutzen würde, konnte er den Mann trotz des seltsamen Dialektes, den er sprach, verstehen.

Dann sah er den Torso, der nicht weit von Miriam entfernt lag. Übelkeit stieg in ihm hoch und er begann zu würgen. Rasch sprang er auf und lief hinter den nächsten Baum, wo er sich lautstark erbrach. Calach sah ihm ungläubig zu. Die Reaktion des Fremden konnte nur bedeuten, dass dieser noch nie auf einem Schlachtfeld gewesen war und wahrscheinlich auch noch keinen Feind getötet hatte. Wenn er Recht hatte, konnte dieser Mann weder verheiratet noch in die Reihen der Männer aufgenommen worden sein.

Sein Blick wurde weich, als er Miriam ansah. Es würde bedeuten, dass diese Frau noch frei wäre. Irgendwie war er erleichtert darüber. Die Frau hatte etwas an sich, das ihn anzog. Er zwang seine Gedanken in eine andere Richtung. Für Frauen war jetzt keine Zeit, er hatte genügend andere Sorgen.

Nachdem die Caledonier ihn losgebunden hatten, war Willie in sich zusammengesunken. Mit blassem Gesicht saß er auf dem blutgetränkten Waldboden und starrte teilnahmslos vor sich hin. Malcolm, dem es wieder etwas besser ging, trat zu ihm und half ihm hoch.

»Steh auf, die Männer haben uns ihre Gastfreundschaft angeboten. Sie möchten, dass wir mit ihnen gehen. Ich glaube, es ist das Beste, wenn wir ihrem Wunsch nachkommen. Der Anführer sah nicht so aus, als würde er Widerspruch dulden, davon abgesehen haben sie unser Leben gerettet und ich wüsste nicht, wohin wir sonst gehen könnten. Wir müssen uns dringend etwas einfallen lassen, doch erst einmal brauchen wir Ruhe, um wieder klar denken zu können.« Er nahm Miriam, die bisher kein

Wort gesprochen hatte, am Arm und lief gemeinsam mit ihr und Willie hinter den Caledoniern her.

Die jungen Männer, denen es gelungen war, einen Kopf zu erbeuten, trugen ihn stolz erhoben in der Hand. Sie hatten die Prüfung bestanden und würden bald in die Reihen der Männer aufgenommen werden. Außerdem hatten sie sich die Hilfe einer Schutzgottheit erworben. Einer der jüngeren Krieger versuchte vergeblich, den Kopf eines Römers an dessen kurz geschnittenen Haaren zu halten, doch er rutschte ihm jedes Mal aus der Hand. Fluchend bückte er sich, um ihn wieder aufzuheben.

Calach hatte befohlen, den heiligen Boden von den Spuren des Kampfes zu befreien. Sofort kamen die Männer seiner Aufforderung nach. Sie zerrten die Leichen von der Quelle fort, sammelten Helme, Schwerter und Brustpanzer ein und packten alles auf die Pferde.

Vergnügt, als würden sie von einem Fest kommen, begaben sie sich mit ihrer Beute auf den Heimweg. Lachend und grölend hielten sie sich die Köpfe ihrer Feinde vor die Nase und prahlten gegenseitig mit ihrem Mut.

Calach gönnte seinen Männern den Spaß. Er machte sich große Sorgen um die Zukunft seines Volkes. Viele Männer, auch einige der Gaufürsten, unterschätzten die Gefahr, die von den Römern ausging. Nicht nur, dass es mehr von ihnen zu geben schien als Wellen im Meer, sie unterwanderten sein Volk auch noch, indem sie Zwietracht unter den einzelnen Stammesverbänden säten. Sie hatten Erfolg mit ihrer Strategie, wie er sich traurig eingestehen musste. Es war ihm schon länger bekannt, dass Streit zwischen den pro-römischen und den römerfeindlichen Gaufürsten herrschte. Schmerzhaft wurde ihm bewusst, dass sie den Kampf nur gemeinsam gewinnen konnten und dass es beinahe unmöglich war, diese Gemeinsamkeit herzustellen. Wollten die Götter, dass sein Volk unterging?

Tief in Gedanken versunken, lief er ins Dorf zurück. Bei seiner Ankunft überließ er die Fremden der Obhut eines treu ergebenen Gefolgsmannes. Als Calach erneut den Versammlungsraum betrat, war die abgestandene Luft zum Schneiden dick und der Gestank in dem überfüllten Raum fast unerträglich.

Die Stimmung kochte und Calach hatte das Gefühl, keine Luft mehr zu bekommen. Er zog es vor, den Himmel als Dach über sich zu haben, doch er hatte keine Wahl. Die kommenden Tage würden über das Schicksal seines Volkes entscheiden und er war fest entschlossen, es vor dem drohenden Untergang zu retten. Er hasste die Römer, die seinen Vater getötet und sein Dorf in Brand gesetzt hatten, als er noch ein kleiner Junge gewesen war. Er hatte nur überleben können, weil seine Mutter sich im letzten Moment mit ihm in einer der in den Boden eingelassenen Vorratsgruben verstecken konnte.

Die Männer waren zur Seite getreten, um ihn durchzulassen. Ihr Geschrei verstummte. Schweigend warteten sie darauf, was Calach, den sie den »Schwertmann« nannten, ihnen zu sagen hatte.

Die Gesichter der meisten anwesenden Fürsten waren von Schweiß überzogen und hochrot von dem Bier, das sie in Unmengen in sich hineinschütteten. Calach sah den Gaufürsten ernst in die Augen, bevor er mit eindringlicher Stimme zu sprechen begann.

»Sooft ich die Gründe dieses Krieges und unsere Not betrachte, gewinne ich das Vertrauen, der heutige Tag und eure Einmütigkeit werden der Anfang der Freiheit für ganz Britannien sein. Denn allesamt seid ihr zusammengekommen, der Knechtschaft ledig. Hinter uns ist kein Land mehr und das Meer selbst ohne Sicherheit, denn dort droht uns die römische Flotte. So sind Kampf und Waffen, für die Tapferen unter euch ehrenhaft, auch für die Feigen das Sicherste.

Die früheren Schlachten, in denen wir gegen die Römer mit wechselndem Kriegsglück gekämpft haben, hatten Hoffnung und Rückhalt an unserer Kraft, weil wir, die Edelsten von ganz Britannien, die sein Innerstes bewohnen, selbst unsere Augen vor der Berührung mit der Zwingherrschaft bewahrten.

Uns hier am Rande der Erde, uns letzte Söhne der Freiheit, hat gerade unsere Entlegenheit und Verborgenheit vor der Welt bis zum heutigen Tage verteidigt – und alles Unbekannte gilt als großartig. Doch jetzt liegt die Grenzmark Britanniens offen. Kein weiteres Volk ist mehr hinter uns, nichts als Wogen und Felsen und – noch feindlicher – die Römer.«

Er machte eine kleine Pause und blickte in die Runde. Seine nächsten Worte richteten sich an die pro-römischen Gaufürsten, die ihre Ehre vergessen und sich schamlos mit den Römern verbündet hatten, in der Hoffnung auf Macht und Reichtum. Geschickt waren sie von den Römern unterwandert worden. Was kein Schwert geschafft hatte, war den Händlern gelungen, die wie Aasgeier aus allen Teilen der Welt in Britannien eingefallen waren. Wie eine Seuche breitete sich die Gier nach ihren überflüssigen Luxusgütern und einem bequemen Leben nach römischem Vorbild unter den Fürsten aus. Einige von ihnen hatten sich bereits Häuser aus Stein nach römischem Vorbild bauen lassen und zogen das Bad dem Schlachtfeld bei weitem vor. Sie ließen sich von dem Reichtum und den schönen Worten der Römer blenden, und die bevorstehende Knechtschaft erschien ihnen sogar erstrebenswert.

Calach holte tief Luft, bevor er leidenschaftlich weitersprach:

»Ihrem Frevelmut wird man vergeblich durch Bescheidenheit und Fügsamkeit zu entrinnen suchen. Als Räuber der Welt durchkämmen sie, nachdem den alles Verwüstenden die Länder ausgingen, nun auch das Meer – habgierig, wenn der Feind reich, ruhmsüchtig, wenn er arm ist; weder der Osten noch der Westen hat sie gesättigt; als einziges von allen Völkern begehren sie Fülle wie Leere mit gleicher Leidenschaft. Stehlen, Morden, Rauben heißen sie mit falscher Bezeichnung ›Herrschaft‹, und wo sie Ödnis schaffen, nennen sie das ›Frieden‹.

Da wollen wir, die unversehrt und ungezähmt zur Freiheit, nicht zur Rache die Waffen erheben, beim ersten Zusammenstoß schon zeigen, was für Männer Caledonien sich noch aufspart.

Oder glaubt ihr, den Römern stünde im Kriege Tapferkeit im gleichen Maße zu Gebot wie im Frieden Zügellosigkeit? Durch unsere Uneinigkeit und Zwietracht glänzen sie und wandeln die Fehler ihrer Feinde um in Ruhm für ihr Heer. Furcht und Schrecken sind schwächliche Liebesbande; nimm sie weg, und die zu fürchten aufhören, werden zu hassen beginnen. Jedweder Anreiz zum Sieg ist auf unserer Seite: Es schrecke euch nicht der eitle Anblick des Goldes Blitzen und des Silbers, das weder schützt noch verwundet! In der Schlachtreihe der Feinde selber werden wir unsere Verstärkung finden: Erkennen werden die Britannier ihre eigene Sache, erinnern werden sich die Gallier ihrer früheren Freiheit! Nichts ist über die Frage hinaus zu fürchten, wie in der nächsten unausweichlichen Schlacht entschieden wird!«

Bei seinen letzten Worten hatten sich alle Fürsten erhoben. Jubelnd brüllten sie Beifall und schlugen begeistert ihre Waffen gegeneinander. Einige der vorher noch schwankenden pro-römischen Fürsten hatten während Calachs Rede auf die Seite der romfeindlichen Fürsten übergewechselt. Der Feldherr hatte Recht, sie würden die Römer besiegen. Die Aussicht auf den bevorstehenden Sieg hob ihre Stimmung. Begeistert umringten sie Calach, klopften ihm auf die Schulter und drückten seine Hand.

Calach ließ die Beifallsbekundungen gleichmütig über sich ergehen. Erschöpft winkte er nach einem Sklaven, der ihm gehorsam einen großen, mit Bier gefüllten Krug reichte.

Er trank den Krug in einem Zug leer, während das Geschrei um ihn herum immer lauter wurde. Sein langjähriger Freund und Vertrauter Divico trat zu ihm. Er war groß und schlank, fast schon hager. Sein bunt gefärbter Wollmantel, den er über der weiten Hose trug, wurde lediglich durch einen schlichten Dorn zusammengehalten. Aufmerksam musterte er Calach.

»Du siehst müde aus«, stellte er fest. »Lass uns für eine Weile hinausgehen. Heute wirst du nicht mehr erreichen, als du schon hast«, fügte er mit einem Blick auf die angetrunkenen Gaufürsten hinzu.

Er legte seinen Arm um Calach und begleitete ihn aus dem Langhaus. Es war später Nachmittag und der Himmel war grau bewölkt. Erleichtert darüber, dem Lärm und der schweißgetränkten Luft in dem Versammlungsraum entkommen zu sein, genoss Calach die frische Brise, die der milde Westwind ihm ins Gesicht blies.

Er betrachtete die Männer in dem provisorischen Lager, die ausgelassen ihren Sieg über die römische Vorhut feierten. Divico hatte Recht, es war sinnvoller, am nächsten Tag weiterzureden, wenn der Rat im heiligen Hain zusammentrat. Er konnte mit der Vorbesprechung zufrieden sein. Die meisten der Fürsten waren auf seiner Seite und vielleicht würde der Rest sich anschließen, wenn die morgigen Vorzeichen gut ausfallen würden. Die unbekannte Frau fiel ihm wieder ein und mit ihr ihre Begleiter. Er beschloss, noch heute mit ihnen zu reden.

Langsam schritt er durch das Lager, in dem keine erkennbare Ordnung herrschte. In und um das kleine Dorf herum war eine riesige Zeltstatt errichtet worden, unterbrochen durch einige Karren, die man zu einer Wagenburg zusammengezogen hatte. Vor den Zelten, die meist nur aus einer schlichten Überdachung bestanden, wurde auf offenem Feuer Fleisch gebraten und gekocht. Der Duft von gegrilltem Fleisch, vermischt mit menschlichen und tierischen Ausdünstungen, hing schwer über dem Lager.

Calach winkte einen der Männer zu sich und forderte ihn auf, die Fremden zu ihm zu bringen.

Sofort kam der Krieger seiner Aufforderung nach. Calach begab sich mit Divico zu seinem Zelt und ließ sich auf dem mit Fellen und Decken bedeckten Boden nieder. Seine Mutter und seine Schwester hatten das Essen von den Leibeigenen vorbereiten lassen und ließen es sich nicht nehmen, ihn selbst zu bedienen, was außerhalb der Kriegszeit unmöglich gewesen wäre.

Auf einem kniehohen Holztisch servierten sie ihm gebratenes Fleisch und eine Tonschale, die mit dem köstlichen Graupeneintopf gefüllt war, den er so liebte. Dazu gab es ein noch warmes Fladenbrot, Käse und einen Krug geronnener Ziegenmilch. Divico sah ihm zu, wie er hungrig sein Mahl einnahm. Calach hatte gerade seine Mahlzeit beendet, als Miriam, Malcolm und Willie zu ihm geführt wurden.

Wie Schlafwandler hatten sie den Weg zum Lager hinter sich gebracht, inmitten der blutbespritzten, schwer bewaffneten Krieger in ihren weiten Wollhosen mit den bunt gefärbten mantelartigen Überwürfen. Die Gehirne der drei Zeitreisenden weigerten sich, die Bilder von den Männern aufzunehmen, die mit den Köpfen ihrer toten Feinden umgingen, als würde es sich um Spielzeug handeln.

Als sie erschöpft das Lager erreichten, ließen sie sich an dem ihnen zugewiesenen Platz niedersinken. Eine junge Frau in bunt gefärbter Tunika, die sie wie einen Rock um ihre schlanke Taille gewickelt trug, reichte ihnen wortlos etwas Brot und gebratenes Fleisch und für jeden einen Becher Weizenbier mit Honig, das nach Kümmel schmeckte. Sie trug Arm- und Fußringe aus Kupfer und Schiefer, die bei jeder ihrer Bewegungen klimperten.

Neugierig musterte sie die beiden Männer und die Frau, die fremd wirkten. Es lag nicht nur an ihrer ungewöhnlichen Kleidung, es gab da noch etwas anderes, sie spürte es genau. Schüchtern lächelte sie Malcolm an. Der gut aussehende Mann mit den freundlichen Augen gefiel ihr, obwohl sein Gesicht etwas lädiert war. Ob die schöne Fremde seine Ehefrau war?

Das Lagerleben war aufregend; nie zuvor hatte die Sklavin so viele Menschen auf einmal gesehen. Sie stammten von den unterschiedlichsten Stämmen ab und hatten viele unbekannte Götter mitgebracht. Obwohl sie von morgens bis abends arbeiten musste, war sie zufrieden. Ständig gab es etwas Neues zu entdecken. Sie mochte es, wie die Männer ihr nachsahen, obwohl sie nur eine Leibeigene war. Es gab ihr das Gefühl, etwas Besonderes zu sein, und die Hoffnung, dass sich ihr Traum eines Tages doch noch erfüllen würde. Sie hoffte inständig, dass ein freundlicher Mann, so einer wie der Fremde, sie kaufen würde, um sie zu seiner Frau zu machen. Sie sehnte sich danach, ein eigenes Haus und Kinder zu haben. Doch es war und blieb nur ein Traum. Seufzend drehte sie sich um und begann, das Essen für die Männer zuzubereiten.

Eine Weile saßen die drei Freunde schweigend auf dem Boden, der überall mit Essensresten, Kot und Erbrochenem bedeckt war. Schwärme von Fliegen hatten sich darauf niedergelassen und waren leichte Beute für die Vögel, die ebenfalls in großer Zahl über den staubigen Boden hüpften. Der Gestank in dem Lager war beinahe unerträglich.

Malcolm reichte Miriam, die blass und abwesend neben ihm saß, einen Krug mit Ziegenmilch. »Trink etwas, dann wirst du dich besser fühlen«, forderte er sie auf.

Miriam beachtete ihn nicht. Ihre großen blauen Augen starrten ins Leere. Malcolm beugte sich vor und hielt ihr energisch den Krug an die Lippen und zwang sie, etwas zu trinken. Miriam trank einen Schluck, dann drehte sie den Kopf zur Seite.

»Ich glaube, sie steht unter Schock«, sagte Malcolm zu Willie gewandt, der mit dem gleichen abwesenden Blick das Treiben um sich herum betrachtete wie Miriam. Malcolm packte ihn hart am Arm und schüttelte ihn.

»Komm jetzt, du musst dich zusammenreißen. Wir sollten uns langsam Gedanken darüber machen, was wir den Leuten hier erzählen wollen. Sie werden uns ganz sicher danach fragen, woher wir eigentlich kommen.«

Willie sah Malcolm an. Sein Blick war etwas klarer, doch die Mutlosigkeit darin machte Malcolm Angst. »Wir dürfen nicht aufgeben«, seine Stimme wurde drängend. »Immerhin sind wir für Miriam verantwortlich. Wir werden schon einen Weg finden, um wieder nach Hause zu kommen. Bis dahin sollten wir uns so unauffällig wie möglich benehmen und Augen und Ohren offen halten. Vielleicht erfahren wir dann mehr über den goldenen Halsreif und den seltsamen Nebel.«

Der junge Krieger, den Calach geschickt hatte, trat zu ihnen und sah verächtlich auf sie hinunter. So wie die beiden Fremden aussahen, konnten sie keine Krieger sein und damit auch keine richtigen Männer. Er selbst war mit Leib und Seele Krieger und träumte davon, eines Tages ein berühmter und gefürchteter Feldherr zu werden, so wie Calach, den er glühend verehrte.

»Kommt mit, der Feldherr möchte euch sehen«, sagte er auf Gälisch. Malcolm zog Miriam hoch und sie folgten dem jungen Mann, der sich gut im Lager auszukennen schien. Zielstrebig lief er an den unterschiedlichsten Zelten vorbei, obwohl es keinen erkennbaren Weg gab. Nach wenigen Minuten erreichten sie das Zelt von Calach, der ihnen nachdenklich entgegensah.

Einladend wies er mit der Hand auf den Boden neben sich, auf dem ausgebreitete Hundefelle bereitlagen.

»Man nennt mich Calach, den Schwertmann, und das ist mein Freund Divico. Ich habe euch Gastfreundschaft gewährt und würde gerne wissen, wer ihr seid und was euch in diese unsichere Gegend führt, die für Reisende viele Gefahren birgt.«

Malcolm überlegte einen Moment, bevor er antwortete. Calach schien ein Mann zu sein, dem man vertrauen konnte. Immerhin hatte er ihnen das Leben gerettet und machte einen offenen und ehrlichen Eindruck. Der hagere Mann neben Calach war ihm weniger sympathisch. Eine große Narbe zog sich quer über seine linke Wange und seine grauen Augen hatten etwas Stechendes. Er beschloss vorsichtig zu sein.

»Wir haben uns auf die Reise begeben, um eine Familienangelegenheit zu klären. Dann zog ein dichter Nebel herauf, in dem wir uns verirrt haben.« Stockend sprach er gälisch, während er die einzelnen Vokabeln aus seinem Gedächtnis kramte. »Du hast unser Leben gerettet und uns deine Gastfreundschaft gewährt, dafür sind wir dir zu großem Dank verpflichtet.«

Calach hatte ihn nicht aus den Augen gelassen. Er hatte das Gefühl, dass der Fremde ihm nicht die Wahrheit gesagt, sondern gelogen hatte, und es war seine Pflicht, der Sache auf den Grund gehen. Das Wetter in den letzten Tagen war klar und sonnig und er konnte sich nicht daran erinnern, dass es zu irgendeiner Zeit nebelig gewesen war.

»Nennt mir das Ziel eurer Reise! Vielleicht kann ich euch behilflich sein?«, fragte er und beugte sich ein wenig vor. Malcolm spürte das Misstrauen des Feldherrn. Der Mann hatte eine faszinierende Ausstrahlung. Die scharfgeschnittenen, klaren Gesichtszüge verliehen ihm etwas Verwegenes. Er hatte sie so gut unter Kontrolle, dass sie nichts von dem verrieten, was in ihm vorging. Er trug immer noch seinen Brustpanzer, der ihn kräftiger und beeindruckender erscheinen ließ, als er tatsächlich war. »Es ist sehr freundlich von dir, dass du uns deine Hilfe anbietest, doch wir benötigen sie nicht. Wir haben uns verirrt, weil wir in den Nebel gekommen sind. Ich möchte dich nur um einige Vorräte für die nächsten Tage bitten, dann werden wir schon morgen weiterziehen.« Malcolm wich geschickt Calachs Frage aus, doch Calach durchschaute ihn. Es wäre unhöflich gewesen weiterzufragen. Die Gastfreundschaft verbot es, Gäste mit neugierigen Fragen zu belästigen.

Er beschloss, die Angelegenheit vorerst auf sich beruhen zu lassen, die Fremden aber trotzdem aufmerksam zu beobachten. Sein Blick fiel auf Miriam, die während des Gesprächs teilnahmslos auf den Boden gestarrt hatte. Sie schien seinen Blick zu spüren. Langsam hob sie ihren Kopf und schaute ihm direkt in die Augen. Es war so, als würde die Sonne aufgehen. Ihm wurde ganz warm um das Herz, als sie ihn aus ihren schönen tiefblauen Augen ansah. Obwohl er wusste, dass er beobachtet wurde, brachte er es nicht fertig, seinen Blick von ihr zu wenden.

Ihre Augen hingen aneinander, versanken in denen des anderen, als wollten sie sich nie wieder loslassen. Sie lasen gegenseitig ihre Gedanken und ihre Herzen pochten im gleichen Rhythmus, der so alt und doch so jung war, wie der Morgen der Welt. Im selben Moment wandelte sich die Fremdheit in innige Vertrautheit. Ein unsichtbares Band, das sie für immer umschlang.

Malcolms Herz zog sich vor Schmerz zusammen, als er bemerkte, wie Miriam den Feldherren ansah. Ihr Gesicht leuchtete und ihre Augen strahlten. Niemals würde er diesen Ausdruck vergessen können. So hatte sie ihn noch nie angesehen.

Willie schien das alles nicht zu interessieren. Mit glasigen Augen verfolgte er jede Bewegung von Ira, Calachs Schwester, die schweigend, um die Männer in ihrem Gespräch nicht zu stören, die leeren Krüge mit Bier füllte. Er hatte seinen Krug schon mehrmals füllen lassen und ihn anschließend in einem Zug hinuntergestürzt.

Ira war ein hübsches Mädchen von höchstens achtzehn Jahren. Sie trug einen gelben Rock und ein rotes Hemd, dessen Ausschnitt einen Teil ihrer wohlgeformten Brust freiließ. Ihr langes blondes Haar fiel ihr wie ein Schleier über die schmalen Schultern und umrahmte ihr ebenmäßiges Gesicht, das von den gleichen grünblauen Augen beherrscht wurde, die auch ihr Bruder besaß.

Divico verfolgte besorgt die Szene, die sich ihm bot. Calach hatte sich bisher nicht sonderlich für Frauen interessiert. Er war Krieger und im Lager mehr zu Hause als in seinem Dorf. Auf keinen Fall konnte er Ablenkung gebrauchen. Es würde nicht gut gehen, wenn eine Frau sich in seine Gedanken schlich und seinen Verstand lähmte. Gerade jetzt, wo die entscheidende Schlacht unmittelbar bevorstand, brauchte er alle Kraft, die er hatte. Er legte seinem Freund die Hand auf die Schulter.

»Du solltest dich ausruhen und dich auf die morgige Versammlung vorbereiten, die für die Zukunft unseres Landes entscheidend sein wird.« Calach drehte sich zu ihm um und sah ihn mit einem Blick an, den Divico noch nie an ihm gesehen hatte. Ob die fremde Frau ihn verzaubert hatte? Vielleicht hatten die Römer sie geschickt, um ihm den Verstand zu rauben? Der Flug der Vögel und auch das Schnauben der Rösser waren nicht sehr erfolgversprechend für die Schlacht gewesen.

Nach wenigen Sekunden hatte Calach sich wieder im Griff und seine Augen wurden klar. »Sag mir deinen Namen«, forderte er Miriam auf.

Miriam war, als würde sie aus einem tiefen Schlaf erwachen. Sie fühlte sich so glücklich wie noch nie in ihrem Leben. Die Schrecken des Tages hatten sich in luftige Schleier aufgelöst, wie ein böser Traum beim Erwachen. Sie nahm den Gestank im Lager nicht mehr wahr, genauso wenig wie ihre verschwitzte Kleidung und die Menschen um sich herum. Sie fühlte nur noch die Nähe dieses Mannes, und die Sehnsucht nach ihm wurde beinahe unerträglich.

»Ich heiße Miriam«, sagte sie leise.

Erneut versanken ihre Blicke ineinander.

Divico wurde mulmig zumute. Er stand auf. »Ich muss sofort mit dir reden, Calach, es ist dringend.«

Widerwillig erhob sich Calach. Zärtlich glitt sein Blick noch einmal über Miriam, bevor er sich an Malcolm wandte.

»Ich werde euch die Vorräte geben, doch vorher müssen

wir uns unterhalten. Fürs Erste ist es das Beste, wenn ihr im Lager bleibt, es werden noch mehr Römerkohorten hier auftauchen und die Gegend unsicher machen, es ist zu gefährlich, unbewaffnet mit einer Frau zu reisen.«

Ohne eine Antwort oder ein Einverständnis abzuwarten, drehte er sich um und folgte Divico ins Zelt. Ärgerlich sah Malcolm ihm nach. Was bildete sich dieser Feldherr eigentlich ein? Erst verschlang er Miriam mit seinen Blicken und anschließend erteilte er ihm Befehle wie einem Soldaten, der zu gehorchen hatte. Das war zu viel. Er blickte zu Miriam, die mit verträumtem Blick auf den Zelteingang starrte, hinter dem Calach verschwunden war.

Auf seiner Stirn erschien eine steile Falte.

»Ich habe die Nase voll von diesem arroganten Calach und seinem dreckigen Lager. Ich weiß nicht, was der Kerl sich einbildet, und ich habe nicht vor, mir diesen Ton länger gefallen zu lassen. Wir sollten schleunigst hier verschwinden, bevor noch mehr Römer auftauchen. Meinetwegen können die Typen sich gegenseitig umbringen, aber ich will damit nichts zu tun haben.« Er hatte sich in Rage geredet.

Miriam versuchte ihn zu beruhigen. Ihr war nicht entgangen, wie verletzt Malcolm war. Sie schenkte ihm ein strahlendes Lächeln.

»Komm schon, Malcolm, Calach hat Recht. Es ist das Vernünftigste, das Angebot des Feldherren anzunehmen. Wie sollen wir uns alleine gegen die Römer wehren? Wir haben keine Wahl und dürfen uns auf keinen Fall zu weit von der Quelle entfernen. Das Lager und die uns angebotene Gastfreundschaft bieten uns Schutz und Sicherheit. Ich möchte genauso gerne von hier fort wie du, doch bis wir eine Lösung gefunden haben, ist es besser, hier zu bleiben.« Ihre Worte hallten in ihrem Gedächtnis nach, sie konnte kaum glauben, was sie gerade gesagt hatte. Niemals würde sie es fertig bringen, von hier fortzugehen und Calach zu verlassen. Die Gedanken wirbelten durch ihren Kopf. Ihre Gefühle blockierten ihren Verstand. Sie war so verwirrt von dem, was gerade geschehen war, dass sie die Augen schloss, in der Hoffnung, wieder klar denken zu können. Doch sofort tauchte Calachs Bild vor ihrem inneren Auge auf und mit ihm die Sehnsucht. Sie ließ es zu, ließ sich einfach hineinfallen in diese süße Qual. Ein brennendes Verlangen nach dem Feldherren erfüllte ihren Körper bis in die kleinste Pore.

Ihre letzten Worte hatten Malcolm wieder besänftigt. Wenn sie erst wieder zu Hause waren, würde er Miriam sicher davon überzeugen können, dass er der richtige Mann für sie war. Immerhin hatte er bisher jede Frau bekommen, die er begehrt hatte, ohne dass es ihn besondere Mühe gekostet hatte. Seine Miene hellte sich ein wenig auf.

»Vielleicht hast du Recht«, sagte er beruhigt. Er warf Willie, der seine Augen kaum noch aufhalten konnte, einen scharfen Blick zu und nahm ihm den Krug aus der Hand. »Du hast genug getrunken. Wir wissen nicht, was noch alles auf uns zukommt und sollten zumindest einen klaren Kopf behalten.«

Divico trat aus dem Zelt und rief einen der Leibeigenen zu sich. Er hatte mit Calach über die morgige Versammlung gesprochen, die an dem heiligen Hain neben der Quelle stattfinden würde und von dem ihre Zukunft abhing.

Doch Calach wirkte abwesend. Er war unkonzentriert und schweigsam. So konnte es auf keinen Fall weitergehen. Divico machte sich große Sorgen und beschloss, das Problem auf seine Weise zu lösen.

»Bring die Fremden zurück und sage Ambiani, dass er

mich erwarten soll.« Der Leibeigene gehorchte und forderte Malcolm, Miriam und Willie höflich auf, ihm zu folgen.

Als Calach sich zurückgezogen hatte, verließ Divico das Zelt und begab sich zu Ambiani, dem jungen Krieger, der Calach so leidenschaftlich verehrte. Er befahl, ihm einige Vorräte zusammenzupacken.

Dann betrat er das Zelt, das Malcolm, Willie und Miriam zugewiesen worden war. Mit bleichen Gesichtern saßen die drei Fremden auf ihren Fellen. Überrascht sah Malcolm auf, als er Divico erkannte. Der finstere Gesichtsausdruck des hageren Mannes konnte nichts Gutes bedeuten.

»Vor dem Zelt stehen Vorräte für mehrere Tage bereit. Ich möchte, dass ihr sie nehmt und noch heute Nacht das Lager verlasst.« Sein scharfer Ton duldete keinen Widerspruch.

Malcolm ahnte den Grund, aus dem Divico sie loswerden wollte, es war ganz in seinem Sinne. Ihm war auch klar, dass es besser sein würde, sich nicht mit dem Kerl anzulegen. Wenn sie sich weigerten, seinem Befehl Folge zu leisten, würde er sicher einen anderen Weg finden, um Willie und ihn und vor allem Miriam von Calach fern zu halten. Mit festem Blick sah er Divico an. »Wir haben keine Waffen. So können wir unmöglich gehen.«

»Ich werde euch welche bringen lassen.« Er drehte sich um und verließ das Zelt.

Miriam träumte mit offenen Augen, während Malcolm und Willie sich erhoben hatten. »Wir müssen gehen.« Malcolm versuchte Miriam hochzuziehen. Doch sie wehrte sich. »Ich werde nirgendwo hingehen, sondern hier bleiben«, sagte sie entschlossen. Malcolm wurde ärgerlich. Eifersucht stieg in ihm hoch und ließ seine Stimme schärfer werden, als er es beabsichtigt hatte.

»Du wirst doch nicht wegen dieses Barbaren unser aller Leben aufs Spiel setzen? Wir sind aufgefordert worden, das Lager zu verlassen, und genau das werden wir auch tun.«

»Calach wird nicht wollen, dass ich gehe. Ich bin sicher, dass er nicht einmal weiß, dass Divico uns loswerden will. Wenn ihr gehen wollt, dann geht, aber ohne mich.«

»Du weißt nicht, was du sagst. Du bist verwirrt von den schrecklichen Erlebnissen, die wir gehabt haben, und stehst wahrscheinlich immer noch unter Schock. Wenn du nicht sofort aufstehst, werde ich dich dazu zwingen, und wenn es nicht anders geht, dann trage ich dich von hier fort.«

Miriam spürte, dass er es ernst meinte. »Wo willst du denn hingehen? Sollen wir zurück zur Quelle gehen und darauf warten, bis wir überfallen werden? Calach hat unser Leben gerettet, bei ihm sind wir sicher«, entgegnete sie trotzig.

»Divico sieht nicht so aus, als ließe er mit sich spaßen. Bitte sei vernünftig und komm mit uns. Du kannst doch nicht ernsthaft in diesen Feldherrn verliebt sein, du kennst ihn nicht einmal.«

»Ich habe in seine Seele gesehen und werde niemals einen anderen Mann lieben als ihn.« Ein verträumter Klang schwang in ihrer Stimme mit.

Malcolm starrte sie an, als wäre sie verrückt geworden. Er schluckte einige Male, bevor er in der Lage war weiterzusprechen. Die Schlichtheit ihrer Worte und die Sicherheit, mit der sie gesprochen hatte, machten ihm Angst. Wie konnte er sie nur davon überzeugen, dass sie unmöglich in diesen Mann verliebt sein konnte, sondern sich diese Gefühle nur einbildete?

»Ich habe gelesen, dass es Frauen gibt, die sich in ihren

Entführer verlieben. Sie glauben ganz fest daran, doch es ist lediglich eine Form der Angstbewältigung. Bei dir ist es ähnlich. Du glaubst, dass du diesen Calach liebst, weil er dein Leben gerettet hat, doch in Wirklichkeit stehst du immer noch unter Schock. Es war einfach zu viel, was wir in den letzten Tagen erlebt haben.« Seine Stimme war zärtlich geworden. Er war überzeugt davon, dass er Recht hatte. Er liebte Miriam und würde nicht zulassen, dass sie sich in Gefahr brachte.

Er setzte sich neben sie und streichelte ihr sanft über den Rücken. »Vertrau mir, ich werde dich wieder nach Hause bringen.«

Miriam war immer noch unschlüssig. Konnte es möglich sein, das Malcolm Recht hatte? Vielleicht war es doch das Beste, auf ihn zu hören. Er hatte bisher immer eine Lösung für alle Probleme gefunden und sie war momentan zu durcheinander, um eine klare Entscheidung treffen zu können. Zögernd erhob sie sich.

»Vielleicht hast du Recht«, sagte sie leise. Die tiefe Traurigkeit in ihrer Stimme tat Malcolm weh. Trotzdem war er erleichtert darüber, dass sie bereit war, mit ihnen zu gehen.

Als sie aus dem Zelt traten, war es bereits dunkel. Der zunehmende Mond wurde immer wieder von schweren Wolken verdeckt. Vor dem Zelt stand ein grob geflochtener Korb, gefüllt mit Fladenbrot, Käse und gebratenem Fleisch.

Divico hatte Wort gehalten. Zwei Lanzen, zwei große Schwerter mit abgerundeter Spitze sowie zwei runde, blau bemalte Schilde und drei Decken standen neben dem Korb auf dem Boden bereit. Die Lanzen hatten kurze Eisenspitzen und ihre Schäfte waren aus Eschenholz.

Malcolm nahm die Waffen an sich und forderte Willie auf, den Korb zu nehmen. Dann verließen sie, unbeachtet von den Männern, die größtenteils vor ihren Unterkünften saßen und leidenschaftlich würfelten, das Lager. Divico hatte sie von weitem beobachtet. Als sie das Lager hinter sich gelassen und in der Dunkelheit verschwunden waren, begab er sich zufrieden zu seinem Nachtlager, das sich nicht weit von Calachs Zelt befand.

Malcolm, Miriam und Willie schlugen einen großen Bogen um das Lager und liefen dann zurück zur Quelle. Der Mond kam immer wieder zwischen den Wolken hervor und ließ die Wasseroberfläche silbern glänzen. Es sah wunderschön aus und Miriam zwang sich, nicht an die grässlichen Erlebnisse zu denken. Sie vermied es, nach unten zu schauen, um das getrocknete Blut nicht sehen zu müssen, das den Boden an einigen Stellen dunkel färbte. Gemeinsam beugten sie sich über die Quelle und wuschen sich Gesicht und Hände. Sie verharrten eine ganze Weile in dieser Stellung und hofften insgeheim, dass der Nebel oder der goldene Halsreif auftauchen würde. Abgesehen von einigen Tiergeräuschen und dem leisen Rascheln der Blätter, war es still. Enttäuscht erhoben sie sich wieder und beschlossen, nach einem sicheren Schlafplatz zu suchen. Eine halbe Stunde später fanden sie eine moosüberzogene Mulde, die von alten Bäumen umgeben war. Sie wagten es nicht, ein Feuer zu entzünden, und wickelten sich nebeneinander in ihre Decken. Malcolm zog Miriam in seine Arme. Sie ließ es zu, schmiegte ihren Kopf an seine Schulter und fühlte sich sicher und geborgen. Sie schloss die Augen. Sofort tauchte Calachs Bild vor ihr auf. Mit dem Gedanken an ihn schlief sie wenig später müde und erschöpft von den Erlebnissen des Tages ein. Auch Willie war längst eingeschlafen, als Malcolm noch tief in Gedanken versunken in den sternenlosen Nachthimmel starrte, ohne ihn wirklich wahrzunehmen.

Was würde der nächste Tag bringen? Würden sie einen Weg finden, um wieder nach Hause zu kommen? Er fühlte sich wie in einem endlosen Albtraum. Wenn nicht bald etwas geschah, würde er noch den Verstand verlieren.

Die Morgendämmerung zog bereits herauf und mit ihr feuchte Kälte, als er endlich in einen unruhigen Schlaf sank.

Miriam erwachte als Erste. Widerwillig schlug sie die Augen auf und sah durch die Baumkrone auf eine dichte graue Wolkendecke.

Sie hatte von Calach geträumt. Er hatte sie in seinen Armen gehalten und sie so zärtlich gestreichelt und leidenschaftlich geküsst, wie sie es nie zuvor erlebt hatte. Seine Hände waren über ihren Körper gewandert und hatten dort wohlige Schauer in ihr ausgelöst. Sie hatte sich ganz eng in seine Arme geschmiegt und sich gewünscht, dass dieser Moment niemals enden würde. Der Traum hielt sie noch einen Moment gefangen, dann spürte sie die Feuchtigkeit und sie begann unter der klammen Decke zu frösteln. Der Himmel war grau und es sah nach Regen aus. Missmutig betrachtete sie die schlafenden Männer neben sich. Willie schnarchte mit offenem Mund, Malcolm hatte ihr den Rücken zugedreht. Sie sehnte sich nach einer heißen Dusche und einer Tasse Tee. Immer wieder tauchte Calach in ihren Gedanken auf und die Sehnsucht nach ihm wurde unerträglich. Entschlossen setzte sie sich auf und ließ die letzten beiden Tage noch einmal Revue passieren. Dann zwang sie sich, praktisch zu denken. Ihre Mutter hatte geschrieben, dass sie im Jahre vierundfünfzig nach Christus hier gewesen war. Seitdem waren beinahe dreißig Jahre vergangen. Das würde bedeuten, dass sie sich theoretisch im Jahre vierundachtzig nach ihrer Zeitrechnung befand. Was hatte sie über diese Zeit gelesen? Divico hatte von einer bevorstehenden Schlacht gesprochen, die entscheidend sein würde. Es war aus dieser Zeit nur eine einzige große Schlacht in den Grampian Mountains überliefert, in der die Römer als Sieger hervorgegangen waren. Die Caledonier hatten an einem einzigen Tag zehntausend Krieger verloren, die Römer lediglich dreihundertundsechzig. Angst um den Mann, den sie liebte, stieg in ihr hoch. Sie rief sich den Text in Erinnerung, doch so viel sie auch darüber nachdachte, ihr fiel nicht mehr ein, was sie über das Schicksal des Feldherren gelesen hatte. In ihrem Buch wurde er Calgacus genannt. Calgacus klang lateinisch, während Calach eindeutig ein gälischer Name war. Konnte es sein, dass die beiden ein und dieselbe Person waren? Ihr scharfer Verstand arbeitete auf Hochtouren. Wenn sie Recht hatte, musste sie sofort mit Calach sprechen, um ihn zu warnen. Ob es möglich sein würde, die Geschichte zu verändern? Dieser Gedanke faszinierte sie. Ungeduldig rüttelte sie Malcolm an der Schulter. Er war sofort wach.

»Wir müssen Calach warnen, bevor es zu spät ist«, sagte sie aufgeregt. »Es wird bald eine Schlacht geben, in der die Römer als Sieger hervorgehen, obwohl die Caledonier eindeutig in der Überzahl sind. Calach hat unser Leben gerettet und es ist das Mindeste, was wir tun können, um uns zu revanchieren.« Fieberhaft überlegte sie, wie sie Malcolm ihren Vorschlag schmackhaft machen könnte. Ein Gedanke schoss ihr durch den Kopf.

»Wenn ich die Gelegenheit hätte, mit Calach zu reden, könnte ich ihn nach dem goldenen Halsreif fragen. Ich bin sicher, dass er uns helfen wird«, fügte sie lockend hinzu. Es war nicht ganz fair, was sie tat, doch sie konnte nicht anders. Die Angst um das Leben des Mannes, der ein brennendes Verlangen in ihr ausgelöst hatte, ließ ihr keine

Wahl. Erwartungsvoll sah sie Malcolm an. Sie würde noch genügend Zeit haben, um darüber nachzudenken, wie es weitergehen sollte. Doch zuerst musste sie Calach sehen, um herauszufinden, ob sie sich ihre Gefühle eingebildet hatte, wie Malcolm behauptet hatte oder nicht.

Der Gedanke, zum Lager zurückzugehen, gefiel Malcolm nicht, obwohl er zugeben musste, dass Miriam mit ihrem Vorschlag Recht hatte. Wenn es eine Möglichkeit gab, von diesem verdammten Ort fortzukommen, dann mussten sie diese auf jeden Fall wahrnehmen. Er weckte Willie und nach einem kurzen Frühstück brachen sie auf. Sie waren erst wenige Meter gelaufen, als es in Strömen zu regnen begann. Der Regen war so heftig, dass sie nach kurzer Zeit völlig durchnässt waren. Dicke Tropfen platschten auf die noch jungen Blätter des Waldes, bahnten sich einen Weg nach unten und weichten den Boden unter ihren Füßen auf. Zwei Stunden später erreichten sie das Lager. Es wirkte verlassen. Bis auf einige Männer, die man zum Schutz der Frauen und Kinder zurückgelassen hatte, waren alle Krieger fort. Enttäuscht lief Miriam auf das Zelt des Feldherren zu. Die beiden Frauen darin sahen überrascht auf, als Miriam hereinkam.

»Ist Calach nicht da?« Ihr Blick streifte durch das Innere des Zeltes, das mit kostbaren Fellen und Decken ausgelegt war. »Ich muss mit ihm reden, es ist dringend«, stieß sie aufgeregt hervor.

»Er ist nicht hier«, Calachs Mutter sah sie abweisend an. Was konnte die schöne Fremde von ihrem Sohn wollen?

»Bitte sag mir, wo er ist«, Miriam hatte nicht vor, sich abwimmeln zu lassen.

»Er befindet sich am heiligen Hain, nur Männer dürfen ihn während einer Zusammenkunft betreten. Du wirst warten müssen, bis die Versammlung beendet ist.« Misstrauisch starrte die alte Frau sie an. Sie musste sofort mit Divico reden. Sie war stolz auf ihren Sohn, dessen herausragender Ruf als Heerführer sich im ganzen Land verbreitet hatte und dem viele Mädchen sehnsuchtsvolle Blicke nachwarfen. Eines Tages würde er eine der Fürstentöchter heiraten. Eine dahergelaufene Fremde, selbst wenn sie noch so schön war, würde niemals seine Frau werden. Sie hatte ein seltsames Benehmen und sie war unhöflich. Kein Wort zur Begrüßung war über ihre Lippen gekommen. Sie strahlte einen zu starken Willen für eine Frau aus. Es bereitete ihr große Sorge, dass Calach so fasziniert von ihr war. Nachdem sie am gestrigen Abend gegangen war, war er kaum noch ansprechbar gewesen. Sie musste ihn verzaubert haben. Wer konnte schon wissen, welche Götter sie mitgebracht hatte und wie viel Macht diese besaßen?

Enttäuscht verließ Miriam das Zelt. Die Ablehnung der alten Frau tat ihr weh. Dann erst wurde ihr bewusst, wie unhöflich sie gewesen war, doch sie war so durchdrungen von dem Gedanken, Calach zu retten, dass sie keine Zeit verlieren wollte.

Malcolm und Willie warteten vor dem Zelt auf sie.

»Calach ist nicht mehr im Lager. Die Männer befinden sich in einer Versammlung, die länger dauern wird. Uns bleibt nichts anderes übrig, als hier zu warten.« Mutlos ließ Miriam sich vor dem Zelt nieder. Malcolm und Willie setzten sich ebenfalls.

Ira trat scheu aus dem Zelt und brachte ihnen einen Krug mit Bier und gebratenes Fleisch, Käse und noch warmes Brot. Calach hatte den Fremden Gastfreundschaft gewährt und sie durften die Regeln nicht verletzen.

Die Männer hatten sich am Rande des heiligen Hains, unweit der Quelle versammelt. Einige waren bereits betrunken. Die ineinander verflochtenen, dichten Baumkronen hatten ein riesiges Dach von Dunkelheit und Schattenkühle geschaffen, durch dessen Kuppel nur wenig Sonnenstrahlen drangen. Die Bäume waren mit Menschenblut geweiht und dunkle Stellen auf dem Opferaltar zeugten von grausamen Ritualen in der Vergangenheit. Düster aufragende Götterstatuen, die aus rohem Holz gehauen waren, ließen die Männer vor Ehrfurcht erschauern. Hier erbebte die Erde und dröhnte es aus hohlen Schlünden, fielen Eiben um und richtete sich wieder auf, leuchteten Waldbrände ohne Feuer und wanden sich Schlangen rings um die Stämme. Brennende Fackeln warfen flackernde Schatten in das kühle Halbdunkel. Diesen Ort besuchte man nicht, um ihn aus der Nähe zu verehren, vielmehr überließ man ihn den Göttern. Wenn dunkle Nacht das Firmament umfing, wagten nur noch die Druiden einzutreten. Sie allein zeigten keinerlei Furcht, den Herrn des Hains zu überraschen.

Mog Ruith, der oberste und weiseste Druide, sah zu, wie seine Gehilfen die beiden weißen Stiere, deren Hörner das erste Mal bekränzt wurden, unter die mächtige Steineiche führten. Er legte den waidblauen Umhang ab, den er über seinem weißen Gewand trug, und bestieg geschickt den Baum. Mit seiner goldenen Sichel schnitt er die heilige Mistel, die Allesheilende, die bei keiner Kulthandlung fehlen durfte. Seine Gehilfen fingen die geschnittene Mistel sorgsam in einem weißen Wolltuch auf. Dann wurden die sich heftig wehrenden Opferstiere geschlachtet. Mit weit geöffnetem Maul brüllten sie ihre Angst und ihre Qual in den Wald. Während ihre Glieder noch im Todeskampf zuckten, wurde das herausspritzende Blut in einem dreibeinigen Weihekessel aufgefangen.

Mog Ruith war vom Baum gestiegen und schüttete ein gelbliches Pulver aus seinem Beutel in das Altarfeuer. Sofort stoben bunte Funken nach oben und der Geruch brennenden Schwefels mischte sich mit den schweren, betäubenden Düften des Bernsteins, der knisternd im Feuer zerplatzte. Der Druide stützte sich auf seinen gedrehten Stock, dessen Ende ein Schlangenkopf zierte, und beobachtete die Funken, die zu den Göttern aufstiegen.

Ehrfürchtig standen die anderen Druiden und Schüler um ihn herum. Mog Ruith griff nach einem weiteren Beutel, den er am Gürtel trug. Er öffnete ihn und zog einige Buchenstäbe heraus, die er bei Sonnenaufgang geschnitten und mit verschiedenen Runen versehen hatte. Einer der jüngeren Priester breitete ein weißes Tuch auf dem Boden vor dem Altar aus. Dann traten alle Druiden zur Seite. Mog Ruith erhob seine Arme und stimmte einen kehligen Gesang an. Die Tiere im Wald verstummten und die Blätter und Zweige begannen zu zittern. Es war still, so still, dass die Männer ihren Atem hören konnten.

Der Druide schloss die Augen und murmelte Beschwörungen, während er die geschnitzten Buchenstäbe auf das weiße Tuch fallen ließ. Dann beugte er sich über die Holzstäbe und betrachtete sie. Die Männer hielten vor Spannung den Atem an. Was hatte das zu bedeuten?

Lange starrte Mog Ruith auf die Zeichen, die oben lagen. Sie enthielten Widersprüche. Was wollten die Götter ihnen mitteilen? Waren die Götter der Römer stärker als die ihren? Einer der Druiden reichte ihm einen silbernen Becher, gefüllt mit dem Blut eines geopferten Bullen, das vermischt war mit den heiligen Kräutern. Nachdem er ihn geleert hatte, versank er in eine tiefe Trance. Seine Augen rollten und unverständliche Worte kamen aus seinen zusammengepressten Lippen. Es war schon später Nachmittag, als Mog

Ruith wieder zu sich kam. Die Männer hatten während der ganzen Zeit schweigend gewartet und Honigbier getrunken. Die Augen des Druiden waren wieder klar, als er sich an die Gaufürsten und ihre Gefolgschaft wandte.

»Wir haben den Himmel über, die Erde unter uns und das Meer liegt noch um uns herum. Doch wenn das Firmament nicht in einem Sternenregen auf das Antlitz der Erde fällt, sich die Erde nicht in einem Beben entzweit und wenn das Meer mit seinen dunkelblauen Furchen nicht die Stirn der Welt umspült, so wird Calach eine jede Kuh und eine jede Frau zu ihrem Stall und Hof, zu ihrem Haus und Wohnsitz zurückbringen, nachdem der Kampf, die Schlacht und dieses Gefecht gewonnen sein wird. Die Vorzeichen, die uns unsere Götter gesandt haben, sind gut. Wir werden die Schlacht gewinnen, wenn Einigkeit unter uns herrscht. Die Götter der Römer sind stark, stärker als ihre Waffen, und sie versuchen, Macht über uns zu erlangen. Doch wir werden sie besiegen.«

Calach war erleichtert über die Worte des Druiden und hoffte, dass sie die Fürsten überzeugt hatten. Es musste ihm einfach gelingen, sie für die Schlacht zu vereinen.

Er erhob sich und wandte sich an die Männer.

»Dass einem jeden seine Kinder und Verwandten das Liebste seien, hat die Natur gewollt: gerade sie werden durch Aushebung zum Sklavendienst außer Landes verschleppt; unsere Gattinnen und Schwestern werden, wenn sie der Gier des Feindes entrannen, unter dem Namen der Freundschaft und des Gastrechts geschändet. Güter und Vermögen werden zum Tribut, des Ackers jährlicher Ertrag zur Fruchtabgabe, die Leiber selbst und die Hände unter Schlägen und Schimpf dazu verbraucht, Wälder und Sümpfe gangbar zu machen. Zum Knechtdienst geborene Leibeigene stehen nur einmal zum Verkauf und werden des Weiteren von ihren Herren ernährt – Britannien erkauft sich seine Knechtschaft täglich, füttert sie täglich. So fasst denn, da die Hoffnung auf Nachsicht genommen, endlich Mut, ihr, denen das Leben, wie ihr, denen Ruhm das Liebste ist. Unsere Einigkeit wird uns mit Hilfe der Götter den Sieg über die verhassten Feinde schenken und unserem Land die Freiheit zurückgeben, die wir brauchen wie die Luft zum Atmen.«

Voller Begeisterung begannen die Männer ihre Waffen gegen ihre Schilde zu schlagen. Ihr Geschrei schallte in die hereinbrechende Dunkelheit. Calach! Calach! Calach! Das Geschrei schwoll zu unvorstellbarem Lärm an. Immer wieder riefen die Männer Calachs Namen.

Calach sah sich aufmerksam um. Er hatte das Gefühl, alle Gaufürsten überzeugt zu haben. Oder fast. Sein Blick kreuzte sich mit dem von Hass verzerrten Blick von Caletes, einem der mächtigsten Gaufürsten der Briganter, von dem er wusste, dass er den Römern wohlgesinnt war. Sie hatten ihm Reichtum und die Macht über große Teile Britanniens versprochen, wenn er Zwietracht unter den Caledonischen Fürsten verbreitete. Trotzig hielt er Calachs Blick stand. »Wir können die Römer nicht besiegen. Früher oder später werden sie die Herrschaft über ganz Britannien übernehmen und alle, die gegen sie waren, vernichten. Der Tag ist nicht mehr weit, an dem du an meine Worte denken wirst, doch dann ist es zu spät.« Er drehte sich um und verließ den heiligen Hain.

Sorgenvoll sah Calach ihm nach. Würde Caletes es wagen, sein eigenes Volk an die Feinde zu verraten? Er durfte kein Risiko eingehen und winkte Divico zu sich. »Stell einen Trupp Männer zusammen und erteile ihnen den Auftrag, Caletes und seine Männer zu beobachten. Ich muss wissen, in welche Richtung Caletes reitet und was er vorhat«, befahl er. Divico nickte und beeilte sich, den Befehl seines Feldherren auszuführen.

Die Männer am heiligen Hain begannen ausgelassen den bevorstehenden Sieg zu feiern. Bis zum nächsten Morgen gaben sie sich lärmend dem Saufgelage hin. Dann erst fielen sie erschöpft in einen tiefen Schlaf.

Calach trank nicht mit ihnen, sondern begab sich, tief in Gedanken versunken, auf den Weg zurück ins Lager. Man durfte die Römer nicht unterschätzen. Während der Schlachten, die er gegen sie geführt hatte, konnte er nicht umhin, ihre geordnete Disziplin zu bewundern. Sie stand im krassen Gegensatz zu der Kampfweise seiner Männer, die man eher als zügellos bezeichnen konnte. Bisher hatte er es geschafft, die Männer so zu lenken, dass sie die Römer besiegen konnten. Geschickt hatte er jeden Geländevorteil genutzt, der sich ihnen bot, und alle Frontalangriffe vermieden. Die bevorstehende Schlacht war die größte, die er jemals angeführt hatte. Er wusste, dass es beinahe unmöglich sein würde, die jungen Krieger zur Besonnenheit aufzurufen. Seine einzigen Trümpfe waren ihre zahlenmäßige Überlegenheit den Römern gegenüber und die Streitwagen, von denen sie weit über tausend mit sich führten. Er hoffte, dass sie die Entscheidung zu Gunsten seines Volkes herbeiführen würden.

Als er sein Zelt erreichte, sah er überrascht, dass Miriam und ihre Begleiter davor saßen. Sie schienen auf ihn zu warten. Miriam sprang auf, als sie Calach entdeckte. In ihrem Blick lag so viel Sehnsucht, dass er sich beherrschen musste, um sie nicht in seine Arme zu reißen.

»Wir haben auf dich gewartet, Calach, ich muss sofort mit dir reden«, sagte sie ernst. Ihre warme Stimme gefiel ihm und auch die Art, wie sie seinen Namen aussprach. Er ergriff ihre Hand und zog sie hinter sich her in sein Zelt.

Seine Mutter und seine Schwester sahen überrascht auf, als sie zusammen das Zelt betraten. Die Miene seiner Mutter verschloss sich, als ihr Blick auf Miriam fiel. Zornig presste sie ihre Lippen zusammen.

Mit einer Handbewegung, die keinen Widerspruch duldete, schickte er beide aus dem Zelt. Dann drückte er Miriam sanft auf seine mit weichen Otterfellen überzogene Schlafstätte. Er setzte sich neben sie und sah ihr lange in die Augen, die wie zwei leuchtende Sterne strahlten. Ihre Wangen hatten sich vor Verlegenheit gerötet und sie war schöner denn je. Er sah die Liebe und die Sehnsucht, aber auch die Trauer und Verletzlichkeit in ihnen. Er konnte nicht anders. Mit einem verlangenden Seufzer zog er sie in seine Arme und bedeckte ihr Gesicht und ihre Hände mit Küssen. Miriam schloss die Augen und gab sich seinen Zärtlichkeiten hin. Seine Küsse wurden leidenschaftlicher und sie drückte sich enger an ihn, spürte seine anschwellende Männlichkeit. Vor Sehnsucht nach ihm begann sie zu zittern. Sie wünschte sich, dass er ganz zu ihr kam, so nah, wie es nur Liebenden möglich war. Es war schöner als in ihrem Traum, schöner als alles, was sie bisher gekannt hatte. Als seine Hände sich sanft um ihre Brust schlossen und sie zart streichelten, durchliefen heiße Schauer ihren Körper und sie stöhnte leise auf. Calach hielt inne, betrachtete ihr erhitztes Gesicht. Sie war so glücklich, dass es schmerzte und sie wünschte sich nichts sehnlicher, als für immer in Calachs Armen liegen bleiben zu können. Sie wollte diesen Augenblick festhalten und ihn in ihre Seele einbrennen. Dann dachte sie an ihre Mutter. War es das, was sie ihr gewünscht hatte? Es war mehr, als sie jemals zu träumen gewagt hatte. Sie öffnete die Augen und sah Calach an, sah seine Liebe, die ohne Arg und ohne jede Bedingung war.

Eine Weile genossen sie die Wärme und Nähe des anderen und die Hitze der Leidenschaft wandelte sich in liebevolle Zärtlichkeit. Dann löste Calach sanft seine Arme, die Miriam fest umschlungen hatten, und schob sie ein Stück von sich fort.

»Ich möchte wissen, wo du herkommst und wer deine Eltern sind, damit ich sie bitten kann, mir ihre Tochter zur Frau zu geben. Bis dahin sollten wir nicht mehr alleine in einem Zelt sein, wie könnte ich deinem Vater in die Augen sehen, wenn ich seine Tochter entehrt habe?« Es fiel ihm schwer, sie nicht wieder in seine Arme zu reißen, doch er hatte keine Wahl. Wenn er sie jetzt nehmen würde, wäre es ihm unmöglich, sie zu seiner Frau zu machen. Er würde es sich selbst, aber auch Miriam niemals verzeihen und könnte ihr als Ehefrau nicht den Respekt entgegenbringen, den sie verdiente.

»Mein Vater ist im Kampf gegen die Römer gefallen, als ich noch sehr klein war. Sein Name ist Aedui, der älteste Sohn von Artebates, einem Fürsten vom Stamm der Caledonier. Meine Mutter ist vor langer Zeit gestorben, ich bin ganz allein«, gab Miriam mit leiser Stimme zur Antwort.

Ein wehmütiger Ausdruck legte sich über Calachs Gesicht.

»Ich habe Artebates gekannt, genauso wie die anderen Menschen in deinem Dorf. Die Römer, die euer Dorf überfallen haben, haben auch unsere Siedlung in Brand gesetzt und die meisten unserer Leute getötet. Meine Mutter hat sich mit meiner Schwester und mir in einer unterirdischen Vorratskammer verbergen können, nur deswegen habe ich überlebt. Doch ich werde unsere Familien rächen. Die Götter haben mich leben lassen, damit ich die Römer mit ihren fremden Göttern aus unserem Land jage und unserem Volk die Freiheit zurückgebe.«

»Deswegen muss ich mit dir reden, Calach, und es wird nicht leicht für dich sein, das, was ich dir sagen werde, zu verstehen. Doch das ist es für mich auch nicht. Du musst mir einfach vertrauen.« Miriam zögerte einen Moment. Konnte sie es wirklich wagen, ihm die Wahrheit zu sagen? Wie würde er darauf reagieren? Doch dann wusste sie, was sie zu tun hatte.

»Ich habe einen Traum gehabt, in dem ich eine große Schlacht gesehen habe, zwischen Caledoniern und Römern. Der Traum war grausam. Wir haben an einem einzigen Tag Tausende von Männern verloren. Obwohl du den Römern durch die Zahl deiner Krieger weit überlegen bist, wird ihre Disziplin und ihre Art zu kämpfen sie zum Sieg führen.« Calachs Gesicht hatte bei ihren Worten alle Farbe verloren.

»Bist du eine Seherin?«, fragte er leise, seine Stimme klang rau.

»Nein, ich habe nur manchmal Träume. Ich weiß nicht, wie viel Zeit uns noch bleibt, aber du musst deine Männer in Disziplin üben, wie es die Römer tun. Nur durch Klugheit wirst du sie besiegen. Ich kann den Gedanken, dich zu verlieren, nicht ertragen«, setzte sie leise hinzu.

Calach war aufgesprungen und lief in dem Zelt auf und ab, während er über das nachdachte, was er gerade gehört hatte.

Er wusste, dass es Frauen mit seherischen Fähigkeiten gab, und zweifelte keinen Moment an Miriams Worten. Sie hatte das ausgesprochen, worüber er sich seit langem Sorgen machte. Doch wie konnte er den Männern klar machen, dass nur Strategie sie zum Sieg führen konnte, ohne sie zu verunsichern?

Er sah Miriam liebevoll an. »Ich danke dir für deine Warnung, doch jetzt lass mich allein, ich muss nachdenken und mich mit dem Druiden beraten.« Miriam erhob sich und verließ widerwillig das Zelt. Sie hatte Calach noch so viel zu sagen, aber sie konnte seine Sorgen verstehen. Das Wichtigste war, die Schlacht zu gewinnen, alles andere musste warten.

Calach war neben sie getreten und winkte seine Schwester zu sich.

»Bring mir Divico und den Druiden«, befahl er. Er warf Miriam noch einen sehnsuchtsvollen Blick zu, dann drehte er sich um und ging zurück ins Zelt.

Caletes lief gerade mit einigen seiner Männer an Calachs Zelt vorbei. Neugierig betrachtete er die schöne junge Frau vor dem Zelt. Der verlangende Blick, mit dem Calach sie ansah, war ihm nicht entgangen. Er war so gefangen genommen von der Frau mit den rotgoldenen Haaren, dass er ihn nicht einmal bemerkt hatte. Er würde es Calach schon zeigen. Sie hatten keine Chance gegen die Römer, die viele Provinzen unterworfen hatten. Den Menschen in den eroberten Gebieten ging es trotz der Tribute, die sie zu zahlen hatten, besser als vorher. Sie profitierten von den weitreichenden Handelsbeziehungen der Römer und es war ihnen erlaubt, ihre eigenen Götter anzubeten. Er verachtete die Caledonier aus dem Hochland, die nicht einmal Städte kannten. Es waren ungebildete Bauern, die nichts besaßen außer ihrem Hass gegen die Eroberer und ihrem Stolz. Mit aller Kraft wehrten sie sich gegen den Fortschritt, was seiner Meinung nach vergeblich war. Er war in den Städten und in den Festungen der Römer gewesen, hatte die Ordnung und die Macht des Römischen Reiches kennen gelernt. Aber auch ihre prunkvolle Lebensweise und die Weisheit ihrer Gelehrten, die weit über seinen Verstand hinausging.

Er wusste jetzt, was er zu tun hatte. Der Plan, der in

seinem Kopf heranreifte und der Calach, wenn er die Situation richtig eingeschätzt hatte, mitten ins Herz treffen würde, gefiel ihm.

Divico traf als Erstes vor dem Zelt des Heerführers ein. Sein Gesicht verzog sich unwillig, als Miriam, Malcolm und Willie an ihm vorbeiliefen. Wie konnten die Fremden es wagen, sich seinen Befehlen zu widersetzen? Warum waren sie ins Lager zurückgekehrt und was hatten sie bei Calach gewollt?

Er stürmte ins Zelt. Als er Calach mit verträumtem Blick auf den Fellen sitzen sah, wurde er zornig.

»Calach, was ist los mit dir? Du musst dir diese Frau aus dem Kopf schlagen und dich auf die Schlacht konzentrieren. Wir haben auch ohne sie genügend Probleme. Caletes ist mit seinen Männern ins Lager zurückgeritten, doch ich traue ihm ebenso wenig wie du. Er führt etwas im Schilde und das kann nichts Gutes bedeuten. Ich werde ihn weiter beobachten lassen.« Er holte tief Luft, bevor er weitersprach. »Du bist mein Freund und ich würde gerne wissen, aus welchem Grund die Fremden dich aufgesucht haben.«

Calach sah Divico ernst an. »Sie wollten uns warnen. Gedulde dich noch einen Moment, bis Mog Ruith bei uns ist, dann werde ich dir alles berichten.«

In diesem Moment betrat der Druide das Zelt. Seine rotgeränderten, blauen Augen blickten sorgenvoll. Er war weniger zufrieden mit den Zeichen, die er von den Göttern erhalten hatte, als er zugegeben hatte, und verstand nicht, wovor sie ihn warnen wollten. Die Verantwortung, die er seinem Volk gegenüber trug, lastete schwer auf seinen Schultern.

Calach forderte ihn mit einer einladenden Handbewegung auf, sich zu ihnen zu setzen. Er hatte kaum Platz genommen, als Ira hereinkam und den Männern etwas zu trinken brachte. Anschließend verließ sie wortlos das Zelt. Calach erhob sich und wandte sich an Mog Ruith.

»Wir haben bei dem Überfall auf die Römer, die unsere heilige Quelle entweiht haben, eine Frau und zwei Männer gerettet. Miriam, so lautet der Name der Frau, ist die Tochter von Aedui, dem Sohn von Artebates. Sie hat mir von einem Traum berichtet, den die Götter ihr geschickt haben, um uns vor den Römern zu warnen.«

Mog Ruith blickte nachdenklich auf den festgestampften Lehmboden.

»Ich treffe sie manchmal in meinen Träumen. Sie hat lange rotgoldene Haare und ist die Tochter von Aedui, die mit ihrer Mutter nach seinem Tod verschwunden und nie wieder aufgetaucht ist. Doch das ist lange her. Ich erinnere mich nicht mehr an das Kind, wohl aber an ihre Mutter, die eines Tages in unser Dorf kam und deren Herkunft unbekannt war. Aedui hat sie zur Frau genommen, sie hatte ihn durch ihre Sanftmut und Schönheit verzaubert. Es war ihm egal, wer sie war und woher sie kam. Sie war ihm eine gute Frau, bis die Römer das Dorf überfallen haben. Ich spüre eine große Bedrohung, die auf uns zukommt, aber die Götter schicken mir Zeichen, die schwierig zu deuten sind. In dieser Zeit ist unsere Welt voller Schmerzen und Leiden, doch sie ist auch erfüllt von der Macht, dieses Leid zu überwinden. Wir müssen sehr aufmerksam und besonnen handeln.«

Calach ergriff das Wort. »Wir werden mit den Anführern der einzelnen Stammesverbände sprechen und überlegen, wo wir dem Feind entgegentreten und die Männer aufstellen, um jeden Geländevorteil auf unserer Seite zu haben. Mit Hilfe der Götter werden wir die Eroberer aus unserem Land jagen. Unsere Chance ist die Einigkeit, doch einige der Gaufürsten sind sehr wankelmütig und könnten ihre Meinung ändern, wenn sie nicht von einem leichten Sieg überzeugt sind.«

Lange sprachen sie an diesem Abend über die bevorstehende Schlacht und das ungewisse Schicksal ihre Volkes.

Über das Lager zogen dunkle Wolken und der aufkommende Wind ließ die Zeltplanen schlagen und flattern. Die beiden jungen Männer, die den Auftrag erhalten hatten, Caletes zu beobachten, bemerkten die Briganter, die sich lautlos herangeschlichen hatten, nicht einmal. Im Lager war es ruhig geworden. Die meisten Männer schliefen bereits. Als sie den Luftzug der herabsausenden Schwerter vernahmen, war es zu spät. Lautlos fielen ihre Köpfe auf den Boden.

Ebenso leise, wie sie gekommen waren, zogen sich die Krieger zurück, nicht ohne die Körper der Ermordeten hinter einem Karren verborgen zu haben.

Zur gleichen Zeit betraten sechs von Caletes' Männern das Zelt, in dem Miriam, Malcolm und Willie bereits schliefen. Einer der Männer hob Miriam hoch und warf sie über seine Schulter. Ihren erschrockenen Aufschrei erstickte er, indem er ihr die Kehle zudrückte, bis sie halb besinnungslos war. Als Malcolm, von einer diffusen Angst ergriffen, aus seinen Träumen gerissen wurde und die Augen öffnete, schlugen ihn zwei der Männer nieder, bevor er auch nur daran denken konnte aufzuspringen.

Willie lag schnarchend in seine Decke gewickelt auf dem Boden und bemerkte nichts von dem, was um ihn herum vor sich ging. Einer der Soldaten beugte sich über ihn, um ihm die Kehle durchzuschneiden, doch der offensichtliche Anführer der Gruppe, ein hellblonder, kräftiger Mann mit Knollennase, hielt ihn davon ab.

»Caletes hat uns aufgetragen, ihm die Frau zu bringen, die beiden sind keine Gefahr für uns. Er spuckte verächtlich auf den Boden. Sieh sie dir an, sie sehen nicht so aus, als könnten sie kämpfen.« So lautlos, wie sie gekommen waren, verließen die Männer mit Miriam das Zelt.

Am nächsten Morgen entdeckte einer der Leibeigenen die beiden toten Wachen hinter dem Karren und schlug Alarm. Calach, der sofort über den Vorfall informiert worden war, wurde zu den Leichen geführt. Die Zelte um ihn herum standen leer. Die Briganter hatten in der Nacht unbemerkt das Lager verlassen. Calach wusste sofort, was das bedeutete. Caletes hatte sein Volk an die Römer verraten. Sie würden in der Schlacht das Schwert gegen das eigene Blut erheben müssen. Trauer erfüllte ihn, vermischt mit der aufsteigenden Wut auf Caletes, für den nur Macht und Reichtum zählten. Während er noch überlegte, ob es möglich war, die Briganter abzufangen, bevor sie den Tross der Römer erreichten, trat Divico zu ihm und legte ihm schweigend den Arm um die Schulter, um seine Gedankengänge nicht zu unterbrechen.

Stöhnend war Malcolm am nächsten Morgen wieder zu sich gekommen. Es gelang ihm nicht, den Schmerz zu orten, der seinen Körper erfüllte. Die Briganter hatten ihn regelrecht zusammengeschlagen. Seine Rippen schmerzten und er konnte nur hoffen, dass keine von ihnen gebrochen war. Als ihm die Ereignisse der letzten Nacht ins Bewusstsein traten, erhob er sich mühsam und weckte Willie, der immer noch tief und fest schnarchte.

»Miriam ist entführt worden, wir müssen sofort etwas unternehmen.« Willie setzte sich verschlafen auf und rieb sich über die Stirn. Sein Schädel brummte und ihm wurde übel. »Die brauen hier vielleicht einen Fusel zusammen, davon kann einem nur schlecht werden«, jammerte er. Er hatte Malcolm gar nicht richtig zugehört. Malcolm wurde wütend. Die Angst um Miriam schnürte ihm fast die Kehle zu. »Hör auf zu jammern und steh endlich auf. Ich habe dich gestern Abend schon davor gewarnt, zu viel zu trinken.« Er berichtete Willie, was in der letzten Nacht geschehen war. Mit weit aufgerissenen Augen hörte Willie ihm zu. Er war jetzt hellwach. Als Malcolm fertig mit seinem Bericht war, warf er ihm einen scharfen Blick zu.

»Du hast doch nicht etwa vor, diese Typen zu verfolgen? Ich habe keine Lust, mich umbringen zu lassen. Wir haben keine Chance gegen sie. Oder hast du schon einmal mit einem Schwert gekämpft? Miriam hat uns mit ihrer Vergangenheitssuche in diese Situation gebracht, sie ist schuld, dass wir in diesem verkommenen Lager verrotten müssen. Sie muss selbst sehen, wie sie da wieder herauskommt.«

Wortlos drehte Malcolm sich um und verließ das Zelt. Ein warmer Sonnenstrahl traf sein Gesicht. Er sah in den frühen Morgenhimmel, hörte die Stimmen der Vögel. Ein neuer Tag war angebrochen, was würde er bringen?

Mühsam humpelte er weiter, das Gesicht schmerzverzerrt. Nach wenigen Metern traf er auf Calach, der sich mit Divico besprach. Calach sah ihm beunruhigt entgegen. Ihm entging nicht die geringste Kleinigkeit. Weder der unsichere Gang, noch das von Schmerzen gezeichnete Gesicht seines Gastes. Was war geschehen? Und wo war Miriam? Er unterbrach sein Gespräch mit Divico und sah Malcolm auffordernd an. Angst um die Frau, die er mehr liebte als sein Leben, stieg in ihm hoch.

»Was ist geschehen? Wer hat es gewagt, die Gastfreundschaft zu verletzen und Hand an dich zu legen?«

Malcolm berichtete Calach und Divico von dem Überfall in der letzten Nacht.

Calach wurde bei seinen Worten blass. Die Ader auf seiner Stirn schwoll an und seine Augen funkelten vor Zorn. Es musste ihm gelingen, die Briganter zu erreichen, bevor diese sich dem römischen Heer angeschlossen hatten. Die Römer schienen es nicht besonders eilig zu haben. Täglich legten sie eine festgelegte Strecke zurück, um dann in Ruhe ihr Nachtlager aufzuschlagen. Doch sie kamen unaufhaltsam näher. Die Sonne würde nur noch wenige Male aufgehen, bis die Pioniere ihr Lager erreicht hätten. Eine breite Schleuse in die unberührte Landschaft schlagend, schritten sie voran und bereiteten den Weg für den endlos langen Tross von Menschen und Tieren vor. Könnte er die Männer überhaupt dazu bringen, gegen die Briganter zu kämpfen? Es gab überall verwandtschaftliche Beziehungen zwischen ihnen. Würde er sein Schwert gegen sie erheben, wenn sie Miriam nicht mitgenommen hätten? Er musste die Frage verneinen. Erst wenn die Briganter inmitten der Römer gegen sie kämpften, könnte er sie als Feinde betrachten. Er sah Miriam vor sich, ihre tiefblauen, schönen Augen, die ihre Gefühle widerspiegelten. Wie vertrauensvoll sie sich an ihn geschmiegt hatte, als er sie in den Armen gehalten und gestreichelt hatte. Bei dem Gedanken an ihren Körper und die aufsteigende Hitze, die seine Berührungen in ihr ausgelöst hatten, stöhnte er qualvoll auf. Was würde Caletes ihr antun? Hatte er sie als Geisel genommen oder würde er sie als Sklavin verkaufen? Die Vorstellung, dass Caletes und seine Männer sich über sie hermachen könnten, ließ ihn beinahe wahnsinnig werden.

»Ich werde einen Trupp Männer zusammenstellen und sie befreien«. Er drehte sich um und wollte fortstürmen, um seine Worte sofort in die Tat umzusetzen, doch Divico hielt ihn fest, das Gesicht ärgerlich gerötet.

»Du willst Caletes verfolgen, um die Frau zu retten? Wenn die anderen Fürsten davon erfahren, werden sie sich von dir abwenden und du gefährdest den Sieg und die Freiheit unseres Volkes. Das kannst du nicht tun. Du darfst nicht einmal daran denken. Du musst die Frau vergessen!« Er packte Calach hart an den Schultern. »Komm wieder zu dir und erfülle deine Pflicht als unser Heerführer, die weit über dem Schicksal einer Frau steht.«

Calach sah ihn verzweifelt an. »Sie ist gekommen, um uns zu warnen, und du erwartest von mir, dass ich sie ihrem Schicksal überlasse? Sie ist eine hilflose Frau, der wir unsere Gastfreundschaft gewährt haben. Schon aus diesem Grund ist es unsere Pflicht, sie zu beschützen.«

»Wenn die Götter sie geschickt haben, um uns zu helfen, werden sie auch nicht zulassen, dass ihr etwas geschieht.«

Malcolm mischte sich in das Gespräch. Er sah Calach fest in die Augen. »Gib mir ein Pferd und Waffen und einen Mann, der sich in dieser Gegend auskennt. Ich werde Miriam zurückholen.«

Divico ergriff das Wort, bevor Calach antworten konnte.

Er allein durfte es wagen, sich über Calach hinwegzusetzen, war er doch sein bester Freund und Vertrauter.

»Wir werden dir geben, was du gefordert hast, und wünschen dir, dass die Götter dich beschützen.«

Er rief Ambiani zu sich und befahl ihm, sofort mit Malcolm aufzubrechen.

Dann nahm er Calach am Arm und zog ihn zurück ins Zelt.

»Ich bin dein Freund und auch ich habe schon das quälende Verlangen nach einer Frau in meinen Lenden gespürt. Doch du musst dich zusammennehmen, sonst werden die Fürsten den Respekt vor dir verlieren. Du bist der erste Heerführer, der es geschafft hat, sie zu vereinen, und das darfst du nicht aufs Spiel setzen.«

Calachs Augen wurden schmal. »Ich danke dir für deine Worte, es sind die Worte eines Freundes. Ich schwöre bei den Göttern, dass ich die Freiheit unseres Landes mit allen Kräften, selbst mit meinem Leben, verteidigen werde. Doch nach der Schlacht werde ich Caletes zur Verantwortung ziehen. Ich werde ihn zum Zweikampf auffordern und er wird für seinen Verrat bezahlen.« Er legte eine kleine Pause ein. »Lass uns in die Berge reiten und den Platz auswählen, an dem wir das römische Heer empfangen werden.«

Gnaeus Iulius Agricola sah zu, wie die Legionäre das Nachtlager errichteten. Das aestiva, das Sommerlager, wurde täglich nach dem gleichen Muster angelegt. Alle Straßen kreuzten sich im rechten Winkel, wodurch die

Lagerstatt in gleichmäßige Viertel geteilt wurde. Zuerst vermaß man die beiden Hauptstraßen, die via praetoria und die via principalis. Am Kreuzungspunkt der beiden Hauptstraßen, dem locus gromae, wurden das Forum, Versammlungsplatz des Lagers, und das praetorium, das Hauptquartier mit dem Zelt des Kommandeurs, errichtet. Hier wurden die Feldzeichen aufbewahrt. Die Männer arbeiteten Hand in Hand, jeder Griff, den sie verrichteten, war perfekt eingeübt und erforderte gewaltige Disziplin. Hunderte von Legionären rodeten Bäume und Buschwerk, um Platz für die Zelte zu schaffen. Ein Doppelgraben wurde ausgehoben und mit einem Erdwall umgeben. Als der Wall errichtet war, wurden die pila muralia, an beiden Enden zugespitzte und in der Mitte mit einer Einkerbung versehenen Eichenpfosten, senkrecht in den Wall gerammt und mit Stricken untereinander verbunden.

Schon nach kurzer Zeit zog sich ein doppelter Verteidigungswall rings um das Lager, standen Gatter für die Pferde und Maultiere bereit. Um das praetorium herum, in dem sein Zelt aufgebaut wurde, standen die Zelte der Offiziere, an anderen festgelegten Stellen die der einzelnen Kohorten und Hilfstruppen.

Jeweils acht Soldaten waren in einem contubernium, einem Giebelzelt aus Kalbs- oder Ziegenleder, untergebracht. Sie besaßen eine eigene Handmühle, die aus zwei übereinander gelegten, massiven runden Steinscheiben bestand und mit der sie ihre tägliche Weizenration schroten konnten.

Schon wurden die ersten Biwakfeuer entzündet, in deren heißer Asche die Männer sich später ihr Vollkornbrot, das panis militaris, backen konnten. Es war üblich, darum zu würfeln, wer von ihnen die ungeliebte Arbeit des Mahlens übernehmen musste.

Gnaeus Iulius war immer wieder fasziniert, wie seine Männer in weniger als zwei Stunden eine einsame Landschaft in ein befestigtes Lager verwandelten, das den Eindruck einer seit langem bewohnten Siedlung entstehen ließ. Wehmütig dachte er an seine weit entfernte Heimat.

Er war mittelgroß, zierlich und seine dunklen Augen blickten freundlich.

Er war ein guter Feldherr. Die Legionäre liebten und verehrten ihn, weil er vorausschauend und gerecht war und vor allem eine glückliche Hand bei den Feldzügen hatte, die er unternahm.

Für einen kleinen Moment erlaubte er es, sich seinem Schmerz hinzugeben. Die Nachricht, dass sein Sohn im Alter von nur einem Jahr gestorben war, hatte ihn vor wenigen Wochen erreicht. Es war ihm nicht gegönnt worden, ihn auch nur einmal in seinen Armen zu halten. Ein wehmütiger Ausdruck legte sich über sein Gesicht, als er an Domitia, seine schöne und sanftmütige Frau, dachte. Es musste ihr das Herz zerrissen haben, ihren Sohn der dunklen Erde zu übergeben, und er konnte nicht einmal bei ihr sein, um sie zu trösten. Gnaeus Iulius hatte ihr einen langen Brief geschrieben und ihr versprochen, so schnell wie möglich nach Hause zu kommen. Doch dann hatte er von seinen Spähern erfahren, dass viele Stämme der Britannier miteinander zu Rat gingen. Sie sahen vor sich nur Rache oder Knechtschaft und hatten – endlich belehrt, dass die gemeinsame Gefahr in Eintracht zurückzuschlagen sei – durch Gesandtschaften und Bündnisse die Streitkräfte sämtlicher Völkerschaften aufgeboten.

Er befand sich jetzt in seinem siebten Amtsjahr. Sein Vorgänger Petilius Cerialis hatte die Briganter unterworfen und die Silurer besiegt und ihm die Soldaten in sorgloser Stimmung übergeben, als sei der Feldzug beendet, doch die Feinde lauerten auf Gelegenheiten zur Rache. Der Stamm der Ordoviker hatte nicht lange vor seinem Eintreffen eine in ihrem Gebiet patrouillierende Reiterschwadron beinahe vollständig aufgerieben und dieser kleine Sieg war ein Anfang, durch den die Provinz zu mehr ermuntert worden war. Obgleich der Sommer schon vorüber war und die Garnisonen über die Provinzen verstreut waren, lauter hindernde und störende Umstände für eine Feldzugseröffnung, hatte Gnaeus Iulius beschlossen, der Entscheidung entgegenzugehen. Er zog die Legionsabteilungen und eine mäßige Zahl der Hilfstruppen zusammen und da die Ordoviker nicht wagten, in die Ebene hinabzusteigen, hatte er selbst das Heer landaufwärts in das Stammesgebiet der Ordoviker geführt. Fast der ganze Volksstamm wurde niedergeschlagen. Dann hatte Gnaeus Iulius in Kenntnis der Stimmung in der Provinz und zugleich belehrt durch die Versuche anderer, dass man mit den Waffen nicht viel erreichte, wenn ihnen Ungerechtigkeit folgte, beschlossen, die Anlässe für Kriege zu beseitigen. Das Erheben von Getreide und Steuern milderte er durch ausgewogene Zuteilungen. Unterdessen ließ er dem Feind keine Ruhe, sondern schädigte ihn durch plötzliche Überfälle. Hatte er aber seinem Ermessen nach genug Schrecken verbreitet, ließ er die Völkerstämme überwiegend in Ruhe, solange sie regelmäßig ihre Abgaben leisteten.

Damit sich die weit über das Land verteilten, ungehobelten und deshalb zum Kriege neigenden Menschen durch die römische Lebensweise an Ruhe und Muße gewöhnten, drängte er die Stammesfürsten persönlich zur Zusammenarbeit und half ihnen, Tempel, Märkte und Häuser zu errichten, lobte dabei die Bereitwilligen und schalt die Trägen: So wirkten Ehrsucht und Wettstreit statt Zwang.

Die Fürstensöhne ließ er sogar in den edleren Wissenschaften erziehen und gab dem Talent der Britannier vor dem Eifer der Gallier den Vorzug, so dass sie, die noch eben die römische Sprache abgelehnt hatten, nach der Kunst der Rede verlangten.

Da Gnaeus Iulius Agricola die für ein Heer im Feindesland gefährlichen Märsche sorgfältig plante, erkundete er ebenso die Häfen durch seine Flotte.

Die Britannier stürzte, wie man von Gefangenen hörte, der Anblick der Flotte in Erstaunen, als sei ihnen nun auch der letzte Zufluchtsort verschlossen.

Die Bewohner Caledoniens aber, die die bewaffnete Abwehr gewählt und das Volk mit starker Rüstung versehen hatten, begannen von sich aus gegen die römischen Festungen anzulaufen und hatten ihren Angreifern einen gehörigen Schrecken eingejagt.

Gnaeus Iulius Agricola hatte jüngst erfahren, dass unter der Führung von Calach, einem klugen und erfolgreichen Feldherren aus vornehmer Familie, ein Angriff in mehreren Heeresgruppen bevorstand.

Um nun bei ihrer Überzahl und Ortskenntnis nicht besiegt zu werden, teilte er sein Heer in drei Teile und war seinerseits gut vorbereitet.

Er hatte die Flotte vorausgesandt, damit sie an verschiedenen Orten plünderte und großen und unbestimmten Schrecken verbreitete, und war auf dem Wege zum Berg Graupius, den der Feind bereits besetzt hatte, wie Kundschafter ihm berichtet hatten. Die Entscheidung würde nicht mehr lange auf sich warten lassen und dann konnte er endlich nach Massilia fahren, wo seine geliebte Domitia ihn voller Sehnsucht erwartete.

Vor den Zelten hatte man Laternen angezündet, deren unruhiges Flackern einen Teil der Quartiere beleuchtete. Das Lager lag in tiefer Dunkelheit und ein Schauer überlief ihn, als der Wind die Stimmen unbekannter Tiere zu ihm herübertrug. Obwohl er schon so lange in diesem Land war, gelang es ihm nicht, sich an die urwüchsige Wildheit der Landschaft zu gewöhnen. Die düsteren, undurchdringlichen Wälder mit ihren fremden und grausamen Göttern flößten ihm immer wieder Unbehagen ein. Brennende Sehnsucht ergriff ihn, wenn er an die lichten, sonnendurchfluteten Gärten in Massilia dachte. Ihm war, als würde er die süßen Düfte der sorgfältig angepflanzten Blumen riechen, die ihre Farbenpracht im Schatten der schlanken Pinien entfalteten.

Er wandte seinen Blick von den hohen Bäumen, die das Lager umstanden, und blickte in das ihm vertraute Firmament.

Wie ein schützendes, funkelndes Dach lag der Himmel über ihm so weit und doch so nah. Domitia liebte es, gemeinsam mit ihm die Sterne zu betrachten, und stellte ihm immer neue Fragen, die er liebevoll beantwortete, so gut er konnte.

Er genoss noch einen Moment die klare, feuchter werdende Luft, bevor er sich in sein Zelt zurückzog.

In vier Tagen würde die Entscheidung fallen und er brauchte den Schlaf, um genügend Kräfte für die bevorstehende Schlacht zu sammeln.

Caletes war mit seinen Männern die ganze Nacht und auch den nächsten Tag hart geritten. Er hatte an Gepäck nur mitgenommen, was die Pferde tragen konnten. Gnaeus Iulius Agricola würde ihnen Zelte zur Verfügung stellen und auch die anderen Dinge, die er und seine Männer benötigen würden. Er rechnete damit, dass Calach ihm hasserfüllt folgen würde, und wollte das römische Heer so schnell wie möglich erreichen.

Caletes hatte nur einen kleinen Teil seiner Männer mit zu der Versammlung genommen.

Er hatte seinen Auftrag, Zwietracht unter den Gaufürsten zu verbreiten, nicht erfüllen können, Calach und dem Druiden war es entgegen seiner Erwartung gelungen, die Fürsten von einem Sieg zu überzeugen. Dafür hasste er Calach und sein Hass war so groß, dass er ihn auf alle Männer übertrug, die an seinen Lippen gehangen hatten und sich von seinen Worten hatten überzeugen lassen. Rom war die Zukunft und er hatte nicht vor, mit einem Volk unterzugehen, das die Augen vor dem Fortschritt verschloss.

Agricola würde nicht sehr begeistert darüber sein, dass sich bis auf ihn alle Gaufürsten für den Krieg ausgesprochen hatten. Doch Calach hatte Caletes, ohne es zu wollen, einen Trumpf zugespielt und jetzt war die Frau, die Calach liebte, in seiner Gewalt. Caletes würde sie Agricola als Geisel und zum Zeichen seiner Freundschaft übergeben. Doch das war noch nicht alles. Sein Gesicht verzog sich zu einem bösartigen Grinsen, als er an seinen Plan dachte, der den Caledoniern und mit ihnen Calach den Rest geben würde. Damit würde es ihm endgültig gelingen, Calach all das heimzuzahlen, was er ihm angetan hatte. Über die Unschuldigen, die mit geopfert werden würden, machte er sich keine Gedanken. Mit Hilfe der Römer würde es ihm endlich gelingen, die Macht über sein Land an sich zu reißen. Alle Gaufürsten, die sich gegen ihn ausgesprochen hatten, waren verloren und würden mit Calach untergehen.

Miriam saß hinter dem Briganter, der sie entführt hatte, im Sattel und hatte Mühe sich an ihm festzuhalten, um nicht vom Pferd zu fallen. Der Geruch, der von dem Mann ausströmte, war unerträglich und sein Wollumhang, den er über seinem Kettenhemd trug, starrte vor Dreck.

Tränen der Verzweiflung liefen ihr über die Wangen. Hatte Divico veranlasst, dass sie verschleppt wurde? Der hagere Mann mit der langen Narbe und den stechenden Augen war ihr von Anfang an unsympathisch gewesen, obwohl Calach ihm vertraute.

Je weiter sie sich vom Lager entfernten, umso verzweifelter wurde sie. Sie ritten über bewaldete Höhen und durch tiefe Täler. Die Pferde, aber auch die Menschen waren völlig erschöpft, als sie auf die ersten Kundschafter stießen, die sofort umkehrten, um Agricola von dem Eintreffen der Briganter zu berichten.

Als sie an den Pionieren vorbeiritten, ließ Caletes die Pferde langsamer gehen. Es würde nicht mehr lange dauern, bis sie das Heer der Römer erreicht hätten und vor Calach in Sicherheit sein würden.

Schon von der nächsten Anhöhe aus sahen sie den endlos langen Zug aus Menschen und Tieren, der sich langsam und gleichmäßig auf sie zu bewegte. Es war ein beeindruckendes Bild. Rüstungen und Schildbuckel blinkten in der Sonne, Helme blitzten und das Wiehern und Schnauben der Pferde, vermischt mit Stimmengewirr und vereinzelten Flüchen, drangen zu ihnen hinauf.

Caletes wies seine Männer an, sich den an der Spitze reitenden Hilfstruppen anzuschließen. Er selbst nahm nur vier seiner Krieger und Miriam mit und ritt gemächlich die Anhöhe hinunter. Sie kamen an wild aussehenden Tungrern mit schwarzen Haaren und kleinen runden Schilden vorbei, die als Hilfstruppe rekrutiert worden waren und sowohl Infanterie als auch Kavallerie bildeten. Ihnen folgten bärtige Bataver und die Briganter auf struppigen, wendigen Pferden, dann berittene Bogenschützen. Danach kamen die Legionen, von denen jede aus fünftausend Mann bestand, die einheitlich Gliederpanzer, Helme, Schwerter, Schilde und Speere trugen. Sie marschierten mit gleichmäßigen Schritten in einem Takt. Es war eine Bewegung, mit der das Heer sich schwerfällig und doch geschmeidig vorwärts schob. Das Ende des Trosses bildeten zwei Prätorianerkohorten, die zum direkten Schutz des Feldherren abgestellt worden waren, und eine ausgesuchte Kavallerieeinheit. Der Packzug mit den Vorräten befand sich gut geschützt zwischen dieser Kavallerieeinheit und der Nachhut, die wiederum aus Hilfstruppen mit Infanterie und Kavallerie sowie berittenen Bogenschützen bestand.

Agricola löste sich aus der Reihe seiner Männer und ritt Caletes entgegen. Grüßend hob er die Hand.

»Ich grüße dich, Caletes, mein Freund und Verbündeter. Was hast du mir aus dem Lager der Caledonier zu berichten?«

Caletes genoss die gespannte Erwartung des Römers und holte weit aus, um die Spannung zu steigern. »Es war mir bereits gelungen, einen großen Teil der Gaufürsten davon zu überzeugen, dass es für sie und ihre Stämme besser sein wird, Frieden mit den Römern zu schließen. Doch die Vorzeichen, die dem Druiden von den Göttern gesandt wurden, versprachen einen Sieg. Calach hat die Gunst der Stunde sofort ausgenutzt und sie durch eine gewaltige Ansprache so begeistert, dass die meisten der Männer die Schlacht kaum noch erwarten können.« Er legte eine kurze Pause ein, bevor er weitersprach. Agricola würde beeindruckt sein, wenn er von seiner List erfuhr, die ihm den sicheren Sieg bringen würde. »Ich habe lange überlegt, wie ich dir helfen kann, ohne große Verluste zu siegen, denn die Caledonier haben dreimal so viel Krieger wie du.«

Agricola beobachtete ihn gespannt. Er hatte schon von vielen Verraten gehört, doch auf das, was er jetzt zu hören bekam, war er nicht gefasst. »Am Tage vor der Schlacht wird einer meiner Männer, den ich als Leibeigenen einem der Gaufürsten geschenkt habe, alle Fässer und Kessel mit Weizenbier mit dem schwarzen Mutterkornpilz vergiften. Wir haben die befallenen Körner so klein gerieben, dass niemand etwas merken wird. Du wirst leichtes Spiel mit deinen Feinden haben, denn sie werden unter der berauschenden Wirkung des Giftes nicht mehr wissen, was sie tun, und sich gegenseitig umbringen.« Erwartungsvoll sah er Agricola an. Er war so stolz auf seinen Plan, dass er nicht bemerkte, wie Agricolas Brauen sich bei seinen Worten unwillig zusammengezogen hatten. Doch schnell hatte der Legat sich wieder unter Kontrolle. Was dieser Gaufürst seinem Volk antun wollte, würde kein Römer jemals wagen. Ein Römer lebte für Rom und starb für Rom und würde niemals sein eigenes Volk auf diese hinterhältige, eines Ehrenmannes unwürdige Art an den Feind ausliefern.

Er zwang sich zu einem Lächeln. »Du bist ein wahrer Freund des römischen Volkes. Ich werde Kaiser Domitian wissen lassen, was du für uns getan hast.« Dann wandte er sich an einen der Prätorianer. »Sorge dafür, dass unser Verbündeter und seine Gefolgschaft alles erhalten, was sie benötigen. Wir sehen uns heute Abend in meinem Zelt.«

Keinen Moment länger konnte er die Anwesenheit dieses eiskalten Verräters ertragen. Caletes' Brust schwoll vor Stolz an. Von den Römern bekam er die Anerkennung und den Respekt, die ihm zustanden. Agricola wurde übel, als Caletes ihn verschwörerisch ansah. Die Grausamkeit dieses rohen Mannes, der krank vor Hass war, schockierte sogar ihn, der schon viele Intrigen in der Gier nach Macht und Ansehen miterleben musste. »Ich habe noch ein Geschenk für dich.« Caletes winkte den Briganter, der Miriam bei sich hatte, zu sich.

»Das ist die Frau, die Calachs Herz besitzt. Sie ist mein Geschenk an dich. Du kannst sie als Geisel nehmen oder als Sklavin verkaufen, ganz wie es dir beliebt«, schloss er seinen Bericht.

Agricola betrachtete die Frau, die erschöpft wirkte. Ihr schönes Gesicht war staubig und ihre Augen blickten verzweifelt. Etwas an ihr erinnerte ihn an seine Gattin Domitia. Rasch schob er den Gedanken an seine Frau beiseite und drehte sich wieder Caletes zu. Er unterschied sich nicht sonderlich von den machtzerfressenen Senatoren, die er schon immer verabscheute hatte.

»Ich danke dir, mein Freund. Du hast dem römischen Volk einen großen Dienst erwiesen. Wir werden uns heute Abend noch einmal sprechen, sobald das Lager errichtet ist.« Er wandte sich an den Prätorianer, der ihm am nächsten stand. »Bringt die Frau zum Packzug und sorgt dafür, dass sie gut behandelt wird.«

Agricola hatte so reagiert, wie Caletes es sich erhofft hatte. Zufrieden wendete er sein Pferd und gesellte sich zu seinen Männern, die den vordersten Hilfstrupp bildeten.

Der Prätorianer war trotz seiner schweren Rüstung erstaunlich wendig, was an der beweglichen Brustplatte, der lorica segmentata, lag. Eine Neuerung aus Rom, die den hohen Offizieren und den Prätorianern vorbehalten war. Der Helm mit dem quer gestellten Busch ließ ihn größer wirken, als er tatsächlich war.

Sie ritten an dem Zug vorbei, bis sie die ersten von

Ochsen und Maultieren gezogenen Karren erreichten. Frauen und Kinder hatten auch den kleinsten freien Platz auf den mit Vorräten beladenen Karren besetzt. Die meisten Menschen aber liefen zu Fuß neben dem Tross her. Es war ein farbiges Durcheinander, Sklaven, Frauen, Kinder und Händler; unzählige Gesichter und Gewänder, Menschen aus allen römischen Provinzen. Sie lachten, fluchten, zankten und brüllten durcheinander. Der Prätorianer brachte Miriam zu einem mit kostbaren Fellen und Decken ausgelegten Wagen, dessen hölzerne Seitenwände zum Schutz gegen den rauen Wind hochgezogen waren. Ein fest angebrachtes Zeltdach, das sich zurückschlagen ließ, verhinderte, dass die Insassen von den häufig einsetzenden Regenschauern durchnässt wurden. Hier würde die Geisel den größten Komfort haben und von den Legionären nicht belästigt werden. Mehr konnte die Frau nicht verlangen. Wenn sie sich an dem Beruf, den die Frauen ausübten, stören sollte, wie es einige der sittenstrengen römischen Bürgerfrauen taten, so wäre das ihr Problem und sie müsste allein damit zurechtkommen.

Im Inneren des geräumigen Wagens befanden sich Frauen mit stark geschminkten Gesichtern, eingehüllt in feinste Gewänder. Ein riesiger Nubier reichte ihnen Wein, getrocknete Datteln, Oliven und Nüsse. Sie plauderten und lachten, als wären sie auf einer Erholungsfahrt und nicht mitten im Feindesland. Als sie den Prätorianer, der Miriam mitbrachte, entdeckten, lächelten sie ihn auffordernd an. Eine der Frauen öffnete ihr Gewand und zeigte lockend ihre wohlgeformten Brüste. Der Prätorianer grinste.

»Später werde ich zu dir kommen und mich von dir in die Welt der Liebe entführen lassen, meine Süße. Doch bis das Lager aufgebaut ist, werdet ihr diese Frau in eurem

Wagen mitnehmen. Sie ist Agricolas Geisel und wird aus diesem Grunde gut behandelt. Ihr seid dafür verantwortlich, dass sie nicht flieht. Gebt ihr ein Kleid und kümmert euch um ihr Haar, damit sie Agricola standesgemäß gegenüber treten kann, wenn er sie sehen möchte.« Er warf der Kurtisane, die ihm ihre Brust gezeigt hatte, noch einen gierigen Blick zu, dann wendete er sein Pferd, um seinen Platz in dem Zug wieder einzunehmen.

Die Frauen betrachteten Miriam neugierig. Fünf verschiedene Augenpaare glitten über ihren Körper und musterten ihn wie eine Ware. Eine hellhäutige Schönheit mit viel zu dunkel geschminkten Augen strich ihr zärtlich über das Haar. Sie alle waren freiwillig in den Krieg gezogen, um mit ihrem Körper Geld zu verdienen. Der größte Teil der Frauen war nicht mehr ganz jung und es war ihre letzte Chance, sich für das Alter genügend Geld zurückzulegen. Im Gegensatz zu den Kurtisanen in den Städten herrschte statt Konkurrenz Solidarität unter den Frauen. Es gab mehr Männer, als sie bedienen konnten, und jede von ihnen hatte die Möglichkeit, so viele Sesterzen oder sogar Denare zu verdienen, wie sie wollte.

Miriam war eine willkommene Abwechslung für die Frauen, und dass sie Agricolas Geisel war, machte sie für die Kurtisanen noch interessanter. Sie überschütteten Miriam mit Fragen, während sie ihr eine dunkelblaue Tunika aus feiner Wolle reichten und die Luken in den Seitenwänden des Wagens verdeckten, damit sie unbelästigt von fremden Blicken das Gewand anlegen konnte. Dann rief eine der Frauen eine Sklavin herein und befahl ihr, sich um Miriams Haar zu kümmern. Die Sklavin, ein schüchternes junges Mädchen in Tunika, kämmte ihr das Haar mit einem Kamm aus Knochenbein und steckte es zu einer kunstvollen Frisur hoch, die sie mit verzierten Nadeln aus

Bronze befestigte. Anschließend rieb sie ihr den Hals und ihre Arme mit Duftölen ein.

Miriam ließ die Behandlung gleichmütig über sich ergehen. Sie war nur von einem Gedanken beseelt, zu fliehen. Irgendwie musste sie es schaffen, von hier fortzukommen.

Sie lächelte den Frauen freundlich zu, um eventuelles Misstrauen gar nicht erst aufkommen zu lassen. Verzweiflung und Angst würden ihr nichts nützen und sie sah sich dazu gezwungen, ihren Verstand einzuschalten. Momentan war sie ganz auf sich allein gestellt und die Frauen würden wahrscheinlich ihre einzige Chance sein, von hier fortzukommen.

Der Nubier reichte ihr mit unbewegtem Gesicht eine Schale Datteln und einen roten, kunstvoll verzierten Tonbecher, gefüllt mit lieblichem Würzwein.

Die Frauen sprachen Latein, wenn auch unterschiedlich gut. Die hellhäutige Schönheit neben ihr hieß Severina und stammte aus der Provinz Colonia.

Miriam hatte kein Problem, sie zu verstehen, da Latein eines ihrer Studienfächer war, wenn auch der lebendige Umgang mit der Sprache für sie ungewohnt war.

Das Holpern des Wagens wurde von den mehrfach übereinander gelegten Decken gedämpft und das gleichmäßige Rütteln ließ Miriams Lider schwer werden. Die Entführung, der anstrengende Ritt durch die Nacht und die Ungewissheit, was man mit ihr vorhatte, forderten ihren Tribut. Sie konnte ihre Augen nur noch mit größter Anstrengung offen halten und schlief wenig später erschöpft an Severinas Schulter ein.

Sie erwachte von dem durchdringenden Klang der Trompeten und Signalhörner. Mit einem Ruck blieb der Wagen stehen. Wie Ameisen begannen die Menschen durcheinander zu laufen, doch was wie ein riesiges Durcheinander wirkte, war in Wirklichkeit ein festgelegter Plan, in dem jeder Einzelne der mehr als elftausend Menschen seine ihm zugeteilte Aufgabe übernahm. Immer wieder ertönten die Signalhörner und neue Befehle wurden erteilt.

Miriam fragte Severina, wo sie sich erleichtern könne, und Severina führte sie hinter die nahe gelegenen Sträucher, die zwischen den Bäumen am Wegesrand standen. Der Wall war noch nicht errichtet und es wäre die Gelegenheit zur Flucht gewesen. Doch bevor Miriam ihren Gedanken in die Tat umsetzen konnte, entdeckte sie den fast zwei Meter großen Nubier, der ein Stück entfernt stand und sie nicht aus den Augen ließ. Sie hatte nicht bemerkt, dass er ihnen nachgegangen war. Severina war ihrem Blick gefolgt.

»Er ist zu unserem Schutz hier, es gibt zu viele Männer«, lachte sie fröhlich. Ihre Stimme klang schwer. Wie die anderen Frauen hatte sie den ganzen Tag Wein getrunken. Der Alkohol erleichterte ihre Arbeit, mit der sie beginnen würden, sobald das Lager errichtet war.

Enttäuscht lief Miriam mit Severina zum Wagen zurück, der gemeinsam mit den anderen zu einer großen Wagenburg zusammengezogen wurde. Dazwischen hatte man die Zelte errichtet, in denen die Frauen nach und nach verschwanden. Miriam blieb noch eine Weile vor dem Wagen stehen und starrte in den sternenlosen, bewölkten Himmel. Der Regen hatte nachgelassen und die Luft war feuchtkalt. Miriam begann zu frösteln, trotzdem betrachtete sie noch eine Weile das Lagerleben, sah zu, wie die Laternen und Öllampen entzündet wurden und die ersten Feuer brannten. Es war eine fremde, raue, ihr unbekannte Welt. Sie dachte an ihre Mutter. Ob sie es wohl gutgeheißen hätte, dass sie ihren Spuren in die Vergangenheit gefolgt war? Der Gedanke an sie gab ihr neuen Mut. Ihre Mutter hatte es geschafft, sich in ihr Schicksal zu fügen, und hatte das Beste aus ihrer Situation gemacht. Genau das würde sie auch tun. Ihre Mutter war damals ganz auf sich alleine gestellt gewesen. Sie hatte immerhin noch Malcom und Willie an ihrer Seite. Ob die beiden auf der Suche nach ihr waren? Und Calach, würde er versuchen, sie zu befreien? Sie musste so schnell wie möglich von hier fort, um zu verhindern, dass die drei Männer sich ihretwegen in Gefahr brachten. Gedankenverloren stieg sie in den Wagen, in dem die kleine Sklavin sie bereits mit dem Essen erwartete. Miriams Magen begann zu knurren, als der Duft von gebratenem Fleisch in ihre Nase stieg. Sie langte kräftig zu und aß so viel sie konnte. Außer dem Fleisch gab es warmes Brot, Obst, Käse und Oliven. Als sie satt war, dachte sie darüber nach, wie sie ihren Fluchtplan verwirklichen konnte.

Das Lager war durch einen hohen Wall geschützt, der scharf bewacht wurde. Tagsüber würde ihre Flucht schnell bemerkt werden und sie hätte zu wenig Zeit, um sich in den umliegenden Wäldern zu verbergen.

Der beste Moment würde die Abenddämmerung sein, wenn der Schutzwall noch nicht errichtet war. Sie musste nur einen Weg finden, um den scharfen Augen des Nubiers zu entkommen. Sie trank noch einen Becher Würzwein und tröstete sich mit dem Gedanken, dass ihr bis zum nächsten Abend schon etwas einfallen würde. Dann schlief sie ein und träumte von Calach, nach dem sie sich mehr sehnte, als sie es jemals nach einem Mann getan hatte.

Früh am Morgen kehrten die Frauen nacheinander in den Wagen zurück. Sie wirkten erschöpft und die Schminke in ihren Gesichtern war verschmiert. Der Nubier reichte ihnen etwas Würzwein. Während sie ihn tranken, unterhielten sie sich ausgiebig über die Männer, die sie in der vergangenen Nacht aufgesucht hatten. Als das Nachtlager abgebaut wurde und der Tross sich langsam wieder in Bewegung setzte, schliefen sie nacheinander ein. Nun war früher als erwartet die Gelegenheit gekommen, auf die sie gewartet hatte. Die Frauen würden sicher noch einige Stunden schlafen. Niemand würde ihr Verschwinden bemerken. Es musste ihr nur gelingen, an dem Nubier vorbeizukommen. Vorsichtig spähte sie aus dem Wagen. Der riesige Sklave hatte es sich neben dem Kutscher bequem gemacht. Er wusste, dass die Frauen erst später nach ihm verlangten, und nutzte die Zeit, um ein wenig zu dösen. Die Geisel hatte er längst wieder vergessen, doch selbst wenn er an sie gedacht hätte, hätte er nicht damit gerechnet, dass eine Dame aus der Oberschicht es wagen würde, alleine in die undurchdringlichen Wälder zu fliehen. Ihm war die Umgebung in diesem von Barbaren bewohnten Land unheimlich und das Rauschen der Bäume und die gegeneinander schlagenden Äste in der Nacht hörten sich an wie drohende Dämonenstimmen aus der Unterwelt. Er hasste das raue Klima, den ständigen Regen und besonders den düsteren Wald, der kein Tageslicht durchließ. Jeden Tag flehte er seine Götter an, ihn so schnell wie möglich wieder nach Rom zu bringen.

Miriams Puls klopfte schneller, als sie nach einem dunkelblauen Umhang griff, der achtlos in der Ecke lag. Sie legte ihn über ihre Schultern und schlich sich leise aus dem Wagen. Der Händler, der auf dem nachfolgenden Wagen saß, beachtete sie nicht. Schließlich gingen den ganzen Tag über die Menschen hinter die Büsche, um ihren Bedürfnissen nachzugehen. Miriam zog den Umhang höher, sodass er ihr Haar bedeckte, und lief langsam auf die mannshohen Sträucher zu, die die von den Pionieren geschlagene Schneise säumten. Erleichtert verschwand sie hinter den Sträuchern. Vorsichtig sah sie sich um, ob ihr jemand folgte. Doch niemand schien ihre Flucht bemerkt zu haben und so lief sie rasch weiter. Von dem Gedanken erfüllt, Calach zu retten, kämpfte sie sich durch das feuchte Unterholz, stolperte über Baumwurzeln und bemerkte die Dornen nicht einmal, die ihre Beine und Arme zerkratzten. Sie hatte jedes Zeitgefühl verloren und lief so lange, bis ihre Beine vor Erschöpfung nachgaben. Müde lehnte sie ihren Kopf an den efeubewachsenen, mächtigen Stamm einer Eibe. Sofort fielen ihr die Augen zu und sie sank in einen tiefen Schlaf.

Der alte Mann in dem weißen Gewand stand, gestützt auf seinem gedrehten Stock, vor ihr und sah sie aus wässrigblauen Augen sorgenvoll an. In seinen Augen lag so tiefe Trauer, dass sie es kaum ertragen konnte.

Ein kleiner Rabe hüpfte neben ihm auf dem Boden, sein linker Flügel hing kraftlos herunter. Nach einer Weile drehte der alte Mann sich um und starrte auf das tosende Meer unter ihm. Miriam erhob sich und schritt langsam auf ihn zu. Als sie ihn beinahe erreicht hatte, fiel ihr Blick auf das Meer und sie schrie erschrocken auf.

Das Wasser unter ihr war blutrot und der Schaum der gegen das harte Felsgestein brechenden Wellen spritzte zischend hoch, wie Blutfontänen aus unzähligen Wunden.

Schreiend wachte Miriam auf. Sie war schweißgebadet und das Entsetzen über ihren Traum hielt sie gefangen. Am ganzen Körper zitternd erhob sie sich und lief weiter, während ihr die Tränen über das Gesicht strömten. Sie achtete nicht auf den Weg, den sie nahm, genauso wenig wie auf die Umgebung. Ihre Kehle war ausgedörrt, doch sie bemerkte es nicht einmal.

Plötzlich waren sie hinter ihr. Das Trommeln der Hufe ließ den weichen Waldboden erzittern. Ihre Nackenhaare begannen sich zu sträuben, doch es war zu spät. Die beiden schwer bewaffneten Reiter hatten sie längst bemerkt und kamen in fliegendem Galopp auf sie zu. Miriam begann zu rennen. Schneller und schneller. Ihr Herz raste und die Angst vor ihren Verfolgern schnürte ihr die Kehle zu. Sie sah sich um, die Krieger kamen rasch näher und würden sie jeden Moment einholen. In ihrer Eile übersah sie eine Wurzel und stolperte. Verzweifelt versuchte sie sich zu fangen, doch es gelang ihr nicht. Wimmernd sank sie auf dem schlammigen Waldboden nieder. Sie verbarg ihr Gesicht in ihren Händen, weigerte sich, noch irgendetwas zu sehen oder zu hören. Die Erlebnisse der letzten Tage waren mehr, als sie ertragen konnte. Sie schloss die Augen und fühlte die schützenden Arme ihrer Mutter um sich, roch einen vertrauten Duft.

Doch es waren nicht die Arme ihrer Mutter, die sie jetzt liebevoll an sich zogen und ihr immer wieder über das feuchte Haar strichen. Konnte es wirklich wahr sein? Zögernd öffnete sie ihre Augen. Es war Malcolm, der bei ihr war und sie so fest an sich drückte, als wolle er sie nie wieder loslassen. Vor Erleichterung rannen ihr die Tränen über das schweißnasse Gesicht.

Ambiani beobachtete die Szene vor sich von seinem Pferd aus.

»Wir müssen sofort von hier fort, wir sind viel zu nah bei den Römern, jeden Moment könnten wir auf Späher treffen«, sagte er warnend. Malcolm zog Miriam hoch und setzte sie hinter sich aufs Pferd. »Du hast Recht.« Sie wendeten die Pferde und ritten zurück zu Calachs Lager. Im Stillen dankte er Gott dafür, dass er Miriam rechtzeitig gefunden hatte. Die Morgendämmerung zog bereits herauf, als sie erschöpft das Lager erreichten. »Ich danke dir für deine Hilfe«, sagte er, als sie von den Pferden stiegen.

Ambiani nickte ihm kurz zu, dann nahm er die Pferde und verschwand zwischen den Zelten. Malcolm hakte Miriam unter und brachte sie zu ihrem Zelt, wo er sich auf seine Schlafstätte fallen ließ und sofort einschlief. Miriam war trotz ihrer Erschöpfung nicht müde, sie war viel zu überdreht, um schlafen zu können. Die verschiedensten Gedanken wirbelten durch ihren Kopf und sie beschloss, sich noch etwas die Beine zu vertreten.

Friedlich lag das Lager in der aufsteigenden Morgensonne und Miriam genoss die frische, kühle Luft, die der Ostwind ihr ins Gesicht blies.

Nachdem Ambiani die Pferde versorgt hatte, machte er sich auf den Weg zu Calach, um ihm von ihrer erfolgreichen Rückkehr zu berichten. Calach war bereits wach, als er das Zelt betrat. Seine Sorge um Miriam und die bevorstehende Schlacht hatten ihn nicht zur Ruhe kommen lassen. Beunruhigt blickte er dem jungen Krieger entgegen. Was hatte die frühe Rückkehr Ambianis zu bedeuten?

Dann sah er den Stolz in Ambianis Augen und seine Miene hellte sich etwas auf.

»Wir haben deinen Auftrag ausgeführt. Die Frau befindet sich wohlbehalten in ihrem Zelt.« Erleichtert lehnte Calach sich zurück.

»Ich habe gewusst, dass ich mich auf dich verlassen kann. Während der Schlacht wirst du an meiner Seite gegen unsere Feinde kämpfen.«

Ambianis Gesicht begann vor Überraschung und Freude zu glühen.

»Ich danke dir für diese Ehre und werde dein Vertrauen nicht enttäuschen.«

»Davon bin ich überzeugt. Du hast bewiesen, dass du Mut besitzt, bald kannst du zeigen, wie du kämpfen kannst. Doch jetzt bringe mir bitte mein Pferd, ich habe noch etwas zu erledigen.«

Mit stolzgeschwellter Brust verließ Ambiani das Zelt seines Feldherren und beeilte sich, seinen Befehl auszuführen.

Calach stand auf und legte sein Hemd an. Dann griff er nach seinem Schwert und steckte es in die lederne Scheide. Er konnte es kaum erwarten, Miriam wiederzusehen. Der Himmel war klar und die Sonne gab jeden Moment mehr von ihrer Wärme auf die Erde ab. Calach betrachtete dies als gutes Omen für die Zukunft. In zwei Tagen würde die Entscheidung fallen, die Entscheidung darüber, ob sein Volk die Freiheit zurückerhalten würde oder unter die harte Knechtschaft der Römer fiel. In den letzten Tagen waren immer mehr Gefolgsleute der einzelnen Gaufürsten eingetroffen. Wenn die mitgebrachten Vorräte aufgezehrt waren, würde es schwer sein, sie zu versorgen. Die Römer hatten den Wildbestand in den Wäldern geplündert und ihre Händler hatten von den umliegenden Dörfern den gesamten Getreidevorrat aufgekauft. Wenn sich jemand weigerte zu verkaufen, wurde das Dorf angesteckt und Frauen und Kinder in die Sklaverei verkauft. Er hatte vorgesorgt, so gut er konnte, und es gab noch einige in der Erde versteckte Vorratskammern, die sich allerdings nur schwer gegen die Mäuse schützen ließen.

Er war erst wenige Meter geritten, als er Miriam entdeckte. Ihr rotblondes Haar flatterte im Wind und ihre Augen weiteten sich vor freudiger Überraschung, als sie seinem Blick begegnete. Calach trieb sein Pferd an, um schneller bei ihr zu sein. Er hob sie hinter sich in den Sattel, wo sie sich glücklich an ihn schmiegte.

»Es ist gut, dass du wieder bei mir bist, ich werde wohl besser auf dich achten müssen«, sagte er liebevoll.

Sie verließen das Lager, das langsam hinter ihnen erwachte, und ritten auf die Berge zu. Als sie sich hoch oben auf dem Mons Graupius befanden, stiegen sie vom Pferd und ließen sich auf das noch feuchte Gras sinken. Calach zog Miriam eng an sich und zeigte auf die friedlich vor ihnen liegende Landschaft.

»Das ist unser Land. Wir werden es verteidigen, und wenn es nicht anders geht, mit unserem Leben. Solange ich atme, werde ich mich niemals unter fremde Herrschaft begeben.« Er hatte mit Leidenschaft gesprochen, seine Worte klangen wie ein Schwur.

Das Meer aus Blut tauchte vor ihren Augen auf, doch sie brachte es nicht übers Herz, Calach von ihrem Traum zu erzählen. Eng aneinander geschmiegt blickten sie auf die unter ihnen liegenden Täler und Hügel und ihre Herzen schlugen im gleichen Takt. Schweigend ließen sie sich von der Sonne bescheinen und genossen die Nähe des anderen. Eine leichte Befangenheit lag über ihnen und Miriam ergriff schüchtern Calachs Hand. Sie sehnte sich so sehr nach seiner Berührung, dass es beinahe schon schmerzte. Calach sah sie an, seine Blicke waren wie ein Streicheln. Ihre Augen versanken ineinander. Es war ein stummes Zwiegespräch über Sehnsucht und Liebe, Angst und Hoffnung. Mit einem Aufstöhnen zog Calach Miriam in seine Arme und bedeckte ihr Gesicht und ihren Hals mit Küssen. Ihre Lippen begegneten einander und seine Küsse wurden leidenschaftlicher, fordernder, während seine Hände unter ihre Tunika glitten, die schlanke Form ihrer Oberschenkel erforschten, über ihren flachen Bauch streichelten und sich fest und doch zärtlich um ihre Brüste legten. Miriam ließ sich von seiner Leidenschaft mitreißen.

Was gestern war und morgen sein würde, spielte jetzt keine Rolle mehr.

Sie spürte, wie er zurückweichen wollte, und umschlang ihn fester. Sie würde es nicht ertragen, wenn er sich jetzt von ihr löste. Er öffnete den Mund, um etwas zu sagen, doch Miriam hielt ihn mit ihrer Hand und dann mit ihren Lippen davon ab. Sie drängte sich an ihn, fühlte seine anschwellende Männlichkeit, die unter ihren Händen härter wurde, und machte es ihm schwer, seinem Vorsatz treu zu bleiben. Sie befand sich in einem Taumel von Euphorie und Glück, heiße Schauer liefen durch ihren Körper, ihre Wangen glühten und sie brannte vor Liebe und Sehnsucht nach ihm. Sie wollte, dass er zu ihr kam, sich mit ihr vereinigte und die süße Qual beendete, die sie kaum noch ertragen konnte und doch nicht missen wollte.

Schwer atmend löste er sich von ihr und schob sie ein Stück von sich fort. Sie sah das brennende Verlangen in seinen Augen, sah, wie schwer es ihm fiel, sich von ihr zu trennen, ihr das zu verweigern, was sie sich mehr wünschte als alles andere. Langsam wurde ihr Atem ruhiger und ihre Liebe zu dem caledonischen Feldherr wuchs ins Unendliche. Er tat es für sie und ihre Ehre.

»Wir müssen zurück, meine Schöne, ich liebe dich mehr als mein Leben, doch erst müssen wir kämpfen, damit unsere Kinder in Freiheit aufwachsen können. Ich danke den Göttern, dass sie dich beschützt haben. Der Gedanke an dich wird mir im Kampf die Kraft von zehn Männern verleihen. Es ist jetzt an der Zeit, sich um die Dinge zu kümmern, die getan werden müssen, und ich muss dich verlassen, obwohl es mir Schmerzen bereitet.«

In dem Blick, mit dem er sie ansah, lag so viel Zärtlichkeit, dass Miriam ganz warm um das Herz wurde. Sie wollte ihm noch so vieles sagen und war noch nicht bereit ihn gehen zu lassen. Doch es kam kein Wort über ihre Lippen und bei dem Gedanken, sich von ihm trennen zu müssen, stiegen ihr vor Sehnsucht die Tränen in die Augen.

Calach bestieg sein Pferd und reichte Miriam den Arm, um ihr hinaufzuhelfen.

Der Himmel war tiefblau und die Sonne ließ das noch feuchte Gras glitzern. Der Wind hatte gedreht und blies ihnen eine warme Brise ins Gesicht. Es war so friedlich und schön und Miriam genoss es aus vollem Herzen, bei Calach zu sein und seine Nähe zu spüren. Sie wünschte sich, dass die Zeit stehen bleiben würde, wenigstens für einen Moment, damit sie sich besser auf die bevorstehende Trennung vorbereiten könnte.

Doch ihr Wunsch ging nicht in Erfüllung. Viel zu schnell hatten sie das Lager erreicht, in dem Aufbruchstimmung und Chaos herrschten. Sie spürte die Angespanntheit, die von den Lagerbewohnern ausströmte. Einige der Gaufürsten brachten ihre Frauen und Kinder in die umliegenden Wälder, andere zogen es vor, ihre Familien bei sich zu haben, um gemeinsam mit ihnen zu siegen oder zu sterben. Die Männer waren so aufgewühlt, wie sie es vor jeder Schlacht waren. Calach sprang ab und streckte seine Arme aus, um Miriam vom Pferd zu helfen. Sie ließ sich hineinfallen, genoss diese letzte Berührung, dann war auch dieser Moment vorbei. Calach warf ihr noch einen brennenden Blick zu, bevor er sich umdrehte und in der brodelnden Menschenmasse verschwand.

Als Willie aus seinem unruhigen Schlaf erwachte, stellte er erleichtert fest, dass Malcolm zurückgekehrt war. Er wusste, dass Malcolm enttäuscht von ihm war, weil er sich geweigert hatte, mit ihm zu reiten. Doch die Angst und das Entsetzen über die Ereignisse der letzten Tage hielten ihn immer noch fest umklammert. Unruhig hatte er sich im Zelt verkrochen und gegen besseres Wissen gehofft, dass alles nur ein böser Traum war, aus dem er bald erwachte. Er fühlte sich hilflos wie nie in seinem Leben und war wütend auf sich selbst, weil er sich auf den Ausflug mit seinen Schulfreunden überhaupt eingelassen hatte.

Als Miriam ins Zelt zurückkehrte, sah Willie sie missmutig an.

»Du hast uns in diese Situation gebracht, jetzt lass dir endlich etwas einfallen, damit wir heil wieder herauskommen«, sagte er vorwurfsvoll.

Miriam sah ihn an. Sie war enttäuscht über sein Verhalten. Was war nur aus dem fröhlichen, immer zu Späßen aufgelegten Willie geworden?

Sie hatte die Gier in seinen Augen gesehen, als sie über den goldenen Halsreif gesprochen hatten, und auch die Angst, als ihm klar geworden war, in welcher Situation sie sich befanden. Das Leben hatte einen frustrierten Mann aus ihm gemacht, der anderen die Schuld an seinen Missgeschicken gab, um sich sein eigenes Versagen nicht eingestehen zu müssen. Trotzdem tat er ihr Leid und sie versuchte ihn zu trösten. Es war schließlich nicht seine Schuld, dass sie durch die Zeit gereist waren und er Probleme hatte, sich mit der vorherrschenden Situation abzufinden.

»Wir werden schon einen Weg finden, um wieder nach Hause zu kommen. Malcolm ist bisher immer etwas eingefallen. Meine Mutter hat es damals auch geschafft und sie war ganz allein mit mir. Ich bin sicher, dass es einen Grund dafür gibt, dass wir hier sind, auch wenn wir ihn noch nicht kennen.«

Malcolm war aufgewacht und setzte sich verschlafen auf. Er hatte die letzten Worte von Miriam mitbekommen.

»Das Wichtigste ist, dass wir wieder zusammen sind.

Die Angst, dass dir etwas zugestoßen sein könnte, hat mich halb wahnsinnig gemacht.« Miriam hörte ihm kaum zu. Die Sorge um Calach nahm ihr gesamtes Denken in Anspruch und sie war nicht bereit, den Lauf der Geschichte kampflos zu akzeptieren.

»Übermorgen wird die Schlacht stattfinden und ich habe in meinem Traum ein Meer aus Blut gesehen. Die Caledonier werden die Schlacht verlieren, wenn uns nicht irgendetwas einfällt, womit wir ihnen helfen können. Glaubst du, dass es möglich sein wird, die Geschichte zu verändern?« Sie sah Malcolm direkt in die Augen.

»Ich weiß es nicht, doch wie stellst du dir das vor? Wie können wir den Caledoniern dabei helfen, die Schlacht zu gewinnen? Ich habe keine Ahnung davon, wie man einen Krieg führt.«

»Und wenn wir sie durch irgendetwas erschrecken? Die Menschen sind abergläubisch und sehen in allen möglichen Dingen gute und schlechte Omen. Immerhin kommen wir aus dem dritten Jahrtausend und sind ihnen technisch und wissenschaftlich weit überlegen. Du warst doch immer gut in Chemie und Physik, soweit ich mich erinnern kann? Denk darüber nach, was wir für Möglichkeiten haben, aber beeil dich damit, uns bleibt nicht mehr viel Zeit.« Miriams Wangen hatten sich vor Eifer gerötet. Sie war besessen von der Idee, Calach zu helfen. Malcolm strich sich müde mit der Hand über die Stirn.

»Du überschätzt mich. Soll ich eine Maschinenpistole aus dem Ärmel zaubern oder vielleicht eine Kiste mit Handgranaten? Selbst wenn ich eine Idee hätte, wüsste ich nicht, woher ich das nötige Material nehmen sollte. Wir bräuchten zumindest Schwarzpulver oder Nitroglycerin, irgendetwas, woraus wir etwas bauen können. Doch leider befinden wir uns mitten in der Wildnis und es gibt hier absolut nichts, außer Tausenden von Männern, die den Kampf anscheinend kaum erwarten können.«

Willies Miene hatte sich bei den letzten Worten von Malcolm plötzlich aufgehellt. Ein breites Grinsen zog über sein Gesicht und erinnerte Miriam für einen kurzen Moment an den Willie von früher, dem kein Streich zu viel gewesen war.

»Ich glaube, ich habe da eine Idee. Die Römer werden laufen wie die Hasen! Weißt du noch, wie wir als Kinder heimlich Schwarzpulver hergestellt haben? Das hat ganz ordentlich geknallt. Besorge mir Holzkohle, Salpeter und Schwefel, dann braue ich etwas zusammen, von dem die Römer glauben werden, die Welt ginge unter. Zehn Prozent Schwefel, fünfzehn Prozent Holzkohle und fünfundsiebzig Prozent Salpeter. Ihr seht, ich habe die wichtigsten Dinge, die wir in der Schule gelernt haben, behalten.«

»Die Idee ist gut, es dürfte kein Problem sein, Salpeter, Schwefel und Holzkohle hier zu finden, doch wenn wir den Römern einen Schreck einjagen, wie können wir verhindern, dass die Caledonier nicht genauso erschrocken sein werden?«, gab Malcolm zu bedenken.

»Wir könnten mit Calach darüber sprechen. Vielleicht kann er seine Männer vorwarnen. Ich werde zu ihm gehen.« Ohne Malcolms Zustimmung abzuwarten, sprang Miriam auf und verließ rasch das Zelt.

Die Stimmung im Lager war unbeschreiblich. Überall herrschte Chaos und die Menschen liefen durcheinander wie in einem riesigen Ameisenhaufen. Frauen und Kinder wurden mit ihrem gesamten Hab und Gut auf Karren geladen und aus dem Lager gebracht. Die Männer gaben sich fröhlich, doch ihr Lachen klang gezwungen. In Gruppen standen sie herum, tranken Honigbier und machten sich gegenseitig Mut.

Miriam lief so schnell sie konnte an den Kriegern vorbei, die sie kaum beachteten. Ambiani kam ihr entgegen und wollte an ihr vorbeigehen, doch sie hielt ihn auf. »Ich bin auf der Suche nach Calach, kannst du mir sagen, wo er sich gerade befindet?«, sprach sie ihn an.

»Er bespricht sich mit Mog Ruith am heiligen Hain«, gab Ambiani zur Antwort und wollte an ihr vorbeieilen. Doch Miriam versperrte ihm den Weg. »Bring mich zu ihm, es ist wichtig«, sagte sie entschlossen und sah ihm fest in die Augen.

Ambiani zögerte einen Moment. Kalt sah er auf sie hinunter. Eine Frau hatte ihm keine Befehle zu erteilen. »Wenn Calach dich sehen will, wird er es dich wissen lassen. Jetzt ist keine Zeit für Frauen, wir müssen uns auf die Schlacht vorbereiten.«

»Calach wird zornig sein, wenn du mich nicht zu ihm bringst. Ich habe eine wichtige Nachricht für ihn.«

Widerwillig gab Ambiani nach. Er hatte bemerkt, wie viel seinem Feldherren an dieser Frau lag. Miriam folgte ihm zu den Pferden und sah zu, wie er zwei der struppigen Tiere heranpfiff und aufzäumte. Dann ritten sie gemeinsam zum heiligen Hain, der unweit der Quelle lag. Ambiani brachte sein Pferd auf einer kleinen Lichtung zum Stehen.

»Von hier an musst du zu Fuß gehen, ich werde auf dich warten. Folge einfach diesem Weg.« Miriam sprang vom Pferd und lief den schmalen Pfad entlang, der sich durch den dichter werdenden Wald schlängelte. Sie hatte das Gefühl, beobachtet zu werden, und begann zu frösteln. Mit jedem Schritt, den sie ging, schien es kühler zu werden und nur wenige Sonnenstrahlen fanden ihren Weg durch das dichte Blätterdach.

Sie war erleichtert, als sie Calach in Begleitung eines

alten Mannes unter den mächtigen Steineichen nahe dem Opferaltar entdeckte. Der Druide trug einen blauen Umhang über seinem weißen Gewand. In der Hand hielt er einen gedrehten Stock, auf den er sich stützte. Als sie näher kam, drehte er sich um und sah Miriam entgegen. Sie hielt erschrocken inne, als sie seinem Blick begegnete. Miriam sah sich niemand Geringerem gegenüber als dem alten Mann, den sie aus ihren Träumen kannte! Wie konnte das möglich sein?

Mog Ruith streckte ihr beide Hände entgegen. Er schien nicht im Geringsten erstaunt darüber zu sein, sie hier zu sehen.

»Komm her, mein Kind, ich habe dich erwartet«, begrüßte er sie freundlich. Miriam ergriff die ihr dargebotenen Hände und zuckte unwillkürlich zusammen. Seine Berührung traf sie wie ein elektrischer Schlag. Mit festem Griff umschloss Mog Ruith ihre Hände und sah ihr direkt in die Augen. Die Umgebung um sie herum begann zu verschwinden, Miriam sah nur noch die hellblauen, weisen Augen des Druiden, die sie zwangen, in sie hineinzusehen. Seine Gedanken flossen durch sie hindurch. Doch es waren nicht seine Gedanken allein. Bilder tauchten vor ihr auf und zogen sie in sich hinein. Der Wind nahm sie mit über das weite Land und sie fühlte sich frei und glücklich. Doch bevor sie die schwerelose Freiheit genießen konnte, krallte sich etwas Dunkles, Kaltes um ihr Herz und nahm ihr die Luft zum Atmen. Es zog sie hinunter, zurück auf den Boden und weiter. Immer tiefer wurde sie in die schwarze Erde gezogen, die sie unter sich begrub. Die Dunkelheit, die sie umfing, war lähmend und von gewaltiger Schwere. Sie hatte das Gefühl zu ersticken und rang verzweifelt nach Luft. Ihre Sinne schwanden und doch spürte sie die Wärme, die in der Kälte lag. Ihre Wahrnehmung hatte sich verändert. Sie war eins geworden mit der Materie um sich herum, spürte die gebärende Weiblichkeit und die Dunkelheit wandelte sich in Geborgenheit. Umhüllt von bläulich schimmernden Nebeln wurde sie wieder emporgehoben, der Sonne entgegen. Glücklich atmete sie die kühle, salzige Meeresluft ein, die von dem tosenden Wasser unter ihr ausströmte. Eine Ewigkeit schien vergangen zu sein, oder war es nur ein Augenblick? Sie fühlte sich wie nach einem schweren Traum, als sie wieder in die hellen Augen von Mog Ruith blickte. Diese Begegnung mit ihm würde sie nie vergessen.

»Du bist gekommen, um Calach zu helfen und ihm von deinem Wissen abzugeben, doch ich muss dich warnen. Bevor du es tust, denke noch einmal gut darüber nach. Wir können dem Schicksal nicht entkommen, es nicht lenken wie einen Wagen und genauso wenig beeinflussen wie den Lauf der Sonne oder den Willen der Götter. Die ewige Folge der Zeiten ist unabänderlich.«

Miriam spürte, dass er Recht hatte. Doch ihr Verstand lehnte sich gegen dieses Wissen auf. Sie wollte Calach nicht verlieren und genoss seine Nähe, die sie brauchte wie die Luft zum Atmen.

Mog Ruith wandte sich an Calach. »Bring sie zurück, ich möchte jetzt alleine sein, um mit den Göttern zu sprechen.« Die tiefe Trauer in seiner Stimme ließ Miriam beschämt den Kopf senken. Mog Ruith hatte sie durchschaut. Wer war sie, dass sie sich einbildete, sie könnte in den Lauf der Geschichte eingreifen? Willies Plan erschien ihr plötzlich kümmerlich vor dem vorherbestimmten Lauf der Dinge.

Hand in Hand liefen Calach und Miriam den schmalen Weg zurück bis zu der Stelle, an der Ambiani auf sie wartete. Calach half ihr aufs Pferd und sie ritten schweigend zum Lager zurück. Unterwegs warf er ihr immer wieder verstohlene Blicke zu. War Miriam eine Seherin? Mog Ruith war nicht im Geringsten überrascht gewesen, sie im heiligen Hain zu sehen. Es schien eher so, als hätte er sie erwartet.

Als sie das Lager erreichten, sah er Ambiani mit ernstem Blick an.

»Bringe Miriam und ihre Begleiter zu meiner Mutter und meiner Schwester, wo ich sie nach der Schlacht wiedersehen werde, wenn die Götter es zulassen.« Er sah Miriam ein letztes Mal in die Augen und brannte jede Einzelheit ihres Gesichtes in sein Gedächtnis. Dann wendete er sein Pferd und ritt zu seinen Kriegern, die dabei waren, sich auf die Schlacht vorzubereiten.

Die Stimmung wurde mit jeder Stunde drückender und die Spannung, die über den Menschen in dem Lager lag, war fast unerträglich geworden. Die Krieger hatten sich allesamt auf die Anhöhe des Mons Graupius begeben. Viele von ihnen hatten ihre nackten Oberkörper und ihr Gesicht mit Waid eingerieben, dessen blaue Farbe ihnen ein furchterregend wildes Aussehen verlieh. Andere verteilten so lange Kalklauge in ihren Haaren, bis sie so dick wurden wie die Mähne eines Pferdes. Sie rasierten sich die Wangen und das Kinn glatt, nur die Vornehmeren ließen den Schnurrbart lang herabwachsen, so dass der Mund verdeckt war.

Calach teilte den einzelnen Stammesverbänden ihre Stellungen zu, die sie sofort bezogen, und ermahnte die jungen Krieger, die auf Grund der Blutsverwandtschaft oder Waffenbrüderschaft gegliedert waren, noch einmal zur Besonnenheit.

Er hatte das Heer auf dem ansteigenden Gelände so aufgestellt, dass der vorderste Heerhaufen in der Ebene stand und die übrigen den Berghang dicht geschlossen hinanstiegen. Von hier oben konnten sie den Feind beschießen, ein unschätzbarer Vorteil, denn die römischen Legionäre mussten in den hellen Himmel blicken, um ihre Ziele zu treffen. Die Mitte des Feldes wurde von weit über tausend zweirädrigen, leicht gebauten Streitwagen mit Zweigespann ausgefüllt.

In dieser Stellung erwartete er das römische Heer, in der Gewissheit, dass sie den Römern zahlenmäßig weit überlegen waren. Beim nächsten Morgengrauen würde die Schlacht beginnen. Agricola war nur weniger als einen halben Tagesmarsch von ihm entfernt, wie seine Späher berichtet hatten.

Glutrot versank die Sonne hinter dem Mons Graupius und die Dämmerung senkte sich unmerklich über das Heer. Die Männer ruhten sich aus, um Kraft zu sammeln, doch nur den wenigsten unter ihnen gelang es, Schlaf zu finden.

Calach schritt das riesige Heer ab, sprach mit jedem einzelnen Unterführer, machte hier einige Scherze und verbreitete dort Siegessicherheit.

Die Nacht neigte sich bereits ihrem Ende zu, als er sich einen Augenblick der Ruhe gönnte. Er erhob seinen Blick zu dem tiefblauen Himmel über ihm, an dem die Sterne funkelten, und sein Herz war erfüllt von Sehnsucht nach der Frau, die er mehr liebte als sein Leben. Würde er sie wiedersehen? Zum ersten Mal dachte er daran, eine Familie zu gründen, und das Leben in seinem Dorf, das er immer als eintönig empfunden hatte, erschien ihm plötzlich erstrebenswert.

Das dunkle Blau der Nacht war unmerklich in ein helleres Grau übergegangen. Bodennebel waberten den Mons Graupius hinunter, legten sich über die ruhenden Krieger und hüllten sie in eine geheimnisvolle Stille. Calach lauschte in das undurchsichtige Weiß. Seine Sinne waren angespannt, doch er hörte nur das Stampfen und Schnauben der Pferde und leises Stimmengewirr. Die Sonne stieg langsam höher. Ihre Kraft reichte noch nicht aus, um die dichte Wolkendecke zu durchbrechen, doch bald würde es so weit sein.

Calach schob seine Gedanken beiseite und begann mit den letzten Vorbereitungen. Immer wieder musste er innehalten, weil er von einem merkwürdigen Schwindel ergriffen wurde. Was war nur los mit ihm? Sicher lag es daran, dass er in den letzten Tagen so wenig geschlafen hatte. Eine wohlbekannte Unruhe stieg in ihm hoch, wie vor jeder der vielen Schlachten, die er bereits geführt hatte.

Nun war es endlich hell geworden und der Nebel hatte sich zum größten Teil verflüchtigt, als das Klappern vieler tausender Rüstungen und die Huftritte der Kavallerie durch den jungen Morgen schallten.

Calach ließ sich sein Pferd bringen und ritt auf die Front zu.

Agricola hatte das Nachtlager früher abbrechen lassen als sonst. Seine Soldaten waren unruhig; besonders die rekrutierten Hilfstruppen, denen es immer noch schwer fiel, sich an die Disziplin der Römer zu gewöhnen. Im gewohnten Takt marschierten sie auf den Mons Graupius zu und bezogen ihm gegenüber Stellung.

Nachdem Calach seine Kriegsansprache gehalten hatte, ertönte lautes Getöse und Geschrei. In den Reihen der

Soldaten beider Heere breitete sich Unruhe aus. Einige der Caledonier konnten die Spannung nicht länger ertragen und preschten todesmutig auf den Feind zu. Sie forderten die Tapfersten der Gegner zum Einzelkampf heraus, schlugen ihre Waffen gegeneinander und beschimpften ihre Feinde, um sie einzuschüchtern.

Agricola glaubte seine ohnehin kampflustigen und bei dem Geschrei kaum noch in den Schanzen zu haltenden Soldaten noch mehr entflammen zu müssen, und erhob seine Stimme, um zu seinen Männern zu sprechen.

»Kameraden, seit fast sieben Jahren ist es uns immer wieder gelungen, durch unsere Kraft und im glücklichen Zeichen des römischen Kaiserreiches Britannien zu besiegen.

In den vielen Feldzügen habe ich mich nicht meiner Soldaten, ihr euch nicht eures Feldherren zu schämen brauchen. Es ist uns gelungen, unsere Schranken zu überschreiten; und die Grenzmark Britanniens befindet sich nicht nur den Gerüchten nach in unserer Hand, sondern mit Lager und Waffen. Britannien ist entdeckt und unterworfen.

Wie oft habe ich während des langen Marsches eure Rufe vernommen: ›Wann werden wir endlich an den Feind kommen?‹ Jetzt haben wir sie aus ihren Schlupfwinkeln aufgestöbert und eure Wünsche und Tapferkeit haben freien Raum. Auch wenn weder des Heeres noch des Feldherren Rücken sicher sind, ist ein ehrenvoller Tod mehr wert als ein schimpfliches Leben und es ist nicht unrühmlich, an diesem Grenzpunkt der Welt zu fallen.

Die Britannier, die ihr vor euch seht, sind dieselben, die ihr letztes Jahr, als sie verstohlen angegriffen haben, durch bloßes Geschrei niedergekämpft habt. Sie verstehen sich von allen Britanniern auf die Flucht am besten und sind nur aus diesem Grund so lange am Leben geblieben, eine Anzahl von Feiglingen und Angsthasen.

Nun haben wir sie endlich aufgestöbert, nicht weil sie sich gestellt haben, sondern weil sie ertappt wurden. Ihre verzweifelte Lage und die äußerste Furcht hefteten ihre Reihen in Erstarrung an dieser Stelle fest, wo wir den Sieg erringen werden. Lasst uns ein Ende machen mit den Feldzügen und fünfzig Jahren Herrschaft einen großen Tag hinzufügen! Lasst uns den Kampf beginnen!«

Noch während seine letzten Worte verklungen, begannen die Soldaten zu jubeln und stürzten sich unter dem lauten Schmettern der Kriegstrompeten sofort ins Gefecht. Agricola ordnete seine kampfeswilligen Soldaten so, dass das aus achttausend Mann bestehende Fußherr ein starkes Zentrum bildete und von weiteren dreitausend Reitern flankiert wurde.

Die Legionen standen bereit, sofort einzugreifen, wenn es nötig sein würde. Agricola, dem die Übermacht der Feinde bewusst war, ließ die Linien auseinander ziehen, um zu verhindern, dass seine Truppen zugleich von vorne und aus der Flanke bekämpft wurden. Die Legionäre bildeten einen massiven Block, dessen hintere Glieder die Linie der eigentlich Kämpfenden auf den Feind schoben.

Wurfgeschosse und Pfeile flogen durch die Luft und die ersten Männer sanken getroffen zu Boden. Ihr Stöhnen und Sterben ging in dem gewaltigen Kampfeslärm unter. Die Britannier wehrten die Wurfgeschosse geschickt mit ihren Schilden ab und überschütteten die Römer ihrerseits mit glühenden Tonkugeln und anderen Wurfgeschossen. Agricola, zu dessen Taktik es gehörte, auch den geringsten Vorteil, den die Gegner sich erkämpft hatten, sofort in deren Nachteil zu verwandeln, forderte vier Kohorten Bataver und zwei von den Tungrern zum Nahkampf auf.

Er wusste, dass sie den Britanniern mit ihren langen Schwertern, die nicht zum Nahkampf taugten, weit überlegen waren.

Die Bogenschützen schossen derweil unzählige brennende Pfeile auf die Pferde vor den Streitwagen. Angstvoll bäumten sich die getroffenen Tiere auf. Die um sich greifende Panik ging rasant auf die anderen Pferde über. Sosehr sie sich auch bemühten, gelang es auch den besten Wagenlenkern nicht, wieder die Kontrolle über sie zu erlangen. Scheuend rasten sie über das flache Gelände, die teilweise umgestürzten Streitwagen hinter sich herschleifend. Viele Britannier wurden zu Tode getrampelt und die Streitwagen, Calachs größter Trumpf, verwandelten das Schlachtfeld in ein Desaster von ungeahnten Ausmaßen.

Als die Bataver näher rückten und damit begannen, die von ihren durchgehenden Pferden abgelenkten Feinde in der Ebene niederzumetzeln, preschten auch die anderen Kohorten vor und schlugen alles nieder, was ihnen im Weg stand. Entsetzen breitete sich unter den Britanniern aus, doch es kam noch schlimmer, als die Kavallerie heranpreschte und vom Pferd aus auf die Feinde einhieb. Der Hügel war nur ein scheinbarer Vorteil gewesen, da man nur mühsam auf dem Hang Fuß fassen konnte. Versprengte Kampfwagen und scheuende reiterlose Pferde vergrößerten das um sich greifende Chaos. Die Britannier hatten sich festgerannt und Calach versuchte vergeblich, die Ordnung wiederherzustellen. Die britannischen Kämpfer, die bislang ohne einzugreifen die Hügelkuppen besetzt hielten, stiegen jetzt hinab und attackierten die Römer von hinten. Agricola, der damit gerechnet hatte, schickte den Angreifern vier Reiterbrigaden entgegen, die den Angriff niederschlugen und nun ihrerseits die feindlichen Linien von hinten angriffen. Die Britannier kämpften mit dem

Mut der Verzweiflung und unter Calachs Führung gelang es ihnen, sich für kurze Zeit wieder zu sammeln. Doch Agricola schickte ihnen sofort weitere Abteilungen entgegen. Schild an Schild marschierten die Reihen geschlossen wie ein Mann auf die Britannier zu. Es war eine Bewegung, eine undurchdringliche, drohende Wand, die unaufhaltsam näher rückte. Einige der jungen Krieger verloren die Nerven und wandten sich in Panik zur Flucht. Dadurch behinderten sie die erfahreneren Krieger, die nach ihnen kamen, und die Römer hatten ein leichtes Spiel.

Ein grausames Gemetzel folgte und als sich die Dämmerung über das Schlachtfeld senkte, lagen Tausende von Toten und Verwundeten auf dem mit Blut getränkten Boden. Die überlebenden Britannier flohen in die Wälder, und viele der Männer, die ihre Familien bei sich hatten, töteten ihre Frauen und Kinder, um zu verhindern, dass sie in Gefangenschaft gerieten.

Calach kämpfte bis zum Schluss Seite an Seite mit Divico und Ambiani. Sein Helm glitzerte und sein langes Haar flog, als er mit seinem Schwert um sich hieb. Ohnmächtig vor Trauer und Wut musste er mit ansehen, wie die erprobte Disziplin der Römer über den Mut seiner Männer siegte. Die Römer bewegten sich wie eine einzige gut geölte Maschine. Ein Signal, ein kurzer Befehl, und sie schwenkten wie ein Mann nach links oder rechts. Wie hatte er glauben können, diesen Kriegern die Stirn zu bieten?

Er konnte nicht ahnen, dass jede Chance auf einen Sieg durch den Verrat eines einzigen Mannes zunichte gemacht worden war. Die Bilder vor seinen Augen verschwammen. Schon in der Nacht war ihm immer wieder schwindelig geworden. Der Schwindel wurde stärker und es bereitete ihm mit jedem Moment, der verging, mehr Mühe, seine brennenden Augen aufzuhalten. Was war nur los mit ihm? War er schon in der anderen Welt? Die Farben um ihn herum wurden leuchtender, bis sie zu schillern begannen, und seine Glieder fühlten sich leicht und beschwingt an. Es blieb ihm keine Zeit, weiter darüber nachzudenken.

Sie waren jetzt von allen Seiten umzingelt. Mit letzter Willenskraft zwang er sich dazu, sich auf das Geschehen um ihn herum zu konzentrieren. Divico versuchte auszubrechen, wurde dabei jedoch von einem der Legionäre vom Pferd geschlagen. Die Bewegungen seines Freundes waren seltsam unbeholfen. Wutentbrannt stürmte Calach auf den Legionär los und schleuderte seinen Spieß. Doch dieser sprang blitzschnell zur Seite und stieß seinem Pferd von unten das Schwert in den Bauch. Der Hengst bäumte sich vor Angst und Schmerzen auf und warf seinen Reiter ab, bevor er tödlich getroffen zusammenbrach. Mit einer schnellen Bewegung zog der Legionär sein Schwert aus dem Kadaver und trat zu Calach, der mit seltsam verdrehten Gliedern bewusstlos am Boden lag. Ambiani, der bemerkte, in welcher Gefahr Calach sich befand, wendete sein Pferd und preschte auf den Mann zu. Mit einem Schlag hieb er ihm den Kopf ab.

Er war so berauscht von dem Kampf, dass ihm das seltsame Verhalten und die schwerfälligen Bewegungen der meisten seiner Kameraden nicht einmal aufgefallen war. Ambiani gehörte zu den wenigen Männern, die nicht von dem vergifteten Weizenbier getrunken hatten. Es war Caletes' Mann nicht gelungen, alle Fässer zu vergiften. Im Schutze der Dunkelheit hatte er sich zu den Fässern geschlichen und die Deckel geöffnet. Als er die Körner in die Hälfte der Fässer gegeben hatte, hatte er ein Geräusch wahrgenommen. Ambiani und Divico waren vorbeigekommen und hätten ihn beinahe erwischt. Es gelang ihm gerade noch, sich hinter den Fässern zu verbergen, wo er zitternd vor Angst wartete, bis die beiden Männer wieder verschwunden waren. Er durfte gar nicht darüber nachdenken, was mit ihm geschehen wäre, wenn sie ihn bei seinem Vorhaben erwischt hätten. So schnell er konnte, hatte er daraufhin das Lager verlassen. Er beschloss, Caletes nichts davon erzählen, weil er dessen Wutausbrüche kannte und fürchtete. In der Hoffnung, dass das Gift in der Hälfte der Fässer ausreichend sein würde, um die Schlacht zu gewinnen, war er zu den Römern geflohen, um von Caletes die versprochene Belohnung entgegenzunehmen.

Jetzt stürzten sich weitere Legionäre auf Ambiani und er wurde von allen Seiten umzingelt. Verzweifelt versuchte er, den zahllosen Schwerthieben auszuweichen. Doch er hatte keine Chance. Die Lanze, die durch die Luft schwirrte, traf seinen Rücken und durchbohrte ihn. Seine Augen waren bereits leer, als er vom Pferd kippte und auf den blutbefleckten Boden fiel.

Das Schlachtfeld lag im Dunkeln und die Körper der Gefallenen waren nur verschwommene Erhebungen, als sich einige der Caledonier aus den Wäldern schlichen, um nach verwundeten Überlebenden zu suchen. Doch die Römer hatten ganze Arbeit geleistet. Unheimliche Stille lag über dem grausigen Ort. Der Geruch nach getrocknetem Blut und Fäkalien lag wie eine Glocke über den Toten und war unerträglich. Kein Stöhnen oder Rufen war zu hören. Lautlos, wie sie gekommen waren, zogen die Caledonier sich wieder in den Schutz der Wälder zurück. Sobald das römische Heer aufgebrochen war, würde man die Toten begraben.

Miriam hatte mit Malcolm und Willie im Wald gewartet, wie Calach es von ihr verlangt hatte. Unruhig war sie immer wieder aufgesprungen und hin und her gelaufen. Calachs Mutter und auch seine Schwester hatten den ganzen Tag über bewegungslos auf dem Boden gesessen und vor sich hingestarrt. Ab und zu warf Calachs Mutter Miriam einen hasserfüllten Blick zu. Als die ersten Verwundeten gebracht wurden und von dem Verlauf der Schlacht berichteten, hielt es Miriam nicht mehr länger aus. »Ich muss zum Mons Graupius, um selbst zu sehen, wie die Schlacht ausgeht.«

Malcolm sah sie wütend an. Seine Stimme klang schärfer als beabsichtigt.

»Bist du jetzt völlig verrückt geworden? Ich werde auf keinen Fall zulassen, dass du dich in Gefahr begibst, es ist viel zu gefährlich.«

Miriam sah ihm trotzig in die Augen. »Es befinden sich noch mehr Frauen und sogar Kinder am Rande des Schlachtfeldes, um ihre Männer während des Kampfes anzufeuern. Außerdem habe ich euch nicht gebeten, mich zu begleiten. Ich kann gut auf mich selbst aufpassen.«

Sie drehte sich um und lief so schnell sie konnte aus dem Wald. Immer wieder wurden Verwundete vorbeigetragen. Bei dem Anblick der schrecklichen Verletzungen, drehte sie rasch den Kopf zur Seite. Vorsichtig erklomm sie die Anhöhe, immer darauf achtend, im Schutz der

Sträucher zu bleiben. Als sie oben angekommen war, bot sich ihr ein Bild des Grauens. Ihr Herz klopfte bis zum Hals, als sie mit ansehen musste, wie die Römer Tausende von Caledoniern abschlachteten, als wären sie Vieh. Das Schreien der Männer ließ ihr das Blut in den Adern gefrieren. Trotz ihres Entsetzens brachte sie es nicht fertig, den Blick von dem Geschehen unter ihr abzuwenden. Ihre Augen suchten das Feld nach Calach ab, doch die Entfernung war zu groß, um einzelne Gesichter zu erkennen.

Nicht weit von ihr entfernt befanden sich einige Frauen und Kinder, die mit schrillen Stimmen die Männer anfeuerten. Mit der Zeit wurden ihre Schreie leiser, Verzweiflung und Angst begannen sich auf den Gesichtern der Frauen auszubreiten, die ihre kleineren Kinder fest an sich pressten. Der Boden vor ihnen war übersät mit Toten, und Miriam bemerkte, wie unter den Caledoniern Panik ausbrach. Die Männer flohen in drei Richtungen und versuchten, am Feind vorbeizukommen. Schon waren die ersten Männer bei ihren Frauen. »Calach ist tot«, berichtete ein blau angemalter Krieger, bevor er zusammenbrach. An seiner Seite klaffte eine große Wunde, aus der unaufhörlich Blut lief.

Miriam wich alle Farbe aus dem Gesicht. Ein brennender Schmerz schoss durch ihren Körper. Tränen strömten aus ihren Augen und trübten ihren Blick. Durch den Tränenschleier hindurch sah sie, wie einer der Männer sein Schwert nahm und erst seiner Frau und anschließend seinen Kindern mit einem raschen Streich die Halsader öffnete. Es ging so schnell, dass Miriam im ersten Moment nicht begriff, was sich da vor ihren Augen abspielte. Erst als die Frau und ihre Kinder zuckend zu Boden sanken, begann sie zu schreien. Ihr wurde übel und alles um sie herum begann sich zu drehen. Für einen Moment verlor sie das

Bewusstsein. Als sie wieder zu sich kam und sich vorsichtig aufsetzte, wurde ihr wieder schwindelig. Sie holte tief Luft und stand dann erst mit zitternden Knien auf.

Das Bild des Grauens lag unverändert vor ihr. Noch mehr von den Frauen, die eben noch ihre Männer angefeuert hatten, lagen blutüberströmt neben ihren Kindern am Boden. Die Luft, die von dem unter ihr liegenden Schlachtfeld hochzog, stank nach Tod und Verwüstung. Ihr wurde kalt vor Entsetzen. Immer wieder musste sie an die Worte des sterbenden Caledoniers denken. Calach ist tot. Drei Wörter, die gnadenlos in ihren Ohren hallten. Ihr Herz zog sich vor Schmerz zusammen. Wie konnte er sterben, ohne sich von ihr zu verabschieden? Weinend sank sie zu Boden, vergrub ihr Gesicht zwischen den Knien und gab sich völlig ihrem Schmerz hin.

Als immer mehr Verwundete und verzweifelte Männer mit versteinerten Gesichtern das Versteck im Wald aufsuchten, wurde Malcolm äußerst mulmig zumute. Calachs Mutter hatte bei der Nachricht, dass ihr Sohn gefallen war, angefangen zu schreien und damit begonnen, sich die Haare vom Kopf zu reißen. Die anderen Frauen fielen in das Geschrei ein. Calachs Mutter sah Malcolm so hasserfüllt an, dass er am ganzen Körper eine Gänsehaut bekam. Ihre dunklen Augen in dem aschfahlen Gesicht glühten.

»Wir müssen Miriam suchen und sofort von hier verschwinden«, sagte er leise zu Willie, während er sich erhob. Willie spürte die Gefahr, die auf sie zukam, und erhob sich ebenfalls. Ungehindert verließen sie den Wald. Bei jedem Geräusch zuckten sie zusammen und verbargen sich hinter den Sträuchern.

Doch die Römer, die zunächst einzelne Britannier verfolgt hatten, waren längst in ihr Lager zurückgekehrt und feierten lautstark ihren überwältigenden Sieg.

Calach träumte, er würde fallen. Er fiel tiefer und tiefer, suchte nach Halt, doch es gelang ihm nicht, welchen zu finden. Dann wurde es schwarz um ihn herum und er versank in der Dunkelheit, die ihn umgab. Er bemerkte nicht, wie ihm sein Kettenhemd ausgezogen wurde und das Stöhnen der Verwundeten nach und nach verstummte, als die über das Schlachtfeld jagenden Römer ihr blutiges Werk vollendet hatten.

Agricola hatte Wachen aufgestellt und Späher ausgesandt, die ihm berichteten, dass der Rest der Britannier sich bei ihrer panischen Flucht in alle Richtungen verstreut hatten und von einem Zusammenziehen der Truppen nichts mehr zu bemerken war.

Er trat vor seinen Hausaltar, den er bei jedem Krieg mit sich führte, und brachte Mars ein kostbares Rauchopfer dar. Es machte keinen Sinn, die Fliehenden zu verfolgen. In den undurchdringlichen Wäldern waren sie seinen Männern überlegen. Und was konnten die Überlebenden schon großartig ausrichten? Die Schlacht war geschlagen. Der Sommer näherte sich dem Ende und mit ihm der Krieg. Bald schon würde er nach Rom aufbrechen und Kaiser Domitian seine Aufwartung machen, danach konnte er endlich nach Massilia fahren und seine geliebte Frau in die Arme schließen.

Bereits am nächsten Morgen setzte sich der riesige römische Tross wieder in Bewegung. Agricola wollte nicht länger warten und hatte beschlossen, seine Männer in die Marken der Borester zu führen. Die Landschaft lag in ödes Schweigen gehüllt, die Hügel waren verlassen und in der Ferne sah man Rauch aus den Schornsteinen der Dörfer und Hütten aufsteigen. Niemand stellte sich den vorausreitenden Kundschaftern in den Weg.

Malcolm und Willie suchten verzweifelt nach Miriam. Malcolm machte sich große Vorwürfe, weil er Miriam alleine hatte gehen lassen. »Wir sollten auf der Anhöhe nach ihr suchen«, schlug Willie vor und Malcolm wunderte sich, warum er nicht selbst auf die Idee gekommen war. Zwei Stunden später fanden sie Miriam, die immer noch auf dem Boden saß und ihre Knie fest umschlungen hielt. Malcolm setzte sich erleichtert neben sie und zog sie in seine Arme. Willenlos ließ Miriam es zu, dass er ihr über das Haar strich und ihr tröstende Worte ins Ohr flüsterte. Der Mond stand schon hoch am Himmel, als Malcolm Miriam schließlich energisch hochzog.

»Wir müssen jetzt aufbrechen«, sagte er. Ohne weiter darüber zu nachzudenken, begaben sie sich auf den Weg zur Quelle. Wohin sollten sie auch sonst gehen? Es war der einzige Ort, den sie kannten und an dem ihre Reise in diese fremde und grausame Welt begonnen hatte.

Sie erreichten die Quelle noch, bevor der Mond untergegangen war. »Und was sollen wir jetzt hier?«, fragte Willie, als sie erschöpft und mit bleichen Gesichtern an dem klaren Wasser standen. Malcolm zuckte hilflos mit den Schultern. »Ich weiß es nicht«, sagte er leise. »Wir können nur hoffen, dass wir einen Weg finden, um endlich wieder nach Hause zu kommen.«

Die Blätter, die eben noch im Wind geraschelt hatten, hörten auf sich zu bewegen und mit ihnen verstummten die leisen Tiergeräusche. Die Stille senkte sich über die drei Menschen und war so unheimlich, dass sie unwillkürlich näher aneinander rückten. Plötzlich erschien der Nebel und breitete sich so schnell aus, dass ihnen kaum Zeit blieb, um zu begreifen, was mit ihnen geschah. Dichte, gelbe Schwefelwolken, die alles verschlangen und ihnen die Luft zum Atmen nahmen. Miriam öffnete den Mund, um noch etwas zu sagen, doch sie bekam keinen Ton heraus. Sie hatte Mog Ruith inmitten des Nebels entdeckt. Wie aus dem Nichts war er aufgetaucht und stand direkt vor ihr. Aus traurigen Augen sah er sie an. Seine Hände hielten den goldenen Halsreif. Miriam nahm ihn entgegen und legte ihn sich um. Der Nebel wurde immer dichter.

Verzweifelt nach Luft ringend, sanken die drei Menschen auf den mit Flechten überzogenen, weichen Waldboden, wo die Dunkelheit des Vergessens sie in ihre kalten Arme schloss.

Die Sonne stand schon hoch am Himmel, als zuerst Malcolm und anschließend Miriam und Willie wieder zu sich kamen. Malcolms Blick fiel auf die umgestürzten Menhire.

Er fühlte sich schwach, trotzdem verspürte er eine enorme Erleichterung. Mit weichen Knien stand er auf und stillte seinen Durst an dem klaren Wasser der Quelle. Miriam und Willie taten es ihm nach. »Schaut«, rief er den beiden zu und zeigte auf die Menhire, »wir sind tatsächlich wieder zurück!« Mit einem Blick zu Miriam fragte er: »Was ist geschehen?« Miriam antwortete: »Mit dem Nebel kam mir der alte Druide entgegen, den ich schon aus meinen Träumen kannte. Er hat mir den Halsreif zurückgebracht, als ob unsere Verzweiflung ihn gerufen hätte!« Willies Blick blieb an dem goldenen Halsreif hängen, der harmlos schimmernd im seichten Wasser des Ufers lag. Seine Augen begannen gierig zu glänzen. Er brauchte nur seine Hand ausstrecken, um ihn an sich zu nehmen, und all seine finanziellen Probleme wären gelöst. Malcolm war seinem Blick gefolgt.

»Denke nicht einmal daran«, zischte er ihm zu. »Oder warte zumindest so lange, bis Miriam und ich von hier fort sind.«

Willie starrte noch einen Moment gebannt in das Wasser, bevor er sich erhob und seinen Begleitern folgte. Es würde ihm schon etwas einfallen, wie er an den goldenen Halsreif gelangen würde, ohne sich in Gefahr zu begeben.

Die Zelte standen noch genauso da, wie die drei Freunde sie verlassen hatten, und die Pferde wieherten ihnen freudig entgegen. Wie viel Zeit mochte wohl vergangen sein? Den Pferden hatte ihre Abwesenheit offenbar nicht allzu viel ausgemacht. Willie hatte ihnen nur die Vorderbeine zusammengebunden und so konnten sie grasen und auch zum Bach laufen, wenn sie durstig waren. Willie tätschelte jedem von ihnen den Hals und ließ es zu, dass Moonlight seine Hand leckte und ihn immer wieder auffordernd mit der Nase anstupste.

Malcolm entfachte ein Feuer, um Wasser für den Tee zu kochen, während Willie sich nach etwas Essbarem umsah. Das mitgenommene Brot war während ihrer Abwesenheit hart geworden, doch er fand noch eine Dose Würstchen und einige Kekse, die sie hungrig verzehrten. Lange saß die kleine Gruppe schweigend beieinander und hing ihren Gedanken nach.

»Mit euch werde ich jedenfalls keinen Ausflug mehr unternehmen, dieser hier hat mir gereicht«, bemerkte Willie schließlich trocken, obwohl seine Stimme immer noch etwas zitterte. »Mein Knecht hat sicher schon eine Vermisstenanzeige aufgegeben. Wir lange waren wir jetzt unterwegs? Waren es vier oder fünf Tage? Es kam mir vor wie eine Ewigkeit, wie ein endlos dauernder Albtraum.«

»Auch mir kommen die Geschehnisse der letzten Tage wie ein schlechter Traum vor und ich werde sicher einige Zeit benötigen, bis ich das alles verarbeitet haben werde«, erklärte Malcolm, der sich wieder gefasst hatte. »Doch zunächst muss ich mich um die realen Dinge des Lebens kümmern und herausfinden, welches Datum wir haben. Ich hatte diese Woche wichtige Termine und werde eine gute Ausrede brauchen, um meinem Partner zu erklären, warum ich nicht im Büro erschienen bin. Hoffentlich waren wir nicht noch länger abwesend. Wenn ich ihm erzähle, dass ich mit einem caledonischen Fürsten zusammen in einem Heerlager gesessen und Bier getrunken habe, wird er mich für verrückt erklären.« Er sah das Gesicht seines Partners vor sich und musste lachen bei dem Gedanken, wie er auf seine Geschichte reagieren würde. Keiner von ihnen war in der Lage, über das, was sie von der Schlacht mitbekommen hatten, zu sprechen.

Malcolm und Willie redeten viel und schnell, um ihre

Verwirrung zu überspielen, und ihre Angespanntheit ließ nur langsam nach.

Miriam beteiligte sich nicht an dem Gespräch. Traurig saß sie am Feuer und dachte an Calach. Sie wäre gerne in diesem Moment alleine gewesen, um sich ganz ihren Gedanken hingeben zu können, doch Malcolm drängte zum Aufbruch.

»Ich sehne mich nach einer heißen Dusche und einem kalten Bier. Auf dem Rückweg werde ich genügend Zeit haben, um mir eine gute Erklärung für meine Abwesenheit einfallen zu lassen.« Er sah Miriam an, die ihm nicht einmal zugehört hatte.

»Die Zeit heilt alle Wunden«, versuchte er sie zu trösten und streichelte ihr liebevoll über den Arm. »Du wirst schon darüber hinwegkommen und ich werde alles tun, um dir dabei zu helfen.«

»Ich werde niemals darüber hinwegkommen«, schoss Miriam zurück und ihre Augen blitzten ihn wütend an. »Und ich werde niemals wieder einen Mann so lieben können wie Calach.« Sie genoss es, den Namen des Geliebten auszusprechen. Solange sie über ihn redete und er ihre Gedanken ausfüllte, spürte sie seine Nähe, und es war fast so, als wäre er bei ihr.

Als sie das Zelt abgebaut und die Satteltaschen gepackt hatten, fing es an zu regnen. Das schlechte Wetter passte zu Miriams Stimmung. Den Blick auf den Boden geheftet, saß sie auf ihrem Pferd und ritt schweigend hinter Malcolm und Willie her. Sie legten nur kurze Pausen ein, um die Pferde zu tränken, und ritten dann sofort weiter. Irgendwann hatte der Regen nachgelassen, doch der Himmel blieb bedeckt. Es war bereits dunkel, als sie Willies Gestüt erreichten und von den Pferden stiegen.

Willies Knecht kam ihnen aufgeregt entgegengehumpelt.

»Bin ich froh, dass Sie wieder da sind«, stieß er erleichtert hervor. Ich wollte schon die Polizei informieren, doch ich habe es immer wieder verschoben, weil ich ja weiß, dass Sie ein erfahrener Reiter sind.«

»Das hast du gut gemacht, die Polizei brauchen wir wirklich nicht hier. Ist irgendetwas in meiner Abwesenheit geschehen, das ich wissen müsste?« Der Knecht schüttelte den Kopf. »Ich habe mich um die Dinge, die erledigt werden mussten, gekümmert, es ist alles in Ordnung«, sagte er stolz. Er nahm die Pferde, die ihm willig folgten, und brachte sie in den Stall. Malcolm verabschiedete sich von Willie.

»Ich denke, wir brauchen alle erst einmal etwas Ruhe, um unsere Erlebnisse verarbeiten zu können. Ich werde dich in den nächsten Tagen anrufen«, versprach Malcolm. Er hob Miriams und sein Gepäck auf und verstaute es im Kofferraum seines Wagens, dessen Schlüssel er auf der Farm gelassen hatte

Miriam trat auf Willie zu und reichte ihm die Hand. »Es tut mir Leid, dass ich dich in diese Geschichte, die eigentlich nur mich etwas angeht, hineingezogen habe, aber wie hätte ich auch ahnen können, was alles geschehen würde.«

»Was geschehen ist, ist geschehen und lässt sich nicht mehr ändern«, sagte Willie. »Du könntest mich anrufen, falls du eine Idee hast, wie wir gefahrlos an den goldenen Halsreif kommen können, als kleine Wiedergutmachung. Ich habe in den letzten Monaten viel Pech gehabt und könnte etwas Geld gebrauchen.«

»Ich werde darüber nachdenken.« Sie reichte ihm die Hand. »Trotz allem war es schön, dich wiederzusehen.«

Willie sah ihnen nach, als sie vom Hof fuhren. Dann drehte er sich um und ging in sein Haus, wo er sich erst einmal einen kräftigen Schluck Whisky gönnte.

Malcolm brachte Miriam nach Hause. Viele Worte lagen ihm auf der Zunge, doch er sprach sie nicht aus. Betont sachlich meinte Malcolm: »Sobald ich alles geregelt habe, melde ich mich bei dir. Bis dahin pass auf dich auf. Wenn du jemanden zum Reden oder zum Trösten brauchst, kannst du mich jederzeit anrufen.«

Miriam bedankte sich und winkte ihm zu, bevor sie die Haustüre aufschloss. Sie stellte ihre Tasche in den kleinen Flur und beschloss, zunächst eine heiße Dusche zu nehmen. Als sie aus dem Bad kam, fühlte sie sich etwas besser. Sie kuschelte sich in ihren Morgenmantel, setzte Wasser für einen Tee auf und zündete einige Kerzen an.

Dann schloss sie die Augen und dachte an Calach. Die Trauer über seinen Tod brannte in ihr wie eine offene Wunde. Sie dachte daran, wie zärtlich er sie in seinen Armen gehalten hatte, und rief sich jede einzelne Sekunde, die sie mit ihm verbracht hatte, ins Gedächtnis zurück. Immer und immer wieder. Als sie sich Stunden später in ihr Bett legte, fühlte sie eine Leere in sich, die grausamer war als jeder Schmerz. Calach war der Mann, der ihr bestimmt war. Sie hatte es in dem Moment gewusst, als ihre Augen sich das erste Mal getroffen hatten.

Wie konnte sie ohne ihn weiterleben? Es erschien ihr unmöglich. Mit dem Gedanken an Calach schlief sie ein. Sie sah ihn am heiligen Hain stehen, doch bevor sie ihn erreichen konnte, war er verschwunden, als wäre er nie da gewesen. Es war schon Mittag, als sie erwachte. Kopfschmerzen tobten hinter ihrer Stirn. Sie beschloss, noch eine Weile liegen zu bleiben, und kuschelte sich tiefer in ihre Decke. Warum sollte sie sich mit dem Aufstehen beeilen? Sie hatte nichts für diesen Tag geplant.

Es wurde schon dunkel, als Hunger und Durst sie

schließlich dazu brachten, sich zu erheben. Sie aß eine Kleinigkeit und trank etwas Tee. Dann setzte sie sich in ihren Sessel und starrte trostlos vor sich hin. Irgendwann stand sie auf und ging ins Bad. Sie achtete nicht auf ihr blasses Gesicht und die dunklen Schatten, die um ihre Augen lagen, als sie vor dem Spiegel stand und sich die Zähne putzte.

Der nächste Tag verlief wie der vorherige. Abwesend saß Miriam in ihrem Sessel und versuchte, jeden Moment, auch die winzigste Kleinigkeit, die sie mit Calach erlebt hatte, in ihrem Gedächtnis zu speichern. Sie hatte Angst davor, dass ihr etwas davon verloren gehen könnte, und bewahrte die Augenblicke mit dem Geliebten wie einen Schatz in ihrem Herzen auf.

Heftiger Regen trommelte gegen die Fenster, als es an der Türe klopfte. Miriam war so in ihre Gedanken versunken, dass sie das Klopfen im ersten Moment nicht von dem Trommeln der Regentropfen unterscheiden konnte. Das Geräusch wurde lauter und Miriam erhob sich widerwillig aus ihrem Sessel. Sicher war es Malcolm, der nach ihr sehen wollte. Auf dem Weg zur Türe warf sie rasch einen gewohnheitsmäßigen Blick in den Spiegel. Sie sah schrecklich aus, doch es war ihr egal. Seit dem Aufstehen hatte sie ihr Haar nicht mehr gekämmt und auf Schminke ganz verzichtet. Mit einem Ruck öffnete sie die Türe und sah erstaunt, dass Mrs. MacLish vor ihr stand.

Sie reichte ihr die Hand und begrüßte sie. »Bitte treten Sie doch ein«, sagte sie freundlich. Mrs. MacLish kam ihrer Aufforderung nach. Ein Blick in Miriams blasses Gesicht sagte ihr klar, dass irgendetwas vorgefallen sein musste. Sie stellte ihren nassen Regenschirm vor der Haustüre ab und folgte Miriam ins Wohnzimmer, wo sie auf dem Sofa Platz nahm. Forschend betrachtete sie ihre frühere Schülerin, die vor dem Sofa stehen geblieben war. »Darf ich

Ihnen einen Tee anbieten?«, fragte sie höflich. Die Hoffnungslosigkeit in Miriams Stimme erschreckte sie.

»Gerne, mein Kind«, gab sie leise zur Antwort. Miriam lief in die Küche und kam wenig später mit einem Tablett zurück. Sie schenkte Mrs. MacLish eine Tasse Tee ein und schob ihr den Kandiszucker zu. Dann setzte sie sich in den Sessel ihr gegenüber. Mrs. MacLish nahm vorsichtig einen Schluck von dem heißen Tee. Liebevoll sah sie Miriam an. »Möchtest du darüber reden, was dich so traurig macht?«

Miriam spürte die Herzensgüte, die von ihrer alten Lehrerin ausging. Es tat ihr gut und plötzlich war sie froh darüber, dass Mrs. MacLish zu Besuch gekommen war.

Sie erzählte ihr, was sie in den letzten Tagen erlebt hatte und wie Calach sie vor dem römischen Tribun gerettet hatte, der über sie hergefallen war wie ein Tier. Dann berichtete sie Mrs. MacLish von ihrer überwältigenden Liebe zu dem caledonischen Feldherren, die ohne Vorwarnung über sie hereingebrochen war und ihr Herz zum Schmelzen gebracht hatte. Sie berichtete von der Entführung und wie sie mit den römischen Kurtisanen im Wagen am Ende des Trosses von Agricola gesessen hatte, und von Mog Ruith, dem geheimnisvollen Druiden, den sie aus ihren Träumen kannte. Mit stockender Stimme erzählte sie von der grausamen Schlacht der Römer gegen die Britannier, die sie nicht hatte verhindern können und die ihr den geliebten Mann genommen hatte. Doch sie kehrte immer wieder zu Calach als Menschen zurück, dem Mann, den sie mehr geliebt hatte als alles andere in ihrem Leben. Vor Erregung hatten sich ihre Wangen gerötet und ihre Augen begannen zu strahlen, als sie über den Mann sprach, der ihre Gedanken beherrschte. Es war schön, über ihn reden zu können, in diesem Moment war er wieder lebendig und sie hatte sein Bild ganz klar vor Augen.

Mrs. MacLish war betroffen über das, was sie zu hören bekam, es war einfach zu fantastisch. Sie war gewillt, Miriam zu glauben, und doch übertrafen ihre Worte ihr Vorstellungsvermögen bei weitem. Als Miriam mit ihrer Erzählung fertig war, sah sie Mrs. MacLish bittend an. »Können Sie mir eine Erklärung geben? Wenn es vom Schicksal vorgesehen war, dass wir aufeinander treffen, warum musste Calach dann sterben, bevor wir Zeit hatten, uns wirklich kennen zu lernen? Es macht keinen Sinn.«

Ihr gesamtes Denken ist von diesem Feldherren beherrscht, dachte Mrs. MacLish. Dass sie eine Reise in die Vergangenheit gemacht hat, was eigentlich unmöglich sein kann und wenn es doch möglich sein sollte, eine absolute Sensation wäre, ist für sie ohne Bedeutung. Das ist wirklich erstaunlich.

»Ich weiß nicht, was ich dir antworten soll. Du hast mir gerade Dinge erzählt, die ich kaum glauben kann, und du hast es so erzählt, als hättest du einfach nur einen Ausflug gemacht und nicht eine Reise durch die Zeit.« Sie legte eine kurze Pause ein, um ihre Gedanken zu sammeln, bevor sie fortfuhr. »Ich bin dir sehr dankbar für dein Vertrauen mir gegenüber und auch dafür, dass du mich an deinen außergewöhnlichen Erlebnissen teilhaben lässt. Doch um auf deine Frage zurückzukommen: Ich weiß nicht, ob es ein vorgezeichnetes Schicksal gibt. Millionen Menschen glauben daran, vor allem in den ärmeren Ländern, wo das einfache Volk Wissen durch Glauben ersetzt. Bei uns ist es genau umgekehrt. Je mehr wir wissen, umso weniger glauben wir. Das, was du erlebt hast, gibt mir die Hoffnung, dass es tatsächlich einen vorgezeichneten Weg für jeden von uns gibt, es spricht jedenfalls einiges dafür. Wenn es so ist, dann hat auch alles, was geschieht, einen tieferen Sinn, den wir früher oder später erfahren werden.«

»Ich vermisse Calach so und weiß nicht, wie ich ohne ihn weiterleben soll.«

Miriam weinte und Mrs. MacLish beugte sich über sie und nahm sie tröstend in den Arm. »Die Zeit wird deine Wunden heilen, du bist jung und hast dein Leben noch vor dir. Ich werde dich wieder besuchen, doch jetzt muss ich gehen, es ist spät geworden.«

Miriam brachte Mrs. MacLish zur Türe, dann war sie wieder allein. Sie trank noch ein Glas Wein und legte sich traurig in ihr Bett.

Am nächsten Morgen fühlte sie sich etwas besser, obwohl die brennende Sehnsucht nach dem Geliebten geblieben war. Sie stand auf und nachdem sie geduscht und gefrühstückt hatte, beschloss sie einen Spaziergang zu machen. Warme Sommerluft umgab sie und der Himmel war strahlend blau.

Es zog sie zum nahe gelegenen Friedhof, wo sie vor das Grab ihrer Mutter trat, das sich direkt neben dem ihrer Großeltern befand. Dankbar dachte sie an Mrs. MacMulligan, als sie die frischen Blumen auf den Gräbern entdeckte. Lange stand sie davor und hielt stumme Zwiesprache mit ihrer Mutter. Es war tröstlich, die vertrauten Namen auf den Grabsteinen zu sehen, und sie stellte sich wieder vor, dass ihre Mutter vom Himmel aus auf sie herabsah. Es war eine tröstende Vorstellung, die ihr schon als kleines Mädchen viel geholfen hatte. Der warme Wind strich ihr schmeichelnd durch die Haare, eine zärtliche Berührung, die ihre Sehnsucht nach Calach verstärkte.

Als sie auf dem Weg nach Hause an einem Blumengeschäft vorbeikam, kaufte sie spontan einen großen Strauß bunter Sommerblumen und brachte ihn Mrs. MacMulligan, die sich ehrlich darüber freute. War es wirklich erst eine Woche her, seitdem sie in diesem Pub gesessen und

Mrs. MacMulligans Braten gegessen hatte? Nachdenklich betrachtete sie die Männer an der Theke, die wie jeden Tag um diese Zeit Guinness tranken und Zigarren rauchten. Während für diese Menschen einfach nur eine mehr oder weniger bedeutungslose Woche verstrichen war, hatte sich ihr gesamtes Leben und Denken verändert und sie hatte mehr erlebt als in all den Jahren davor. Sie verabschiedete sich von Mrs. MacMulligan und verließ den Pub. Bevor sie sich auf den Weg nach Hause begab, besorgte sie noch einige Lebensmittel.

In der Nacht träumte sie von dem Druiden. Er stand hoch oben auf einem Berg und hielt den goldenen Reif in den erhobenen Händen. Strahlender Glanz strömte von dem Halsreif aus, der sich immer mehr ausbreitete, bis er die gesamte Insel zu umfangen schien. Dann war der Druide plötzlich verschwunden und Miriam sah nur noch den rotgoldenen Schein, der sich in brennendes Feuer verwandelt hatte und in dessen Inneren schwarze Wirbelstürme tobten.

Den ganzen Tag dachte sie darüber nach, ob der Traum eine Bedeutung hatte, doch so viel sie auch grübelte, es gelang ihr nicht, eine Erklärung zu finden.

Dann kehrten ihre Gedanken wieder zu dem Geliebten zurück und sie schloss die Augen, um sich nicht von der Außenwelt ablenken zu lassen. Sie sah sein Gesicht, spürte seinen warmen Mund auf ihren Lippen und seine kräftigen Hände, die so unendlich zärtlich waren.

Malcolm besuchte Miriam fast jeden Abend nach der Arbeit. Es fiel ihm schwer, sie nicht in seine Arme zu ziehen. Er wusste, dass es keinen Sinn machte, sie zu sehr zu bedrängen, obwohl er sich täglich mehr nach ihr sehnte.

Zwei Wochen waren vergangen und Miriam überlegte, ob sie wieder zurück nach London fliegen sollte. Ihr war nicht entgangen, dass Malcolm sich stark zu ihr hingezogen fühlte, und sie mochte ihn zu sehr, um ihn immer wieder zu enttäuschen. Ein räumlicher Abstand würde es ihm leichter machen. Sie konnte Calach nicht vergessen. Der Gedanke, einen anderen Mann zu lieben, kam für sie nicht in Frage. Lieber würde sie ihr Leben allein verbringen, wie ihre Mutter es getan hatte.

Am darauf folgenden Abend erzählte sie ihm von ihrem Plan, nach London zurückzugehen. Malcolm sah sie traurig an und nahm seinen ganzen Mut zusammen, um ihr endlich seine Liebe zu gestehen. »Ich hatte so sehr gehofft, dass du bei mir bleiben würdest, und wollte dir die Zeit lassen, die du brauchst. Du kennst mich lange genug, um zu wissen, dass du dich immer auf mich verlassen kannst. Ich weiß jetzt, dass ich seit unserer Kindheit immer nur dich geliebt habe. Aus diesem Grund war ich auch nie längere Zeit mit einer Frau zusammen, weil ich, ohne dass es mir damals bewusst war, jede von ihnen mit dir verglichen habe. Ich werde dich immer lieben, Miriam. Bleibe bei mir und werde meine Frau. Heirate mich! Ich bin sicher, dass es mir gelingen wird, dich glücklich zu machen.«

Miriam sah ihm in die Augen und las darin seine Liebe zu ihr. Ihr Herz zog sich vor Schmerz zusammen, doch es war ihr unmöglich, ihrem alten Freund die ersehnte Antwort zu geben. »Es tut mir Leid, dass ich dir nichts anderes sagen kann, doch ich liebe Calach und glaube nicht, dass ich jemals einen anderen Mann lieben werde als ihn.«

Malcolm dachte nicht daran, so leicht aufzugeben. Er packte sie an den Schultern und schüttelte sie sanft, als wollte er sie wachrütteln.

»Calach ist tot, du musst ihn vergessen. Dazu stammt er aus einer völlig anderen Zeit! Willst du etwa dein Leben lang alleine bleiben? Ich habe dir so viel zu bieten, Miriam!

Wach endlich auf und wirf dein Glück nicht weg. Wir könnten Reisen machen, die dich auf andere Gedanken bringen, und ich würde dich, solange ich lebe, auf Händen tragen. Mit der Zeit wirst du Calach vergessen und eines Tages damit beginnen, mich zu lieben.«

Miriam dachte einen Moment lang über Malcolms Worte nach. »Ich werde noch viel Zeit brauchen, um über Calachs Tod hinwegzukommen. Ob ich ihn jemals vergessen werde, kann ich dir nicht versprechen. Meine Mutter hat bis zu ihrem Tod keinen anderen Mann geliebt, weil es ihr unmöglich war, meinen Vater jemals zu vergessen. Mein Entschluss steht fest. Ich werde nach London zurückkehren und im übernächsten Monat meine Stelle an der Universität antreten.« Sie sah ihn bittend an. »Wir können telefonieren und wenn du in London bist, kannst du mich jederzeit besuchen. Du bist mein bester Freund und ich möchte dir für deine Freundschaft danken, die mir viel bedeutet.«

Malcolm gab sich schweren Herzens mit ihrer Entscheidung zufrieden und tröstete sich mit der Hoffnung, Miriams Herz eines Tages doch noch für sich gewinnen zu können.

Drei Tage später flog Miriam nach London. Malcolm hatte sich extra freigenommen, um sie zum Flughafen von Aberdeen zu fahren. Miriam schwieg während der Fahrt und hing ihren Gedanken nach. Malcolm versuchte einige Male vergeblich ein Gespräch mir ihr zu beginnen, bevor er sich schließlich mit ihrem Schweigen abfand. Miriam war erleichtert, als sie den Flughafen erreicht hatten. Es fiel ihr schwer, mit anzusehen, wie ihr bester Freund unter der bevorstehenden Trennung litt, aber es war ihr unmöglich, anders zu handeln. Sie drückte ihm noch einen Kuss auf die Wange, bevor sie sich umdrehte und ging. Sehnsüchtig sah Malcolm ihr nach, als sie ihm von der Gangway aus ein letztes Mal zuwinkte. Sie wirkte irgendwie verloren, als sie so schmal und blass zwischen den anderen Passagieren stand. Traurig sah Malcolm zu, wie sie im Inneren des Flugzeuges verschwand.

Er fühlte sich einsam und verlassen, als er zurück nach Inverurie fuhr, und beschloss noch während der Heimfahrt, schon am nächsten Wochenende nach London zu fliegen, um Miriam zu besuchen.

Die nächsten Tage verbrachte Miriam damit, ihre Post durchzusehen, einzukaufen und die Wohnung zu putzen. Sie tat es lustlos und ohne die gewohnte Energie. Die Zukunft lag vor ihr wie eine zähe graue Masse und sie zog sich mehr und mehr in ihre Gedankenwelt zurück. Sie stellte den Anrufbeantworter an und nahm nur einmal den Hörer ab, um sich bei ihrer Freundin Mary für die Pflege der Blumen zu bedanken. Dann begab sie sich zurück zu ihrem Sessel und schloss die Augen, um sich besser auf den Geliebten konzentrieren zu können.

Als Malcolm am folgenden Freitag bei ihr eintraf, erschrak er über die Lethargie, in die Miriam versunken war, aber auch über ihr Aussehen. Ihr Gesicht war sehr blass und dunkle Schatten lagen unter ihren schönen Augen. Er packte sie am Arm und zog sie ins Badezimmer. »Ziehe dir etwas Hübsches an und leg ein bisschen Make-up auf. Wir werden etwas essen gehen und anschließend einen von diesen neuen Clubs besuchen. Ich werde auf keinen Fall zulassen, dass du dich für den Rest deines Lebens in deiner Wohnung vergräbst. Das Leben ist viel zu schön und vor allem zu kurz, um es an sich vorbeiziehen zu lassen.«

»Ich bin nicht in der Stimmung, um auszugehen. Wenn du unbedingt in einen Club willst, dann habe ich nichts dagegen, aber ich werde hier bleiben«, erwiderte Miriam gleichgültig. Sie dachte nicht daran, seiner Aufforderung nachzukommen. »Ich werde auf gar keinen Fall alleine gehen und bestehe darauf, dass du mich begleitest.« Er lief in die Küche und öffnete den Kühlschrank. Er war leer, genau so, wie er es sich gedacht hatte.

»Ich wusste es«, sagte er. »Wann hast du eigentlich das letzte Mal etwas Vernünftiges gegessen?«

Miriam kannte Malcolm lange genug, um zu wissen, dass er jetzt nicht aufgeben würde. Seufzend gab sie nach und tat, was Malcolm von ihr verlangt hatte. Sie zog ein schwarzes Etuikleid an und holte ihre Pumps aus dem Schrank. Anschließend legte sie ein wenig Puder auf, zog sich die Lippen nach und bürstete ihr Haar, bis es glänzte. Als sie aus dem Bad trat, musterte Malcolm sie bewundernd. Das schulterfreie Kleid betonte ihre schlanke Figur und gab einen atemberaubenden Ausschnitt auf ihr Dekolleté frei. »So gefällst du mir schon besser, obwohl du ziemlich abgenommen hast«, ein leichter Vorwurf lag in seiner Stimme.

Er legte einen Arm um ihre Schulter und sie verließen gemeinsam die Wohnung, um in ein gemütliches Restaurant zu gehen, das Malcolm vorgeschlagen hatte.

Es wurde ein schöner Abend, auch wenn er Miriam einige Male aus ihren Gedanken reißen musste, in die sie bei jeder Gesprächspause versank. Einmal gelang es ihm sogar, sie zum Lachen zu bringen.

Das Essen war köstlich. Malcolm hatte als Vorspeise gegrillte Hummerkrabben bestellt und danach Lammrücken in Kräuterkruste. Zum Abschluss gab es hauchdünne Crêpes mit heißen Himbeeren und Vanilleeis. Miriam aß nach anfänglichem Zögern mit großem Appetit, wie er zufrieden feststellte. Der schwere Rotwein, den er zum Essen bestellt hatte, tat sein Übriges und Miriam taute langsam auf. Die brodelnde Stimmung in dem noblen Club, den sie anschließend aufsuchten, war so ansteckend, dass Miriam sich sogar bereit erklärte, mit ihm zu tanzen.

Er bestellte eine Flasche Champagner und sie tanzten bis in den frühen Morgen.

Miriam genoss die Leichtigkeit, die der Champagner in ihr auslöste, genauso wie die mitreißende Musik. Malcolm hatte Recht gehabt, es tat ihr gut, einmal aus ihrer Wohnung herauszukommen. Sie ließ es zu, dass er sie auf die Wange küsste, und genoss seine Wärme, als er sie enger an sich zog, während sie sich langsam im Rhythmus der Musik bewegten. Malcolm konnte nicht ahnen, dass sie sich immer wieder vorstellte, es wäre Calach, der sie in seinen Armen hielt. Sie unterdrückte die Tränen, die ihr bei dem Gedanken in die Augen stiegen, dass sie nicht einmal mit Calach getanzt hatte und es auch niemals tun würde. Es war Malcolm gegenüber nicht fair, der sich große Mühe gab, um sie für einen Abend von ihrer Trauer abzulenken.

Plötzlich stieg ein dichter gelber Nebel vom Boden auf und hüllte die Tanzenden darin ein. Miriam schrie auf und löste sich abrupt aus Malcolms Armen. Panik stieg in ihr hoch und sie hatte das Gefühl, keine Luft mehr zu bekommen. Überstürzt verließ sie die Tanzfläche und rang wie eine Erstickende nach Luft. Als sie sich nach Malcolm umdrehte, der ihr etwas langsamer gefolgt war, sah sie hinter ihm Mog Ruith in dem Nebel stehen. In seinen erhobenen Händen hielt er den goldenen Reif.

Miriam starrte ihn an, unfähig, sich zu bewegen. Fahle Blässe hatte sich über ihr Gesicht gelegt, während sie mit weit aufgerissenen Augen auf die Tanzfläche starrte. Malcolm, der neben sie getreten war, folgte ihrem Blick, konnte aber nichts Außergewöhnliches entdecken.

Die tanzenden Pärchen bewegten sich in dem nun

schneller gewordenen Rhythmus und der Nebel begann sich langsam aufzulösen und mit ihm der Druide.

»Was ist los mit dir, du siehst aus, als hättest du einen Geist gesehen«, sagte er zärtlich. Konnte es sein, dass er nichts von dem Nebel mitbekommen hatte? Er nahm ihre Hand und geleitete sie zu ihrem Tisch. »Bitte bring mich nach Hause«, sie sprach so leise, dass er ihre Worte kaum verstehen konnte.

Malcolm winkte dem Kellner und bezahlte die Rechnung.

Den verblüfften Blick des Disjockeys bemerkte keiner der Tanzenden. Woher war der Nebel gekommen? Er stand auf und sah unter den Tischen nach. Tatsächlich stand die Nebelmaschine unter einem der hinteren Tische an der Wand. Doch das Kabel war eingewickelt und weit von der nächsten Steckdose entfernt. Er zuckte die Schultern und begab sich zurück an seinen Platz, um das nächste Stück auszuwählen. Die Gäste des Clubs nahmen ihn mit den ausgefallensten Musikwünschen in Beschlag und bereits nach wenigen Minuten hatte er den merkwürdigen Vorfall vergessen.

Als Miriam und Malcolm vor der Türe des Clubs standen, drehte Malcolm sie so, dass er ihre Augen sehen konnte. »Willst du mir nicht sagen, was eben mit dir los war?«

»Hast du Mog Ruith nicht gesehen? Er stand mitten in dem Nebel und hielt den Goldreif in den Händen.«

Malcolm winkte ein Taxi heran und brachte Miriam nach Hause. Sie steht immer noch unter dem Schock der Ereignisse, dachte er. Wenn sich ihr Zustand nicht bald ändert, werde ich sie wohl zu einem Therapeuten bringen müssen.

Miriam schwieg während der Fahrt zu ihrer Wohnung

und machte einen abwesenden Eindruck, der auch am nächsten Tag noch anhielt. Malcolm versuchte mehrmals, mit ihr zu reden, doch es gelang ihm nicht, an sie heranzukommen. Schweren Herzens flog er am darauf folgenden Tag zurück nach Aberdeen. Er wusste nicht, was er sonst noch hätte tun können, und stürzte sich aus Verzweiflung in seine Arbeit.

In dieser Nacht hatte Miriam wieder einen seltsamen Traum. Sie stand vor einem rechteckigen Haus, dessen Wände aus übereinander geschichteten grauen Steinen bestanden. Die großen, unregelmäßigen Steine waren so geschickt durch kleinere Steine verkeilt, dass sie ohne Mörtel hielten. Das mit dichtem, weit herunterhängendem Gras gedeckte Dach, verlieh dem Haus etwas Anheimelndes.

Der Sonnenaufgang stand unmittelbar bevor, denn ein schmaler, heller Streifen erschien an dem noch grauen Himmel. Kein Geräusch durchbrach die beengende Stille. Miriams Blick wurde von der breiten Holztüre angezogen. Sie hatte das Gefühl, auf Watte zu laufen, als sie langsam auf das Haus zuschritt. Mit einem Ruck öffnete sie die schwere Tür, die in den Angeln knarrte. Abgestandene Luft, vermischt mit kaltem Ruß und Qualm, schlug ihr entgegen. Ihre Augen brauchten einen Moment, um sich an das Halbdunkel im Inneren des Hauses zu gewöhnen. Vor ihr stand ein Holztisch mit einigen Hockern und an den Wänden befanden sich Regale mit Tongefäßen in unterschiedlichen Größen. Auf einer der mit kostbaren Fellen überzogenen Schlafstätten im hinteren Teil des Hauses lag ein Mann. Er schien zu schlafen, seine Augen waren geschlossen. Mit klopfendem Herzen trat Miriam auf den schlafenden Mann zu. Fahle Blässe lag über seinem Gesicht und sein Atem ging schwach. Ihr Herz begann zu rasen und ein tiefes Glücksgefühl strömte durch ihren

Körper, als sie ihn erkannte. Aufstöhnend ließ sie sich auf den mit Stroh bedeckten Boden sinken und beugte sich über den Geliebten. Sie legte ihren Mund auf seine kalten Lippen, streichelte ihm zärtlich über das Gesicht und legte ihren Kopf an seine Schulter, versuchte ihm von ihrer Wärme abzugeben, während Tränen des Glücks über ihre Wangen liefen. Calach lebte, er war nicht gestorben und hatte sie allein zurückgelassen. Doch er schien sehr krank zu sein. »Ich werde bei dir bleiben und dich gesund pflegen, mein Geliebter«, flüsterte Miriam ihm zärtlich ins Ohr. » Ich bin so glücklich darüber, dass du lebst.«

Ein Sonnenstrahl traf ihr Gesicht und sie schlug die Augen auf. Verwirrt drückte sie das tränennasse Kopfkissen an sich und sah sich enttäuscht in ihrem Schlafzimmer um. Es war nur ein Traum gewesen, doch er war so echt, dass sie den beißenden Geruch des heruntergebrannten Feuers noch in der Nase hatte.

Der Traum hielt sie den ganzen Tag über gefangen und sie begab sich an diesem Abend früher zu Bett als gewöhnlich. Was sie sich erhofft hatte, geschah. Wieder träumte sie von Calach. Es war der gleiche Traum wie in der Nacht zuvor.

Mit jeder Nacht, die verging, wurde der Traum intensiver und Miriam unruhiger. Es war nur ein Traum, doch die ständige Wiederholung zerrte an ihren Nerven.

Als Malcolm sie zwei Wochen später besuchte, erzählte sie ihm nichts von den Träumen. Sie war schweigsam und weigerte sich, mit ihm auszugehen. Frustriert und verärgert reiste Malcolm am darauf folgenden Sonntag wieder ab. Trotz seines Ärgers machte er sich große Sorgen um Miriam.

Auch in der folgenden Nacht blieb der Traum unverändert, doch diesmal begannen Calachs Augenlider leicht zu flattern. Er öffnete seine Augen und sah sie direkt an. Miriam weinte vor Glück und bedeckte sein Gesicht mit Küssen. »Warum hast du mich verlassen«, schienen seine Augen zu fragen. Obwohl sich seine Lippen nicht bewegt hatten, drangen die Worte an ihr Ohr, als hätte Calach sie laut gesprochen. »Ich liebe dich und werde dich niemals verlassen«, stammelte sie wieder und wieder. Doch sosehr sie sich auch bemühte, es gelang ihr nicht, den Traum festzuhalten. Erbarmungslos wurde sie jeden Morgen aus dem Schlaf gerissen. Sie dunkelte ihr Schlafzimmerfenster mit Decken ab, doch auch das war vergeblich. Miriam konnte Calachs Sehnsucht beinahe körperlich fühlen und zog sich immer mehr in sich selbst zurück. Sie dachte nur noch an den Geliebten, nach dem sie sich mehr sehnte, als sie es jemals nach einem Mann getan hatte.

Der Gedanke in ihrem Kopf war plötzlich da. Erst zögernd und dann stärker werdend, breitete er sich rasch aus und ließ keinen Platz mehr für andere Dinge. Miriam wusste jetzt, was sie zu tun hatte. Sie dachte nicht über die möglichen Folgen und Gefahren nach und handelte wie eine Marionette, deren Fäden jemand anders in den Händen hielt. Es war ihr nicht einmal bewusst. Sie wurde gezogen und ließ sich ziehen. Eine merkwürdige Gelassenheit hatte Besitz von ihr ergriffen. Sie fuhr zur Bank und hob einen Großteil des Geldes ab, das ihre Mutter ihr hinterlassen hatte. Dann fuhr sie ins Reisebüro und buchte einen Flug. Sie beschloss, nur einen Rucksack mitzunehmen, und überlegte sorgfältig, was sie alles brauchen würde, dann erst begann sie mit dem Packen.

Bevor sie zum Flughafen fuhr, setzte sie sich an ihren Schreibtisch und schrieb Malcolm einen langen Brief. Sie schrieb ihm von ihren Plänen, als würde sie über eine Fremde schreiben, deren Schicksal sie nicht mehr berührte. Ohne den Brief noch einmal durchzulesen, steckte sie ihn in einen Umschlag, den sie sorgfältig verschloss und in ihrer Handtasche verstaute. Anschließend nahm sie ihren Koffer und fuhr zum Flughafen Heathrow.

Als sie drei Stunden später in Aberdeen gelandet war, nahm sie sich ein Taxi und ließ sich auf direktem Weg zu Willies Gestüt fahren. Die Einfahrt wirkte noch genauso verwahrlost wie bei ihrem letzten Besuch. Sie gab dem Taxifahrer ein großzügiges Trinkgeld, das dieser freudig einsteckte, und stieg aus dem Wagen. Suchend sah sie sich um, doch weder Willie noch der Knecht waren zu sehen. Miriam bemerkte, dass die Haustüre nur angelehnt war, und betrat nach kurzem Zögern das Haus. Im Flur hörte sie Stimmen, die aus der Küche kamen. Sie klopfte an die Türe, die halb geöffnet war. Die beiden Männer in der Küche sahen von den vor ihnen ausgebreiteten Papieren auf. Willie starrte sie überrascht an. Miriam konnte an seinem Gesichtsausdruck ablesen, dass ihr Besuch peinlich für ihn war, und konnte sich auch den Grund dafür denken. Sie hatte die letzten Worte des Gespräches mitbekommen und erfasste die Situation sofort.

»Hallo, Willie«, begann sie zögernd. »Ich würde gerne etwas mit dir besprechen. Ist es dir lieber, wenn ich draußen warte, bis du mit deinem Besuch fertig bist, oder kann ich dir vielleicht behilflich sein?« Sie zwinkerte ihrem Jugendfreund zu.

Willie hatte verzweifelt versucht, den Gerichtsvollzieher, der unerwartet vor seiner Türe gestanden hatte, davon zu überzeugen, dass er die fälligen Raten aufbringen würde, wenn man ihm nur noch etwas Zeit ließ. Doch der Gerichtsvollzieher ließ sich nicht erweichen und hatte ihm mit energischen Worten klar gemacht, dass er ihm keinen weiteren Aufschub gewähren konnte.

Als Willie ihr nicht sofort antwortete, wandte sie sich an den Mann neben ihm.

»Wie hoch ist denn Ihre Forderung?« Sie sah dem Gerichtsvollzieher direkt in die hellen Augen und lächelte ihn an. Er war ein sympathischer älterer Herr, der schon viele menschliche Abgründe kennen gelernt und trotz allem nicht den Glauben an das Gute im Menschen verloren hatte. Sie wurde prüfend gemustert, bevor sie eine Antwort erhielt.

»Fünfhundert Pfund und die Gerichtskosten.« Er zog ein Dokument aus seiner schwarzen Aktentasche und nannte ihr die genaue Summe. Es waren sechshundertvierzehn Pfund. Miriam griff nach ihrer Geldbörse und legte die geforderte Summe auf den Tisch. Der Gerichtsvollzieher nahm das Geld an sich und stellte eine Quittung aus. Dann wünschte er beiden noch einen schönen Tag und verließ das Haus.

Willie war der Mund offen stehen geblieben. Dann ließ er sich auf einen der Stühle fallen, die um den weißen Küchentisch herumstanden. »Miriam! Du hast mich vor dem Ruin gerettet!«, rief Willie erregt. »Wie kann ich dir jemals dafür danken?« Miriam lächelte ihn an. »Könnte ich vielleicht eine Tasse Tee bekommen?«

Er sprang auf und setzte einen leicht verbeulten Wasserkessel auf den Herd.

»Wofür hat man denn Freunde«, sagte Miriam lächelnd. »Es war mir ein Vergnügen, dir behilflich zu sein, aber ich bin hergekommen, um dich um einen Gefallen zu bitten.«

»Alles, was du möchtest, solange du nicht von mir erwartest, zu dieser grässlichen Quelle zu reiten. Oder ist dir eingefallen, wie wir an den Halsreif gelangen könnten?« Ein hoffnungsvoller Klang schwang in seiner Stimme mit.

Miriam beschloss, ehrlich zu ihm zu sein. Er hatte bei ihrem letzten Ausflug schon genug durchmachen müssen. »Ich weiß nicht, wie wir an den Halsreif kommen können, obwohl ich inständig hoffe, dass er noch da ist. Ich wollte dich nur darum bitten, mich in das Tal zu begleiten, ich werde dich auch gut dafür bezahlen.« Erwartungsvoll sah sie ihn an. Willie überlegte einen Moment. »Weiß Malcolm, was du vorhast?«

»Nein, und ich möchte auch nicht, dass er es erfährt.« Sie nahm einen Stapel Geldscheine aus ihrer Handtasche. »Das sind zehntausend Pfund, du kannst sie behalten, wenn du mich zur Quelle begleitest.« Willies Augen begannen gierig zu funkeln. »Ist das dein Ernst? Ich brauche dich nur in das Tal zu begleiten und kann dann wieder nach Hause reiten?«

Miriam nickte mit dem Kopf. »Und wann soll es losgehen?«

»Ich würde gerne so schnell wie möglich aufbrechen«, gab Miriam zur Antwort.

»Wenn das so ist, bin ich einverstanden.« Willie reichte Miriam die Hand.

»Wir brauchen Vorräte, kümmerst du dich darum, oder soll ich das übernehmen?«

»Wenn du mir dein Auto zur Verfügung stellst, werde ich alles Nötige einkaufen, dann können wir morgen in aller Frühe aufbrechen und bräuchten nur einmal im Hochland zu übernachten.« Miriam zog den Brief an Malcolm aus ihrer Handtasche. »Ich habe noch eine Bitte an dich. Wirf diesen Brief in den Briefkasten, aber erst wenn du aus dem Hochland zurück bist.«

Als Miriam in den alten, verbeulten Rover gestiegen war, rieb Willie sich vergnügt die Hände. Er rief seinen Knecht und befahl ihm, Moonlight und Milkshake eine extra Portion Hafer zu geben. Mit einem Schlag waren alle seine Probleme gelöst. Sobald er zurück war, würde er einen Zuchthengst kaufen und anschließend in die Stadt fahren, um mit der kleinen blonden Elisabeth seinen zukünftigen Erfolg zu feiern. Als Miriam mit den Vorräten zurückkam, erwartete er sie gut gelaunt. Sie hatte noch eine Flasche Rotwein mitgebracht und etwas für das Abendessen eingekauft. »Es ist dir doch recht, wenn ich heute bei dir übernachte?«, fragte sie. Willie nickte ihr zu. »Du kannst dir ein Zimmer aussuchen, es stehen genügend leer.« Er half ihr, den Rucksack hochzutragen, und reichte ihr frische Bettwäsche. Miriam legte das Kostüm ab, das sie während ihrer Reise getragen hatte, und zog sich eine bequeme Jeans an. Dann lief sie zurück in die Küche und bereitete das Abendessen vor. Es gab gebratenes Hühnchen mit Sauce, Kartoffeln und Salat. Willie und der alte Knecht aßen mit großem Appetit.

»Es ist schön, wieder eine Frau im Haus zu haben«, sagte der Knecht und warf Willie einen vorwurfsvollen Blick zu. Er hatte vor Jahrzehnten, als ganz junger Mann, bei Willies Eltern angefangen zu arbeiten und kannte Willie, seitdem er ein Kind war. Obwohl er seit Monaten keinen Lohn mehr erhalten hatte, brachte er es nicht übers Herz, seinen Herrn allein zu lassen. Der Hof war sein Zuhause geworden und er betete jeden Tag zu Gott, dass Willie endlich eine Frau finden würde, die ihn davon abhalten könnte, zu viel zu trinken und der ganzen Welt die Schuld an seiner Pechsträhne, wie er es nannte, zu geben.

Am nächsten Morgen gab Willie ihm den Auftrag, die Pferde zu satteln. Eine halbe Stunde später ritten sie vom Hof. Der alte Knecht fand es seltsam, dass sein Herr schon wieder ins Hochland aufbrach, wo sie doch auf dem Gestüt noch so viel Arbeit hatten. Ein Teil des Daches war bei dem letzten Sturm beschädigt worden und musste dringend repariert werden. Willie beruhigte ihn und versprach ihm, in drei Tagen zurück zu sein.

Der Himmel war nur leicht bedeckt, als sie von dem Gestüt ritten, und Miriam genoss den frischen Wind, der mit ihren Haaren spielte. Sie ritten, bis es dunkel wurde. Willie hatte darauf verzichtet, ein Zelt mitzunehmen, und nur zwei Schlafsäcke hinter den Sätteln festgebunden, weil Miriam vorgeschlagen hatte, noch einmal in dem alten Castle zu übernachten.

Er war glücklich über das Geld, das er von Miriam erhalten hatte, und fühlte sich wie ein Sieger. Doch das Verhalten seiner alten Schulfreundin war ihm unbegreiflich und die glühende Entschlossenheit in ihren Augen kam ihm unheimlich vor. Sie war mehr als großzügig zu ihm gewesen und er konnte sie nicht ohne weiteres in ihr Unglück laufen lassen. »Ich verstehe nicht, warum du unbedingt zurückwillst und dann auch noch allein? Dein Feldherr ist doch gefallen, oder glaubst du etwa, dass er von den Toten auferstanden ist? Ich verstehe dich einfach nicht. Das, was du vorhast, ist viel zu gefährlich. Wir haben einmal Glück gehabt, dass wir heil wieder da herausgekommen sind. Aber das Glück kann man nicht pachten, wie du an mir sehen kannst. Malcolm wird mehr als wütend sein, wenn er erfährt, dass ich dich ohne sein Wissen zur Quelle gebracht habe.«

»Es ist sehr freundlich von dir, dass du dich um mich sorgst, aber es ist meine Entscheidung, die ich alleine getroffen habe. Du trägst keinerlei Verantwortung für das, was geschehen wird. Wenn du dich geweigert hättest, mich zu begleiten, hätte ich mir woanders ein Pferd besorgt. Notfalls wäre ich zu Fuß gelaufen.«

Willie gab sich mit Miriams Antwort zufrieden. Er hatte

zumindest versucht, sie von ihrem Vorhaben abzubringen. Sie war alt genug, um zu wissen, was sie tat.

Sie saßen noch eine Weile an dem kleinen Feuer, das Willie entzündet hatte, und starrten in den tiefblauen Himmel, an dem die Sterne funkelten. Dann krochen sie in ihre Schlafsäcke und schliefen erschöpft von dem langen Ritt ein.

In dieser Nacht hatte Miriam das erste Mal seit langem keinen Traum.

Nach einem kurzen Frühstück, das aus Schinken, Brot und Äpfeln bestand, brachen sie auf. Die Sonne stand hoch am Himmel, als sie das blühende Tal erreichten. Miriam stieg vom Pferd und reichte Willie die Hand. »Ich danke dir für deine Hilfe und wünsche dir alles Gute für dein weiteres Leben.«

»Das wünsche ich dir ebenfalls. Ich kann nur hoffen, dass du wirklich weißt, was du tust. Ich kann einfach nicht verstehen, dass du in diese fürchterliche Zeit und zu diesen unzivilisierten Barbaren zurückwillst. Hast du dir schon einmal Gedanken darüber gemacht, was du tun wirst, wenn es dir nicht gelingen sollte, wieder nach Hause zurückzugelangen?«

»Nein, ich denke nur daran, wie ich zu Calach kommen kann.«

Willie befestigte den mitgebrachten Führungsstrick an Milkshakes Trense und begab sich mit den beiden Pferden auf den Rückweg. Miriam winkte ihm ein letztes Mal zu, dann war sie allein.

Sie erhob ihren Blick zum Himmel und betrachtete die schweren Wolken, die von dem aufkommenden Wind getrieben wurden. Freudige Erwartung erfüllte sie, als sie den Bach entlang lief und den Weg zur heiligen Quelle einschlug, die ein Teil ihres Schicksals war. Sie beugte sich über die schimmernde Wasseroberfläche und stellte erleichtert fest, dass der Halsreif sich noch an seinem Platz befand. Geheimnisvoller Glanz umgab ihn, der durch die langsam kreisende Bewegung des Wassers um ihn herum noch verstärkt wurde. Sie zögerte nur einen Moment, bevor ihre Hände in das kalte Wasser glitten und sich entschlossen um den Reif legten, bereit, ihn dem feuchten Nass zu entziehen.

Nachdenklich betrachtete sie das schwere Schmuckstück in ihren Händen und versuchte sein Geheimnis zu ergründen. Der Halsreif übte eine Anziehungskraft auf sie aus, der sie sich nicht entziehen konnte. Bilder aus einer längst vergangenen Zeit zuckten vor ihrem inneren Auge auf, doch es waren nur einzelne Puzzlestücke, die sich nicht in Zusammenhang bringen ließen. Sie versuchte sich zu erinnern und spürte, dass es wichtig sein würde, nicht nur für sie selbst, sondern vor allem für Calach und die Menschen, mit denen sie von jetzt an leben würde. Sie schloss die Augen, um besser nachdenken zu können, und konzentrierte sich ganz auf den Reif, doch ihre Gedanken drehten sich im Kreis.

Sie hob den schweren Halsreif hoch, um ihn anzulegen. Schon spürte sie das kalte Metall an ihrem Hals und sog in Erwartung des schrecklichen Nebels, der ihr die Luft zum Atmen nehmen würde, noch einmal tief die würzige Waldluft in ihre Lungen. Doch irgendetwas stimmte nicht. Ihre Hände fühlten sich leicht an, sie spürte kein Gewicht mehr in ihnen. Der goldene Halsreif war verschwunden, als wäre er nie da gewesen. Er hatte sich aufgelöst, wie Tautropfen in der Sonne. Erschrocken sah sie sich um, während verzweifelte Angst in ihr hochstieg. Der Halsreif war ihre einzige Verbindung zu Calach. Er durfte ihr nicht entgleiten. Wie sollte sie ohne ihn zu ihrem Geliebten gelangen? Sie stöhnte laut auf und sprang von Panik erfüllt hoch. Doch ihre Angst war unbegründet.

Wie einen guten Freund empfing sie der aufsteigende Nebel, der sich rasch ausbreitete. Vor Erleichterung strömten ihr die Tränen über die Wangen. Sie schloss die Augen und ließ sich in die Dunkelheit fallen.

Die dicken Regentropfen, die auf ihr Gesicht prasselten, waren das Erste, was sie wahrnahm, als sie langsam wieder zu sich kam. Sie war zu schwach, um aufzustehen, und kroch auf allen vieren unter das dichte Blätterdach einer Eiche, wo sie erschöpft in einen tiefen Schlaf sank. Sie schlief den ganzen Tag. Als sie erwachte, zog bereits die Dämmerung herauf. Der Regen hatte nachgelassen und die Luft war würzig und klar. Miriam stand auf und löschte ihren Durst an dem kühlen Wasser der Quelle. Sie zog ihre nasse Jacke aus und legte sie über ihren Arm. Dann machte sie sich auf, um nach Calach zu suchen.

Der Wald war düster und unheimlich. Miriam zuckte bei dem Schrei eines Käuzchens erschrocken zusammen. Es knackte und raschelte um sie herum und sie drückte sich eng an die Bäume, die neben dem kleinen Pfad wuchsen. Immer wieder zwang sie sich dazu, Ruhe zu bewahren und die aufsteigende Panik zu unterdrücken. Sie hatte das Gefühl, von tausend glitzernden Augen beobachtet zu werden, und heftete ihren Blick fest auf den Boden. Ohne nach rechts und links zu sehen, lief sie schnell weiter. Als sie den Waldrand erreicht hatte, atmete sie erleichtert auf.

Sie wanderte zu der Stelle, an der sich noch vor wenigen Wochen Tausende von Zelten neben dem kleinen Dorf befunden hatten. Als sie den Ort endlich erreicht hatte, war es Nacht geworden. Nur der sichelförmige Mond beleuchtete mit fahlem Licht den riesigen Platz, an dem Unkraut die Reste der abgebrannten Häuser überwucherte. Enttäuscht lief Miriam durch das ehemalige Lager. Der Platz wirkte öde und verlassen. Ein Holzbalken ragte einsam in den Himmel und Miriam konnte trotz der Dunkelheit erkennen, dass er verkohlt war. Wo waren die Menschen, die hier gewohnt hatten? Und wo befand sich Calach? Sie ließ sich zwischen den Überresten eines Langhauses auf den Boden sinken und beschloss, den Morgen abzuwarten. Vielleicht gelang es ihr, Spuren zu finden, denen sie folgen konnte, oder zumindest einen Anhaltspunkt für die Richtung, die sie einschlagen musste.

Zum ersten Mal stiegen Zweifel über ihr Vorhaben in ihr hoch. Sie war so beseelt von dem Gedanken gewesen, den Mann, den sie liebte, wiederzusehen, dass sie nicht weiter über die Folgen nachgedacht hatte. Was würde geschehen, wenn es ihr nicht gelingen sollte, Calach zu finden? Würde sie für immer hier bleiben müssen oder würde sie auf dem gleichen Weg zurückkehren können, auf dem sie hergekommen war?

Die Antwort war so klar in ihrem Kopf, als hätte jemand laut zu ihr gesprochen. Sie hätte es wissen müssen, hatte es gewusst, tief in ihrem Innern und sich geweigert, über die Folgen nachzudenken.

»Wir können das Schicksal nicht lenken wie einen

Wagen, es lässt sich genauso wenig beeinflussen wie der Lauf der Sonne oder der Willen unserer Götter. Die ewige Folge der Zeiten ist unabänderlich.« Die Worte des Druiden hallten in ihren Ohren. Sie war müde, verzweifelt und einsam und ihre Sehnsucht nach Calach stieg ins Unermessliche. Sie würde für immer hier bleiben müssen. Es war der Preis und sie hatte ihn gekannt.

Zwischen zwei Balken rollte sie sich zusammen und sank in einen unruhigen Schlaf. Am nächsten Morgen wurde sie von dem Krächzen einiger Krähen geweckt. Ihre Hose war klamm von der Feuchtigkeit, und der dichte Nebel, der über dem Boden lag, war ebenfalls nicht geeignet, ihre trübe Stimmung aufzuhellen. Wie eine undurchdringliche Wand versperrte er ihr die Sicht und ein Anflug von Panik stieg in ihr hoch. Angestrengt lauschte sie in den Nebel, der alle Geräusche wie Watte aufsaugte. Sie erhob sich und versuchte angestrengt etwas zu erkennen, doch ihre Augen blieben an der weißen Wand hängen und verstärkten ihre Panik. Vorsichtig einen Fuß vor den anderen setzend lief sie weiter. Einzelne Sträucher und hochgewachsenes Unkraut tauchten wie drohende Schatten neben ihr auf. Sie streckte die Hände aus und lief wie eine Blinde weiter; von der Hoffnung getragen, irgendwann aus dem Nebel herauszufinden. Nur langsam drang die Sonne durch den grauen Himmel und ließ es unmerklich heller werden. Miriam beschloss, eine Pause einzulegen und etwas zu essen. Sie nahm einige Kekse aus ihrem Rucksack und erschrak bei dem lauten Knacken, als sie hineinbiss. Es war schon später Vormittag, als die Sonne den Nebel durchbrach und ihn innerhalb von wenigen Minuten auflöste.

Miriam erhob sich und lief ohne nachzudenken in Richtung des Mons Graupius weiter. Als sie die Ebene erreichte, sah sie sich suchend um. Die Stille um sie herum war erdrückend, alle Vögel und Tiergeräusche waren verstummt. Von der Schlacht und den Tausenden gefallenen Kriegern war jedoch nichts mehr zu sehen.

Die Ebene vor ihr war nur spärlich bewachsen, als zögerten die Pflanzen noch, sich auf dem einstmals blutgetränkten Boden auszubreiten. Miriam lief ein Schauer über den Rücken, als sie am Rande des Schlachtfeldes entlanglief, über dem immer noch der Hauch des Todes hing. Sie bewegte sich, als würde sie über dünnes Eis gehen, das jeden Moment einbrechen konnte. Der Regen und der Wind hatten alle Spuren beseitigt, hier würde sie keinen Anhaltspunkt dafür finden, welche Richtung sie zu nehmen hatte. Sie entschied sich dazu, in den Wald zu gehen, dorthin, wo sie während der Schlacht mit Calachs Mutter und den anderen ausgeharrt hatte.

Der tiefe Wald, in dem sie sich noch in der Nacht zuvor gefürchtet hatte, erschien ihr jetzt wie ein guter Freund. Hauchdünne Nebelfetzen glitzerten in der Sonne wie silbrige Schleier und verliehen dem Wald etwas Märchenhaftes. Die Blätter raschelten freundlich im Wind und die Vögel begleiteten sie mit ihrem jubelnden Gesang. Wie im Traum schritt Miriam zwischen den Bäumen hindurch und winkte einem Eichhörnchen zu, das aus kugelrunden Augen auf sie herabsah. Sie genoss die feuchtwürzige, kräftige Waldluft, die sie tief in ihre Lungen sog, und ihr Gang wurde mit jedem Schritt beschwingter. Es gelang ihr, die Stelle zu finden, an der sie vor den Römern Schutz gesucht hatten. Die Feuerstelle war der einzige Platz, der noch nicht überwuchert war, und sie folgte den abgebrochenen Ästen und Wagenspuren, die ihr die Richtung wiesen, in die Calachs Familie aufgebrochen war.

Miriam wanderte durch tiefe Täler und über bewaldete Hügel. Das Quaken der Frösche und riesige Mückenschwärme begleiteten sie, als sie an einem riesigen Sumpfgebiet entlanglief. Es roch nach Moder und Tod. Dünne Moorbirken, deren abgebrochene Äste geisterhaft hell aus dem schwarzen Moor ragten, verstärkten den Eindruck von Verwesung und Vergänglichkeit.

Die Wagenspuren zogen sich durch einen dünnen Kiefernwald, der nach einer Weile in einen dicht bewachsenen Laubwald überging.

Dann erreichte sie ein verlassenes Dorf, das auf einer gerodeten Lichtung gestanden hatte. Vor ihr lagen unregelmäßige Steinhaufen und verkohlte Balken. Die Hälfte des großen Langhauses war teilweise vom Feuer verschont geblieben. Zwischen den geborstenen Balken, die wie ein Mahnmal in den Himmel ragten, wucherten Brennnesseln und anderes Unkraut.

Sie hatte aufgehört, die Tage und Nächte zu zählen, die vergangen waren, ohne dass sie auf ein menschliches Wesen traf. Ihre Vorräte neigten sich langsam dem Ende zu und Miriam begann mit sich selbst zu sprechen, um nicht den Verstand zu verlieren. Niemals zuvor war sie durch eine so menschenleere Gegend gelaufen. Sie schien kein Ende zu nehmen. Bei jeder der Lichtungen, die sie erreichte, hoffte sie endlich aus dem Wald herauszufinden oder auf ein Dorf zu treffen, doch ihre Hoffnung wurde immer wieder zerschlagen.

Am nächsten Tag gabelte sich der Weg und sie suchte nach einem Hinweis, der ihr bei ihrer Entscheidung helfen konnte, welchen der beiden Wege sie nehmen sollte. Ihre Verzweiflung wuchs. Calach hatte gesagt, dass er ihren Vater gekannt hatte, und sie folgerte daraus, dass ihrer beider Dörfer nicht allzu weit voneinander entfernt gelegen hatten. Sie entschied sich, nach rechts abzubiegen, aber schon nach wenigen Minuten hatte sie das Gefühl, den falschen Weg genommen zu haben. Sie beschloss, ihrem Gefühl zu folgen, und drehte um. Als sie die Weggabelung erreicht hatte, schlug sie die entgegengesetzte Richtung ein.

In der folgenden Nacht gelang es ihr trotz ihrer Müdigkeit nicht einzuschlafen und sie dachte darüber nach, ob sie nicht einen Fehler gemacht hatte. Calach erschien nicht mehr in ihren Träumen und die Angst, ob er vielleicht doch nicht mehr am Leben war, drückte mit jeder Stunde, die vorbeiging, mehr auf ihr Gemüt.

Plötzlich drang eine Melodie wie von einem Dudelsack an ihr Ohr. Im ersten Moment dachte sie, die Töne würden ihrer Einbildung entspringen, doch die fröhlichen Klänge wurde lauter, je näher sie herankam. Miriam lief schneller. Das konnte doch nicht möglich sein. Es war ihr nicht bekannt, dass es in dieser alten Zeit bereits Dudelsäcke gegeben hatte. Als sie um die nächste Biegung kam, sah sie einen Mann mit einem bunt gestreiften Kapuzenmantel vor einer mächtigen Eiche stehen. Unter seinem linken Arm hielt er einen Dudelsack aus Ziegenleder geklemmt. Er blies in die Melodiepfeife und sein rechter Fuß wippte rhythmisch dazu im Takt. Er war so versunken in seine Musik, dass er Miriam, die vorsichtig näher getreten war, zunächst nicht bemerkte. Sie betrachtete ihn aufmerksam.

Er war ein noch junger, schlanker Mann, von höchstens zwanzig Jahren. Sein schwarzes, lockiges Haar fiel ihm bis weit über die Schultern. Unter dem Mantel trug er eine weite blaue Hose und abgewetzte Lederschuhe. Sein verträumter Blick verlieh seinen Gesichtszügen beinahe etwas Feminines. Die schmale, nur leicht gebogene Nase, passte gut zu seinen klaren Gesichtszügen und den dünnen Lippen.

Die Melodie, die er spielte, wechselte von fröhlicher Übermütigkeit in schwermütige Trauer. Miriam lauschte ihm gebannt und vergaß nach einer Weile die Umgebung um sich herum. Abrupt hörte die Musik auf und die letzten Töne verhallten im Nichts. Der Dudelsackspieler sah sie aus seinen leicht schräg stehenden, schwarzglänzenden Augen an. Sein Blick war freundlich und abwartend.

»Ich bin auf der Suche nach dem caledonischen Feldherrn Calach, kannst du mir sagen, wo ich ihn finden kann?«, fragte Miriam auf Gälisch.

Der Dudelsackspieler schüttelte bedauernd den Kopf. »Ich habe von Calach gehört, wer hat das nicht? Sein Ruhm ist durch ganz Britannien geeilt, doch die Götter haben ihn bei der letzten großen Schlacht verlassen. Ich habe gehört, dass er in die andere Welt, ins Jugendland, gegangen ist.«

»Calach ist nicht tot, er lebt.« Ihre Stimme schwankte. Die leisen Zweifel, die sie in den letzten Tagen immer wieder entschieden unterdrückt hatte, ließen sich nicht länger verdrängen. Tränen standen in ihren Augen, als sie weitersprach.

»Ich muss sein Dorf finden, um mich selbst davon zu überzeugen. Kannst du mir den Weg dorthin zeigen?« Bittend sah sie den Jungen an.

»Natürlich lebt Calach, er ist nur in einer anderen Welt.« Der Dudelsackspieler betrachtete sie aufmerksam. Ob die Trauer der Frau den Verstand geraubt hatte? Sie war sehr schön und sah so traurig aus. Er bekam Mitleid mit ihr. »Ich weiß nicht, ob ich dir helfen kann; vielleicht ja, vielleicht nein. Ich bringe den Menschen meine Musik, um sie zu erfreuen. Wenn du möchtest, können wir einen Teil unseres Weges gemeinsam gehen«, sagte er sanft. Er streifte seinen Mantel ab und breitete ihn auf dem Boden aus.

»Setz dich und lass uns etwas essen und trinken, bevor wir weiterziehen.« Dankbar nahm Miriam sein Angebot an. Ihre Vorräte waren verbraucht und sie hatte seit dem frühen Morgen nichts mehr gegessen. Der Dudelsackspieler reichte ihr geräuchertes Fleisch und hart gewordenes Brot.

»Mein Name ist Barco, willst du mir den deinen sagen?«

»Ich heiße Miriam.« Barco beobachtete sie, wie sie hungrig aß. Dann stand er auf und lief zu einem nahe gelegenen Bach, wo er Wasser in seinen Becher schöpfte. Er reichte ihr den Becher.

»Ich habe auf meinem Weg nur abgebrannte und zerstörte Dörfer gesehen. Die Menschen haben sich nach Norden zurückgezogen. Wir werden noch eine Weile brauchen, bevor wir sie erreichen. Das Fleisch und das Brot habe ich von einem Händler bekommen, für den ich auf meinem Windsack gespielt habe.«

Nach dem Essen brachen sie auf und liefen gemeinsam weiter. Die Situation war so unwirklich und doch so real. Sie lief neben einem Jungen, der wie ein Hirte gekleidet war und wunderschön auf dem Dudelsack spielen konnte, durch das Hochland des ersten Jahrhunderts nach Christus, auf der Suche nach einem Mann, der wahrscheinlich schon lange tot war. Langsam begann sie an ihrem Verstand zu zweifeln.

Barco erzählte ihr stolz, dass er schon viele Länder gesehen hatte. »Ich möchte alle Menschen auf unserer Erdscheibe kennen lernen, aber auch ihre Götter, und ich möchte wissen, wo sich das Ende unserer Welt befindet und wo der Anfang. Deswegen bin ich mit dem Schiff gefahren und habe gesehen, wie die Sonne im Meer versunken ist. Dann hat mir ein sehr weiser Mann berichtet, dass sich das Ende der Welt in den undurchdringlichen Wäldern befindet, aus denen noch niemals jemand zurückgekehrt ist. Ich habe mich sofort aufgemacht und bin durch die Wälder gelaufen, sie waren düster und unheimlich und die Schatten aus der Unterwelt haben mich begleitet und beobachtet. Ich hatte große Angst, doch sie haben mich in Ruhe ziehen lassen. Vor kurzem habe ich erfahren, dass sich die großen Lehrmeister und Druiden alle in Britannien befinden, und bin auf der Suche nach dem weisesten unter ihnen, Mog Ruith. Er ist der Herr des Nebels und der Wächter des heiligen Reifes, durch den alles Leben, aber auch der Tod fließt. Ich möchte ihm dienen und ihn bitten, mir von seiner Weisheit abzugeben.«

»Ich kenne Mog Ruith, er war während der großen Schlacht bei Calach.«

Barco sah sie überrascht an. »Bitte erzähle mir alles, was du über ihn weißt. Ist er so weise, dass sich die Bäume vor ihm verbeugen?«

»Er ist so weise, dass er sich vor den Bäumen verbeugt, er bringt ihnen große Ehrfurcht entgegen. Ich habe einmal gesehen, dass er zu ihnen gesprochen hat. Wenn er erscheint, hören die Blätter auf zu rascheln und die Tiere verstummen. Er hat eine Ausstrahlung, der man sich schwer entziehen kann. Manchmal erscheint er in meinen Träumen.«

Barco war beeindruckt. Ein glückliches Lächeln zog über seine feinen Gesichtszüge. »Die Götter haben mein Flehen erhört. Sie haben dich zu mir geschickt, damit du mich zu Mog Ruith führst.«

Die Frage ist nur, wer hier wen führt, dachte Miriam. Jetzt waren sie schon zwei Menschen, die zwar ein gemeinsames Ziel hatten, aber beide den Weg dorthin nicht kannten.

Barco war ein wahrer Überlebenskünstler. Er zeigte Miriam, wo man Beeren und Wurzeln finden konnte, und fing mit flinken Händen Fische in den unzähligen Bächen, die sich durch das Land zogen. Die Fische spießte er auf einen Ast und briet sie über dem offenen Feuer. Miriam sah ihm zu, wie er einen an beiden Enden gebogenen Feuerstahl aus Eisen an einem Feuerstein entlang schlug und die hochspringenden Funken in einem kleinen Stück Zunder auffing, der daraufhin zu glimmen begann. Durch leichtes Pusten und die Zugabe von trockenen Gräsern entfachte er ein offenes Feuer. Ihr Ehrgeiz war geweckt. »Darf ich es auch einmal probieren?«, fragte sie und streckte ihm auffordernd ihre Hand entgegen. Überrascht reichte Barco ihr den Feuerstahl und den Feuerstein. Miriam versuchte Funken zu erzeugen, wie sie es bei dem Dudelsackspieler beobachtet hatte. Immer wieder schlug sie den Feuerstahl gegen den Feuerstein. Es war nicht so einfach, wie es ausgesehen hatte, und sie brauchte einige Zeit, bis es ihr gelang, einige wenige Funken zu erzeugen. Barco hatte sich neben sie gesetzt und zeigte ihr geduldig, wie man den Feuerstein am besten hielt und den Stahl daran entlang schlug, indem man die gesamte Reibfläche nutzte. Als sie am nächsten Tag Feuerholz gesammelt hatten, bat Miriam ihn, das Feuer entzünden zu dürfen. Bereitwillig reichte Barco ihr seinen Beutel. Miriam war stolz darüber, dass es ihr schon nach wenigen Sekunden gelang, den Zunder zum Glimmen zu bringen. Barco wunderte sich über das Verhalten der jungen Frau in der seltsamen Kleidung, die anscheinend noch nie einen Feuerstahl gesehen hatte, doch er sagte nichts. Er spürte, dass sie von einem Geheimnis umgeben war, und war froh darüber, sie getroffen zu haben.

Die Tage vergingen und Miriam begann, sich an das Wanderleben zu gewöhnen. Sie hatte aufgehört zu grübeln, um nicht den Verstand zu verlieren. Sie aß, trank, wanderte und schlief. Nur abends, wenn sie am Feuer saßen und Barco auf seinem Dudelsack spielte, verfiel sie ins Träumen. Sie schloss die Augen und stellte sich vor, dass Calach neben ihr sitzen würde, um gemeinsam mit ihr der Musik zu lauschen.

Am nächsten Tag verriet das Schlagen von Äxten, dass sich Menschen in der Nähe befanden. Als sie näher kamen, sahen sie, wie Bäume gefällt und Land gerodet wurde. Ein neuer Hof wurde errichtet. Kinder kamen ihnen fröhlich entgegengelaufen und misstrauische, neugierige und ablehnende Gesichter beobachteten sie. Das Oberhaupt der Großfamilie, ein streng aussehender Mann mit langem, weißem Schnurrbart gewährte ihnen Gastfreundschaft. Die Leibeigenen stellten kleine Tische vor ihnen auf und brachten Tonschalen mit Fleisch, Fisch, Brot und Gemüse. Dann reichten sie Miriam und Barco jeweils einen großen Becher, gefüllt mit Honigbier.

Sofort nach dem Essen wurden sie mit Fragen bombardiert. Wer sie waren, wo sie herkamen, ob ihnen unterwegs die verhassten Römer begegnet waren und wohin ihr Weg sie führte. Barco beantwortete alle Fragen ruhig und höflich. Dann stand er auf, griff nach seinem Dudelsack und begann zu spielen. Die Menschen lauschten ihm andächtig und bewundernd. Ein solches Musikinstrument hatten sie noch nie gesehen. Überhaupt sah der Musiker nicht aus wie einer der ihren. Doch die Musik, die er spielte, brachte sie für eine Weile zum Träumen und holte sie aus ihrem Alltag. Dafür liebten sie ihn und waren für diesen Moment sogar bereit, ihm seine Fremdartigkeit zu verzeihen.

Als sie am nächsten Morgen aufbrachen und sich für die Gastfreundschaft bedankten, reichten die Frauen ihnen Brot und Fleisch für unterwegs und wünschten ihnen Glück.

Immer häufiger trafen sie jetzt auf Menschen, einzelne Gehöfte oder sogar ganze Dörfer, die versteckt mitten im Wald, auf gerodeten Anhöhen oder in tiefen Tälern lagen. Sie brauchten nur dem Fluss zu folgen, um sie zu finden.

Die Menschen waren gastfreundlich, neugierig und abergläubisch, doch jedes Mal, wenn der sanfte Barco ihnen seine Musik vorgespielt hatte, liebten sie ihn und beschenkten ihn mit Vorräten. Sie erfuhren, dass es nicht mehr weit bis zu dem Dorf war, in dem Calachs Familie lebte, aber auch, dass der große Feldherr von den Göttern verlassen und im Kampf gefallen war. Miriams Trauer wuchs, trotzdem klammerte sie sich verzweifelt an den Rest Hoffnung, der ihr geblieben war.

Am nächsten Tag erreichten sie ein großes Dorf, dessen Oberhaupt Barco unbedingt bei sich behalten wollte, nachdem dieser auf dem Dudelsack gespielt hatte. Er schenkte ihm einen schweren goldenen Armreif und redete die halbe Nacht auf ihn ein.

Doch Barco ließ sich nicht beirren und bestand darauf weiterzuziehen, um bei Mog Ruith zu lernen. Er ließ sich aber das Versprechen abnehmen, irgendwann einmal zurückzukehren, selbst wenn es in einem späteren Leben sein würde. Reich beschenkt setzten sie ihre Reise fort.

Der Himmel hatte sich verdunkelt. Eine schwarze Wolkenwand schob sich immer näher. Als sie aus dem Wald traten, setzte ein sintflutartiger Regen ein. In wenigen Minuten waren sie bis auf die Haut durchnässt. Sie liefen schneller und blieben erst stehen, als sie ein Dorf vor sich sahen, das durch einen hohen Palisadenzaun geschützt war. Sie liefen auf das große geschlossene Holztor zu. Barco zögerte nur einen Moment. Dann öffnete er das Tor und trat ins Innere. Miriam folgte ihm mit klopfendem Herzen. Kribbelnde Erwartung stieg in ihr hoch, die sie versuchte zu unterdrücken, um sich eine weitere Enttäuschung zu ersparen.

Ein Rudel struppiger Hunde in verschiedenen Größen stürmte bellend auf sie zu und umsprang sie aufgeregt, während sie weiterliefen.

Die wenigen runden Steinhäuser standen um einen großen Platz herum und waren von tief herabhängenden Grasdächern bedeckt. Im hinteren Teil befanden sich ein rechteckiges Gebäude auf Stelzen und ein großer, viereckiger Holzbrunnen. Als sie weiterliefen, kamen sie an einer in Blockbau errichteten Schmiede vorbei, deren Dach aus versetzt übereinander liegenden Holzplatten bestand, die dafür sorgten, dass die vom Kohlebecken aufsteigende heiße Luft entweichen konnte, um die Brandgefahr zu verringern. Ein großer Amboss stand auf einem Holzstumpf, dahinter befand sich ein Kuppelofen. An den Wänden hingen Zangen und verschiedene andere Werkzeuge aus Eisen.

Der Regen hatte etwas nachgelassen und einige Hühner waren auf dem Platz zu sehen, der irgendwie verlassen wirkte und das Gefühl der Unwirklichkeit verstärkte, das Miriam beinahe erdrückte.

Dann sah sie das Haus. Es sah genauso aus wie das Haus, das sie in ihren Träumen gesehen hatte. Gebannt starrte sie es an, bevor sie, einen Fuß vor den anderen setzend, wie eine Schlafwandlerin darauf zulief. Barco sah, wie ihre weit geöffneten Augen zu glänzen begannen, je näher sie dem Gebäude kam.

Ihr Herz begann zu rasen. Ich hatte Recht, dachte sie glücklich, Calach lebt. Sie schritt schneller aus, bis sie fast rannte. Sie konnte es kaum erwarten, den geliebten Mann wiederzusehen. Mit einem Ruck riss sie die schwere Holztüre auf, wie sie es in ihrem Traum getan hatte. Calachs

Mutter sah überrascht von ihrem Webstuhl auf. Als sie Miriam erkannte, begannen ihre dunklen Augen vor Hass zu glühen. Abwehrend streckte sie ihre Arme aus, als wollte sie einen bösen Geist vertreiben.

Miriam fuhr zurück, erschrocken von dem unverhohlenen Hass, der ihr entgegenschlug. Doch schnell fasste sie sich wieder. Sie versuchte, an Calachs Mutter vorbei in den hinteren Teil des Hauses zu sehen, doch ihre Augen brauchten einen Moment, um sich an das Halbdunkel im Inneren des Langhauses zu gewöhnen. Bittend streckte sie ihre Hände aus, aber Calachs Mutter sah sie nur kalt an. »Verschwinde von hier und nimm deine bösen Geister mit. Calach ist tot und es ist deine Schuld, dass er gefallen ist, weil du ihn verzaubert und ihm seinen Verstand geraubt hast«, zischte sie ihr zu. »Du hast das Recht auf unsere Gastfreundschaft verwirkt. Verschwinde und lass dich nie wieder hier blicken.« Obwohl Miriam sie um einen ganzen Kopf überragte, entwickelte die hagere Frau ungeahnte Kräfte. Ihre spitzen Fingernägel krallten sich in Miriams Arm und schoben sie mit Gewalt zur Türe hinaus. Mit einem lauten Knall schlug sie diese hinter ihr zu. Barco sah Miriam aus großen Augen an. »Was ist geschehen? Was hast du dieser Frau angetan, dass sie dich so feindselig behandelt?«

»Sie ist die Mutter von Calach und konnte mich von Anfang an nicht leiden.« Tränen standen in ihren Augen, als sie weitersprach. »Sie hat gesagt, dass Calach tot ist und dass dies meine Schuld ist, weil ich ihn verzaubert hätte, dabei haben wir uns nur geliebt. Was sollen wir denn jetzt tun?« Hilflos sah sie den sanften Barco an, der ihr in den letzten Wochen ein guter Freund geworden war.

»Ich weiß, dass er nicht tot ist. Sie will ihn nur vor mir verstecken. Ich bin sicher, dass er sich in dem Haus befindet, ich habe ihn dort in meinen Träumen gesehen. Er war sehr krank, aber er lebte«, setzte sie trotzig hinzu.

Menschen waren aus den umliegenden Häusern getreten und starrte Miriam und Barco neugierig an. Barco nahm seinen Dudelsack von der Schulter und klemmte ihn unter seinen rechten Arm. Dann begann er zu spielen. Er spielte ein schwermütiges Stück und die tiefen durchdringenden Töne fuhren den Menschen unter die Haut. Das Stück wurde fröhlicher, fast übermütig und die um sie herumstehenden Männer, Frauen und Kinder begannen sich im Rhythmus der Musik zu bewegen. Sie waren erfreut über die unerwartete Ablenkung.

Plötzlich öffnete sich die Tür und Calachs Mutter erschien. Sie hatte sich die Haare gerauft und in ihren Augen lag tödlicher Hass.

»Aufhören!«, schrie sie. »Sofort aufhören!« Mit zu Fäusten geballten Händen stürmte sie auf Barco los und versuchte, ihm den Dudelsack zu entreißen.

Die Musik verstummte und die Menschen starrten Calachs Mutter erstaunt an.

»Diese Fremde ist eine Hure«, schrie sie, ließ von Barco ab und wies anklagend auf Miriam. »Sie ist schuld an dem Tod unserer Männer und hat das Unglück über unser Volk gebracht. Durch ihre Schuld haben unsere Götter uns verlassen.«

Miriam, die erschrocken von dem Ausbruch zusammengezuckt war, wurde langsam wütend. Auch wenn diese Frau Calachs Mutter war, konnte sie es nicht ohne weiteres hinnehmen, als Hure beschimpft zu werden.

Stolz erhob sie ihren Kopf und ließ ihren Blick über die Menschen gleiten.

»Ich bin die Tochter von Aedui, dem Sohn von Artebates, und keine Fremde. Calach hat mich geliebt und wollte mich nach der Schlacht zu seiner Frau nehmen. Ich weiß, dass er lebt und nicht, wie du eben behauptet hast, während der Schlacht gefallen ist. Ich habe ihn in meinen Träumen gesehen, er ist krank, aber er lebt und er hat nach mir gerufen. Er befindet sich in diesem Haus.« Sie zeigte mit dem Finger auf das hinter ihr liegende Langhaus. Die Menschen wichen zurück und sahen sie mit einer Mischung aus Bewunderung und Ehrfurcht an.

Calachs Mutter warf ihr einen hasserfüllten Blick zu. »Sie lügt«, kreischte sie und ihre Stimme überschlug sich beinahe vor Aufregung. »Glaubt dieser Hure kein Wort. Sie hat sich an meinen Sohn herangemacht und ihn mit Hilfe ihrer Götter um seinen Verstand gebracht. Werft sie in den Sumpf, wo Huren wie sie hingehören.«

Ira trat, gefolgt von ihrem Mann, aus dem Stall, der sich neben dem Langhaus befand. Gemeinsam hatten sie einer kalbenden Kuh bei einer Steißgeburt geholfen. Ihre Gewänder und ihre Hände waren blutverschmiert. Sie trat zu ihrer Mutter und legte ihr beruhigend den Arm um die Schulter. »Es ist besser, wenn ihr unser Dorf verlasst«, sagte sie an Miriam gewandt. Ohne Miriam noch einmal anzusehen, führte sie ihre Mutter, gefolgt von ihrem Mann, zurück ins Haus. Die Menschen starrten Miriam und Barco schweigend an. Barco sah die Angst in ihren Gesichtern. »Lass uns gehen«, sagte er leise. »Wir sind hier nicht willkommen.«

Miriam sah ihn trotzig an. »Ich werde nirgendwo hingehen, bis ich Calach gesehen habe. Erst wenn er mir sagt, dass ich gehen soll, werde ich dieses Dorf verlassen.« Sie drehte sich um und lief auf Calachs Haus zu. Niemand wagte es, ihr den Weg zu versperren. Als sie vor der schweren Holztüre stand, wurde diese abermals geöffnet. Ira sah sie an. Sie war blass und man konnte ihr die Anstrengung deutlich ansehen. »Ich weiß, dass mein Bruder dich geliebt hat, aber es ist besser, wenn du jetzt gehst. Es ist nicht gut für meine Mutter, wenn sie sich so aufregt«, sagte sie leise.

»Ich gehe erst, wenn ich Calach gesehen habe. Ich bin wochenlang durch den Wald gelaufen, um ihn zu finden. Bitte, lass mich zu ihm.«

Nach kurzem Zögern gab Ira die Türe frei und Miriam betrat mit klopfendem Herzen das Haus.

So schnell sie konnte, lief sie in den hinteren Teil. Nach wenigen Sekunden hatten ihre Augen sich an das vorherrschende Halbdunkel gewöhnt. Alles war genauso wie in ihrem Traum, die mit kostbaren Fellen überzogenen Schlafstätten und auch die Einrichtung. Doch die Schlafstätte, auf der Calach in ihrem Traum gelegen hatte, war leer und auch von seiner Mutter war nichts zu sehen. Vor Enttäuschung schossen ihr die Tränen in die Augen. Sie drehte sich um und stürmte blind vor Tränen aus dem Haus. Beinahe wäre sie über einen der Hocker gestolpert, die um den Tisch herumstanden. Sie fühlte den Schmerz an ihrem Schienbein nicht, auch nicht das Blut, das langsam an ihrem Bein hinunterlief. Aufschluchzend lief sie auf den jungen Musiker zu. Barco trug den Dudelsack wieder über seiner Schulter und reichte ihr tröstend die Hand. Ira sah ihr mitleidig nach. Dann drehte sie sich seufzend um und schloss die Türe. Misstrauische Blicke folgten Miriam und Barco, als sie das Dorf verließen.

Nachdem das Dorf außerhalb ihrer Sichtweite war, ließ Miriam sich auf den vom Regen aufgeweichten, mit Flechten überwachsenen Boden sinken und weinte. Sie weinte, bis sie keine Tränen mehr hatte. Um ihre große Liebe und um sich selbst. Sie hatte alles aufgegeben, was sie jemals besessen hatte, um in einer längst vergangenen Zeit zu leben, die von Aberglauben und der Grausamkeit des

Krieges geprägt war, für einen Mann, den sie mehr geliebt hatte als ihr Leben. Ihre Träume hatten sie betrogen. Sie fühlte sich verraten, einsam und verlassen.

Ihre Gedanken waren so leer wie ihre Gefühle. Barco nahm immer wieder ihre Hand, die sich eiskalt anfühlte, und versuchte sie zu wärmen. Er entzündete ein Feuer und reichte ihr etwas geräuchertes Fleisch. Doch Miriam nahm es nicht. Sie weigerte sich, etwas zu essen, und starrte mit versteinertem Blick auf den Boden.

»Wenn wir Mog Ruith gefunden haben, wird er dir ganz bestimmt helfen«, versuchte er sie zu trösten.

»Niemand kann mir helfen, wenn Calach tot ist«, erwiderte Miriam. In ihrer Stimme lag so viel Trauer, dass Barco es kaum ertragen konnte. Er war schon lange eingeschlafen, als Miriam noch in den blauen Nachthimmel starrte, der unverändert über ihnen lag. Eine winzige Hoffnung war ihr geblieben. Vielleicht hatte Barco recht. Wenn einer ihr helfen konnte, dann nur Mog Ruith, der weiseste aller Druiden. Sie mussten ihn so schnell wie möglich finden.

Am nächsten Morgen aß sie zu Barcos Erleichterung von dem Obst, das er ihr anbot, und ein großes Stück Brot dazu. Dann drängte sie zum Aufbruch.

Wieder trafen sie auf einen der Höfe, die meist nur einen halben Tagesmarsch auseinander in der Nähe des Flusses standen. Sie gingen auf ein Haus zu, vor dem ein alter Mann auf einer grob zusammengehauenen Holzbank saß und Feuersteine schlug. Strähnige graue Haare fielen ihm bis auf die Schultern, sein langer Bart reichte ihm bis zur Brust. Er unterbrach seine Arbeit und sah den beiden Fremden aus leicht geröteten, wässrig blauen Augen misstrauisch entgegen.

Nur die Hausherren und die Alten befanden sich noch auf dem Hof. Der Rest der Hofbewohner arbeitete auf den

Feldern. Schwerfällig erhob sich der Alte und lud sie ein, seine Gäste zu sein.

Beißender Qualm von feuchtem Holz, vermischt mit Schweiß und Moder, schlug Barco und Miriam entgegen und ließ ihre Augen tränen, als sie das Haus betraten. Sie brauchten einen Moment, um sich an das Halbdunkel im Inneren des Hauses zu gewöhnen. Licht fiel nur durch zwei kleine, fensterähnliche Öffnungen herein, die sich in der mit Lehm verschmierten Wand befanden. Der alte Mann forderte sie auf, sich an das Feuer zu setzen. Dankbar ließen sie sich auf den mit Fellen und Decken bedeckten Erdpodesten nieder, die gleichzeitig Schlafstätte waren. In dem hinteren Teil des Raumes standen ein großer Webstuhl und drei einzelne Tische mit mehreren Hockern. Einfache Holzregale waren überfüllt mit Tongefäßen in verschiedenen Größen.

Eine hagere, alte Frau im hinteren Teil des Hauses, das nur aus einem Raum bestand, war damit beschäftigt, Teig zu kneten. Sie trug eine gelbe Tunika, darüber einen rotblau karierten Umhang. Ihre schmutzigen Füße steckten in einfachen, speckigen Ledersandalen. Neugierig sah sie Miriam und Barco entgegen. Ihre hellwachen Augen glitten misstrauisch über die seltsame Kleidung der Fremden.

Sie sagte etwas zu ihrem Mann, das sie nicht verstanden. Dann nahm sie einen großen Krug und drei Trinkbecher aus Ton und schenkte den Fremden und ihrem Mann ein. Das Honigbier war stark und hatte einen leicht bitteren Geschmack. Aus dem bronzenen Kessel, der an einer Eisenkette über dem Feuer hing, schöpfte sie für jeden eine Schale Suppe und reichte Brot dazu. Barco und Miriam bedankten sich höflich und begannen zu essen. Die kräftige Getreidesuppe schmeckte salzig, aber zusammen mit dem Brot war sie gut zu genießen.

Der alte Mann sah höflich zu, wie die Fremden ihre Suppe aßen. Als sie fertig waren, nickte er seiner Frau zu, die etwas abseits gesessen hatte. Mit verschlossener Miene stand sie auf und räumte die Schalen vom Tisch, nachdem sie vorher noch einmal die Becher gefüllt hatte.

Der Alte nahm noch einen großen Schluck und wischte sich Mund und Bart an seinem Ärmel ab. Dann lächelte er Barco freundlich an. Es bereitete ihm Freude, Gäste zu haben, und er hoffte, dass die Fremden nun ihrerseits etwas zum Gespräch beisteuern würden, wie es der Brauch vorsah.

»Wir sind auf der Suche nach Mog Ruith, kannst du uns sagen, wo wir ihn finden können?«

»Mog Ruith ist wie der Wind, mal ist er hier, mal ist er dort. Er wird wissen, wenn jemand nach ihm sucht, und er wird euch finden, wenn die Zeit gekommen ist«, gab der Alte bedächtig zur Antwort.

»Ich danke dir für deine Worte, sie sind sehr weise gesprochen. Da ich außer meinem Windsack nichts besitze, möchte ich euch meine Musik schenken, als Dank für eure Gastfreundschaft.« Barco griff zu seinem Dudelsack und begann zu spielen. Der harte Gesichtsausdruck in dem Gesicht der hageren Frau veränderte sich und wurde weicher bei den fröhlichen Tönen, die in dem Raum erklangen. Das Flackern des Feuers, das tanzende Schatten an die Wände warf, und die eindringliche Musik verbreiteten eine eigentümliche warme Atmosphäre, die sowohl die beiden Alten als auch Miriam genossen.

Barco spielte bis weit nach Mitternacht. Er wirkte erschöpft, als er sein Instrument zur Seite legte. Der alte Mann bedankte sich, in seinen trüben Augen schimmerten Tränen, so sehr hatte ihn die Musik berührt.

Am nächsten Morgen wanderten sie weiter. Die Dörfer

und Höfe wurden spärlicher und sie trafen nur noch vereinzelt auf Menschen, je näher sie den felsigen Klippen kamen, hinter denen sich nur noch das offene Meer mit seinen rauen Winden befand.

Die Klippen, auf denen sie standen, erinnerten Miriam an ihren Traum. Als sie auf das tosende Meer hinunterblickte, stellte sie erleichtert fest, dass das Wasser eine ganz normale Farbe besaß. Eine Weile standen sie so und betrachteten das Meer. Barco lauschte den Wellen, die brechend gegen die Felsen schlugen.

»Wir sollten wieder zurückgehen«, sagte er. »Hier werden wir Mog Ruith nicht finden. Wir könnten in eines der Dörfer gehen und dort leben, bis wir ein Zeichen von ihm erhalten haben.«

»Du hast Recht, Barco«, Miriam sah den jungen Musiker dankbar an. Sie war froh darüber, ihn getroffen zu haben, er war ein angenehmer Reisebegleiter und versorgte sie ganz selbstverständlich mit allem, was sie brauchte. »Ich möchte noch einmal zu Calachs Dorf, um mit seiner Schwester zu sprechen. Es ist nur ein Gefühl, aber ich habe den Eindruck, dass bei unserem Besuch dort irgendetwas nicht stimmte. Mir ist nur noch nicht eingefallen, was es ist, das mich stört.« Der Himmel über ihnen hatte sich verdunkelt und sie suchten Schutz unter dem dichten Blätterdach einiger Eiben. Der Wind wurde mit jeder Minute heftiger und fegte heulend durch den Wald. Zuckende Blitze erhellten den Himmel über ihnen. Als es zu donnern begann, drückte Barco sich enger an den Baumstamm neben ihm. Er zitterte vor Angst, was Miriam erstaunt zur Kenntnis nahm. Seitdem sie ihn kannte, hatte er vor nichts und niemandem Furcht gezeigt. »Wovor fürchtest du dich?«, fragte sie ihn, doch ihre Stimme ging in dem Krachen des nächsten Donnerschlags unter. Dann setzte der Regen ein und prasselte auf sie nieder. Als das Gewitter weitergezogen war, entzündete Barco ein Feuer. Sein Gesicht war immer noch blass. »Was hat dich denn eben so erschreckt?«, fragte sie neugierig. »Fürchtest du dich vor Gewittern?«

Barco sah sie an. »Fürchtest du dich nicht? Niemand, ausgenommen vielleicht die Druiden, kennt den Tag, an dem der Himmel auf uns herabfallen wird.« Es lag ein so tiefer Ernst in seiner Stimme, dass Miriam unwillkürlich zu lachen begann. Das war es also. Als Kind hatte sie sich ebenso vor Gewittern gefürchtet und war regelmäßig in das Bett ihrer Mutter geklettert, doch seitdem sie wusste, wie Gewitter entstanden, hatte sie keine Angst mehr vor ihnen. Als sie sich wieder beruhigt hatte, bemerkte sie den beleidigten Ausdruck in Barcos Gesicht. »Sei mir nicht böse, weil ich gelacht habe. Der Himmel kann nicht herunterfallen, er ist nur eine Hülle, die aus Gasen besteht.« Barcos Gesichtsausdruck hatte sich verändert. Gespannt wartete er darauf, dass Miriam weiterredete. »Ich versuche, es dir zu erklären. Du hast mir erzählt, dass du den Ort gesucht hast, an dem die Sonne aufgeht. Diesen Ort kann man nicht finden, weil die Erde rund ist. Die Sonne und der Mond drehen sich mit der Erde und geben ihr Licht und Wärme. Wenn du vom Mond aus auf die Erde heruntersiehst, würdest du einen blauen Planeten sehen, der auf der einen Seite von der Sonne und auf der anderen vom Mond beschienen wird. Das bedeutet, wenn es hier bei uns Tag ist, ist auf der anderen Seite Nacht und umgekehrt.« Barco war beeindruckt. Er zweifelte nicht einen Moment daran, dass Miriams Worte der Wahrheit entsprachen. »Was aber geschieht, wenn die Sonne und der Mond aufhören, sich zu drehen?«, fragte er ängstlich.

Miriam beruhigte ihn. »Das wird nicht geschehen, weil weder die Sonne noch der Mond ihre Bahn verändern können. Sie bewegen sich immer im gleichen Abstand zur Erde.«

»Du bist sehr weise«, stellte Barco fest. »Bist du eine Seherin?«

»Nein, aber ich komme aus einem Land, in das du nicht gehen kannst, und dort habe ich alles gelernt, was ich weiß.«

Sie war in der anderen Welt und ist von dort zurückgekommen, überlegte Barco. Ob sie eine Göttin war? Voller Ehrfurcht betrachtete er ihr schönes Gesicht, das ihm mittlerweile so vertraut war. Konnte er es wagen, ihr noch mehr Fragen zu stellen? Seine Neugier siegte und er stellte ihr in den nächsten Tagen Fragen über Fragen, die Miriam so gut beantwortete, wie sie konnte. Woher der Wind kam und wer das Feuer gebracht hatte? Dann wollte er wissen, warum es im Sommer warm und im Winter kalt war und warum die Fische im Wasser leben konnten und die Menschen nicht. Er stellte Fragen wie ein Kind und sie redeten, bis Miriam vor Erschöpfung die Augen zufielen. Er verstand nicht alles von dem, was sie sagte, versuchte aber, sich jedes einzelne Wort einzuprägen.

Wenige Tage später erreichten sie das Dorf. Die meisten der Dorfbewohner befanden sich auf den Feldern, die rund um das Dorf angelegt worden waren. Miriam entdeckte Ira sofort und lief zu ihr. Ira war genau wie die anderen Frauen damit beschäftigt, das mit der Sichel geschlagene Korn zu bündeln. Als Miriam vor ihr stand, sah sie von ihrer Arbeit auf. Sie rieb sich den schmerzenden Rücken und sah ihr ernst in die Augen. »Ich wusste, dass du wiederkommst«, sagte sie. »Doch es wird meiner Mutter nicht gefallen, sie wird zornig werden, wenn sie dich sieht.«

Miriam sah sie bittend an. »Bitte sag du mir, dass Calach noch lebt. In meinen Träumen hat er nach mir gerufen und meine Träume lügen nicht. Ich habe eine weite Reise gemacht, um seinen Rufen zu folgen, und liebe ihn mehr als mein Leben.«

Miriam sah die Unsicherheit in Iras Augen. Ich habe Recht gehabt, Calach lebt, dachte sie triumphierend. Sie packte die junge Frau an beiden Schultern. »Sag mir, wo er ist«, forderte sie. Ira schüttelte ihre Hände ab und sah sie traurig an. »Es ist nicht so einfach, wie du glaubst«, sagte sie. »Calach lebt, aber er ist sehr krank und wir haben ihn nicht nur vor dir verborgen, sondern auch vor den anderen Dorfbewohnern. Sobald er kräftig genug ist, wird er sich in sein Schwert stürzen, denn er wird nie mehr Feldherr sein können. In seinen Beinen ist keine Kraft mehr und er ist ein Krüppel«, stieß sie zornig werdend hervor. »Meine Mutter sagt, dass du die Schuld an unserem Unglück trägst, warum hast du uns nicht in Ruhe gelassen?«

»Ich trage keine Schuld daran, dass Calach die Schlacht verloren hat. Frage Mog Ruith, wenn du mir nicht glaubst. Er wird es dir bestätigen.«

Ungläubig sah Ira Miriam an, genau wie die anderen Frauen, die sie mittlerweile umringt hatten. Der Name des Druiden allein reichte aus, um sie vor Ehrfurcht erstarren zu lassen. Ira gab nach. Sie bedeutete Miriam, ihr zu folgen, und lief gemeinsam mit ihr ins Dorf. Vor ihrem Haus blieb sie stehen. »Ich möchte erst mit meiner Mutter sprechen, warte so lange hier.« Sie drehte sich um und verschwand im Haus. Miriam lief ungeduldig vor dem Haus auf und ab. Nach wenigen Minuten winkte Ira sie ins Haus herein. Mit klopfendem Herzen trat Miriam ein und folgte Ira in den hinteren Teil des Raumes. Calachs Mutter war nicht zu sehen, was Miriam erleichtert zur Kenntnis nahm. Sie musste durch die an den Raum grenzenden Ställe das Haus verlassen haben.

Calach lag auf seiner Schlafstätte und schlief. Miriam stürzte auf ihn zu und strich ihm zärtlich eine Strähne seines langen Haares aus der Stirn und bedeckte sein Gesicht mit Küssen. Er schlug die Augen auf und sah sie traurig an. Ihre Augen versanken ineinander. Beide waren überwältigt von den Gefühlen, die sie füreinander empfanden.

»Die Götter haben uns verlassen und ich kann dich nicht mehr bitten, meine Frau zu werden«, sagte Calach und wandte seine Augen von ihr. »Ich bin ein Krüppel, mein Leben ist verwirkt. Es ist mir nicht einmal mehr vergönnt, auf dem Schlachtfeld zu sterben.« Seine Stimme klang mutlos.

Miriam hätte ihn am liebsten umarmt, doch sie wagte es nicht. Er hatte sich aufgegeben, was konnte sie nur tun, um ihm Mut zu machen? Sie war entschlossen, um ihr Glück zu kämpfen, auch wenn sie noch nicht wusste, wie. »Die Götter haben dich leben lassen, aus diesem Grund wirst du auch wieder gesund werden«, sagte sie und versuchte, so viel Entschlossenheit in ihre Stimme zu legen wie möglich. Calach zog das Fell zurück, das ihn bedeckte. »Meine Beine sind nicht mehr zu gebrauchen, ich werde nie mehr kämpfen können. Meine Mutter und Ira weigern sich, mir mein Schwert zu bringen, sonst wäre ich schon in der anderen Welt«, sagte er leise. Miriam betrachtete Calachs Beine, die schlaff auf der Bettstelle lagen.

Er hat die ganze Zeit über gelegen, dachte sie. Dadurch hat sich die Muskulatur zurückgebildet. Wenn man einen Arzt hier hätte, wäre es sicher kein Problem. Ihre Gedanken überschlugen sich. Was konnte sie nur tun?

»Wie hast du dich denn verletzt?«, fragte sie weiter.

Sofort erschienen die grausamen Bilder der Schlacht vor

seinen Augen. Er stöhnte leise auf. Der angstvolle Todesschrei seines Hengstes klang in seinen Ohren.

»Ich wollte Divico zu Hilfe eilen, als einer der römischen Legionäre meinem Hengst sein Schwert in den Bauch gestoßen hat. Ich bin vom Pferd gestürzt und die Götter der Unterwelt haben mich in ihre dunkle Welt gezogen. Es ist mir gelungen zurückzukommen. Doch mein Kopf und mein Rücken sind verwundet.«

Calach hatte sie während seiner Erzählung nicht aus den Augen gelassen. Sein Herz schmerzte vor Liebe nach ihr. Er streckte seine Hand aus und streichelte ihr zärtlich übers Haar. »Wir werden uns in unserem nächsten Leben sehen, meine Schöne. Ich hatte nie Angst davor, in die andere Welt zu gehen, aber jetzt fällt es mir schwer, weil wir uns gerade erst wiedergefunden haben und schon so bald wieder trennen müssen, doch wir werden uns wiedersehen. Ich war so sicher, dass es mein Schicksal ist, die Römer aus unserem Land zu vertreiben und unserem Volk die Freiheit zurückzugeben.« Miriam genoss seine Berührung, während sie seinen Worten lauschte. Sie hatte sich so lange danach gesehnt.

»Das wirst du auch. Vielleicht kann ich dir helfen, wieder gesund zu werden.«

Calach sah sie erstaunt an. »Ich kann nicht mehr laufen. In meinen Beinen ist keine Kraft mehr. Wir können uns nicht gegen unser Schicksal auflehnen.«

Miriam bekam es mit der Angst zu tun. Wie konnte sie Calach nur überzeugen?

Schmerzhaft wurde ihr bewusst, wie groß die Kluft war zwischen seinem Leben, das von den Launen seiner Götter geprägt war, und dem ihren, in dem das Leben auch dann künstlich verlängert wurde, wenn es kaum noch Hoffnung gab. »Die Götter haben mich zu dir geschickt, um dir zu helfen. Sie möchten, dass du lebst. Kannst du deine Füße bewegen?« Gespannt starrte sie auf Calachs Beine. Es dauerte endlose Sekunden, bis er erst den rechten, dann den linken Fuß bewegte. Neue Hoffnung erfüllte sie. Erleichtert sah sie Calach an. »Ich bin kein Arzt, aber ich glaube, du hast dich an der Wirbelsäule verletzt und die Verletzung drückt auf deine Nerven. Dadurch kannst du deine Beine nicht mehr bewegen. Wir müssen sehr behutsam vorgehen. Es wird eine Weile dauern, du wirst erst wieder lernen müssen zu laufen. Jeden Tag einen Schritt mehr. In einigen Wochen werden deine Beine so gesund sein wie vorher.«

Es musste ihr gelingen, dem Geliebten Mut zu machen und ihm zu helfen. Sie rief Ira zu sich, die etwas abseits gestanden und ihren Bruder nicht aus den Augen gelassen hatte. »Es wird nicht leicht sein, dein Bruder wird viel Geduld und Kraft aufbringen müssen, aber gemeinsam können wir es schaffen.«

Sie sah Ira fest in die Augen. »Wirst du mir helfen?«

»Ich werde alles tun, damit mein Bruder lebt«, erwiderte Ira entschlossen.

»Wir brauchen Mog Ruith, seinen Worten wird Calach folgen«, sagte Miriam. »Weißt du, wo er sich aufhält?« Ira schüttelte den Kopf.

»Das weiß niemand außer seinen Schülern und die halten seinen Aufenthaltsort geheim.«

Miriam kniete sich neben Calach und legte ihren Kopf an seine Schulter. »Ich werde dir helfen, Geliebter«, flüsterte sie ihm ins Ohr. Sie genoss seine Nähe und legte ihren Mund auf seine Lippen. Calach erwiderte leidenschaftlich ihren Kuss und sie vergaßen alles um sich herum. In diesem Moment war Miriam einfach nur glücklich und sie dachte nicht daran, was die Zukunft ihnen bringen würde.

Barco war ihr ins Haus gefolgt und hatte einen Teil des Gespräches mitbekommen. Höflich wartete er, bis man ihn zur Kenntnis nahm. Es dauerte lange, bis Miriam sich von Calach löste und ihn bemerkte. »In meinem Land gibt es einen Mann, der sich auf die Kunst des Heilens versteht. Ich war eine Zeit lang bei ihm und habe zugesehen, wie er die Menschen mit seinen Händen geheilt hat. Wenn du erlaubst, werde ich versuchen, Calach zu helfen.« Miriam sah ihn voller Hoffnung an. Barco beugte sich über Calach und forderte ihn auf, sich auf den Bauch zu legen. Seine feingliedrigen Hände fuhren behutsam über Calachs Rücken und Beine und massierten ihn. Seine sanften Bewegungen wirkten sicher, man konnte sehen, dass er genau wusste, was er tat.

Miriam drückte ihm voll Dankbarkeit einen Kuss auf die Wange. »Das werde ich dir nie vergessen«, sagte sie. »Ich werde morgen wiederkommen und übermorgen und ihn behandeln, so lange, bis er geheilt ist. Danach werden wir ihm helfen aufzustehen.« Ira reichte ihm einen Krug mit Bier. Gemeinsam stützten sie Calach, damit er trinken konnte. Miriam konnte die Augen nicht von dem Geliebten wenden. Zu lange hatte sie darauf gewartet, ihn wiederzusehen. Immer wieder berührte sie ihn und einmal kniff sie sich in den Arm, um sich zu vergewissern, dass sie nicht träumte. Calachs Mutter weigerte sich, das Haus zu betreten, solange Miriam sich darin aufhielt, obwohl Ira ihr erzählt hatte, dass Miriam und ihr Begleiter Calach heilen wollten. Sie traute der fremden Frau nicht und hatte Angst, von ihr verflucht zu werden.

Die ganze Nacht über blieb Miriam bei Calach und schlief irgendwann, den Kopf an seine Schulter gelehnt, ein.

Am nächsten Morgen, noch vor Sonnenaufgang, machte Barco sich auf, um Heilpflanzen zu sammeln. Er fand sie im tiefen Schatten einer Eiche, verborgen zwischen Farnen und anderen Sträuchern. Dreimal umkreiste er die Pflanzen, bevor er sich herunterbeugte und sie mit der rechten Hand pflückte, wobei er die linke Hand hinter dem Rücken verbarg, wie es der Brauch vorsah. Dann sprach er die festgelegten Worte, um sich bei den Pflanzen für das Herausreißen zu entschuldigen und die Götter zu bitten, die Heilkraft in die Blätter fließen zu lassen. Gegen Abend kehrte er zurück und stampfte die mitgebrachten Blätter zu einem Brei. Miriam sah ihm neugierig zu. »Was sind das für Pflanzen?«, fragte sie.

»Man nennt sie Selago und Samolus, sie haben sehr starke Kräfte.« Barcos Hände glitten erneut über Calachs Rücken und Beine. Dann gab er die breiige Masse auf seine Haut und rieb ihn damit ein. In den nächsten Wochen wiederholte er die Behandlung zweimal täglich.

Doch so viel er sich auch mühte, es trat keine merkliche Besserung ein. Calach, der anfangs von leiser Hoffnung erfüllt war, wurde jeden Tag verzweifelter. Das lange Liegen in dem halbdunklen Haus machte ihm schwer zu schaffen. Er fühlte sich hilflos wie ein Kleinkind und die Angst, dass Miriam die Achtung vor ihm verlieren würde, war das Schlimmste und kaum zu ertragen. Als Barco an diesem Tag zu ihm kam, um ihn zu behandeln, stieß er ihn unwillig von sich.

»Es hat keinen Sinn. Wenn du ein Freund bist, dann bringe mir mein Schwert. Man kann dem Schicksal nicht entkommen und ich möchte mit Würde in die andere Welt gehen, in der ich mit meinen Freunden, die mich längst erwarten, wieder auf die Jagd gehen kann.« Barco stand auf und sah sich suchend um.

»Mein Schwert befindet sich neben der Türe«, half Calach ihm. Barcos Zögern war ihm nicht entgangen.

Calach war ungeduldig und verzweifelt, Barco konnte ihn gut verstehen.

Ein großer Feldherr wie Calach wusste, was er tat, und er hatte kein Recht, ihm seinen Wunsch abzuschlagen. Das Schwert hing mit den anderen Waffen Calachs an der Wand hinter der Türe. Er zog es aus der Scheide und reichte es ihm.

»Hilf mir beim Aufstehen, mein Freund«, sagte Calach dankbar, »und dann lass mich allein, damit ich mich auf die Reise vorbereiten kann.«

Barco stützte Calach, so gut er konnte. Beim Aufstehen wurde ihm schwarz vor Augen und es dauerte eine ganze Weile, bis er zitternd auf seinen geschwächten Beinen stand. Mit der linken Hand stützte er sich an der Wand ab. Barco reichte ihm das Schwert und verabschiedete sich von ihm. Dann drehte er sich um und verließ das Haus. In der Türe stieß er beinahe mit Miriam zusammen, die mit Ira eine der Unfreien in ihrem Haus besucht hatte. Lona, eine junge Frau mit blassblonden Haaren, hatte vor zwei Tagen einen Jungen geboren. Sie hatte große Angst vor der Geburt gehabt und Ira war Tag und Nacht bei ihr gewesen, um ihr Mut zu machen. Jetzt saß sie überglücklich am Feuer und stillte ihr Baby. Ira konnte ihren Blick nicht von dem Säugling wenden, der friedlich an Lonas Brust lag. Sie sehnte sich so sehr nach einem eigenen Sohn, dass sie den Tag kaum erwarten konnte, an dem sie so wie Lona jetzt mit ihrem eigenen Baby im Arm am Feuer sitzen würde.

Miriam wusste mit einem Blick in Barcos Gesicht, dass etwas geschehen war. Traurig sah der Windsackspieler sie an. »Ich kann nur seinen Körper heilen, nicht seine Seele«, sagte er leise. Miriam sah ihn verwirrt an. Sie verstand nicht, was er ihr sagen wollte, aber ihre Unruhe verstärkte sich. Sie würde später mit ihm reden, doch zuerst musste sie wissen, was geschehen war.

Sie drängte sich an Barco vorbei und sah Calach neben seiner Schlafstätte stehen. Endlich ist er aufgestanden, dachte sie glücklich. Die Sonne draußen hatte hell geschienen und wie immer brauchten ihre Augen einen Moment, um sich an das Halbdunkel im Inneren des Hauses zu gewöhnen. Dann sah sie das Schwert in Calachs Hand. Die Spitze zeigte auf seine Brust und er war bereit, sich hineinzustürzen. Der Schock traf sie wie ein Faustschlag. »Nein!«, schrie sie, während sie auf Calach zustürmte. Ihre im Laufen ausgestreckten Hände griffen nach dem Schwert. Doch es gelang ihr nicht, es Calach aus der Hand zu nehmen. Calach packte sie am Handgelenk und zwang sie, ihm in die Augen zu sehen. »Sei ruhig, meine Schöne, ich liebe dich, aber ich muss gehen, auch wenn es mir das Herz bricht. Es ist der Wille der Götter.«

Miriam starrte ihn fassungslos an. Ihr Puls raste und die verschiedensten Gedanken rasten durch ihren Kopf. Verzweifelt überlegte sie, wie sie Calach davon abbringen konnte, sich in sein Schwert zu stürzen.

Calach sah sie ruhig an. Er hatte die Lippen fest zusammengepresst und in seinem Blick lag tiefe Entschlossenheit. Miriam spürte, dass er bereits Abschied genommen hatte. Immer noch hielt er ihr Handgelenk fest umklammert.

Das Bild Mog Ruiths tauchte vor ihr auf. Beide bemerkten den blauen Nebel nicht, der wie aus dem Nichts kam und sie langsam einhüllte. Miriams Puls wurde langsamer und eine tiefe Ruhe erfüllte sie. Ihre Stimme klang wie aus weiter Ferne, als sie zu sprechen begann.

»Bevor du gehst, möchte ich dir noch etwas sagen, das du wissen musst. Ich bin aus der Zukunft gekommen, aus einer Zeit, in der es keine Bedrohung mehr durch die Römer gibt. Mog Ruith hat mich gerufen, weil ich Teil deines Schicksals bin, dem du nicht entfliehen kannst. Sieh dich an, du stehst auf deinen eigenen Beinen. Die Götter haben dich geheilt und dir deine Kraft zurückgegeben.«

Ihre weit aufgerissenen Augen glühten. Es war ihre Stimme, mit der sie gesprochen hatte, doch da war noch etwas anderes, das Calach sich nicht erklären konnte. Heißkalte Schauer schüttelten ihn, als er die Frau, die er liebte, ungläubig und von Ehrfurcht ergriffen anstarrte.

Sie hatte sich seinem Griff entwunden und stand hochaufgerichtet vor ihm.

Mit geschlossenen Augen erhob sie langsam die ausgebreiteten Arme.

Sie war Seherin und Priesterin, Göttin und Frau. Die Worte, die aus ihrem Mund strömten, klangen wie ein Gebet. Es waren uralte Worte einer vergessenen Sprache vom Anbeginn der Zeit.

Calach spürte, wie die Kraft in seine vor Schwäche zitternden Beine zurückkehrte. Er ließ das Schwert sinken und lauschte den Worten, die er verstehen konnte und doch nicht verstand.

Im letzten Moment fing er Miriam auf, als sie bewusstlos niedersank. Ihr Gesicht war blass und ihre Stirn von feinen Schweißperlen überzogen.

Calach hielt sie fest in seinen Armen und wiegte sie wie ein Kind, bis ihre Augenlider zu flattern begannen und sie in die Welt der Lebenden zurückkehrte.

»Was ist geschehen? Ich habe seltsame Träume gehabt«, flüsterte sie und schmiegte sich enger in Calachs Arme.

Calach beugte sich über sie und drückte ihr einen zärtlichen Kuss auf die weichen Lippen. »Sei ganz ruhig, meine Schöne, alles ist, wie es sein soll.« Das Feuer war lange heruntergebrannt, als Calach sich von Miriam löste. Er stand auf und trat vor die Türe. Dann erhob er seinen Blick zu dem klaren Himmel, nach dem er sich so lange Zeit gesehnt hatte. Während er die funkelnden Sterne betrachtete, die so nah und doch so fern waren, sog er die kalte, würzige Luft tief in seine Lungen, die der Wind zu ihm herübertrug. Erst als er sich umwandte, um zurück ins Haus zu gehen, bemerkte er den jungen Dudelsackspieler, der regungslos vor dem Haus gesessen hatte. »Ich danke dir dafür, dass du Miriam zu mir gebracht hast und mir ein guter Freund geworden bist. Die Bande dieser Freundschaft werden uns für immer verbinden.«

Er ging zurück ins Haus, von neuer Kraft erfüllt und dachte hoffnungsvoll an die Zukunft, die das Schicksal für ihn bereithielt. Glücklich beugte er sich über Miriam und lauschte ihren ruhigen Atemzügen, bis er selbst vom Schlaf übermannt wurde.

Am nächsten Morgen zog er sein Kettenhemd an und trat in voller Rüstung vor die Dorfbewohner, die ihn nach anfänglichem Schrecken jubelnd begrüßten. Ein Wunder war geschehen und sie dankten den Göttern, die ihnen Calach zurückgegeben hatten, stärker und kraftvoller denn je.

Die Leibeigenen hatten das Essen aufgetragen und Barco spielte seine Musik. Miriam saß glücklich neben Calach, der ihr immer wieder sehnsüchtige Blicke zuwarf. Er konnte noch gar nicht begreifen, was alles seit Miriams Ankunft geschehen war. Zum zweiten Mal war sie in sein Leben getreten, das er gerade bereit gewesen war zu verlassen. Sie und ihr fremd aussehender Begleiter hatten ihm versprochen, dass er wieder gesund werden würde. Was hatten die Götter mit ihm vor, dass sie sein Leben erneut gerettet hatten? Gab es doch noch Hoffnung für sein Volk? Die Römer waren fortgezogen, doch nach der dunklen Zeit würden sie wiederkommen, um sein gebrochenes Volk unter ihr Joch zu nehmen. Leise Hoffnung stieg in ihm hoch, als er Miriam in die wunderschönen Augen sah. Sie hatte sich über ihn gebeugt und sein Blick fiel auf den Ansatz ihrer Brüste, die er nur zu gut in Erinnerung hatte. Das Blut schoss ihm in die Lenden und er zog sie näher zu sich heran. Miriams Herz begann zu rasen, als er sie erst zärtlich und dann voller Leidenschaft küsste. Sie sehnte sich danach, dass er ganz zu ihr kam, doch das war unmöglich. Nicht einen Moment waren sie alleine in dem Haus. Wenn Ira das Haus verließ, um nach ihrer und Calachs Mutter zu sehen, die sich schmollend in eines der Nebengebäude zurückgezogen hatte, oder um den Göttern zu opfern, dann waren Barco oder die Bediensteten anwesend. Man ließ die beiden, die sich nach wie vor im hinteren Teil des großen Raumes befanden, zwar in Ruhe, warf ihnen aber immer wieder verstohlene Blicke zu. Ganz geheuer waren ihnen die Frau und der Musiker nicht. Doch jedes Mal, wenn Barco seinen Windsack hervorholte und spielte, lauschten sie wie alle anderen andächtig seiner Musik.

Die Tage vergingen und die Menschen begannen damit, sich an Miriam und Barco zu gewöhnen.

Ira hatte Miriam eine Tunika mit bunten Karos geschenkt und einen kunstvoll verzierten, bronzenen Gürtel. »Es ist besser, wenn du das hier trägst«, sagte sie.

Sie zeigte ihr, wie das Gewand rockähnlich gerafft wurde. Dann gab sie ihr noch einen wollenen Umhang und sah zu, wie Miriam ihn umlegte. »Jetzt siehst du nicht mehr so fremd aus«, bemerkte sie zufrieden. » Bei uns tragen nur Männer Hosen und die Leute haben schon über dich geredet.« Sie hätte zu gerne gewusst, warum Miriam Hosen angehabt hatte, wagte es aber nicht, sie danach zu fragen.

Die Wochen vergingen und der Wind, der um das Dorf heulte, wurde schärfer. Es würde nicht mehr lange dauern, bis die dunkle Zeit des Jahres begann und Samain, das Fest der Krieger, und das Ende des Sommers gefeiert werden würden.

Obwohl er die Schlacht verloren hatte, bewunderten die Menschen Calach rückhaltlos. Wer konnte schon den Willen der Götter ergründen? Die Römer waren fort und die Ernte gut gewesen und so sahen auch sie hoffnungsvoll in die Zukunft.

Die Vorbereitungen auf Samain waren in vollem Gange, als Calach Miriam bat, sie in den Wald zu begleiten. »Zu lange habe ich auf meiner Schlafstätte gelegen und den Himmel vermisst.« Fröhlich wie Kinder liefen sie aus dem Dorf. Als sie das Dorf hinter sich gelassen hatten, nahm Calach zärtlich ihre Hand. Miriam sah ihn an und er sah die Sehnsucht in ihren Augen. Er zog sie in seine Arme und küsste sie lange. Dann ließen sie sich auf den weichen Waldboden sinken. Calach bedeckte ihr Gesicht und ihren Hals mit Küssen. Seine Hände glitten unter ihre Tunika und streichelten ihre vollen Brüste, die weich und doch fest waren. Miriam stöhnte leise auf und schmiegte sich so eng an ihn, als wollte sie in ihn hineinkriechen. Seine Hände wurden fordernder und wanderten hinunter zu den Innenseiten ihrer Schenkel. Einen Moment ließ er seine Hand auf dem warmen Dreieck ruhen. Sie spürte sein Verlangen nach ihr und legte ihre Hand auf die seine, um zu verhindern, dass er sich wieder von ihr zurückzog. Sie sehnte sich so sehr nach ihm, dass es beinahe schmerzte. Doch ihre Sehnsucht wurde nicht erfüllt. Abrupt zog er seine Hand zurück, legte sie unter ihr Kinn und sah ihr in die vor Leidenschaft dunkel gewordenen Augen. Ihre Wangen glühten und sie war nie schöner gewesen als jetzt.

Miriam sah, wie schwer es ihm fiel, sich von ihr zu lösen. »Wir werden genügend Zeit haben für unsere Liebe, wenn es der Wunsch der Götter ist. Sobald Mog Ruith eingetroffen ist, werde ich ihn bitten, mir den günstigsten Zeitpunkt für unsere Vermählung zu nennen. Bald werden wir Mann und Frau sein und bei den Göttern, ich wünschte, es wäre schon heute.«

Sie küsste ihn zärtlich auf den Mund, der noch weich und warm von der Hitze ihrer Körper war. »Ich liebe dich mehr, als man es mit Worten sagen kann, und sehne den Tag herbei, an dem wir endlich für immer miteinander verbunden sein werden.«

Auf dem Rückweg sahen sie sich immer wieder verliebt in die Augen. Bevor sie durch das Holztor in das Innere des Dorfes traten, gab Calach Miriam noch einen langen, leidenschaftlichen Kuss. »Ich muss mich jetzt um die Vorbereitungen für Samain kümmern. Danach werden wir uns wiedersehen.«

Er hatte versucht, mit seiner Mutter zu sprechen, in deren Augen der Wahnsinn stand. Die Götter hatten sie gestraft und sie mit einem Schlag niedergestreckt. Sie konnte nur noch die linke Hälfte ihres Körpers bewegen und brabbelte unverständliche Worte vor sich hin. Calach hatte seine Mutter immer geliebt, die ihn sein ganzes Leben lang begleitet hatte. Es tat ihm Leid, dass die Götter sie so bestraft hatten, obwohl sie für eine Frau zu herrschsüchtig gewesen war. Nach dem Tod seines Vaters hatte sie ihr Erbe allein verwaltet, und da fast alle Verwandten bei dem Überfall ums Leben gekommen waren, gab es niemand, der ihr das Erbe ihres Mannes streitig machen konnte, wie es normalerweise üblich war.

Er befahl einer der Leibeigenen, sich um sie zu kümmern und dafür zu sorgen, dass sie das Haus nicht verließ, damit die anderen Dorbewohner sie nicht in diesem jämmerlichen Zustand sehen konnten.

Er hoffte sehr, dass Mog Ruith am Samainfest anwesend sein würde, um den günstigsten Zeitpunkt für seine Vermählung von ihm zu erfahren. Jedes Mal wenn er an Miriam dachte, wurde sein Blut heiß.

In den nächsten Tagen waren alle Frauen im Dorf damit beschäftigt, das Essen für das große Fest vorzubereiten. Unmengen von Schafen, Rindern und Schweinen wurden geschlachtet und gebraten, Brot gebacken, geröstete Nüsse und Obst bereitgestellt. Nicht zu vergessen das Bier und der Met, die fässerweise bereitlagen, für die durstigen Kehlen der Gäste. Hundert Fässer gab es von jedem Getränk, so wie es der Brauch vorsah.

Am Tage vor dem Fest durften keine Feuer entzündet werden, mit Ausnahme des Feuers, das die Druiden entzündeten, die in jeder Samainsnacht zusammenkamen, um allen Göttern ihre Opfergaben zu bringen, die im heiligen Feuer verbrannt wurden.

Am nächsten Morgen reisten die Gäste an. Sie kamen aus den umliegenden Höfen und Dörfern und würden drei Tage und drei Nächte vor Samain feiern und drei Tage und drei Nächte nach dem Fest, wie Calach es Miriam erklärt hatte. Es war die Pflicht eines jeden, an dem Fest teilzuhaben, wenn er nicht verstoßen werden wollte, was als die schlimmste Strafe galt.

Calach hatte seine Rüstung angelegt, um seine Gäste standesgemäß zu begrüßen. Er war immer noch Vergobretos, der Vollzieher der Urteile.

Die Kunde von seiner Rettung war wie ein Lauffeuer durch das Land geeilt und hatte denjenigen, die von seinem Tod überzeugt gewesen waren, neue Hoffnung gegeben. Viele Geschichten rankten sich schon um seinen

Namen und die Menschen waren davon überzeugt, dass er in der anderen Welt gewesen war und mit den Göttern Met getrunken hatte. Der göttliche Met hatte ihm übermenschliche Kräfte verliehen und man glaubte daran, dass er unsterblich geworden war.

Wenn sie seinen Namen aussprachen, liefen Schauer über ihren Rücken, und jeder, dem es möglich war, machte sich auf, um den großen Kriegsherren an Samain leibhaftig zu sehen und vielleicht sogar berühren zu können. Von der verlorenen Schlacht war keine Rede mehr. Die Götter hatten Calach untergehen lassen, damit er in neuem Glanz wiederauferstehen konnte.

Sie kamen alle. Die Fürsten mit ihrem Gefolge, die kostbare Geschenke mitbrachten, Unfreie, Leibeigene und Hofbesitzer. Männer, Frauen und Kinder, die allerdings getrennt voneinander feierten.

Als Miriam ihren Blick über die Menschenmenge schweifen ließ, musste sie an das Lager am Mons Graupius denken. Sie erhob ihren Kopf und sah in den klaren, mit Sternen übersäten Himmel.

Was würde die Zukunft bringen? Es würde nicht mehr lange dauern, bis sie endlich Calachs Frau werden würde und sich ihre Sehnsucht, ihm ganz zu gehören, endlich erfüllte.

In der Mitte der Versammlung war ein kostbar verzierter Stuhl aufgestellt worden, auf dem Calach sich niederließ. Die adeligen Gäste nahmen rechts und links neben ihm Platz, jeder nach seinem Stand und seiner Herkunft, so wie es seit jeher und überall Brauch war.

Eine wahre Menge von Dienern erhob sich, um die Gäste zu bedienen und zu versorgen. Das Honigbier floss in Strömen und bei den jungen Leuten wuchs der Frohsinn, bei den Kriegern Kühnheit und Witz, bei den Mädchen

Süße und Scheu, bei den Dichtern das Wissen und die Gabe der Prophezeiung, wie es üblich war.

Da erhob sich ein Herold. Er trug einen roten Umhang und schwang eine grobe Eisenkette, um die Diener und die jungen Männer zum Schweigen zu bringen. Dann schwang er eine lange Kette aus altem Silber, um den Adeligen Einhalt zu bieten. Stille senkte sich über den Platz. Der Himmel über ihnen war klar und die Sterne funkelten wie kostbare Kristalle. Fergus der Barde erhob sich. Sein helles Gewand flatterte im milden Nordwestwind, der aus dem Reich der Toten wehte und der anderen Welt ihre Tore öffnete. So konnten dessen Bewohner auf die Erde gelangen und die Druiden ließen sie walten. Die Haare des Barden waren mit Kalklauge eingerieben und sein Gesicht mit dem weißgeschminkten Mund wirkte wie eine Maske. Er sang Lieder, Liebeslieder, schöne Gedichte und Lobreden über die Vorfahren Calachs und Calach selbst und rühmte mit wohlklingenden Worten seinen Mut und seine Taten.

Miriam saß bei den Frauen und beobachtete staunend das Treiben um sich herum. Mit jeder Stunde, die verging, wurden die Männer betrunkener. Ira hatte ihr erzählt, dass der Honigwein und das Schweinefleisch den Männern den Zugang in die andere Welt ermöglichen würde.

Die Druiden kamen am nächsten Abend. Mog Ruith war bei ihnen. Miriam konnte ihn nur von weitem sehen, da sie ihren Platz inmitten der Frauen beibehalten musste. Es war der Tag, an dem die Gerichtsurteile gesprochen wurden. Männer wurden verurteilt und erhielten ihre Strafe. Calach traf die endgültige Entscheidung und er allein hatte die Macht, jeden der Angeklagten freizusprechen. Gesetze wurden beschlossen und behielten ihre Gültigkeit bis zum nächsten Samain. Dann folgte die eigentliche Samainsnacht, an der die Wesen aus der anderen Welt teilnahmen.

Die meisten der Männer waren mittlerweile so betrunken, dass sie nicht mehr viel von dem mitbekamen, was um sie herum vor sich ging. Schnarchend lagen sie auf dem Boden und schliefen ihren Rausch aus. Andere stritten sich lautstark. Immer wieder musste Calach eingreifen und die Streitenden auseinander treiben.

Die flackernden Feuer, die Lieder der Barden und der Duft von gebratenem Fleisch verbreiteten eine warme Atmosphäre. Der laue Nordwestwind strich sanft über Miriams Gesicht, als die vertrauten Klänge von Barcos Dudelsack ertönten.

Miriam fühlte sich sicher und geborgen inmitten der Menschen, die allesamt Bekannte und Freunde von Calach waren. Sie konnte nicht ahnen, was sich während der Gerichtsurteile im heiligen Hain abgespielt hatte.

Nur die schlimmsten Vergehen wurden in dieser Nacht verurteilt. Cormag, dessen älterer Bruder in der Schlacht gefallen war, beschuldigte seine Schwägerin Decra, sich ihm an den Hals geworfen zu haben. Das war eine schwere Anschuldigung, denn eine Frau durfte nach dem Tod ihres Mannes keinem anderen Mann mehr angehören.

Anklagend wies er auf Decras Bauch, der eine Schwangerschaft nur unschwer erkennen ließ. Sein breiter Mund verzog sich gehässig.

»Sie ist zu mir ins Bett gekrochen und hat mich dazu verführt, das Andenken an meinen Bruder zu beschmutzen.« Decra stand gefasst neben dem flackernden Feuer, ihr Gesicht war von auffallender Blässe. Sie war eine Schönheit, schlank und gutgewachsen. Langes blondes Haar fiel ihr über die schmalen Schultern und ihre Gesichtszüge waren klar. Die Blicke aller ruhten auf ihr. Mog Ruith sah ihr in die schönen grauen Augen. »Hast du etwas zu deiner Verteidigung zu sagen?«, fragte er.

Decras Augen füllten sich mit Tränen. Sie wusste, dass sie keine Chance hatte. Die Männer würden Cormags Worten mehr Glauben schenken als den ihren.

Ihre schmale Hand legte sich schützend über ihren gewölbten Bauch. Sie hasste dieses Kind und doch besaß es das gleiche Blut wie ihr geliebter Mann. Seit seinem Tod hatte sie nur noch in Angst vor Cormag gelebt, dessen gierige Blicke sie schon seit ihrer Hochzeit verfolgten. Nach dem Tod ihres Mannes hatte er sie nicht nur mit Blicken verfolgt und sie war ihm schutzlos ausgeliefert. Sie spürte den triumphierenden Blick von Cormag. Eigentlich bedauerte er, dass er Decra verlieren würde, doch ihre Schwangerschaft hatte verräterische Formen angenommen und er konnte nicht anders handeln, wenn er sich selbst schützen wollte. Denn auf die Entehrung einer Witwe stand die Todesstrafe.

Das Kind in ihr bewegte sich und Decra hatte das Gefühl, als wollte es etwas sagen. Plötzlich begriff sie, dass es leben wollte. Mog Ruith sah sie immer noch an, während er auf ihre Antwort wartete.

Das Kind in ihr gab ihr Kraft. Sie reckte sich und ihre Augen begannen zu funkeln.

»Er lügt«, sagte sie ruhig. »Seit dem Tod meines Mannes Cain, der bis zum Schluss tapfer gekämpft hat, stellt er mir nach und bedrängt mich. Ich bin eine wehrlose Witwe, und anstatt mir den Schutz zu gewähren, der einer Witwe zusteht, hat er mich mit Gewalt genommen und mich gezwungen, ihm zu Willen zu sein.«

Ihr wurde ganz übel bei den schrecklichen Bildern, die vor ihren Augen auftauchten. Sie spürte seine gierigen Hände auf ihrem Körper, rücksichtslos und fordernd. Er war brutal und gemein über sie hergefallen wie ein Tier. Immer und immer wieder.

Mog Ruith beobachtete sie prüfend. Er sah, wie sich ihr Gesicht vor Ekel verzog, als sie an den Bruder ihres Mannes denken musste, und er spürte, dass sie die Wahrheit sprach. Die Umherstehenden verfolgten mit Spannung den Ausgang der Befragung. Wie würde der Druide entscheiden?

Mog Ruith ließ seinen Blick über die Gesichter der Männer wandern. In Fällen wie diesen wurde im Allgemeinen der Frau die Schuld zugesprochen, da Frauen die eigentlichen Verführerinnen waren. Er sah, wie Cormags Augen triumphierend aufblitzten, sah den grausamen Zug um seinen Mund.

»Wir werden den Kessel der Wahrheit darüber entscheiden lassen, ob Cormag die Wahrheit gesprochen hat«, verkündete er.

Cormag starrte Mog Ruith fassungslos an. Sein Gesicht war aschfahl geworden.

»Ich bin unschuldig«, schrie er. »Sie ist an allem schuld, sie ist eine Hexe. Mit ihren blonden Haaren und ihrem aufreizenden Gang hat sie mich verzaubert und wie eine Hure lockend ihren Busen entblößt, um mich um den Verstand zu bringen.«

»Wenn du unschuldig bist, hast du nichts zu befürchten«, sagte Mog Ruith ruhig.

Er wandte sich an seine Gehilfen. »Bringt mir den Kessel der Wahrheit.«

Die Gehilfen beeilten sich, seinen Befehl auszuführen. Ein großer, dreibeiniger Kessel wurde herbeigeschafft und über das Feuer gestellt. Dann wurde er mit Wasser gefüllt. Während das Wasser sich langsam erhitzte, lief Cormag der Schweiß über die Stirn. Warum hatte er sie nicht einfach umgebracht? Sie und das Wechselbalg in ihrem Bauch. Dann wäre der Hof mit allem, was dazugehörte, sein gewesen und er hätte sich eine junge Frau nehmen können, die nicht ständig gegen ihn angekämpft hätte. Er spürte, wie sich sein Trieb regte, als er daran dachte, wie leidenschaftlich Decra sich gewehrt hatte. Die Muskeln in ihren langen, schlanken Beine hatten sich gespannt und sie hatte ihn jedes Mal gekratzt und nach allen Seiten gebissen, wenn er zu ihr gekommen war. Es hatte ihn verrückt gemacht, wie sie sich wehrte, und wenn er es endlich geschafft hatte, sie zu nehmen, hatte er sich stark und überlegen gefühlt. Was konnte er dafür, dass er immer an sie denken musste? Wenn sie nicht so schön und temperamentvoll gewesen wäre, hätte er auch nicht ihretwegen die Beherrschung verloren. Sie war schuld, sie allein.

Das Wasser in dem bronzenen Kessel kochte und zwei Druiden führten Cormag unter Mog Ruiths Aufsicht zum Kessel. Sie nahmen seine rechte Hand und tauchten sie in das kochende Wasser. Der Schmerz schoss ihm bis ins Gehirn. Verzweifelt presste er die Lippen zusammen, um ihn vor den aufmerksamen Augen der Druiden zu verbergen, doch es gelang ihm nicht. Mit einem Aufschrei zog er die Hand aus dem kochenden Wasser und versuchte sie hinter seinem Rücken zu verstecken. »Zeig uns deine Hand«, forderte Mog Ruith ihn mit ruhiger Stimme auf. Als Cormag sich weigerte, traten zwei der Gehilfen zu ihm und hoben seinen Arm hoch, so dass jeder die von Brandblasen übersäte, glühend rote Hand in dem Schein des Feuers sehen konnte.

»Cormag hat gelogen, der Kessel der Wahrheit hat es uns gezeigt. Das Urteil lautet Tod durch Erhängen.«

Cormags Augen quollen vor Angst beinahe aus den

Höhlen. Verzweifelt wandte er sich an Calach, der als Vergobretos das letzte Wort hatte.

Calach musste an die römische Vorhut denken, die über seine geliebte Miriam hergefallen war, um ihr Gewalt anzutun. Er sah zu Decra herüber, die angstvoll auf seine Entscheidung wartete. Wenn er Cormag freisprach, würde ihre Qual weitergehen. Wahrscheinlich würde er sie und ihr Kind umbringen. Es war seine Pflicht, die Witwe zu beschützen.

»Der Kessel der Wahrheit hat uns gezeigt, dass Cormag gelogen hat. Das Urteil ist gesprochen und wird vollzogen.«

Vier Männer wurden benötigt, um den wild um sich schlagenden Cormag zu den Eichen zu schleifen. Sie fesselten seine Hände und legten ihm einen Strick um den Hals. Das andere Ende des Seils warfen sie über einen starken Ast. Cormag wurde hochgezogen, bis seine Füße den Boden nicht mehr berührten, dann wurde das Seil mehrmals um den Ast gewickelt, um es zu befestigen. Cormags Augen traten aus den Höhlen, während er würgend nach Luft rang. Je mehr er sich bewegte, umso enger zog sich die Schlinge um seinem Hals zusammen. Röchelnd hing er an dem Seil. Todesangst stand in seinen Augen. Erst als die Morgendämmerung heraufzog, waren seine Qualen beendet. Schlaff hing er an dem Ast. Man ließ ihn hängen, wie es das Gesetz vorsah, als Warnung für die anderen, bis die Sonne irgendwann seine Knochen ausbleichen würde.

Decra verließ erleichtert den heiligen Hain. Sie beschloss, noch heute den Göttern zu opfern, um ihnen für ihre Hilfe zu danken. Das Urteil hatte sich in Windeseile herumgesprochen und sie war so glücklich, dass sie die finsteren Blicke, mit denen die Männer ihr nachsahen, nicht bemerkte. Diese Frau besaß eine aufreizende Schönheit und konnte einen wirklich um den Verstand bringen, wenn man sie ständig vor Augen hatte. Man war sich einig darüber, dass niemand Cormag die Schuld daran geben konnte, dass er die Beherrschung verloren hatte.

Calach trat zu Mog Ruith. »Ich möchte dich bitten, mir einen günstigen Tag für meine Hochzeit zu nennen. Ich liebe die Tochter von Aedui und werde sie zu meiner Frau nehmen.«

»Sie ist dir vorherbestimmt, noch vor dem nächsten Mond wirst du dich mit ihr vermählen.«

»Ich danke dir, Druide.« Beschwingt lief Calach zum Dorf zurück.

Er konnte es kaum erwarten, Miriam in seinen Armen zu halten und ihr die freudige Nachricht zu verkünden.

Die nächsten zwei Tage verliefen wie die vorherigen und Miriam war froh, als das Fest endlich vorbei war. Die lautstark streitenden und grölenden Männer waren nur schwer zu ertragen. Sie hatte in den letzten Nächten kaum ein Auge zugetan und sehnte sich nach Calach, der nur einmal für einen kurzen Moment bei ihr gewesen war, um ihr freudig zu berichten, dass schon bald der Tag ihrer Hochzeit anbrechen würde.

Endlich reisten die Gäste ab. Miriam war enttäuscht, dass Mog Ruith nicht zu ihr gekommen war. Sie hatte so viele Fragen und die ganze Zeit über gehofft, dass er sie ihr beantworten würde. Er war einfach verschwunden, ohne sich von ihr oder Calach zu verabschieden. Barco war mit ihm gegangen und sie vermisste ihn. Er war ihr ein guter Freund und Reisebegleiter gewesen. Bevor er sie verließ, hatte er sich von ihr verabschiedet und ihr Glück gewünscht.

Viel Zeit, um ihm nachzutrauern, blieb ihr nicht. Während die Leibeigenen noch die Reste des Festes beseitigten, trat Ira zu ihr, um sie mit den Vorbereitungen für ihre Hochzeit vertraut zu machen. Seitdem sie und Barco Calach geholfen hatten, wieder gesund zu werden, verhielt die junge Frau sich ihr gegenüber freundlich und liebevoll. Sie war sehr glücklich mit ihrem Mann und sang den ganzen Tag über fröhlich vor sich hin. Keine Arbeit war ihr zu schwer und sie half Miriam, wo sie konnte. Miriam hatte die ihr angebotene Freundschaft gerne angenommen und versuchte, sich an das fremde Leben zu gewöhnen, in dem alles anders war, als sie es kannte.

Eines Morgens, als sie beobachtete, wie eine junge Mutter mit ihrem Kind zum Brunnen lief, stiegen Bilder aus der Vergangenheit in ihr hoch. Sie sah die Wangen des kleinen Mädchens vor Ehrgeiz glühen, als sie zum ersten Mal Wasser in ihren Tonkrug füllte und ihn stolz zurück in ihr Haus tragen durfte.

Die besorgte Stimme ihrer Mutter klang in ihren Ohren. »Ist der Krug nicht doch zu schwer für dich, Mica?«

Wie hatte sie den Kosenamen, den ihre Mutter ihr gegeben hatte, nur so lange Zeit vergessen können? Vor ihren Augen tauchte ein wunderschönes Dorf auf, in dem sie glücklich gewesen war. Sie sah einen gut aussehenden, ihr vertrauten Mann auf sich zukommen, der liebevoll seinen Arm um ihre Mutter legte, bevor er sie hochhob und lachend herumwirbelte. Lange rote Haare fielen ihm auf die Schultern und sein Schnurrbart kitzelte an ihrem Gesicht, als er ihr einen Kuss auf den Mund drückte. Tränen des Glücks liefen ihr über die Wangen, als das Gesicht ihres Vaters aus einem so lange verborgenen Teil ihres Gedächtnisses auftauchte. Ihr ganzes Leben lang hatte sie sich nach ihrem Vater gesehnt, nach seinem Bild, um zu wissen, wer er war und wer sie war. Sie spürte die warmen Sonnenstrahlen auf ihren nackten Armen, erinnerte sich, wie sie die weißen Wolken bewundert hatte, die den tiefblauen Himmel entlangflogen. Sie hatte sich gewünscht, mit ihnen fliegen zu können. Dann war es plötzlich still geworden, viel zu still. Entsetzen hatte sich auf den Gesichtern der Erwachsenen ausgebreitet, bevor die Hölle losbrach. Das Scheppern der aneinander schlagenden Rüstungen hatte sie zutiefst erschreckt und sie hatte sich angstvoll an ihre Mutter geklammert. Schwer bewaffnete Soldaten in glitzernden Rüstungen waren überall und schlugen Männer, Frauen und Kinder nieder. Blut, überall Blut. Ihr Vater schubste sie zu den Ställen und hob sie hinter ihre Mutter aufs Pferd. Ihre Mutter weinte, als er dem Pferd einen so harten Schlag versetzte, dass es erschrocken losgaloppierte. Die kleine Mica hatte sich noch einmal herumgedreht, ihren Vater ein letztes Mal gesehen, umringt von den Römern, gegen deren Übermacht er keine Chance hatte.

Miriam blieb noch eine ganze Weile in der Nähe des Brunnens stehen und versuchte die Bilder festzuhalten. Dann erst ging sie, tief in Gedanken versunken, zu Calachs Haus zurück.

Ira hatte ihr das Dorf gezeigt, das von nun an ihr Zuhause sein würde, und sie mit ihren zukünftigen Pflichten vertraut gemacht. Ungefähr hundert Menschen lebten in dem Dorf. Fast alle waren Unfreie, wie die Pächter genannt wurden, die jeder ein Stück Land und etwas Vieh besaßen, von dessen Ertrag sie Calach einen festgelegten Teil abzugeben hatten. Die Schweine und Rinder waren kleiner, als Miriam sie kannte, und auch die Pferde sahen eher aus wie struppige Ponys, aber sie waren stark und kräftig. Calach kümmerte sich als Stammesfürst um die Kriegs- und Verwaltungsangelegenheiten, vermittelte bei Streitigkeiten und ging mit den Männern zur Jagd und zum Angeln. In Friedenszeiten war er regelmäßig mit seiner Bruderschaft und anderen Männerbünden zusammen, die alle durch persönliche oder familiäre Bande oder Schulden und andere Verpflichtungen miteinander verbunden waren.

Nach dem Aufstehen begab sie sich zum nahe gelegenen Fluss, um sich dort im kalten Wasser zu waschen. Dann säuberte sie ihre Zähne mit grünen Haselnusstrieben und polierte sie anschließend mit Wolltüchern, bis sie glänzten. Ira hatte ihr kichernd erklärt, dass Mundgeruch ein Scheidungsgrund sei und sie ihre Zähne besser sorgfältig pflegte. Vor dem Abendessen badeten Männer und Frauen getrennt, in einem saunaartigen Schwitzhaus aus Holz, indem es luxuriöserweise sogar warmes Wasser gab. Ira hatte Miriam einen Nagelschneider geschenkt, ein mit einem Griff versehenes, leicht gekrümmtes und vorne geschärftes Eisen mit V-Querschnitt, und einen Kamm, eine Pinzette und einen Ohrlöffel. Sie bekam eine eigene Truhe, die mit kunstvoll verzierten bronzenen Beschlägen versehen war, in der sie ihre Kleider und ihren Besitz unterbringen konnte.

Am nächsten Morgen brachte Ira Miriam einen kostbaren golddurchwirkten Seidenstoff, den Calach von einem der Fürsten als Geschenk erhalten hatte, und breitete ihn stolz vor ihr aus. Bewundernd ließen die beiden Frauen den seidigen Stoff durch ihre Hände gleiten.

»Calach hat ihn mir gegeben. Er ist für dein Hochzeitsgewand bestimmt.«

Sie nahmen den Stoff mit in die Spinnstube, in der überwiegend unverheiratete Frauen unter der Aufsicht der älteren webten, nähten und Schafwolle und Flachs zu feinen Fäden sponnen. Dieser Ort war Hauptziel werbender Jungmannverbände, die den Mädchen selbst gefertigte Spinnwirteln als Geschenk überreichten. Die Frauen begannen sofort an dem Gewand zu arbeiten, nachdem sie Miriams Maße genommen hatten. Eine Woche später war das Hochzeitsgewand fertig und Miriam durfte es anprobieren. Der Glockenrock mit der engen Taille betonte ihre schlanke Linie, darüber trug sie eine Bluse, die reich mit silbernen Glöckchen besetzt war. Vorsichtig legte sie das kostbare Gewand in ihre Truhe, nachdem die Frauen sie gebührend darin bewundert hatten.

Calach befand sich auf der Jagd, als Ira mit ihr das Hochzeitsmahl und die Zahl der Gäste besprach, die eingeladen waren.

Calachs Haus, das ihr anfangs so primitiv erschienen war, war gegenüber den Häusern der Unfreien fast luxu riös eingerichtet. Kostbare Felle und Decken bedeckten die Bettstellen und außer dem üblichen Tongeschirr besaß Calach Becher und Schalen aus Bronze und Silber. Miriam schlief bis zu ihrer Hochzeit in einem Nebengebäude und durfte sich nur tagsüber und abends in Calachs Haus aufhalten. Sie beobachtete die Frauen bei ihrer Arbeit und lernte, wie das Essen zubereitet wurde, das meist aus Getreidebrei und Fleisch, oft aber auch aus gebratenem Fisch bestand, der mit Salz, Essig und Mutterkümmel gewürzt wurde. Der in Milch und Butter gekochte Getreidebrei erinnerte Miriam an das schottische Porridge. Das Fleisch wurde auf offenen Kohlebecken ohne Zugabe von Öl gebraten, das man nicht zu kennen schien, oder im Kessel über dem Feuer gesotten. Nüsse und Obst gab es je nach Jahreszeit mal mehr oder weniger. Zu den Grundnahrungsmitteln gehörten Erbsen, Linsen, Wicken und Lupinen, vor allem aber Saubohnen. Beliebt war wild wachsender Bärlauch, Brunnenkresse und Bachbunge, die man zum Würzen verwendete oder, wenn man unterwegs war, auch so aß.

Während es in Calachs Haus jeden Abend Met zu trinken gab, mussten sich die Unfreien und die Leibeigenen das Jahr über mit Weizenbier begnügen. Man trank in kleinen Schlucken, nahm aber davon viel.

Abgesehen von der Ernte, an der alle Dorfbewohner ausnahmslos teilnahmen, kümmerten Miriam und Ira sich um das Vieh und die Vorräte. Nach dem Abendessen vertrieben sich die unverheirateten Frauen und Mädchen die Zeit mit einem schachähnlichen Spiel, das Holzverstand hieß.

Miriam erwies sich sehr geschickt im Umgang mit den Steinen, die unten in ein Pflöckchen ausgingen und in die Löcher eines passenden Brettes gepflanzt wurden. Die Männer zogen es vor zu würfeln, wobei manche, vor allem wenn sie zu viel getrunken hatten, ihren gesamten Besitz verspielten. Wie in jeder Dorfgemeinschaft lebten auch in Calachs Dorf zwei so genannte Parasiten. Es handelte sich um Barden, die manches Mal nach dem Abendessen zur Zerstreuung auf ihren harfenähnlichen Instrumenten spielten und dazu Gedichte erzählten oder Lieder sangen.

Endlich brach der Tag ihrer Hochzeit an. Die Frauen waren unter Iras Aufsicht seit Tagen mit den Vorbereitungen für das Festmahl beschäftigt. Es wurde gesotten, gebacken und gebraten und der gesamte Dorfplatz mit Blumen geschmückt. Miriam hatte vor Aufregung und Vorfreude die ganze Nacht kaum ein Auge zugetan. Sie konnte es kaum erwarten, dem Geliebten endlich ganz zu gehören.

Am frühen Morgen kamen Ira und die jungen Frauen herein, um Miriam Geschenke zu bringen und ihr beim Ankleiden zu helfen. »Denkst du schon an die erste Nacht mit deinem Mann?«, fragte Mata, eine junge Frau mit funkelnden blauen Augen. »Ich habe mir schon oft vorgestellt, wie es wohl sein wird.« Ihr Blick wurde verträumt. Man konnte ihr ansehen, dass sie verliebt war. Miriam gab ihr keine Antwort. Sie hatte Calach verschwiegen, dass es bereits einen Mann in ihrem Leben gegeben hatte, und jetzt war es zu spät, ihm davon zu erzählen. Ob er merken würde, dass sie keine Jungfrau mehr war? Der Gedanke beunruhigte sie und sie wurde ganz blass vor Angst. Die Caledonier heirateten nur einmal in ihrem Leben, da sie davon überzeugt waren, sich nach ihrem Tod in der anderen Welt wiederzusehen. Es war so viel geschehen und Neues auf sie eingestürmt, dass sie nicht einen Gedanken daran verschwendet hatte. In den wenigen Momenten, die sie wirklich alleine mit Calach verbracht hatte, war sie so verliebt und glücklich gewesen, dass nichts außer dem Geliebten eine Rolle gespielt hatte. Brian war aus ihrem Leben gestrichen und würde es für immer bleiben. Sie versuchte, sich an sein Gesicht zu erinnern, doch es gelang ihr nicht. Konnte sie mit diesem Geheimnis in die Ehe gehen? Sie beantwortete sich diese Frage mit ja. Sie hatte damals nicht ahnen können, dass sie im ersten Jahrhundert nach Christus einen caledonischen Gaufürsten heiraten würde.

Ira trat neben sie und legte ihr tröstend den Arm um die Schulter. Ihren aufmerksamen Augen war die Blässe in Miriams Gesicht nicht entgangen. »Du brauchst dich nicht zu sorgen. Mein Bruder wird sehr sanft zu dir sein.« Sie wandte sich an Mata und die anderen Mädchen, die ununterbrochen kicherten und anzügliche Bemerkungen von sich gaben. »Euer Geschwätz macht Miriam ganz nervös«, sagte sie mahnend. Miriam riss sich zusammen und setzte ein Lächeln auf. Die Vergangenheit war für immer vorbei. Heute würde sie ein neues Leben beginnen, mit dem Mann, für den sie alles aufgegeben hatte, was sie jemals besaß. Sie hatte Calach in den letzten Tagen kaum zu Gesicht bekommen und ihre Sehnsucht nach ihm ließ alles andere unwichtig erscheinen. Nachdem sie ihr Gewand angelegt hatte, begannen die Frauen Miriams Stirn und Brauen zu rasieren, um ihre Stirn optisch zu verlängern. Dann flochten sie ihr Haar in kleine Zöpfchen und befestigten eine golddurchwirkte Flügelhaube mit einem Spitzschleier darüber. Ira überreichte Miriam eine kleinere Holztruhe, in der sich der Schmuck von ihrer Mutter befand. Calach hatte darauf bestanden, dass Miriam den Schmuck bekam, und Ira hatte nichts dagegen. Sie war glücklich in ihrer Ehe und froh darüber, in Miriam eine Freundin gefunden zu haben, mit der sie über alles reden konnte. Lächelnd half sie ihr, die beiden goldenen Broschen, die aus vier in sich konzentrisch strukturierten Kreisen zusammengesetzt waren, an den Schultern zu befestigen und die goldenen Hohlbuckelringe um die Fußgelenke zu legen. Zuletzt reichte sie ihr vier Armreifen aus Gagat und einen goldenen Halsreif. Als Miriam fertig war, sahen die drei jungen Frauen sie bewundernd an. »Du siehst aus wie eine Göttin«, bemerkte Ira. »Mein Bruder wird zufrieden mit uns sein.« Sie nahmen Miriam in die Mitte und führten sie aus dem Haus. Ein bewunderndes Raunen ging durch die Menge, als Miriam in ihrem golddurchwirkten Gewand in die Mitte des Dorfes trat. Die Sonne ließ das Gewand glitzern und ihre Wangen hatten sich von der Aufregung gerötet. Ihre Augen strahlten wie zwei Sterne und sie war nie schöner gewesen.

Ihr Herz schlug schneller, als Calach auf sie zukam. Er trug eine weite Hose und darüber einen Umhang mit Kapuze, der aus dem gleichen goldschimmernden Stoff wie Miriams Gewand gewebt war. Seine Haare hatte er dreifach, braun, blutrot und blond gefärbt und kreisförmig um den Hinterkopf angeordnet und nur einzelne Strähnen freigelassen, die ihm bis auf die Schultern fielen. Um die

Taille trug er einen kunstvoll verzierten, goldenen Gürtel und seinen Hals schmückte ein schwerer goldener Halsreif. Stolz und schön stand er vor ihr und sah ihr in die strahlenden Augen. Ein heißes Glücksgefühl zog durch ihren Körper, als er sie zärtlich und verliebt ansah.

Mog Ruith trat zu dem Hochzeitspaar und reichte erst Calach und dann Miriam einen goldenen Becher mit gewürztem Wein. Nachdem sie getrunken hatten, nahm er ihre Hände und legte sie ineinander. Er breitete seine Arme aus und erhob sie zum Himmel, um den Segen der Götter für das Brautpaar zu erbitten. Kostbares Räucherwerk wurde ins Feuer gegeben, das knisternd und zischend verbrannte und einen schweren süßen Duft verbreitete.

Mog Ruith wandte sich an Calach.

»Nach dem Willen der Götter seid ihr jetzt Mann und Frau und erst der Tod wird euch trennen, bis ihr in eurem nächsten Leben wieder vereint sein werdet.«

Calach und Miriam setzten sich auf die kostbaren Stühle, die in der Mitte des mit Blumen geschmückten Dorfplatzes aufgestellt worden waren. Die Barden begannen zu spielen. Nacheinander traten alle Gäste vor, überreichten die mitgebrachten Geschenke und wünschten dem Brautpaar Glück.

Anschließend begannen die Spiele. Knabenschaften führten das macrad, das so genannte Lochtreiben, vor, das Miriam ein wenig an Hurley erinnerte. Jeder der Spieler hatte einen eigenen Ball, der mit einem Hakenstab in ein Loch getrieben werden musste. Der Ball durfte dabei nicht über Kniehöhe fliegen. In rasendem Tempo und mit unglaublicher Geschicklichkeit trieben die Knaben die Bälle über den Platz. Wilde Ringkämpfe und das Ausziehspiel folgten, bei dem man den anderen Mitspielern die Kleider vom Leib reißen musste. Johlend und lachend verfolgten die Zuschauer die Spiele und feuerten ihre jeweiligen Favoriten lautstark an.

Die Dämmerung senkte sich bereits über den Platz, als mit dem Festmahl begonnen wurde. Miriam drückte verstohlen Calachs Hand. Sie war müde und glücklich und sehnte sich danach, endlich mit dem Geliebten allein zu sein. Nachdem das üppige Mahl beendet und alle Gäste satt und zufrieden waren, tanzten die Jungfrauen nur mit einem Schleier bedeckt den Göttern zu Ehren bis tief in die Nacht. Erst als die meisten der Gäste betrunken auf dem Boden lagen und schnarchten, war es endlich so weit, dass sie sich zurückziehen konnten. Calach erhob sich und reichte Miriam die Hand. Gemeinsam betraten sie Calachs Haus, das von nun an auch das ihre sein würde. Ein warmes Feuer brannte im Inneren und Talglampen erleuchteten zusätzlich den Raum. Auf dem Tischchen neben der Schlafstätte, die sie von jetzt an teilen würden, standen Wein, Salz und Brot bereit, wie es der Brauch vorsah.

Calach schloss die schwere Türe hinter ihnen und hob zärtlich ihr Kinn an, um ihr besser in die Augen sehen zu können. »Weißt du, wie sehr ich mich nach diesem Augenblick gesehnt habe?«, fragte er liebevoll. »Es hat mich mehr Kraft gekostet, darauf zu warten, als jeder andere Kampf, den ich bisher geführt habe.«

Er nahm ihr die Flügelhaube vom Kopf und küsste ihren schlanken Hals, bevor ihre Lippen sich fanden. Dann half er ihr das Gewand abzulegen und betrachtete voller Verlangen ihren schönen Körper, der in dem flackernden Feuerschein seidig schimmerte. Mit einem Aufstöhnen entledigte er sich seiner Kleider und zog sie auf seine Schlafstätte. Er bedeckte ihren Hals und ihr Gesicht mit Küssen, während seine Hände über ihren gesamten Körper glitten, um ihn zu erkunden. Glücklich lag Miriam in seinen Armen und genoss erwartungsvoll die heißen Schauer, die seine Berührungen durch ihren Körper jagten. Sie drängte sich enger an ihn, doch er schob sie lächelnd zurück. »Wir haben Zeit, meine Schöne, und werden unsere erste Nacht auskosten bis auf den letzten Tropfen, wie einen edlen Wein.« Er streichelte ihre Brüste und seine Finger umschlossen die steil aufgerichteten Brustwarzen, bevor er sich über sie beugte und spielerisch mit seiner Zunge darüber fuhr. Forschend wanderten seine Hände die schlanken Schenkel entlang und fanden ihre warme Mitte. Miriam schloss stöhnend die Augen. Sie war so erregt, dass sie von einer Welle der Leidenschaft mitgerissen wurde. Ihre Hand umschloss Calachs pulsierende Männlichkeit, die bei ihrer Berührung wuchs.

Als sie glaubte, dass sie es kaum noch aushalten konnte, kam er kraftvoll zu ihr. Ihre beiden Körper verschmolzen zu einem einzigen. Gemeinsam bewegten sie sich auf einen Höhepunkt zu, wie Miriam ihn nie zuvor erlebt hatte. Sie fühlte, wie sie eins wurde mit dem Geliebten, und das Glücksgefühl, das sie erfüllte, hob sie in unbekannte Sphären.

Eng umschlungen lagen sie anschließend auf ihrer gemeinsamen Schlafstätte und tauschten Zärtlichkeiten aus, bis die Leidenschaft sie wieder übermannte. Erst gegen Morgen fielen beide in einen tiefen Schlaf.

Miriam erwachte als Erste und schmiegte sich an den Geliebten. Bei dem Gedanken an die letzte Nacht zogen wohlige Schauer durch ihren Körper. Nachdenklich betrachtete sie den Mann, mit dem sie ihr weiteres Leben verbringen würde, und dachte an ihre Mutter. Sie zweifelte nicht einen Moment daran, dass sie mit Calach ebenso glücklich werden würde, wie sie es mit Aedui gewesen war. Calach begann sich zu bewegen und zog sie noch im

Halbschlaf näher zu sich heran. Seine zärtlichen Küsse wurden fordernder und wieder schlug die Leidenschaft über ihnen zusammen. Miriam war glücklich. Glücklicher, als sie es jemals zuvor gewesen war. Sie fühlte sich sicher und geborgen in den Armen des Geliebten und schwor sich, alles dafür zu tun, um sich dieses Glück für immer zu erhalten.

Erst als Rana und Goba, die beiden Leibeigenen, hereinkamen, um das Feuer zu entzünden und das Essen vorzubereiten, erhoben sie sich widerwillig von ihrer Schlafstätte und streiften ihre Kleidung über. Hand in Hand liefen sie zu dem Bach, der sich durch das Dorf schlängelte, um sich zu waschen. Die Sonne schien heller als sonst und die Vögel zwitscherten fröhlicher. Miriam hätte vor Glück die ganze Welt umarmen können. Immer wieder trafen sich ihre Blicke mit Calachs und sie lächelten sich verliebt zu.

Miriam konnte den nächsten Abend kaum erwarten. Calach drückte ihr noch einen zärtlichen Kuss auf die Lippen, bevor er sich seinen Verpflichtungen zuwandte.

Sie war zu aufgewühlt, um mit ihrer Arbeit zu beginnen, und beschloss einen Spaziergang zu machen. Verstohlene Blicke folgten ihr, als sie beschwingt durch das Dorf lief. Drei alte Frauen saßen mit ihren Spindeln in der Hand auf einer Holzbank vor einem der Häuser und genossen die wärmenden Sonnenstrahlen. Miriam winkte ihnen fröhlich zu. Doch die Frauen erwiderten ihren Gruß nicht. Tuschelnd steckten sie die Köpfe zusammen. Die Frau von Calach schien seltsame Angewohnheiten zu haben. Miriam betrachtete jede Einzelheit, während sie weiter Richtung Dorfausgang lief. Sie kam an der Schmiede vorbei, aus der metallenes Hämmern schallte, weiter an der Töpferei, vor der jede Menge ungebrannte Tongefäße standen. An dem überdachten Brunnen saßen einige Frauen und unterhielten sich, während sie ohne Eile den Eimer hinunterließen und ihre Krüge mit dem kalten Wasser füllten. Auch sie steckten die Köpfe zusammen, als Miriam an ihnen vorbeilief.

Sie werden sich schon noch an mich gewöhnen, dachte Miriam. Genauso, wie ich mich hoffentlich an sie und an das Leben in dem Dorf gewöhnen werde. Vielleicht ist es gut, dass ich keine Wahl habe, überlegte sie, während sie das Dorf verließ. Ob ihr die modernen Errungenschaften, die in ihrem früheren Leben so selbstverständlich gewesen waren, einmal fehlen würden? Tief in Gedanken, wanderte Miriam durch den Wald. Ihr wurde bewusst, dass sie den Gedanken an die Konsequenzen, die ihre Reise durch die Zeit mit sich trug, die ganze Zeit über erfolgreich verdrängt hatte. Sie hatte nicht darüber nachdenken wollen und hatte sich ziehen lassen. Ziehen lassen? Wer hatte sie gezogen, war es Mog Ruith? Und wenn ja, warum hatte er es getan? Würde sie jemals eine Antwort darauf erhalten?

Sie war so verliebt in ihren Mann, dass ihr alles wie ein wunderschöner Traum vorkam. Als ihr klar wurde, dass es wahrscheinlich kein Zurück mehr für sie geben würde, blieb sie schockiert stehen. Für einen Moment kroch Panik in ihr hoch. Sie hätte besser daran getan, sich das vorher zu überlegen und nicht jetzt, wo es zu spät war. Sie fühlte sich gefangen wie in einem Vakuum und die Enge darin erdrückte sie. Es war schwer zu verstehen. Sie konnte nicht weit von Inverurie entfernt sein, wo Mrs. MacMulligan wahrscheinlich gerade mit den Vorbereitungen für den Lunch begann, während sie im ersten Jahrhundert nach Christus frisch verheiratet mit dem Mann ihrer Träume war und durch einen Wald spazierte, den es in ihrer Zeit nicht mehr gab. Wie konnte das möglich sein? Ihre Gedanken drehten sich im Kreis und sie ließ sich auf den von Moosen und Flechten überzogenen weichen Boden sinken. Ihr Blick fiel auf die niedrigen Gräser neben ihr. Dicht aneinander gereiht wie eine Perlenkette umschlossen kleine Tautropfen die Grashalme. Es sah wunderschön aus. Sie erhob ihren Blick zum Himmel und der vertraute Anblick und die herrliche Stille im Wald, die nur von dem leisen Rascheln der Tiere unterbrochen wurde, beruhigten sie wieder. Calachs Bild tauchte vor ihr auf und mit ihm die Sehnsucht. Sie sprang auf und begab sich zurück zum Dorf. Sie würde in den nächsten Tagen und Wochen noch genügend Zeit zum Nachdenken haben. Die Worte des Druiden kamen ihr in den Sinn und trösteten sie. Wir können dem Schicksal nicht entkommen, es nicht lenken wie einen Wagen und genauso wenig beeinflussen wie den Lauf der Sonne oder den Willen der Götter. Die ewige Folge der Zeiten ist unabänderlich. Ihr Magen meldete sich mit einem unangenehmen Knurren und sie war froh, das schützende Dorf zu erreichen. Als sie das Haus betrat, in dem sie von nun an mit Calach leben würde, nahm sie ein großes Stück von dem noch warmen Brot, das die Leibeigenen am frühen Morgen gebacken hatten, und tauchte es in einen Becher mit Ziegenmilch. Sie kaute noch, als die Türe geöffnet wurde und Ira hereinkam. Seit ihrer Hochzeit wohnte sie in dem Haus ihres Mannes, das nicht weit von dem ihren entfernt lag.

»Ich wollte nachsehen, wie es dir geht. Hat mein Bruder dich gut behandelt oder gibt es Klagen über ihn?«, fragte sie lächelnd. Sie hatte jede Scheu vor Miriam verloren und sie längst als Familienmitglied akzeptiert.

Miriams Wangen röteten sich, als sie an ihre Hochzeitsnacht dachte. »Ich werde es dich wissen lassen, wenn ich einen Grund habe, mich zu beklagen. Für den Moment kann ich dich beruhigen.« Die beiden Frauen lächelten sich verständnisvoll zu.

Ira streichelte zärtlich über ihren leicht gewölbten Bauch. »Wir werden bald einen Sohn haben«, sagte sie stolz. »Caratacus ist sehr glücklich darüber.« Sie konnte es immer noch nicht ganz fassen, dass der Mann, den sie seit ihrer Kindheit verehrte, sie tatsächlich zu seiner Frau erwählt hatte, und dankte den Göttern jeden Tag für dieses Glück.

Plaudernd begaben sie sich an Miriams Webstuhl und Ira zeigte ihr geduldig, wie sie die verschiedensten Muster weben konnte. Miriam stellte ihr immer wieder Fragen über die selbstverständlichsten Dinge des Alltags und Ira wunderte sich, dass sie so wenig über die Aufgaben, die sie zu erfüllen hatte, zu wissen schien.

Geduldig führte sie Miriam in ihre neuen Pflichten ein. »Goba ist sehr gefräßig. Du musst darauf achten, dass sie nicht zu viel isst, während sie das Essen zubereitet. Rana ist zuverlässig und fleißig, doch du solltest prüfen, ob sie nicht Gobas Arbeiten mit übernimmt, wie sie es oft tut, um Goba vor einer Strafe zu schützen. Calach erwartet von dir, dass du dich um das Haus, die Vorräte, die Leibeigenen und das Vieh kümmerst. Ich werde dir helfen, bis du dich bei uns eingelebt hast«, versprach sie, bevor sie fortfuhr: »Calach kümmert sich nur um die Streitigkeiten der Männer. Wenn die Frauen Ärger haben, werden sie sich an dich wenden, und dann musst du dich sehr geschickt verhalten, damit du dir keine Feindinnen unter ihnen schaffst.«

Miriam hörte Ira aufmerksam zu. Sie war wissbegierig und hatte sich vorgenommen, alles zu tun, um Calach eine gute Frau zu sein. Der Tag verging wie im Fluge und Miriam kam kaum zum Nachdenken. Als Goba und Rana das Essen aufgetragen hatten, schickte Calach sie aus dem Haus.

Endlich waren sie wieder allein. Während Calach hungrig aß, brachte Miriam keinen Bissen hinunter. Immer wieder betrachtete sie den Mann, mit dem sie ihr zukünftiges Leben verbringen würde. Ein breites Grinsen zog über sein Gesicht, als er ihre Blicke bemerkte. »Du hättest mich vor unserer Hochzeit beobachten müssen, jetzt ist es dafür zu spät.« Er schluckte den letzten Bissen hinunter und zog sie in seine Arme. »Ich hoffe, du warst mit mir zufrieden, oder gab es Anlass zu Beschwerden?« Er küsste sie zärtlich auf den Mund und zog sie auf ihre gemeinsame Schlafstätte. »Der Tag ist verdammt lang, wenn man eine so schöne Frau zu Hause hat, die einen sehnsüchtig erwartet«, murmelte er, während er ihr half, ihr Gewand abzulegen. Glücklich ließ Miriam sich von seiner fordernden Leidenschaft mitreißen, als er sie wieder und wieder liebte. Es war schon spät, als er sie ein Stück von sich schob, um ihre Augen in dem Schein der Talglampen besser sehen zu können. »Ich habe heute nachgedacht und mir ist klar geworden, dass ich nicht sehr viel von dir weiß. Es gibt da einiges, das ich gerne wissen würde. Erinnerst du dich an den Tag, an dem die Götter mich geheilt haben? Du hast etwas von einer anderen Zeit erzählt, in der die Römer keine Bedrohung mehr für unser Land sind. Außerdem möchte ich wissen, wo du nach der Schlacht gewesen bist und wo deine Begleiter sind.«

Miriam versuchte seinem Blick auszuweichen. Wie sollte sie ihm die Reise durch die Zeit erklären, wenn sie diese selbst nicht verstehen konnte?

Calach beobachtete sie aus zusammengekniffenen Augen. Er hatte vor, der Sache auf den Grund zu gehen, und würde sich nicht mit Ausflüchten zufrieden geben.

Sie sah ihn an. »Was ich dir jetzt erzählen werde, wird schwer zu verstehen sein, doch du hast ein Recht darauf, es zu erfahren. Es begann damit, dass ich einen Brief von meiner verstorbenen Mutter fand.« Calach sah sie verständnislos an. »Was ist ein Brief?«

»Ein Brief ist eine auf Papier geschriebene Nachricht.« Ihr fiel ein, dass es noch gar kein Papier in dieser Zeit gab. Sie überlegte, wie sie es ihm erklären konnte.

»Es ist vergleichbar mit dünn gegerbtem Leder, auf das man Buchstaben schreiben kann.«

»Du kannst lesen?« Calach sah sie ungläubig an. Er wusste, dass die Römer Schreiber mit sich führten, und auch in Caledonien gab es einige wenige Menschen, die Zeichen auf Leder malten, die sie von dem Volk der Griechen gelernt hatten. Die kleinen dunkelhaarigen Griechen waren ein Volk, das überwiegend aus Händlern und Gelehrten zu bestehen schien. Weisen Männern, die keine Druiden oder Priester waren und dennoch ihre Zeit damit verbrachten, endlose Gespräche über die Gestirne oder ihre Gedanken zu führen. Die Druiden seines Volkes brauchten keine Schrift. Alles Wissen, das sie besaßen, wurde mündlich weitergegeben und von den Schülern in den langen Jahren des Lernens auswendig gelernt. Dass eine Frau lesen und schreiben konnte, hatte er noch nie gehört. Neugierig sah er seine Frau an und wartete gespannt darauf, was sie ihm noch zu sagen hatte.

»In der Zeit, aus der ich gekommen bin, lernen alle Kinder lesen und schreiben. Malcolm, Willie und ich stammen aus dem dritten Jahrtausend nach Christus. Wir haben nach der Quelle gesucht, um das Geheimnis meiner Mutter zu ergründen, und nach dem goldenen Reif, von dem wir annehmen, dass er der Schlüssel zu allem ist. Dann kam der Nebel und wir verloren das Bewusstsein. Als wir zu uns kamen, befanden wir uns immer noch an der Quelle, mussten aber zu unserem Entsetzen feststellen, dass wir plötzlich in einer fremden Zeit waren. Den Rest kennst du.« Die schrecklichen Bilder von dem Überfall tauchten vor ihr auf und sie sprach rasch weiter, um sie zu verdrängen.

»Wie alle anderen dachte ich, dass du in der Schlacht gefallen bist, und bin in meine Zeit zurückgekehrt. Ich habe um dich und unsere Liebe getrauert. Doch dann hast du in meinen Träumen nach mir gerufen und ich habe mich aufgemacht, um nach dir zu suchen. Malcolm und Willie habe ich zurückgelassen. Sie gehören hier nicht hin. Es ist allein mein Schicksal, hier zu sein und dir beizustehen.«

Calach sah sie bewundernd an. »Ich habe gewusst, dass du eine Seherin bist und unter dem Schutz der Götter stehst.«

Was Miriam berichtet hatte, genügte ihm für diesen Moment. Die Götter würden schon wissen, was sie taten. Warum sollte er sich Gedanken darüber machen? Es würde doch nichts ändern an ihren Plänen. Sie hatten noch ein Leben lang Zeit, um darüber zu reden. Es war nicht leicht für seine wunderschöne Frau, über die Vergangenheit zu sprechen. Ihre Stirn hatte sich gerunzelt und sie wirkte so ernst, wie er sie noch nie erlebt hatte. Das Blut stieg ihm in die Lenden, als sein Blick über ihre schlanken Beine glitt.

Er zog sie in seine Arme und streichelte zärtlich über ihre Brust. Miriam gab sich glücklich seinen Zärtlichkeiten hin. Die Zukunft lag rosig schimmernd vor ihr und sie konnte nichts ahnen von den dunklen Wolken, die sich drohend über ihrem jungen Glück zusammenbrauten.

Caletes hielt sich mit seinen engsten Vertrauten in seinem gerade erst fertig gestellten Bad auf und trank vergnügt von dem teuren griechischen Wein, den er von einem der Händler erworben hatte, die regelmäßig sein Haus aufsuchten. Beinahe täglich kamen sie, beladen mit den kostbarsten Gütern aus allen Ländern der Welt.

Die feinen Mosaike an den Wänden zeigten ausschließlich römische Gottheiten, wie den Kriegsgott Mars, umringt von den verschiedenen Schutzgottheiten, an die man sich je nach Anlass wandte. Das eigentliche Becken, dessen Wasser durch darunter liegende Heizungsschächte befeuert wurde und eine angenehme Temperatur besaß, hatte er mit Bildern von freundlichen Delphinen verzieren lassen. Sie brachten Glück und waren der letzte Schrei in Rom, wie der Mosaikleger ihm versichert hatte.

Caletes war zufrieden mit seinem Leben. Agricola hatte Wort gehalten und ihm eine große Provinz südlich zugesprochen, die er bis zu seinem Tod allein verwalten konnte. Die Abgaben an die Römer waren erträglich und er konnte sich alles leisten, was sein Herz begehrte. Zusätzlich hatte Agricola ihm nach der Schlacht einen Teil des erbeuteten Goldes angeboten, das er abgelehnt hatte. Die Angst vor der Rache seiner Götter war größer gewesen als seine Gier nach dem Gold. Er hatte es einfach nicht begreifen können, dass die Römer nicht die geringste Furcht vor den Göttern seines Volkes zeigten. Alles Opfergold, das ihnen vor die Augen kam, hatten sie ohne den geringsten Respekt aus den heiligen Gewässern gestohlen. Die Götter sahen tatenlos zu und nicht ein Römer war tot umgefallen oder vom Blitz getroffen worden. Er war zu dem Schluss gekommen, dass die römischen Götter mehr Macht besaßen als seine eigenen, und hatte sich ihnen zugewandt. Er ließ sich gerade von einer wunderschönen jungen Sklavin seinen silbernen Becher nachfüllen, als ein Bote zu ihm geführt wurde.

Gut gelaunt begrüßte er den Mann, dem man ansehen konnte, dass er einen weiten Weg hinter sich hatte. Seine Kleider waren staubig und er wirkte erschöpft.

Auf seinen Wink hin reichte die hübsche Sklavin dem Boten einen Becher Wein. Sie bewegte sich geschmeidig wie eine Schlange, ihre dunkle, samtweiche Haut glänzte von den kostbaren Ölen, mit denen sie sich eingerieben hatte. Sie war im Moment seine absolute Favoritin, und es gelang ihm kaum, seinen Blick von ihrem aufreizenden Hinterteil zu wenden, das sich bei jeder Bewegung durch den hauchdünnen Stoff abzeichnete, den er für viel Gold von einem der Händler erworben hatte.

»Trink einen Schluck, bevor du mir sagst, was dich zu mir führt. Ich habe gehört, du hast mir eine wichtige Botschaft zu überbringen?«

Der Bote, ein noch junger Mann ohne Bart, stürzte den kostbaren Wein in einem Zuge herunter. Seine Kehle war wie ausgedörrt, doch er hatte nicht damit warten wollen, Caletes die beunruhigende Nachricht zu überbringen.

»Ich habe dir nichts Gutes mitzuteilen. Calach lebt, er ist nicht während der Schlacht gefallen, wie es uns gesagt worden ist. Er war nur verwundet und befindet sich wieder bei bester Gesundheit«, sagte er und wartete gespannt darauf, wie der Gaufürst auf seine Nachricht reagieren würde.

Caletes war bei seinen Worten erregt aufgesprungen. Sein aufgedunsenes Gesicht hatte sich vor Ärger gerötet. Unsicherheit und Angst glommen in seinen Augen auf. Der kurze Lendenschurz, der bei seinem Aufspringen verrutschte, gab seinen fetten Bauch frei.

Er fixierte den Boten mit scharfem Blick. »Bist du ganz

sicher, dass er lebt? Oder handelt es sich nur um Gerüchte, durch die meine Feinde mich verunsichern wollen?«

»Ich habe mich selbst davon überzeugt und mich unter die Hochzeitsgäste gemischt. Calach ist bei bester Gesundheit und hat die Tochter von Aedui zu seiner Frau genommen. Sofort nach der Hochzeit habe ich mich auf mein Pferd gesetzt und bin hierher geritten, so schnell ich konnte.«

Caletes wandte sich an die Sklavin. »Bringt dem Boten ein neues Gewand und etwas zu essen. Ich werde ihn später für seine Mühe entlohnen.«

Als der Bote aus dem Bad geführt worden war, lief Caletes aufgeregt hin und her.

»Calach wird keine Ruhe geben und sich an mir rächen wollen«, sagte er zu seinen Vertrauten. »Wir müssen irgendetwas unternehmen, um ihm zuvorzukommen.« Er begann zu schwitzen und nahm keuchend seinen Platz wieder ein.

Daco, ein Mann mittleren Alters mit verschlagenen Gesichtszügen, ergriff das Wort. »Wir könnten Calach gefangen nehmen und den Römern übergeben, das wird ihnen gefallen und sie werden dich sicher reich belohnen.«

Caletes überlegte. »Die Idee ist gut, doch wir müssen darauf achten, dass unser Volk nichts davon erfährt, bevor wir das Gerücht gestreut haben, dass Calach ein Verräter ist und die Götter ihn verlassen haben. Zu lange haben sie diesen Barbaren als Helden bewundert.« Er selbst fühlte sich mittlerweile ganz als Römer und trug sogar die Tunika nach römischem Vorbild. Genau wie sie verachtete er die Caledonier, die in den Wäldern des Hochlands lebten und von der Bequemlichkeit und den Vorzügen, welche die Zivilisation der Römer mit sich brachte, nichts wissen wollten. Die römischen Befehlshaber ließen ihn geschickt in dem Glauben, ihn als einen der ihren zu akzeptieren, und heuchelten Bewunderung, wann immer sie ihn trafen.

Noch am gleichen Tag brachen fünf schwer bewaffnete Männer in Richtung Norden auf. Sie hatten den Befehl erhalten, Calach nach Möglichkeit lebend herbeizuschaffen.

Miriam hatte sich unterdessen mehr und mehr in die Dorfgemeinschaft eingelebt. Sie war glücklich mit Calach und von tiefer Zufriedenheit erfüllt. Als Frau des Gaufürsten brauchte sie keine schweren Arbeiten zu verrichten und genoss das ruhige Dorfleben, das von dem Wechsel der Jahreszeiten bestimmt wurde. Nach wie vor konnte sie die Abende kaum erwarten, an denen sie Calach für sich allein hatte. Ihr altes Leben war so weit von ihr fortgerückt, dass es ihr wie ein Traum aus einer längst vergangenen Zeit erschien. Sie hatte aufgehört zu grübeln und lebte glücklich von einem Tag zum nächsten, ohne sich Gedanken über die Zukunft zu machen. Ira war ihr eine gute Freundin geworden und auch die anderen Frauen hatten begonnen, sie als Calachs Frau zu akzeptieren. Sie begegneten ihr voller Ehrfurcht. Es hatte sich herumgesprochen, dass Miriam eine Seherin und auf eine geheimnisvolle Weise mit Mog Ruith verbunden war.

Die Winde waren mittlerweile schärfer geworden und es wurde jeden Tag früher dunkel. Calach war mit einigen Männern aus dem Dorf unterwegs zum Jagen. Ira war längst nach Hause gegangen und Rana und Goba verließen ebenfalls das Haus, nachdem sie das Essen vorbereitet hatten, und begaben sich in ihre Kammern. Miriam war allein und wartete sehnsüchtig auf Calach.

Das erste Mal, seitdem sie hier war, fühlte sie sich einsam. Eine merkwürdige Unruhe hatte sie ergriffen, die sie sich nicht erklären konnte.

Die Unfreien lebten alle mit ihren gesamten Familien unter einem Dach. Nur sie war mit Calach allein. Den Überfall der Römer hatten von Calachs Familie nur Ira, Calach und ihre Mutter überlebt. Ira war verheiratet und Calachs Mutter vegetierte versteckt vor den Augen der Dorfbewohner vor sich hin. So kam es, dass sie mit Calach allein in dem großen Haus lebte, was sie bis heute als Glücksfall empfunden hatte. Doch jetzt hätte sie gerne jemanden zum Reden gehabt. Unruhig lief sie in dem Raum hin und her. Sie hatte alle Talglampen entzündet und noch etwas Holz auf das heruntergebrannte Feuer gelegt. Ein scharfer Wind heulte um das Haus und drang durch alle Ritzen. Das Knistern und Knacken des Daches machte sie nervös. Es war schon nach Mitternacht und so spät war Calach noch nie heimgekehrt. Gerne wäre sie zu Ira hinübergegangen, zögerte aber, weil sie nicht wissen konnte, ob sie und ihr Mann nicht schon längst schliefen. Sie goss sich einen Becher Honigwein ein und trank ihn in einem Zug leer, doch ihre Unruhe blieb.

Plötzlich ertönte Hufgeklapper und verschiedene Stimmen schallten durch die Nacht. Voller Hoffnung rannte sie zur Türe und riss sie auf.

Männer waren dabei, Pferde aufzuzäumen, andere holten weitere Pferde aus den Ställen. Die Familien von Calachs Begleitern waren in großer Sorge und machten sich bereit, um nach Calach und seinen Gefährten zu suchen. Sie erkannte die Stimme von Iras Mann, der das Kommando übernommen hatte. Dann sah sie Ira auf sich zukommen. Sie sah verschlafen aus und ihre Haare, die sie normalerweise zu fein säuberlichen Zöpfen flocht, fielen wie ein Schleier über ihre schmalen Schultern. Alle männlichen Dorfbewohner beteiligten sich an der Suche nach den Vermissten, die längst überfällig waren. Schwer bewaffnet saßen sie auf ihren Pferden und winkten ihren Familien noch einmal tröstend zu, bevor sie in schnellem Trab das Dorf verließen. An Seilen führten sie zwei der riesigen, grauen Kriegshunde mit sich, die ihnen helfen würden, die Spuren der Vermissten in der Dunkelheit zu finden.

Miriam legte einen Arm um Iras Schultern und führte sie in ihr Haus. Die starre Angst in Iras Gesicht erschreckte sie.

»Ich verstehe nicht, wo Calach bleibt, er ist bisher immer zum Essen zurück gewesen. Was glaubst du, was passiert sein könnte? Der Krieg ist doch vorbei und die Römer sind lange fort.« Ihre Stimme wurde flehend. »Bitte, Ira, du musst mir alles sagen, was du weißt.«

»Ich mache mir genauso große Sorgen wie du und habe keine Erklärung dafür, warum Calach und die anderen nicht längst hier sind.«

»Calach ist in Gefahr, ich spüre es ganz deutlich. Ich war schon den ganzen Abend über unruhig.« Tränen schwammen in ihren Augen.

Mit bleichen Gesichtern saßen die beiden Frauen Arm in Arm schweigend am Feuer und warteten. Die Morgendämmerung zog bereits herauf, als sie Hundegebell und kurz darauf Hufgeklapper vernahmen. Erwartungsvoll sprangen sie auf und rannten auf die Heimkehrer zu. Miriam erreichte den Dorfplatz als Erste.

»Wo ist Calach, habt ihr ihn gefunden?« Ihre Stimme klang schrill von der Anspannung des endlosen Wartens. Sie musterte die erschöpften Gesichter der Männer. Calach war nirgends zu entdecken. Dann sah sie die Toten, die man quer über den Sattel gelegt und festgebunden hatte. Aufschluchzend stürzte sie auf sie zu. Die Toten wurden vorsichtig von den Pferden gehoben und nebeneinander auf den Dorfplatz gelegt. Bestürzung und Wut breitete sich in den Gesichtern der Umstehenden aus. Einige Kinder, die verschlafen neben ihren Müttern standen, begannen zu weinen. Zu Miriams Erleichterung befand sich Calach nicht unter den Leichen. Sie lief auf Iras Mann zu, der noch auf seinem Pferd saß. »Bitte sag mir, was geschehen ist, wo ist Calach?« Tränen strömten über ihre Wangen, als sie die Trauer und die Wut in seinen Augen sah.

Caratacus erhob seine Stimme und wandte sich an alle Dorfbewohner.

»Wir wissen nicht genau, was geschehen ist. Calach und die anderen sind nicht weit vom Dorf entfernt überfallen worden. Von Calach haben wir nicht die kleinste Spur entdecken können. Es können nur Römer gewesen zu sein, denn sie haben den Toten ihren Kopf gelassen. Wir werden sie verfolgen. Sie haben einen großen Vorsprung und wir brauchen Vorräte.« Er wählte die Männer aus, die ihn begleiten sollten, die anderen wurden zum Schutz der Frauen zurückgelassen. »Nach den Spuren zu urteilen, waren es nicht mehr als fünf Römer gewesen, die Calach überfallen hatten. Sie mussten ihn in eine Falle gelockt haben, denn sonst hätten sie keine Chance gegen ihn gehabt.« Er wandte sich an Miriam. »Wenn Calach lebt, werden wir ihn finden und befreien«, sagte er ruhig.

»Ich reite mit euch«, antwortete Miriam entschlossen und sah Caratacus an. »Ich glaube, ich weiß, wer Calach entführt hat.« Der Gedanke war ihr gerade erst gekommen, aber sie war überzeugt davon, dass sie Recht hatte. Caratacus und die anderen Männer starrten sie überrascht an. »Es war Caletes. Er muss erfahren haben, dass Calach noch lebt, und fürchtet jetzt seine Rache, weil er sich gegen ihn gewandt und für die Römer entschieden hatte.«

»Es waren Römer, keiner der anderen im Hochland lebenden Stämme hätte unseren Männern den Kopf gelassen«, gab Caratacus zu bedenken.

Miriams scharfer Verstand arbeitete auf Hochtouren. »Dass man ihnen den Kopf gelassen hat, kann eine List gewesen sein, um den Römern den Überfall anzuhängen. Caletes kann es sich nicht leisten, noch mehr Stämme gegen sich aufzubringen, das würde seine Vormachtstellung gefährden. Für ihn zählten nur Geld und Macht.« Sie warf einen Blick auf die umstehenden Männer. »Wer außer Caletes hätte einen Grund gehabt, Calach zu überfallen? Calach hat mir gesagt, dass wir momentan in Frieden mit allen umliegenden Stämmen leben. Dafür spricht auch, dass sie nur ihn mitgenommen und alle anderen getötet haben. Caletes wird ihn an die Römer ausliefern, um sich ihr Wohlwollen zu sichern.« Ihre Wangen hatten sich gerötet. Mit blitzenden Augen und erhobenem Kopf stand sie vor den Männern, die verblüfft ihren Worten lauschten. Zustimmendes Gemurmel ertönte.

Caratacus zögerte, dann gab er nach. Vielleicht würde Calachs Frau ihnen nützlich sein. Er gab den Befehl, noch ein Pferd aufzuzäumen, und drängte zum Aufbruch.

Daco war zufrieden. Sie hatten Glück gehabt und Caletes würde ihn reich belohnen. Nicht lange, nachdem sie die passende Stelle für den Überfall gefunden hatten, liefen Calach und seine Männer in die von ihm vorbereitete Falle. Der Überfall dauerte nur wenige Sekunden. Bevor Calach reagieren konnte, hatte Daco ihm seinen Schwertknauf über den Schädel gezogen. Seine Gefährten sanken von den durch die Luft schnellenden Lanzen getroffen zu

Boden und waren sofort tot. Sie hatten nicht die geringste Chance. Hilflos gefesselt wie ein Baby hing Calach quer über einem der Packpferde festgebunden, als er langsam wieder zu sich kam. Daco hatte ihn aus schmalen Augen beobachtet. Sein Blick traf sich mit dem Calachs, der ihn wütend anfunkelte. »Denke nicht einmal daran zu fliehen, denn wenn du es tust, werden wir deine schöne Frau holen und sie als Sklavin an die Römer verkaufen«, warnte er Calach. »Ich habe den Auftrag, dich lebend zu überbringen, und möchte dich aus diesem Grund nicht töten müssen. Du tust also gut daran, dir meine Worte zu merken.« Calach spuckte auf den Boden. Sein Hass auf Daco war größer als der Schmerz, der in seinem Kopf tobte. »Ich werde euch finden, egal wo ihr euch verkriecht, und wenn ich euch gefunden habe, werde ich dich und Caletes, den Verräter seines eigenen Blutes, töten«, stieß er hervor. Es klang wie ein Schwur. »Darauf gebe ich dir mein Wort und du tust gut daran, es dir zu merken.«

Er schloss die Augen und dachte an Miriam. Sie würde verzweifelt über sein Verschwinden sein. Bei dem Gedanken, sie nicht mehr in die Arme nehmen zu können und ihren schönen Körper mit seinen Händen zu fühlen, stöhnte er vor Schmerz auf. Er liebte diese Frau mehr als sein Leben, von dem Tag an, da ihre Blicke sich das erste Mal getroffen hatten.

Daco wandte sich rasch von dem caledonischen Fürsten ab und drängte zur Eile. Ihm war klar, dass sie verfolgt werden würden. Er beruhigte sich damit, dass sie einen guten Vorsprung hatten. Es würde nicht mehr lange dauern, bis er seinen Auftrag erfüllt hatte und dieses verdammte Hochland hinter ihm lag.

Caratacus hoffte, dass Miriams Kräfte für den scharfen Ritt reichen würden. Ein wenig bereute er, sie mitgenommen zu haben. Wenn ihre Kräfte nicht reichen würden, müsste er zwei Männer zu ihrem Schutz abstellen, die sie zurück nach Hause begleiteten, und der Gedanke gefiel ihm ganz und gar nicht.

Sie ritten den ganzen Tag und legten nur kurze Pausen ein, um die Pferde zu tränken. Immer wieder sah er zu Miriam herüber und stellte erleichtert fest, dass sie noch kein Zeichen von Ermüdung erkennen ließ. Die wolfsähnlichen, grauen Kriegshunde hatten keine Mühe, die Spuren von Calachs Entführern zu verfolgen. Erst als Pferde und Reiter am Ende ihrer Kräfte waren, ließ er ein Nachtlager aufschlagen. Miriam war erleichtert, als sie, in eine warme Decke gehüllt, am Feuer saß und an einem Stück Fleisch kaute. Sie war so müde, dass sie keinen Hunger verspürte, doch sie zwang sich dazu, etwas zu essen, um bei Kräften zu bleiben. Die Augen fielen ihr vor Erschöpfung zu und sie sank in einen tiefen, traumlosen Schlaf.

Dicke Regentropfen klatschten auf ihr Gesicht und weckten sie, noch bevor der nächste Tag anbrach. Es war stürmisch und nass. Frierend wickelte sie die Decke enger um ihren Körper. Caratacus weckte die Männer und drängte zum Aufbruch. Es musste ihnen gelingen, die Briganter zu erreichen, bevor sie bei Caletes waren. Es war die einzige Chance, Calach zu befreien. Vorsorglich hatte er einige Reservepferde mitgenommen, die frei neben ihnen herliefen. Jedes Mal, wenn eines der Tiere am Ende seiner Kräfte war, konnte er es gegen ein ausgeruhteres austauschen. Er hoffte, dass er auf diese Weise schneller vorankommen würde, und er sollte recht behalten. Am dritten Tag der Verfolgung, als die Dunkelheit sich über den Wald senkte, begannen die Hunde aufgeregt zu bellen. Auf einen kurzen Befehl hin wurden sie ruhig und gaben nur noch ein leises Winseln von sich. Caratacus schickte einen der Männer als

Späher voraus, um die Lage zu erkunden. Es war regnerisch und stürmisch. Miriam sehnte sich nach einem heißen Bad. Ihre Muskeln schmerzten und sie konnte sich nur noch mit Mühe auf dem Pferd halten. Ihr Gewand hing schwer und nass um ihren Körper und sie war am Ende ihrer Kräfte, als Caratacus den Befehl gab anzuhalten. Erleichtert ließ Miriam sich von ihrem Pferd sinken. Ihre Knie gaben vor Erschöpfung nach und begannen zu zittern. »Wir werden warten, bis sie schlafen, und dann erst zuschlagen«, beschloss Caratacus.

Der Späher kehrte zurück und berichtete, dass Calach lebte und tatsächlich von den Brigantern und nicht von den Römern entführt worden war. Bewundernde Blicke streiften Miriam, die müde am Feuer saß. Die Frau hatte Recht gehabt und schien sehr klug zu sein. Vor Erleichterung strömten die Tränen über Miriams Wangen, als sie hörte, dass ihr geliebter Mann noch am Leben war.

»Wir werden sie umzingeln und mit der Hilfe unserer Götter überwältigen«, Caratacus war frohen Mutes. Sie waren den Brigantern zahlenmäßig überlegen und hatten den Vorteil der Überraschung auf ihrer Seite. Dass der Späher gesehen worden war, hatte er nicht bemerkt. Daco war seinen Bedürfnissen gefolgt und stand hinter einem Baum, als ein Mann lautlos an ihm vorbeischlich. Bewegungslos war er stehen geblieben, bis der Späher sich auf den Rückweg begab. Damit hatte er nicht gerechnet. Wie konnte es diesen verdammten Caledoniern gelingen, sie einzuholen? Sie hatten so wenig Pausen eingelegt wie nötig und waren scharf geritten. Er weckte seine Männer und befahl den sofortigen Aufbruch. Calach wurde wieder auf ein Pferd gebunden. Er konnte seinen Körper kaum noch fühlen. Die Hanfseile, mit denen er gefesselt war, schnürten ihm das Blut ab. Er spürte die Angst in Dacos Stimme und warf ihm einen spöttischen Blick zu. Der überstürzte Aufbruch konnte nur bedeuten, dass seine Leute sie eingeholt hatten und sich irgendwo in der Nähe befanden. Daco ritt voraus und trieb sein Pferd in scharfem Galopp auf den nahe gelegenen Fluss zu. Er befahl einem seiner Männer, eine Stelle zu suchen, an der man den Fluss gefahrlos überqueren konnte. Sie ritten so lange durch das seichte Uferwasser, bis Daco sicher war, alle Spuren verwischt zu haben. Dann überquerten sie den Fluss und ritten in südwestlicher Richtung weiter. Damit würden die Verfolger nicht rechnen. Es war ein Umweg, der ihn einen ganzen Tag kosten würde, aber er war sicher, die Verfolger abgehängt zu haben. Sein Plan ging auf. Drei Tage später erreichten sie unbehelligt ihr Ziel und ritten in den Hof von Caletes' im römischen Stil errichteten Villa ein. Das Haus war früher von einem hohen Senator bewohnt worden und war Teil des Tributes, den Caletes von Agricola erhalten hatte. Calach wurde vom Pferd gebunden. Daco nahm ihm die Fußfesseln ab, sie waren nun überflüssig. Zwei Männer mussten den wankenden Calach stützen, der sich kaum noch auf den Beinen halten konnte. Er bot ein trauriges Bild, als er zu Caletes geführt wurde. Unrasiert und schmutzig, nach Fäkalien stinkend, stand er vor dem brigantischen Fürsten, der angewidert das Gesicht verzog, als die Gerüche, die von Calach ausströmten, in seine Nase stiegen. Calach bot ein Bild des Jammers, aber trug er nicht selbst die Schuld daran? Der Fortschritt ließ sich nicht aufhalten und das römische Reich, das sich eine Provinz nach der anderen einverleibte, versprach eine glanzvolle Zukunft. Sein Blick traf sich mit dem von Calach. Ihm wurde mulmig von dem Hass, der ihm entgegenschlug. Rasch wandte er seine Augen ab und befahl, dass man Calach fortschaffen und ihn scharf bewachen solle. Dann übergab er Daco eine kleine Truhe, gefüllt mit Goldmünzen. »Das Gold ist für dich, du hast deinen Auftrag zu meiner vollen Zufriedenheit erfüllt, dafür möchte ich dir danken, mein Freund.« Nachdenklich begab er sich ins Bad. Immer wieder musste er an den hasserfüllten Blick von Calach denken. Am liebsten würde er ihn sofort töten lassen, doch der Gedanke, den caledonischen Feldherren Kaiser Domitian als Geschenk überbringen zu lassen, war zu verlockend. Damit konnte er ihm seine Treue beweisen, was der Kaiser ihm großzügig danken würde.

Er sandte einen Boten zu Claudius Rufus, dem Nachfolger Agricolas, der erst vor wenigen Wochen eingetroffen war, mit der Nachricht von Calachs Gefangennahme.

Als Caratacus sich mit seinen Gefährten im Morgengrauen an das Lager heranschlich, fand er es verlassen vor. Sie folgten den Spuren, die zum Fluss führten, doch auch den Hunden gelang es nicht, weitere Spuren zu finden. Auf dem schnellsten Weg ritten sie in die Provinz der Briganter, in der Hoffnung, sie vor den Entführern zu erreichen. Miriam war verzweifelt. Die Römer würden Calach als Verräter hinrichten. Ratlos saßen sie auf den Pferden halb verborgen hinter einigen Bäumen. Sie waren schon den ganzen Tag parallel zu dem ausgetrampelten Pfad geritten, der von Menschen aus den unterschiedlichsten Ländern und Provinzen bevölkert war. Schwere Ochsenkarren und andere Wagen hatten tiefe Rillen hinterlassen. Hinter der nächsten Biegung war der Wald zu Ende und die Männer starrten fassungslos auf eine hohe Steinmauer, die sich vor ihnen erhob. Das große Tor, das in die Stadt führte, war geöffnet und wurde von römischen Legionären bewacht. Caratacus hatte wortlos sein Pferd gewendet und war zurück in den Wald geritten. Ebenso wie seine Begleiter sah er das erste Mal eine von den Römern errichtete Stadt und bekam einen neuen, schockierenden Eindruck von der Größe und der Macht des Römischen Reiches. Er hatte von den Städten und Tempeln gehört, welche die Römer in den von ihnen besiegten Provinzen errichtet hatten, doch er hatte sich darunter nichts vorstellen können. Nie zuvor hatte er das Hochland verlassen. Sein Gesicht war bleich und Unsicherheit klang in seiner Stimme, als er sich an seine Gefährten wandte. »Wir müssen in Erfahrung bringen, was sie mit Calach vorhaben. Doch wir können unmöglich zusammen in die Stadt gehen, es wäre zu auffällig. Caletes wird wissen, dass wir seine Männer verfolgen, und uns erwarten.« Miriam sah ihn an. Sie dachte nicht daran aufzugeben, solange auch nur die kleinste Chance bestand, Calach zu retten.

»Ich könnte gehen und mich unter die Menschen mischen, die in der Stadt ein und aus gehen. Eine Frau alleine ist harmlos und fällt nicht weiter auf.«

»Die Idee ist gut, aber ich werde dich auf keinen Fall allein gehen lassen. Wenn dir etwas zustößt, wird Calach es mir nie verzeihen.«

Miriam betrachtete ihn nachdenklich. Sie war müde und hungrig und sehnte sich nach einem heißen Bad. Nur der Gedanke an Calach verlieh ihr immer wieder neue Kraft. »Vielleicht ist es besser, wenn wir zu Fuß gehen und ohne Waffen, so fallen wir weniger auf. Wenn uns jemand fragt, könnten wir behaupten, dass wir einen der Tempel besuchen wollen.« Wieder waren die Männer überrascht von Miriams Klugheit. Der Plan war gut und während

Caratacus seine Waffen ablegte und sich mit Miriam auf den Weg in die Stadt begab, zogen die Männer sich tiefer in den Wald zurück. Unbehelligt kamen sie in die Stadt. Caratacus konnte kaum glauben, was er sah. Ein breiter, mit Steinen befestigter Weg wurde von unzähligen Häusern gesäumt. Nach einer Weile erreichten sie einen großen Platz, auf dem Händler aus allen Ländern der bekannten Welt ihre Waren anpriesen. Sie kamen an einem Stand vorbei, an dem ein Händler Sklaven mit den unterschiedlichsten Hautfarben anbot. Aneinander gefesselt standen sie in einem vergitterten Aufbau auf einem Wagen und starrten mit leeren Blicken auf das Geschehen um sich herum, als würde es sie nicht berühren. Blutjunge Knaben und Mädchen, neben riesigen schwarzen Menschen mit dunklen Augen, in denen das Weiße schon fast unheimlich leuchtete. Ein gut gekleideter Mann in einer Toga näherte sich dem Stand. Der Händler kam ihm in unterwürfiger Haltung entgegen.

»Ich habe die schönsten Mädchen und Knaben und auch die stärksten Männer. Darf ich sie dir zeigen, vornehmer Herr?« Ohne eine Antwort abzuwarten, winkte er seinem Gehilfen zu, der zwei Mädchen mit langen blonden Haaren aus dem Käfig zerrte. Der Togaträger verzog angewidert das Gesicht, als er dem feisten Händler zusah, wie dieser mit rohem Griff den Mund der Mädchen öffnete, um die tadellosen Zähne zu zeigen. Blitzschnell riss er ihnen die Gewänder vom Leib und legte dem kleineren Mädchen seine Hand auf die Brust. Er drückte sie so fest zusammen, dass das Mädchen vor Schmerz aufschrie. Sie konnte nicht älter als dreizehn Jahre sein und wirkte völlig verängstigt. »Festes, zartes Fleisch«, sagte der Händler. »Überzeuge dich selbst. Du wirst kein besseres hier finden.« Der Togaträger fuhr sich genießerisch mit der Zunge über die Lippen, während sein Blick über den schmalen Körper des Mädchens glitt. Der Händler beobachtete ihn. Sein Gesicht leuchtete triumphierend auf, als er bemerkte, wie der Römer das Mädchen betrachtete.

Caratacus' Augen waren schmal geworden. Unbewusst fuhr seine Hand zu der Schwertscheide, doch sie griff ins Leere. Miriam zog ihn weiter. Auch sie war entsetzt von der Szene, die sich vor ihren Augen abspielte. »Du kannst den Mädchen nicht helfen, sie würden dich sofort überwältigen und gefangen nehmen«, flüsterte sie ihm zu und wies auf die römischen Soldaten, die überall zu sein schienen. »Du hast nicht die geringste Chance.« Wütend schüttelte Caratacus Miriams Hand ab, die sich um seinen Arm krallte. Seine Augen blitzten vor Wut und er hätte sich am liebsten auf den schmierigen Händler gestürzt, um ihn mit bloßen Händen zu erwürgen. Miriam bekam es mit der Angst zu tun, als sie die Wildheit in seinen Augen sah. Sie wusste, dass es für einen Caledonier nichts Wichtigeres als die Freiheit gab und der Anblick der Sklaven war für Caratacus kaum zu ertragen. »Bitte denke an Ira und an deinen Sohn. Wenn du jetzt die Beherrschung verlierst, wirst du sie nie wiedersehen.« Ihre Stimme wurde drängend. »Lass uns weitergehen, wir sind hier, um etwas über Calach zu erfahren.« – »Du hast Recht«, stieß Caratacus zischend hervor. »Doch wenn ich Calach nicht für immer Treue geschworen hätte, würde ich diesen fetten Händler mit meinen Händen zerquetschen.«

Um den Marktplatz herum gab es verschiedene Tavernen, in denen man essen und trinken konnte. Doch auch auf dem Platz gab es Händler, die seltene Gewürze, feine Backwaren, Obst, Gemüse und Oliven in allen Farben anboten. Dazu kamen seidig schimmernde Stoffe und Schmuck aus Gold, Silber und Kupfer.

Nach der Stille im Wald dröhnten Miriam die Ohren von dem Geschrei und dem lauten Stimmengewirr um sich herum. Vor einem der Stände hatte sich eine Menschentraube gebildet. Miriam und Caratacus, der sich für den Moment wieder beruhigt hatte, traten neugierig näher. Ein in eine winzige Toga gekleidetes Äffchen unterhielt die Menschen, indem es zu der Musik einer Laute tanzte. Zwischendurch sprang es blitzschnell zu seinem Besitzer, um sich eine süße Belohnung abzuholen, und die Zuschauer bogen sich vor Lachen.

Caratacus, der noch nie in seinem Leben einen Affen gesehen hatte, verzog ungläubig das Gesicht. »Was ist das für ein Tier, das beinahe aussieht wie ein kleiner Mensch«, fragte er und starrte das Tier an. Miriam hörte ihm nicht zu. Neben ihr standen zwei Männer, die der Kleidung nach nur Briganter sein konnten und sich über Calach unterhielten. »Erst heißt es, der Feldherr sei tot, dann hat man erzählt, er sei in der anderen Welt gewesen und von den Göttern zurückgesandt worden, und nun soll er ein Verräter sein? Ist er ein Verräter, weil er sich gegen die Römer erhoben hat? Oder fürchtet Caletes seine Rache?«

Miriam tat so, als würde sie das Äffchen beobachten, während sie gespannt dem Gespräch der beiden Männer lauschte.

»Ich weiß nicht, was Caletes im Sinn hat, aber ich habe gehört, dass er Calach nach Rom schicken will, um ihn Kaiser Domitian als Geschenk zu machen. Sobald er eine Antwort von dem neuen Legaten erhalten hat, will er ihn auf das nächste Schiff schaffen, damit er so schnell wie möglich aus dem Gedächtnis der Menschen verschwindet, für die er immer noch ein Held ist. Seine Gefangennahme soll geheim bleiben, genau wie die Übergabe an die Römer, aber Tanas hat es mir letzte Nacht beim Würfeln erzählt und er muss es wissen, da er zu Caletes' engsten Vertrauten gehört.«

»Caletes ist ein Schwein.« Die Stimme des anderen Mannes klang verächtlich. »Man erzählt sich, dass Bilder von römischen Göttern die Wände seiner Villa schmücken. Er hat nicht nur unser Volk an die Römer verraten, sondern auch unsere Götter.«

Miriam hatte genug gehört. Sie nahm Caratacus zur Seite und erzählte ihm von dem Gespräch. Sie kauften noch frisch gebackenes Brot und geräuchertes Fleisch und verließen dann den Markt. Die Sonne stand schon tief am Himmel, als sie zu ihren Begleitern zurückkehrten.

Aus Angst, entdeckt zu werden, wagte Caratacus es nicht, ein Feuer zu entzünden.

»Wir haben nur eine Chance«, sagte er, als sie nebeneinander auf dem feuchten Waldboden saßen. »Wir müssen Calach befreien, wenn sie ihn zu dem Schiff bringen. Dem Gespräch nach zu urteilen, wird man ihn heimlich aus der Stadt schaffen, wahrscheinlich im Morgengrauen, wenn alle schlafen. Ich werde mit zwei Männern den Weg zum Meer in Erfahrung bringen und eine Stelle auswählen, an der wir Calach befreien können. Die anderen verteilen sich und beobachten die Straße.«

Die Männer unterhielten sich noch eine Weile, während sie von den mitgebrachten Waren aßen. Miriam war müde und zitterte vor Kälte. Die Feuchtigkeit, die vom Boden hochzog, fraß sich durch ihre Kleider. Sie sehnte sich nach Calach. Wie schön wäre es, jetzt neben ihm am warmen Feuer zu sitzen und seiner Stimme zu lauschen, wenn er von den Erlebnissen erzählte, die er den Tag über gehabt hatte. Mit dem Gedanken an ihn sank sie irgendwann in einen unruhigen Schlaf.

Im Morgengrauen verließ Caratacus mit zwei Männern

das Lager. Miriam und die anderen beobachteten versteckt hinter dem vorherrschenden Gebüsch die Straße. Die Männer redeten nur mit ihr, wenn sie einen von ihnen direkt ansprach, ansonsten wurde sie von ihnen ignoriert. Den ganzen verregneten Tag hatte sie Zeit, ihren Gedanken nachzuhängen, die sich um den Geliebten drehten.

Völlig verdreckt, in seinem eigenen Kot und Urin, lag Calach gefesselt in einem kleinen, kahlen Raum, vor dem Caletes zusätzlich zwei schwer bewaffnete Wachen postiert hatte. Er wusste nicht, ob es gerade Tag oder Nacht war. Kein Lichtstrahl drang in den fensterlosen Raum. Er hatte jedes Zeitgefühl verloren und war nur von dem Gedanken an Rache beseelt. Wenn seine Gedanken zu seiner Frau glitten, stöhnte er vor Schmerz auf. Die Hoffnungslosigkeit seiner Situation und die engen Wände erdrückten ihn. Einmal am Tag wurde die Türe geöffnet und einer der Wachen stellte ihm Brot und Wasser auf den Boden. Um bei Kräften zu bleiben, verzehrte er das Brot seiner Feinde und schwor sich, auch nur die geringste Gelegenheit, die sich ihm bieten würde, zur Flucht zu nutzen.

Plötzlich drangen Stimmen an sein Ohr. Angespannt lauschte er in die Dunkelheit. Würden sie ihn jetzt holen? Wenn Caletes ihn töten wollte, hätte er es längst getan. Wahrscheinlich war es aber, dass er ihn an die Römer ausliefern würde, dachte Calach. Er klammerte sich an den Gedanken, bei der Übergabe eine Möglichkeit zur Flucht zu finden.

Die Türe wurde geöffnet. Vier Männer betraten den Raum und zogen ihn unsanft vom Boden hoch. Der Gang, durch den er geführt wurde, war von Öllampen und wunderschönen brennenden Kupferschalen erleuchtet. Die Wachen brachten ihn in ein Bad, wo zwei Sklaven ihm die Kleider abnahmen. Dann wurde er gewaschen und wie zum Hohn in eine römische Tunika gesteckt. Zuletzt gab man ihm ein Paar römische Ledersandalen und zwang ihn, diese anzuziehen. Seine Hände wurden wieder gefesselt. Die Wachen brachten ihn zu einem geschlossenen Wagen, vor dem zwei römische Legionäre bereitstanden und zwei weitere auf ihren Pferden saßen. Noch war es dunkel, doch Calach, der seinen Blick zum Himmel erhoben hatte, sah einen hellen Streifen am Horizont. Es würde nicht mehr lange dauern, bis ein neuer Tag anbrach. Rücksichtslos wurde er in den Wagen gestoßen. Einer der Legionäre nahm ihm gegenüber Platz, der andere setzte sich vorne auf den Wagen.

Das Schnauben der beiden Pferde schallte durch die Nacht, als der Wagen sich, von den beiden Reitern flankiert, mit einem Ruck in Bewegung setzte. Calachs Sinne waren zum Zerreißen gespannt. Immer wieder bewegte er seine Handgelenke, um die Fesseln zu lockern. Doch er hatte keinen Erfolg. Aus zusammengekniffenen Augen beobachtete er den Römer, einen noch jungen Mann mit kurzen dunklen Haaren, der seinen Blick grinsend zurückgab. Er sagte etwas in einer Sprache, die er nicht verstand. Aber Calach hätte ihm, auch wenn er ihn verstanden hätte, keine Antwort gegeben. Er senkte seinen Blick und dachte über eine Fluchtmöglichkeit nach. Seine gefesselten Hände stießen an einen kleinen Stein. Unter halbgeschlossenen Lidern beobachtete er den Römer, der gelangweilt einen Würfel in seiner Hand hin und her drehte. Vorsichtig hob er den flachen Stein auf, wobei er sich so wenig wie möglich bewegte. Triumphierend stellte Calach fest, dass der Stein ziemlich scharfkantig war. Er hoffte, dass es sich um ein Stück von einem Feuerstein handelte, den die Römer, aber auch sein Volk benutzten, um Feuer zu erzeugen. Er drehte den Stein so, dass die scharfe Kante seine Fesseln berührte. Vorsichtig, ohne den jungen Legionär aus den Augen zu lassen, sägte er an den Fesseln. Er vermied jede ruckartige Bewegung und es dauerte eine ganze Weile, bis es ihm gelungen war, die Fesseln zu zerschneiden. Der Legionär saß dösend in dem Wagen und beachtete ihn nicht. Seine Gedanken eilten voraus. Er konnte es kaum erwarten, den Hafen zu erreichen, in dem die schönsten Frauen in den Tavernen auf ihn warteten.

Calach rieb sich hinter seinem Rücken die Handgelenke, damit das Blut besser fließen konnte. Er griff nach einem Stück des zerschnittenen Hanfseiles, stürzte sich blitzschnell auf den Römer und schlang ihm das Seil um den Hals. Der Legionär öffnete den Mund, um seine Kameraden zu Hilfe zu holen, doch er brachte nur ein Krächzen heraus. Würgend schnappte er nach Luft. Seine Augen traten aus ihren Höhlen und wurden leer. Wenige Augenblicke später sank er tot auf den Boden des Wagens. Calach nahm das Schwert und den Dolch des Römers an sich und spähte vorsichtig aus der fensterähnlichen Öffnung. Während er noch überlegte, ob es ihm gelingen würde, sich unbemerkt aus dem Wagen fallen zu lassen, entdeckte er zwei Männer zu Pferde in dem Gebüsch neben dem Weg. Es war heller geworden und der Sonnenaufgang stand unmittelbar bevor. Die beiden bewaffneten Reiter preschten auf den Wagen zu und schlugen mit ihren Schwertern auf die völlig überrumpelten Römer ein. Der Kampf dauerte nur wenige Minuten. Caratacus wischte sein blutüberströmtes Schwert an dem feuchten Gras ab und steckte es zurück in die Scheide. Er gab den Befehl, den Wagen von der Straße zu ziehen und die Spuren des Überfalls zu beseitigen.

Miriam hatte, verborgen hinter dichten Sträuchern, von ihrem Pferd aus den Überfall beobachtet. Sie wandte sich ab, als die Caledonier über die Römer herfielen, um nicht sehen zu müssen, wie sie getötet wurden. Ihr Gesicht war tränenüberströmt, als Calach zu ihr trat. Er hob sie vom Pferd und zog sie in seine Arme. »Es ist vorbei«, sagte er tröstend und streichelte ihr beruhigend über den Rücken. Er verstand nicht, warum sie weinte, wo er doch in Sicherheit war.

Caratacus drängte zur Eile. Sie mussten verschwunden sein, bevor der Überfall bemerkt wurde. Mittlerweile war es hell geworden und jeden Moment konnten die ersten Händler oder andere Reisende auftauchen. Sie bestiegen die Pferde, ritten in scharfem Galopp Richtung Heimat und hielten erst an, um die Pferde zu tränken, als diese vor Erschöpfung kaum noch laufen konnten. Miriam hatte völlig abgeschaltet. Apathisch saß sie auf ihrem Pferd. Sie war froh darüber, dass Calach wieder bei ihr war, aber die rohe Gewalt, mit der die Männer über die Römer hergefallen waren, war zu viel für sie. Calachs Männer hatten lachend die abgetrennten Köpfe ihrer Feinde an ihren Pferden befestigt und sie heftete ihren Blick fest auf den Weg vor ihr, um sie nicht ansehen zu müssen. Zweifel stiegen in ihr hoch. War es ihr wirklich möglich, mit einem Mann zusammenzuleben, für den das Töten eines Feindes so normal war, dass man sofort danach lachend zur Tagesordnung übergehen konnte? Sie war müde und durchgefroren und sehnte sich nach ihrer Schlafstätte. Die Gedanken wirbelten durch ihren Kopf, verschlangen sich ineinander, bis sie keinen klaren Gedanken mehr fassen konnte.

Es hatte angefangen zu schneien, je nördlicher sie kamen, und der Winter brach mit aller Härte herein. Die Wege waren von dem Regen in den Tagen zuvor noch durchgeweicht und matschig und sie mussten sich beeilen, bevor sie völlig unpassierbar sein würden. Die überfrierende Nässe hatte die Wege gefährlich glatt werden lassen. Zwei Pferde brachen sich die Beine und mussten getötet werden und sie kamen nur noch mühsam voran.

Vier anstrengende Tage und Nächte später erreichten sie endlich ihr Dorf. Miriam war die ganze Zeit über abwesend und schweigsam gewesen. Die sorgenvolle Blicke, die Calach ihr zuwarf, bemerkte sie nicht einmal. Er verstand seine Frau nicht. Freute sie sich nicht darüber, dass ihm die Flucht gelungen war? Er beschloss, mit ihr zu reden, sobald sie alleine waren.

Die Dorfbewohner begrüßten sie freudig, als sie erschöpft von ihren Pferden stiegen. Ira kam auf Miriam zu, doch sie beachtete sie nicht. Ohne sich noch einmal umzudrehen, lief sie in ihr Haus, ließ sich auf ihre Schlafstätte fallen.

Calach ließ Wachen rund um das Dorf aufstellen und schickte Boten aus, um den Rat zusammenzurufen. Der grau verhangene Himmel versprach viel Schnee für die nächsten Tage und würde die Römer wahrscheinlich davon abhalten, sie zu verfolgen, doch er wollte kein Risiko eingehen.

Nachdenklich betrat er sein Haus, in dem er seine Frau schlafend vorfand. Er legte sich neben sie und zog sie in seine Arme. Dann schlief auch er erschöpft von der anstrengenden Reise ein.

Als Miriam am nächsten Morgen erwachte, fühlte sie sich immer noch wie zerschlagen. Sie betrachtete den schlafenden Mann neben sich. Er war ihr so vertraut und doch so fremd. Zärtlich strich sie ihm eine Strähne seiner langen Haare aus dem Gesicht und kuschelte sich enger an ihn. Sie hatte noch keine Lust aufzustehen und genoss die Wärme, die von ihrem Mann ausstrahlte. Calach bewegte sich und griff noch halb im Schlaf nach ihrer Brust. Zärtlich begann er sie zu streicheln. Seine Berührungen wurden fordernder und Miriam spürte sein Verlangen. Sie erwiderte seine Zärtlichkeiten und wünschte sich, dass dieser Augenblick weit weg von ihrem Alltag niemals enden würde. Calach schien unersättlich zu sein. Seine Hände waren überall, als er sie von einem Höhepunkt zum nächsten brachte. Dann kam er zu ihr und es war schöner, als Miriam es sich jemals hätte träumen lassen. Eng aneinander gekuschelt lagen sie anschließend nebeneinander, als Calach sich plötzlich über sie beugte. Miriam hatte die Augen geschlossen und fühlte sich glücklich und geborgen in den Armen ihres Mannes. Sie weigerte sich die Augen zu öffnen und versuchte Calach wieder näher zu sich heranzuziehen. Doch Calach legte ihr eine Hand unter das Kinn und zwang sie, ihn anzusehen.

»Ich möchte wissen, was mit dir los ist. Du hast in den letzten Tagen nicht den Eindruck gemacht, als ob du dich über meine Rettung freuen würdest. Die Männer haben schon über dein seltsames Verhalten geredet.«

»Ich war müde und durchgefroren und entsetzt darüber, wie ihr euch freuen und sogar lachen konntet, nachdem ihr Menschen getötet habt. Auch dass ihr die Köpfe eurer Feinde mitgenommen habt, aus welchem Grunde auch immer, kann ich nicht verstehen und schon gar nicht gutheißen. Euer Verhalten war roh und gefühllos«, brach es aus Miriam heraus.

Calach sah sie erstaunt an. Es fiel ihm nichts ein, was er darauf antworten konnte. Die Worte seiner Frau waren ihm unbegreiflich. Sicher hatten die Angst und die Verzweiflung über seine Entführung sie etwas verwirrt. Sie würde sich schon wieder beruhigen. Er stand auf und lief zum Fluss, um sich zu waschen. Schon bald würde der Rat zusammenkommen und sie würden darüber sprechen, wie sie weiter gegen die Römer und vor allem gegen Caletes vorgehen würden.

Miriam war immer noch durcheinander, als Ira hereinkam. Schneeflocken lagen auf ihrem Haar, die zu schmelzen begannen, als sie neben Miriam am Feuer Platz nahm.

Widerwillig stand Miriam auf und schlüpfte in ihre Gewänder. Ira sah sie abwartend an. Sie sah die Blässe in Miriams Gesicht, aber auch die Unsicherheit und die Zweifel. Tiefe Schatten lagen unter ihren schönen Augen, die sie jetzt ansahen.

»Wie kann man nur so roh sein.« Tränen strömten über ihre Wangen, als sie weitersprach. »Ich hasse Krieg und Gewalt.«

Ira sah sie erstaunt an, dachte sie doch genauso wie Calach. Die anstrengende Verfolgung war zu viel für Miriam gewesen. Sie legte einen Arm um Miriams Schulter und suchte nach Worten, mit denen sie die Freundin beruhigen konnte.

»Ich verstehe dich nicht. Du hast dich doch gut eingelebt und warst glücklich bei uns. Wir alle wollen in Frieden leben, doch das ist erst möglich, wenn die Römer unser Land verlassen haben. Calach hat gesagt, dass man für den Frieden kämpfen muss. Freiwillig werden die Römer niemals gehen.«

»Wenn sie die Römer schon töten, warum haben sie ihnen dann auch noch die Köpfe abgeschlagen und mitgenommen? Ich kann nicht verstehen, wie man so etwas tun kann.«

Ira wunderte sich immer mehr über ihre Freundin. Jedes Kind wusste, dass die Kraft und die Seele sich im Kopf befanden und man den Kopf aus diesem Grund aufbewahrte. »Ruh dich aus, du bist sicher nur durcheinander, weil die anstrengende Reise zu viel für dich war. Wir können froh darüber sein, dass wir so tapfere Männer haben, die für uns und unsere Kinder bis in den Tod kämpfen.«

Miriam dachte über Iras Worte nach. Sie hatte das Glück gehabt, in einer Zeit zu leben, in der es keinen Krieg gegeben hatte, der sie direkt betraf. Aber es hatte zu jeder Zeit Kriege gegeben, sie hatte sich nur geweigert, sie in ihr Bewusstsein zu lassen, um sich nicht damit befassen zu müssen. Es war einfach etwas anderes, zwischen zwei Werbeblöcken einen Krieg von der gemütlichen Couch aus im Fernsehen zu sehen, als hautnah dabei zu sein. War es grausamer einen Menschen mit einem Schwert zu töten als mit einem Gewehr oder durch Bomben?

Was würde sie tun, wenn ihre Familie bedroht werden würde? Wäre sie in der Lage zu töten, bevor sie selbst getötet würde? Sie wusste es nicht, doch das, was Calach und seine Männer getan hatten, erschien ihr nun in einem neuen Licht. Sie kämpften um ihr Überleben und das ihrer Familien und sie hatte kein Recht, das zu verurteilen.

Sie sah Ira an. »Du bist eine wirkliche Freundin und hast mir mehr geholfen, als ich dir sagen kann. Ich werde jetzt zum Fluss gehen, um mich zu waschen, und danach wird es Zeit, mit unserer Arbeit zu beginnen.«

Von neuem Mut erfüllt, lief sie zum Fluss. Sie hatte in London ihre Entscheidung getroffen und gewusst, dass es kein Zurück mehr geben würde. Dieses Leben war ihr Schicksal und sie war endlich bereit, es anzunehmen mit allen Konsequenzen, die dazugehörten. Calach hatte einmal getötet, um sie zu retten, und sie schämte sich für ihre Arroganz und ihr Unverständnis, die sie den Menschen entgegengebracht hatte, die ihr Leben geben würden, um sie zu beschützen.

Als sie an diesem Abend mit Calach am Feuer saß und ihm dabei zusah, wie er an einer Lanze schnitzte, war sie von tiefem Frieden erfüllt.

Calach bemerkte die sehnsüchtigen Blicke, die sie ihm zuwarf, und begann zu grinsen. Unwillkürlich musste sie an den Freiheitskämpfer denken, den sie damals im Fernsehen gesehen hatte. Er war der Auslöser für ihre Reise nach Inverurie gewesen. Es gab solche Männer also tatsächlich, und der aufregendste und gutaussehendste unter ihnen saß jetzt neben ihr am Feuer und war mit ihr verheiratet. Verliebt erwiderte sie seinen Blick. In ihren Augen funkelten kleine Sterne. Calach legte den Speer aus der Hand und zog sie auf ihre Schlafstätte, wo er sie wieder und wieder liebte, bis sie irgendwann eng umschlungen einschliefen.

Als Miriam am nächsten Morgen vor die Türe trat, versank sie in dem Schnee, der das Dorf über Nacht in glitzerndes Weiß gehüllt hatte. Die Luft war klar und kühl. Miriam wickelte ihren wollenen Umhang enger, bevor sie sich auf den Weg zum Fluss begab. Die schneebedeckten Bäume und Sträucher sahen aus wie verzaubert. Wie im Traum lief Miriam weiter und konnte sich kaum satt sehen an so viel Schönheit. Als sie das Flussufer erreichte, beugte sie sich hinunter und schaufelte sich mit den Händen das eiskalte, klare Wasser ins Gesicht.

Sie hatte sich gerade wieder erhoben, als ein klägliches Krächzen erklang. Suchend sah sie sich um. Der Rabe stand nur wenige Meter von ihr entfernt, sein linker Flügel hing kraftlos herunter. Sie machte einen Schritt auf den Raben zu. Schimpfend hüpfte der Rabe ein Stück von ihr fort. »Das kenne ich doch schon«, lachte Miriam. »Du willst mich irgendwo hinführen, hat Mog Ruith dich geschickt?« Der Rabe bewegte sich krächzend weiter. Miriam folgte ihm neugierig. Was hatte das zu bedeuten? Wollte der Druide sie sehen?

Ohne sich weiter Gedanken zu machen, lief sie hinter dem Raben her. Er führte sie in den Wald. Der weiche Schnee dämpfte alle Geräusche, und das Gefühl der Unwirklichkeit verstärkte sich mit jedem Schritt, den Miriam tat. Der Wald wurde dichter, je weiter sie dem Raben folgte, fernab von jedem erkennbaren Weg. Der kleine Rabe verschwand zwischen einigen hochgewachsenen Farnen.

Miriam sah sich suchend um, konnte ihn aber nirgends entdecken. Zögernd lief sie weiter. Der Weg war ihr plötzlich vertraut. Wie hatte sie ihn nur vergessen können? Ihr Gang wurde leichter, bis er fast beschwingt war. Es war das herrliche Gefühl, nach langer Zeit zurück nach Hause zu kommen.

Ihre Gedanken gingen zurück und sie sah sich als kleines Mädchen, das fröhlich und unbeschwert durch den Wald sprang, in der Gewissheit, sicher und geborgen zu sein. Sie bewegte sich mit den Blumen und Gräsern im Wind, war eins mit dem blühenden Leben um sich herum gewesen, das wie sie dem warmen Schoß der Erde entsprossen war.

Mog Ruith stand unter einer mächtigen Kiefer, deren drei Stämme ineinander verschlungen waren, und schien tief in Gedanken versunken zu sein. Miriam durfte ihn nicht stören und blieb abwartend stehen. »Komm her, mein Kind, ich habe dich erwartet.« Der Druide drehte sich um und sah sie an. Miriam zuckte unwillkürlich zusammen, als sie in sein Gesicht sah. Es war verwelkt und trocken, wie die Blätter vom letzten Herbst, die der Schnee unter seiner weißen Pracht verbarg.

»Die Zeit ist nun gekommen und ich sehe, dass du bereit

bist.« Er hielt ihr den goldenen Reif entgegen, der beide in sein geheimnisvolles Licht hüllte.

Miriam hatte keine Angst und nahm den goldenen Reif, der die Kraft der Tiefe und die Macht der Elemente in sich vereinte. Das Licht wurde intensiver, bis es rubinrot leuchtete, seine Energie strömte durch Miriams Körper.

»Es ist die Einigkeit eines Volkes, die es stark werden lässt.« Die Worte des Druiden hallten noch in ihren Ohren. Sie starrte auf ihre leeren Hände. Der Reif war verschwunden und mit ihm Mog Ruith. Hatte sie mit offenen Augen geträumt?

Allein stand sie unter der mächtigen Kiefer. Sie war verwirrt und doch glücklich. Wieder hatte sie keine Antworten auf ihre Fragen erhalten, aber sie spürte, dass sie ihnen näher gekommen war. Neue Kraft erfüllte sie, als sie ins Dorf zurückkehrte.

Caletes hatte sein Bad aufgesucht und ließ sich von einer hübschen, dunkelhaarigen Sklavin mit Duftölen einreiben, als ein Bote ihm den Besuch von Claudius Rufus meldete.

Er ließ sich seine Tunika bringen. Während er sie überzog, überlegte er, was der Grund für den Besuch des Legaten sein könnte. Es schmeichelte ihm, dass der ranghöchste römische Beamte ihm seine Aufwartung machte. »Geht das nicht schneller?«, herrschte er die Sklavin an, die dabei war, ihn in seine Toga zu hüllen. Mit flinken Fingern legte sie den feinen Wollstoff in gleichmäßige Falten und steckte ihn über der Schulter mit einer großen, silbernen Fibel fest.

Endlich war sie fertig. Caletes verließ das Bad und lief erwartungsvoll in die durch marmorne Säulen verzierte Halle, wo der Legat ihn bereits erwartete.

»Ich grüße dich, Caletes, Freund des römischen Volkes und damit auch mein Freund.« Die schmeichelnden Worte kamen gewandt über seine Lippen.

Caletes war immer wieder beeindruckt von der Redekunst der Römer und hatte sogar schon daran gedacht, einen Lehrer zu nehmen, um sich diese Kunst ebenfalls anzueignen.

»Dein Besuch ehrt mich, Claudius Rufus.« Er führte seinen Besucher ins triclinium und wies auf eines der drei mit rotem Samt überzogenen Liegesofas, die um einen niedrigen Tisch herumstanden. »Bitte, mach es dir bequem, im Liegen lässt es sich besser reden.«

Die Sklaven brachten Wein und Früchte und zogen sich dann in den hinteren Teil des Raumes zurück, bereit, jeden weiteren Wunsch ihres Herren zu erfüllen.

Caletes wartete höflich darauf, dass der Legat das Wort ergriff.

Claudius Rufus kam entgegen seiner Art sofort zur Sache.

»Wir wurden verraten. Calach ist es gelungen zu entfliehen. Meine Männer sind in einen Hinterhalt geraten und heimtückisch ermordet worden, als sie den caledonischen Feldherren zum Hafen bringen wollten. Es kann nur jemand gewesen sein, der gewusst hat, dass wir ihn im Morgengrauen aus der Stadt bringen wollten, um kein Aufsehen zu erregen.«

Caletes wurde blass vor Zorn. Er dachte an die Drohung, die Calach ausgestoßen hatte. Unruhig sprang er auf. Nur seine engsten Vertrauten hatten von der Gefangennahme Calachs gewusst. Er konnte nicht glauben, dass einer von ihnen ein Verräter war, oder doch? Misstrauen und Angst breiteten sich in ihm aus. Er musterte Claudius Rufus abschätzend, während er überlegte, wie er ihn für seine Zwecke einspannen konnte.

»Solange Calach lebt, wird es immer wieder Aufstände geben. Sein Ruf hat sich im ganzen Land verbreitet und immer mehr Fürsten folgen ihm. Wir müssen sofort etwas unternehmen, um ihn zu stoppen.«

Claudius Rufus war die Angst in Caletes' Augen nicht entgangen. Was ist dieser Barbar nur für eine widerliche Kreatur, dachte er bei sich. Nicht nur, dass er ein heimtückischer Verräter ist, dazu ist er auch noch feige.

Doch er ließ sich von seinen Gedanken nichts anmerken. Freundlich lächelte er ihm zu. »Agricola hat die Caledonier im letzten Jahr völlig aufgerieben, mit deiner Hilfe, wie ich gehört habe. Calach wird es nicht wagen, uns anzugreifen. Sobald meine Legionen hier sind, werde ich sie aussenden, um die fälligen Tribute einzuziehen.«

»Ich kann dir nur raten, vorsichtig zu sein. Calach wird niemals seine Freiheit aufgeben, du kennst diesen Mann nicht und solltest ihn auf keinen Fall unterschätzen.«

»Ich unterschätze niemals einen Feind, aber ich fürchte ihn auch nicht.« Claudius Rufus erhob sich. »Zu meinem großen Leidwesen muss ich mich jetzt von dir verabschieden. Ich habe noch dringende Angelegenheiten zu klären. Du wirst von mir hören.«

Der Luxus, mit dem der Brigantenfürst sich umgab, erweckte Claudius Rufus' Neid. Agricola hatte diesem Barbaren die prachtvolle Villa überlassen, die eigentlich ihm als ranghöchstem Beamten zugestanden hätte, und er gehörte nicht zu den Männern, die sich etwas wegnehmen ließen. Sobald er den Briganterfürsten nicht mehr brauchen würde, würde er ihn ohne zu zögern beseitigen.

Die Gaufürsten hatten sich erneut versammelt. Zwei Tage und zwei Nächte berieten sie, wie sie sich gegen Agricolas Nachfolger zur Wehr setzen konnten.

Calach gelang es, alle Fürsten aus dem Norden von seinem Plan zu überzeugen.

»Wir werden die Römer genau beobachten und dann vernichten. Diesmal werden wir den Kampf anders führen und jede offene Schlacht vermeiden. Die Römer werden glauben, dass wir nur Schattenwesen sind, wenn wir unerwartet aus dem Wald stürmen und sie überfallen. Bevor sie sich von ihrer Überraschung erholt haben, sind wir wieder verschwunden. Auf diese Art werden wir wenig Verluste haben und sie durch jeden Überfall mehr in Angst versetzen. Die Frauen und die Alten, die uns nicht begleiten, verbergen wir mit dem Vieh in den Wäldern, damit die Römer sich nicht an ihnen rächen können.«

Miriam war jetzt viel allein. Gemeinsam mit Ira, deren Bauch sich mehr und mehr wölbte, machte sie sich daran, Vorräte für die bevorstehende Kriegszeit anzulegen. Sie überwachte das Räuchern des Fleisches und achtete darauf, dass es sauber gelagert wurde. Dann backte sie mit den Frauen Unmengen von Brot. Das Brot wurde zweimal gebacken und würde so für lange Zeit haltbar sein. Sie trockneten Hülsenfrüchte und Pilze, rösteten Bucheckern und Kastanien.

Die für den Notfall versteckt angelegten, unterirdischen Kornkammern bereiteten Miriam große Sorgen. Sie waren bevölkert von Mäusen und verdreckt von deren Kot.

Miriam befürchtete, dass das befallene Korn Krankheiten unter den Dorfbewohnern auslösen könnte. Lange dachte sie darüber nach, wie sie gegen die Schädlinge vorgehen konnte. Dann hatte sie endlich eine brauchbare Idee. Sie hatte festgestellt, dass es überall im Hochland wild lebende Katzen gab. Sie sprach mit Calach darüber, der seiner Jungmannschaft den Auftrag gab, einige von ihnen einzufangen. Gemeinsam mit Ira begann sie, die Tiere zu zähmen, die sich schnell vermehrten. Sie fütterte sie mit Milch an und es dauerte nicht lange, bis die Tiere sich an das bequeme Leben im Dorf gewöhnt hatten. Miriam ließ an allen unterirdischen Kornkammern Öffnungen anlegen, durch welche die Katzen bequem hineingelangen konnten. Ihr Plan ging auf. Wenige Wochen später gab es keine Mäuse mehr in den Kornkammern. Miriam war zufrieden und die anderen Frauen bewunderten sie für ihre Klugheit. Gemeinsam wuschen die Frauen den verunreinigten Weizen und trockneten ihn erneut in den großen Räucherkammern. Um zu verhindern, dass das Korn von der aufsteigenden Feuchtigkeit des Bodens zu schimmeln begann, ließ sie die Vorratskammern mit einer dicken Strohschicht auslegen. Die Arbeit erfüllte sie mit großer Befriedigung und sie war von morgens bis abends auf den Beinen, ohne sich eine Pause zu gönnen.

Sie war bereit, alles zu tun, um Calach und seinen Männern zu helfen.

Calach war jetzt ununterbrochen unterwegs, um die Wege, die das römische Heer bei der letzten Schlacht genommen hatte, genau zu erkunden. Die von den Legionären in die Landschaft geschlagenen Schneisen waren immer noch deutlich zu erkennen, obwohl sie mittlerweile von Unkraut und anderen Pflanzen überdeckt waren.

In regelmäßigen Abständen entdeckte er Festungen aus

Holz, die Agricola nicht mehr besetzt hatte, weil Domitian die Legionen für andere Provinzen benötigte, in denen immer wieder Unruhen und Aufstände ausbrachen.

Er ließ alle Lager niederbrennen, um den Römern die Möglichkeit zu nehmen, sich in ihren Schutz zurückzuziehen.

Die Tage wurden länger und die Temperaturen stiegen. Der Schnee war zum größten Teil geschmolzen und bedeckte nur noch die höher gelegenen Berggipfel. Es konnte nicht mehr lange dauern, bis die Römer erneut in ihr Land einfallen würden, um ihre Tribute einzufordern.

Die Männer waren unruhig, wie nach jedem Winter. Vor allem die jüngeren Krieger konnten den Beginn der Kämpfe kaum erwarten. Nachdem sie Unmengen von Speeren, Pfeilen und Lanzen angefertigt hatten, verbrachten sie den Rest des Winters mit Würfeln, Trinken und Streiten.

Calach schickte Späher aus, die alle möglichen Wege über Land und Meer beobachten sollten.

Eine Woche später war es endlich so weit. Die ersten Späher kamen zurück, um das Eintreffen der römischen Flotte zu melden.

Claudius Rufus genoss das Leben in der Provinz. Als ranghöchster Beamter, weit weg von Rom, konnte er endlich so leben, wie er es für richtig hielt. Er war nicht sehr groß und sein rundes Gesicht strahlte Gutmütigkeit aus, doch das täuschte. Er war machtgierig und grausam und jeder, der ihm bei seinen Plänen in die Quere kam, wurde gnadenlos hingerichtet oder hinterrücks vergiftet.

Seine Grausamkeiten hatten sich schnell herumgesprochen und niemand wagte es, sich gegen ihn zu stellen. Wenn man über ihn sprach, dann geschah dies nur flüsternd.

In der Provinz war es den Winter über ruhig gewesen. Abgesehen von kleineren Unruhen, die seine Offiziere im Keim erstickten, hatte es in den letzten Monaten keine größeren Aufstände mehr gegeben. Überall herrschten Ruhe und Ordnung.

Claudius Rufus genoss sein Leben und ließ sich von seinen Lieblingen verwöhnen, jungen, gut gewachsenen hübschen Sklaven, die er den Frauen bei weitem vorzog. Seine größte Angst war es, vergiftet zu werden, und so hatte er jede Menge Vorkoster, meistens Frauen, die im Allgemeinen empfindlicher waren als Männer. Von einem griechischen Händler hatte er einen kostbaren schweren Wein erworben, der im Licht der Öllampen rubinrot schimmerte. Er ließ einen Becher einschenken und befahl Sara, ihn zu kosten. Sara, eine zierliche, dunkelhaarige Jüdin, war bereits als Kind in die Sklaverei verkauft worden. Sie hatte eine schmale, fast knabenhafte Figur und ihre schwarzen Augen leuchteten ungewöhnlich sanft.

Gehorsam nahm sie den Becher und trank einen kleinen Schluck. Claudius Rufus beobachtete sie aus zusammengekniffenen Augen. Sie wollte ihm schon den Becher reichen, als er unwillig abwinkte. »Trink ihn aus«, sagte er in einem Ton, der keinen Widerspruch duldete. In der letzten Nacht war er von bösen Träumen gequält worden, die er als schlechtes Omen ansah.

Sara zögerte einen Moment, was Claudius Rufus sofort misstrauisch werden ließ. Sie hatte sich den ganzen Tag über unwohl gefühlt und schon der erste Schluck ließ Übelkeit in ihr hochsteigen.

Unter dem scharfen Blick des Legaten trank sie den Becher leer. Als sie den Becher zurückgeben wollte, begann der Boden unter ihren Füßen zu schwanken und ihr wurde schwarz vor Augen. Hilflos suchten ihre Hände nach Halt, doch sie griffen ins Leere. Bewusstlos stürzte die kleine Sklavin zu Boden, wo sie wie tot liegen blieb. Claudius Rufus war leichenblass geworden. Er hatte Recht gehabt mit seinem Misstrauen, man hatte vorgehabt, ihn zu vergiften. In seinen Augen glomm nackte Angst auf, während er fieberhaft überlegte, wer für den Anschlag verantwortlich sein könnte. Er wusste, dass er Feinde hatte, doch wie sollte er gegen einen Feind vorgehen, den er nicht kannte?

Die Sklaven beobachteten ihn ängstlich. Auch sie waren entsetzt darüber, dass es tatsächlich jemanden gab, der den Versuch wagte, ihren Herrn zu vergiften. Starr vor Schreck warteten sie auf weitere Befehle. Niemand brachte den Mut auf, sich um Sara zu kümmern, obwohl alle sie mochten. Die sanfte Demut, mit der sie ihre Pflichten erfüllte, und ihre Hilfsbereitschaft jedem Einzelnen gegenüber hatten sie bei der gesamten Dienerschaft beliebt gemacht.

Claudius Rufus starrte finster auf seine Hände. Dann ließ er alle Männer und Frauen, die in der Küche gearbeitet hatten, hereinführen. Er hob seinen Blick und musterte jeden der verängstigten Sklaven mit scharfem Blick.

»Ich werde demjenigen von euch, der mir sagt, wer für diesen abscheulichen Giftanschlag verantwortlich ist, das Leben schenken und ihn zudem noch reich belohnen. Wenn ihr euch weigert, mir den Namen des Verräters zu nennen, werde ich euch alle hinrichten lassen.«

Niemand wagte es, den Blick zu heben. Die Stille in dem Saal wurde unerträglich drückend.

Claudius Rufus verlor langsam die Geduld. »Wer nicht

für mich ist, der ist gegen mich. Ihr habt euch der Mittäterschaft schuldig gemacht und dafür werdet ihr sterben«, schrie er unbeherrscht. Seine Stimme überschlug sich beinahe vor Wut.

Die Sklaven wurden blass. Hilflosigkeit und Angst stand in ihren Gesichtern.

»Wachen!«, brüllte der Legat. »Schafft mir diese Verräter aus den Augen und tötet einen nach dem anderen, bis die restlichen bereit sind zu sprechen.«

Fassungsloses Entsetzen breitete sich unter den Sklaven aus, als sie von den Wachen abgeführt wurden. Zwei Stunden später waren alle Sklaven, die in der Küche gearbeitet hatten, tot. Sie starben, ohne dass auch nur ein Wort über ihre Lippen gekommen war.

Claudius Rufus konnte die Blicke der übrig gebliebenen Sklaven nicht länger ertragen. Sie beeilten sich, seinen Wünsche nachzukommen, kaum dass er sie ausgesprochen hatte. Trotzdem glaubte er, ihre stillen Vorwürfe zu spüren.

»So wie diesen Verrätern wird es jedem von euch ergehen, der sich gegen mich stellt.« In seiner Stimme schwang Hilflosigkeit und Angst mit. Gab es überhaupt noch jemanden, dem er trauen konnte? Er schickte alle hinaus, bis auf Kretos, einen schwarzgelockten Jüngling mit feurigen Augen, der im Moment sein Liebling war. »Kannst du das verstehen?«, fragte er ihn. »War ich nicht immer großzügig zu ihnen?« Kretos versicherte ihm mit überschwänglichen Worten, dass er ein guter Herr war, doch Claudius Rufus hörte ihm nicht zu, obwohl er sehr empfänglich für Schmeicheleien war.

Nachdenklich betrachtete er die kleine Sklavin, die immer noch bewusstlos auf dem Boden lag. Er stand auf und beugte sich über sie. Ihr Atem ging flach, aber sie lebte noch. Kretos legte ihm tröstend den Arm um die Schulter. Er ließ sich seine Gedanken nicht anmerken. »Hilf mir, sie hochzuheben«, befahl Claudius Rufus plötzlich. »Ich werde sie beobachten, um zu sehen, wie das Gift wirkt.« Gemeinsam hoben sie Sara vom Boden und betteten sie behutsam auf eines der Liegesofas.

Kretos legte ihr ein weiches Kissen unter den Kopf und kühlte ihre Stirn. Am späten Nachmittag begann sie sich unruhig hin und her zu drehen. Kurze Zeit später öffnete sie die Augen auf und setzte sich benommen auf.

»Was ist geschehen, wo bin ich?«, fragte sie leise.

Claudius Rufus, der sie die ganze Zeit über nicht aus den Augen gelassen hatte, sah sie ärgerlich an. War es möglich, dass der Wein gar kein Gift enthalten hatte? Oder war es so gering dosiert, dass es nur Bewusstlosigkeit hervorrief? Er schickte nach seinem Arzt, der Sara gründlich untersuchte.

»Ich kann keine Krankheit feststellen«, sagte er. »Sie ist ein bisschen schwach und zu dünn. Gib ihr gutes Fleisch zu essen und sie wird bald wieder arbeiten können.« Im Stillen wunderte er sich, dass Claudius Rufus so besorgt um eine Sklavin war, dass er ihn extra ihretwegen zu sich gerufen hatte. Es entsprach nicht seinem Wesen, sich um andere Menschen zu sorgen. Von der Hinrichtung der Küchensklaven konnte er nichts ahnen, niemand hatte es gewagt, ihm davon zu erzählen. War es möglich, dass dieser grausame Legat doch ein wenig Menschlichkeit besaß? Gedankenverloren verließ er die Villa.

Als Sara von dem Tod ihrer Freunde erfuhr, brach sie in Tränen aus. Kretos bemerkte, wie Claudius Rufus seine Augenbrauen unwillig runzelte. Rasch schaffte er sie aus dem Saal und lenkte Claudius Rufus ab, der sich über Saras Tränen ärgerte. Schließlich war sie an allem schuld.

Warum war sie auch ohnmächtig geworden? Er allein musste sich jetzt um neue Sklaven kümmern und sie für viel Gold von den gierigen Händlern erwerben. Seine Truhen waren fast leer. Der aufwändige Lebensstil, den er führte, hatte den größten Teil seines Goldes längst verschlungen.

Kaiser Domitian hatte ihm in diesem Frühjahr nur eine Legion, begleitet von wenigen Hilfstruppen, gesandt. Mit Schaudern dachte er daran, dass es seine Pflicht sein würde, bei dem ersten Aufstand, der ausbrach, mit ihnen durch das nasskalte Land zu reiten, um den Frieden zu sichern. Seine besten Jahre waren längst vorüber, genauso wie die Zeiten, in denen er freudig für Rom in die Schlacht gezogen war. Er hasste das Lagerleben und hatte sich ganz auf Agricola verlassen, dem es in seinem letzten Amtsjahr gelungen war, den Frieden in Britannien weitestgehend zu sichern.

Er teilte die Legion in einzelne Kohorten ein und schickte sie aus, um die fälligen Tribute einzutreiben. Er hatte vor, einen Teil der Einnahmen für sich zu behalten. Rom war weit und wer konnte schon wissen, wie viel Gold er eingetrieben hatte?

Er ließ sich sein kostbares Tränenglas bringen, quetschte einige Tränen heraus und ließ sie in das Glas tropfen. Dann brachte er Mars ein Räucheropfer und opferte ihm seine Tränen. Er flehte ihn an, keine Aufstände der Barbaren mehr zuzulassen.

Als die Kohorten aufgebrochen waren, ließ er sich von Kretos einen Becher Wein bringen und wandte sich zufrieden und unbeschwert wieder seinen Vergnügungen zu.

Es war der erste schöne Tag des Frühlings. Die Sonne schien warm und die Erde war zu neuem Leben erwacht. Überall sprossen kleine grüne Pflanzen aus dem Boden, begleitet von dem jubilierenden Gesang der Vögel, die sich gegenseitig zu übertreffen suchten. Ein warmer Westwind strich schmeichelnd über Miriams Gesicht.

Sie nahm von der Schönheit der Natur um sich herum nichts wahr. Mit angespanntem Gesicht saß sie neben Ira und den anderen Frauen auf einem der schmalen Wagen, die rumpelnd und schaukelnd von zwei Pferden über den unbefestigten Weg gezogen wurden. Die schwer bewaffneten Männer ritten voraus. Sie schienen sich auf den bevorstehenden Kampf zu freuen, denn immer wieder ertönte ihr fröhliches Lachen. Endlich erreichten sie ihr Ziel. Ira stieg vom Wagen und ließ sich erleichtert in das dichte weiche Gras sinken. Die Geburt ihres Kindes rückte näher und die Gedanken an ihren Sohn, den sie bald im Arm halten würde, ließ sie die beschwerliche Fahrt schnell wieder vergessen.

Die Wagen wurden zu einem Kreis zusammengezogen und die Pferde in der Mitte festgebunden. Die anderen Frauen waren mit ihren Kindern ebenfalls ausgestiegen und ließen sich auf dem Boden nieder. Bis auf das leichte Rascheln der Blätter und das Schnauben der Pferde war es still. Miriam sah zu, wie die Männer lautlos im Wald verschwanden. Ihr blieb nichts anderes übrig, als zu warten und zu hoffen.

Calach hob warnend seine Hand. Es war das Signal für seine Männer, die verborgen hinter Bäumen und Sträuchern warteten. Jeder von ihnen hielt seine Framea bereit, den gefürchteten Wurfspieß, dessen scharfe Spitze selbst eine römische Rüstung durchdringen konnte. Ein geübter Kämpfer konnte ihn aus großer Entfernung zielgenau schleudern.

Calach wartete noch einen Moment. Sein Herz klopfte dumpf. In wenigen Sekunden würde es losgehen. Jetzt war der günstigste Moment. Die ersten Römer hatten die vorbereitete Falle bereits erreicht.

Er ließ seine Hand sinken. Lautes, bedrohliches Kriegsgeschrei aus über hundert Kehlen schallte durch den Wald. Grinsend sah Calach, wie die Legionäre aus dem Takt gerieten. Schon flogen seine Waffenbrüder den Abhang hinunter. Der Kampf hatte begonnen. Dieser Überfall war ganz nach seinem Geschmack. Es wurde Mann gegen Mann gekämpft. Immer noch grinsend stieg er den Hang hinunter und stürzte sich auf den ersten Gegner.

In dem gewaltigen Lärm gingen die Befehle der Offiziere, die Schildkrötenformation zu bilden, unter. Mit vor Schreck geweiteten Augen starrten die Legionäre auf die halbnackten, blau bemalten Stammeskämpfer, die in ihre Flanken einfielen. Nur einen Moment lang taumelte die Formation, doch das genügte Calach. Wurfspieße und Pfeile flogen und die ersten Köpfe rollten.

Immer mehr Krieger stürmten aus dem Dickicht und fielen über die überraschten Legionäre her.

Calach schleuderte seinen Speer aus vollem Lauf. Die scharfe Spitze zerfetzte die Kehle eines Tribuns. Würgend schnappte er nach Luft, dann sank er zu Boden. Die Bilder vor seinen Augen begannen zu verschwimmen. Er ließ das Feldzeichen fallen, das er bis zum Schluss fest in der Hand gehalten hatte. Ein Legionär bückte sich, um es aufzuheben, aber da war Calach schon über ihm und stieß ihm sein Schwert direkt ins Herz. Mit einem Ruck zog er das Schwert wieder heraus und stürmte auf den nächsten Legionär zu. Er war in Rage, sein Helm glitzerte und sein langes Haar wirbelte um seine Schultern. Der Kampf würde nicht mehr lange dauern. Sobald die Römer sich wieder formiert hatten, würde Calach seinen Männern befehlen, sich zurückziehen. Einem Dauergefecht mit den gut ausgebildeten Legionären würden sie nur mit großen Verlusten standhalten.

Calachs Schwert brach, als er es in die Rüstung des Centurio rammte. Fluchend knallte er sein Schild gegen den Kopf des Offiziers und griff nach dem Schwert eines am Boden liegenden Römers. Das kurze Schwert war ungewohnt, er würde nicht lange damit kämpfen können.

Berittene Offiziere hatten sich in das Schlachtgetümmel gestürzt und brüllten Befehle. Die anfängliche Verwirrung der Kohorte war vorbei und die Ränge der Legionäre begannen sich zu schließen.

Calach sah, wie Caratacus in Bedrängnis geriet. Drei Männer hatten ihn umringt und schlugen mit ihren Schwertern auf ihn ein. Er wollte ihm zu Hilfe eilen, aber zwei Legionäre stellten sich ihm in den Weg. Sie kämpften gut und Calach hatte große Mühe, ihre Hiebe mit dem kurzen Schwert zu parieren. Blitzschnell stieß er dem ersten sein Schwert in die Brust, wirbelte herum und zog es in der Bewegung wieder heraus. Sein Blut kochte. Der zweite Legionär wich vor seinem wilden Blick zurück. Calach sprang auf ihn zu und riss ihn zu Boden, noch im Fallen stieß er ihm die Schwertspitze in die Kehle. Er hieb wild um sich, traf hier eine Rüstung, da mitten ins Herz und brachte noch viele Männer zu Fall. Als er sich nach einem neuen Gegner umsah, sah er, dass die Römer zu ihrer gewohnten Disziplin zurückgefunden hatten.

Es war an der Zeit, sich zurückzuziehen.

Calach stieß einen schrillen Schrei aus, das Zeichen für den Rückzug. Viel lieber hätte er weitergekämpft, doch er konnte sich keine großen Verluste mehr leisten und es würde noch genügend weitere Kämpfe geben. Er wusste, dass die Römer ihnen nicht in den Wald folgen würden. Mit ihren schweren Rüstungen waren sie den Caledoniern unterlegen, außerdem fürchteten sie den dunklen Wald mit seinen unheimlichen Geräuschen, die ihrer Meinung nach nur aus der Unterwelt stammen konnten.

So schnell, wie sie gekommen waren, zogen die Männer sich wieder zurück. Calach drehte sich oben am Hang noch einmal um. Sie hatten gute Arbeit geleistet und es würde einige Zeit dauern, bis die Römer sich von diesem Schrecken erholt haben würden.

Er wischte sein Schwert am Gras ab und warf es dann achtlos fort. Ein römisches Schwert war nichts für ihn. Nur wenige hundert Meter entfernt warteten die Frauen. Sie nahmen die Verwundeten in Empfang und versorgten ihre Verletzungen.

Ira hatte sich trotz ihrer fortgeschrittenen Schwangerschaft geweigert, bei den Alten im Dorf zu bleiben. Mit bleichem Gesicht beugte sie sich über ihren Mann und verband seine Wunden. Ein Schwertstreich hatte sein Herz nur knapp verfehlt. Ira legte einige zu Brei zerquetschte Blätter auf die Wunde und verband sie sorgfältig. Miriam, die auch schon einige Wunden verbunden hatte, trat zu ihr. »Du musst die Wunde mit Wein auswaschen, damit sie sich nicht entzündet«, sagte sie und nahm den Verband noch einmal ab. Dann wusch sie die Wunde sorgfältig aus. Ira sah ihr dankbar zu.

Miriam wischte sich den Schweiß von der Stirn und beugte sich über den nächsten Verwundeten, der in den

Armen seiner Frau lag. Eine klaffende Wunde befand sich in seinem Bauch. Verzweifelt hatte die Frau versucht, die hervorquellenden Gedärme zurückzudrücken und die Wunde zu verschließen. Doch es hatte nichts genutzt. Das Leben floss aus ihrem Mann heraus und er war bereits in die andere Welt gegangen, wo er von den Kriegern erwartet wurde.

Weinend streichelte sie immer wieder über das Gesicht des Toten und nahm mit schwerem Herzen Abschied. Miriam setzte sich neben sie und legte tröstend ihre blutverschmierte, eiskalte Hand in die ihre. Sie hatte geholfen, so gut sie konnte. Sie empfahl den Frauen, die Wunden mit Wein auszuwaschen, und erklärte ihnen, dass es gegen den gefürchteten Wundbrand helfen würde. Dann zeigte sie ihnen, wie man einen Druckverband anlegte, so wie sie es in einem Erste-Hilfe-Kurs vor Jahren einmal gelernt hatte.

Sobald die Verwundeten und die Toten auf die Wagen geladen worden waren, brachen sie schweigend auf. Ira wich nicht von der Seite ihres Mannes. Immer wieder kühlte sie seine Stirn und brachte ihm etwas zu trinken. Miriam saß neben ihr und kümmerte sich um die andern Verletzten. Unermüdlich stützte sie die Männer beim Trinken und wischte ihnen den Schweiß von der Stirn. Zwei der Verwundeten überlebten den Transport nicht. Mit versteinerten Gesichtern schlossen die Frauen die Augen ihrer Männer.

Als sie das Dorf erreichten, wurde sofort mit dem Bau der Totenhäuser begonnen. Während die Männer Holz schlugen, wuschen die Frauen die Toten und hüllten sie in ihre besten Gewänder. Dann wurde jeder Leichnam mit seinen Waffen und seinem Schmuck in eines der Holzhäuser gelegt. Die Frauen brachten Tonschüsseln mit gebratenem Fleisch, Schalen mit Getreidebrei und Amphoren, gefüllt mit Wein, und stellten sie neben die Toten. Mog Ruith war nicht erschienen, er hatte einen jungen Druiden geschickt, der die Taten der Verstorbenen in den höchsten Tönen lobte. Anschließend flehte er die Götter an, die Männer in ihrem Kreis aufzunehmen, bevor er die Totenhäuser in Brand setzte. Die Frauen weinten, bis die Flammen alle irdischen Reste der Verstorbenen verzehrt hatten. Nachdem zu Ehren der Toten die rituellen Spiele aufgeführt worden waren, begaben sich die Frauen zurück in ihre Häuser. Nur die Männer blieben zurück und tranken Met.

Die Morgendämmerung zog bereits herauf, als Calach schwankend das Haus betrat. Er stolperte über einen der Hocker und stürzte zu Boden, wo er liegen blieb und schnarchend seinen Rausch ausschlief.

Miriam musste lachen, als sie ihren Helden am nächsten Morgen auf dem Boden vorfand. Sie nahm einen Krug mit Wasser und schüttete ihn über seinem Kopf aus. Fluchend sprang Calach auf und rieb sich die schmerzende Stirn. Als er in Miriams lachendes Gesicht sah, legte er seine Hände um ihre Taille und zog sie zu sich heran. Miriam wehrte ihn immer noch lachend ab. »Du solltest zum Fluss gehen und dich waschen, du stinkst wie ein Wildschwein.« Sie wand sich aus seiner Umarmung und schubste ihn zur Türe, die gerade von Goba geöffnet wurde. Miriam lief mit Calach zum Fluss. Ein neuer Tag war angebrochen und die Erlebnisse des Vortages rückten vor der Schönheit des erwachenden Frühlings in den Hintergrund. Das Leben ging weiter und es machte keinen Sinn, Vergangenem hinterher zu trauern.

Doch die Ruhepause währte nur kurz. Ein Bote überbrachte die Nachricht, dass weitere römische Kohorten ihr Land betreten hatten, um die fälligen Tribute einzutreiben.

Sofort rief Calach seine Männer zusammen und sandte den Boten zu den anderen Gaufürsten, dann machten sie sich reisefertig. Calach hatte die Stellen, an denen sie die verhassten Römer empfangen würden, sorgfältig ausgewählt. Genauso wie beim letzten Mal verfielen die Römer beim Anblick der halbnackten, wild aussehenden Krieger in Panik. Das plötzlich ertönende schrille Kriegsgeschrei verstärkte ihren Schrecken noch. Calach gelang es, die Kohorte fast komplett aufzureiben, ohne selbst nennenswerte Verluste hinnehmen zu müssen.

Sie waren jetzt nur noch unterwegs und zogen von einem Kampfplatz zum nächsten. Die Erfolge von Calachs Taktik verlieh den Männern neuen Mut. Sie bewunderten und verehrten ihren Feldherren, den sie für unsterblich hielten.

Wie böse Schatten stürmten sie jedes Mal aus dem Wald, um anschließend wieder zu verschwinden. Die Nachricht von den siegreichen Überfällen verbreitete sich im ganzen Land. Überall brachen Aufstände aus und immer mehr Stämme versuchten, sich aus dem Joch der römischen Herrschaft zu befreien.

Die wilden Angriffe der Caledonier lösten bei den Legionären Entsetzen aus und die unglaublichsten Geschichten wurden von den abergläubischsten unter ihnen erzählt.

Claudius Rufus lag umringt von seinen Lustknaben auf dicken weichen Kissen und knabberte an den Schenkeln eines knusprig gebratenen Fasans, als Gaius Magnus, der

Tribun der ersten Kohorte eintraf. Erfreut über die willkommene Abwechslung und in Erwartung des Goldes, das der Tribun ihm überreichen würde, leuchtete sein rundes Gesicht vergnügt auf. »Ich hoffe, du hast mir nur Gutes zu berichten, Gaius Magnus. Unsere Kassen sind leer und ich hoffe darauf, dass du genügend Gold und Schmuck mitgebracht hast, um sie wieder zu füllen. Wenn du deine Kleider vom Staub befreit hast, wirst du gemeinsam mit mir speisen.« Er freute sich schon auf die Geschichten, die der Tribun ihm erzählen würde. In diesem verdammten, viel zu kalten, grauen Land, in dem es mehr Regen als Sonne gab, fand er nur wenig Zerstreuung.

Gaius Magnus, ein ehrgeiziger, noch junger Tribun, der das hohe Amt nur durch die Beziehungen seines Vaters erhalten hatte, fühlte sich gar nicht wohl in seiner Haut. Nervös rieb er sich die Hände. Er hatte nicht damit gerechnet, so freundlich empfangen zu werden, und wusste nicht, wie er sich verhalten sollte. Die Kunde von seiner Niederlage war ihm vorausgeeilt, wie kam es, dass Claudius Rufus noch nichts davon erfahren hatte? Er konnte nicht ahnen, dass niemand es gewagt hatte, dem Legat die schlechte Nachricht zu überbringen.

Claudius Rufus hatte sich wieder seinem Fasanenschenkel zugewandt. Als er aufsah und feststellte, dass der Tribun immer noch wie festgewachsen vor ihm stand, runzelte er unwillig die Stirn. »Ich habe dir doch gesagt, du sollst das Bad aufsuchen, dein Geruch stört mich bei meinem Mahl.«

Gaius Magnus begann zu schwitzen. Er nahm all seinen Mut zusammen und versuchte dem Legat fest in die Augen zu sehen, der als Oberbefehlshaber die Macht besaß, seine hochtrabenden Karrierepläne zunichte zu machen. Seine Stimme schwankte leicht, als er zu sprechen begann.

»Edler Legat, zu meinem großen Bedauern habe ich keine guten Nachrichten mitgebracht. Die Caledonier haben uns aus dem Hinterhalt überfallen und haben durch ihr schreckliches Aussehen Angst und Entsetzen unter meinen Legionären verbreitet. Als es mir gelungen ist, sie wieder zu ordnen, sind diese feigen Barbaren in die Wälder geflohen. Wir haben viele Tote zu beklagen. Alle Dörfer, an denen wir vorbeigekommen sind, waren verlassen und wir haben weder Gold noch Getreide finden können.«

Claudius Rufus' Gesicht hatte sich bei den Worten des Tribuns verändert. Aus der runden Gemütlichkeit war kalte Wut geworden.

Er richtete sich auf und schleuderte den Fasanenschenkel gegen die Wand. Seine Augen sprühten vor Ärger. »Wie kannst du es wagen, mir eine solche Nachricht zu überbringen? Ganz Britannien war in unserer Hand und jeder Widerstand gebrochen. Es ist deine Pflicht, die fälligen Tribute einzutreiben, und dass du diese Pflicht nicht erfüllt hast, betrachte ich als Verrat an unserem Kaiser. Ich werde dich auf der Stelle verhaften lassen.« Wütend rief er nach den Wachen.

»Führt diesen Verräter ab. Ich werde seinen Bericht prüfen und dann über ihn urteilen.« Gaius Magnus war bei dem Wutausbruch des Legaten blass geworden. Widerstandslos ließ er sich von den Wachen abführen. »Bring mir Wein«, herrschte er einen der Sklaven an, der sich beeilte, seinen Befehl auszuführen. Er stürzte den Wein in einem Zug hinunter und ließ sich den Becher erneut füllen. Dieser feige Tribun würde seiner gerechten Strafe nicht entgehen. In den nächsten Tagen würden die anderen Kohorten zurückkehren und die Aussicht auf die Tribute, die sie ihm mitbringen würden, ließ seine Stimmung wieder steigen. Auffordernd legte er seine Hand auf die festen Oberschenkel des dunkelhäutigen Kretos, der sich beeilte, all seine Wünsche zu erfüllen.

Doch der Legat hatte sich geirrt. Die Nachrichten, die ihn in den nächsten Tagen erreichten, waren noch schlimmer. Er fluchte und tobte, was nicht das Geringste an der Situation änderte. Die Bestandsaufnahme des Truppenkommandeurs ergab, dass die Hälfte der Legion bereits vernichtet war und die Widerstände sich wie eine Seuche im ganzen Land ausbreiteten.

Er ließ seinen Schreiber kommen und diktierte ihm einen Brief an Kaiser Domitian, in dem er ihm von den Übergriffen berichtete und ihn bat, ihm neue Legionen zur Wiederherstellung des Friedens zu schicken. Er versiegelte den Brief und sandte ihn mit dem schnellsten Boten nach Rom. Anschließend zog er den Rest der Legion zu seinem Schutz in der Stadt zusammen und verstärkte die Wachen auf den Mauern. Er hoffte, dass die Barbaren es nicht wagen würden, die Stadt anzugreifen. Ungeduldig erwartete er die Antwort seines Kaisers, doch der ließ sich Zeit. Seine Angst und seine Wut ließ er an den Sklaven aus, die nur noch flüsternd miteinander sprachen, den Göttern opferten und hofften, dass sich die Laune ihres Herren bald bessern würde. Als Wochen später endlich der erwartete Bote eintraf und ihm eine versiegelte Pergamentrolle mit dem Zeichen des Kaisers übergab, war er erleichtert. Mit zitternden Händen erbrach er das Siegel und begann zu lesen. Die Sklaven beobachteten ihn ängstlich. Würde die Nachricht gut sein und ihre Furcht ein Ende haben? Es war so still in dem Saal, dass sie ihren eigenen Atem hören konnten.

Das Gesicht von Claudius Rufus wurde leichenblass. Er ließ das Pergament auf den Boden fallen und schlug die

Hände vor sein Gesicht, während die Worte des Kaisers noch in seinen Ohren hallten.

Kaiser Domitian grüßt seinen Legaten Claudius Rufus.
Zu einem sehr ungünstigen Zeitpunkt überbrachte man mir deinen Brief, in dem du von mir verlangst, dir weitere Legionen zu schicken.
Ich bin betrübt über die schlechten Nachrichten, die ich darin lesen musste, und hoffe trotzdem, dass du das Vertrauen, das ich dir entgegengebracht habe, nicht enttäuschen wirst. Ich erwarte von dir, dass du ebenso wie dein Vorgänger Gnaeus Julius Agricola mit den Unruhen fertig werden wirst.
Zu meinem großen Bedauern muss ich dir mitteilen, dass Rom zu diesem Zeitpunkt keine weiteren Legionen entbehren kann, da in einigen Provinzen Aufstände ausgebrochen sind, die Rom direkt bedrohen.
Wie du weißt, liegt für einen charaktervollen Menschen der Lohn der Tugend mehr im eigenen Bewusstsein als in der öffentlichen Anerkennung. Der Ruhm muss die Folge unseres Tuns, er darf nicht ihr Ziel sein.
Umso mehr ermahne ich dich, deinen Verpflichtungen nachzukommen, indem du deinem Kaiser die fälligen Tribute übersendest.
Ich habe dir mein Wohlwollen bewiesen, als ich dir die Provinz Britannia übergab, und bin sicher, dass du das Vertrauen, welches ich in dich gesetzt habe, nicht enttäuschen wirst.
Lebe wohl

Bis zum Abend blieb er tief in Gedanken versunken sitzen. Die Sklaven beobachteten ihn ängstlich und warteten auf die von allen gefürchteten Wutausbrüche.

Doch zu ihrem Erstaunen blieb Claudius Rufus ruhig. Er ließ alle Offiziere zu sich rufen und beriet sich die ganze Nacht mit ihnen.

Gegen Morgen glaubte er endlich, eine Lösung gefunden zu haben. Es war die einzige Möglichkeit, die ihm mit den wenigen Legionären, die ihm noch zur Verfügung standen, geblieben war. Maecilius Falco, ein erfahrener Tribun, der schon einige Schlachten durch List und Voraussicht gewonnen hatte, überraschte Claudius Rufus mit dem Vorschlag, den weniger besiedelten, wilden Norden aufzugeben und alle in der Provinz ansässigen Legionäre im Süden des Landes zusammenzuziehen. Man hätte zwar nur das halbe Land unter Kontrolle, würde aber mit weniger Aufwand und Verlusten zumindest einen Teil der Tribute einfordern können, da die Bewohner des Südens ihre Wildheit verloren und sich an das Leben unter römischer Herrschaft gewöhnt hatten.

»Wir können es uns in dieser Situation nicht leisten, noch mehr Soldaten zu verlieren. Die Aufstände im Norden haben sich im ganzen Land herumgesprochen. Wir müssen unsere Stärke beweisen, indem wir jeden, der sich weigert, seine Abgaben zu bezahlen, oder weniger Besitz angibt, als er tatsächlich hat, mit harten Urteilen bestrafen. Wenn wir einige solcher Exempel durchgeführt haben, werden die anderen Fürsten es nicht wagen, sich gegen uns zu erheben.«

Maecilius Falco legte eine kleine Pause ein. Seine gerunzelte Stirn verriet seine angespannte Konzentration. Er sah Claudius Rufus nachdenklich an.

»Ich habe noch eine Idee, wie wir das Aufgeben der caledonischen Provinz zu unseren Gunsten auslegen können. Du könntest überall verbreiten lassen, dass die Barbaren im Norden es nicht verdient haben, in das Römische

Reich integriert zu werden. Im Gegenzug könnte man die Fürsten, die uns ihre Unterstützung gewähren, mit ehrenvollen Auszeichnungen und Geschenken fester an das Römische Reich binden.«

Maecilius Falcus hatte in jungen Jahren einige Zeit im Senat verbracht, bevor er festgestellt hatte, dass ihm das Lagerleben weitaus mehr bedeutete als die intriganten, alten Männer, von denen er im Senat umgeben war. Er hatte gelernt, dass man mit Strategie und Taktik mehr erreichen konnte als durch bloßes Kämpfen.

Claudius Rufus war erleichtert darüber, eine Lösung für seine Probleme gefunden zu haben. Er hatte schon befürchtet, seinem Leben ein Ende setzen zu müssen, um nicht als Verräter vor Gericht zu enden. Er erhob sich und reichte Maecilius die Hand.

»Ich danke dir für deine Worte. Deine Vorschläge klingen gut und ich werde sie befolgen.« Die Offiziere erhoben sich, um sich von dem Legaten zu verabschieden. Als Maecilius Falcus an der Reihe war, hielt Claudius Rufus ihn zurück. »Erweise mir noch einen Augenblick die Freude deiner Anwesenheit und trinke etwas Wein mit mir.«

»Wenn du erlaubst, würde ich mich lieber zurückziehen. Wir haben viel zu tun und ich möchte ausgeschlafen sein, damit mir keine Fehler unterlaufen«, wich Maecilius ihm aus. Er hatte sich gut unter Kontrolle und verbarg die Abscheu, die er für den grausamen Legaten empfand. Es hätte ihm mehr Freude bereitet, Claudius Rufus untergehen zu sehen, als ihm zu helfen. Doch leider war seine Karriere eng mit der des Legaten verbunden und ihm war keine Wahl geblieben, wenn er sich nicht selbst schaden wollte.

Ein wenig enttäuscht ließ Claudius Rufus ihn gehen.

Der Tribun hatte Recht und er konnte froh sein, solche pflichtbewussten Männer bei sich zu haben. Er begab sich in sein Schlafgemach, wo Kretos ihn schon erwartete.

Calach war beunruhigt. Seit Wochen ließ sich keine Kohorte mehr sehen. Was hatten die Römer vor? Dass sie jetzt schon aufgaben, war kaum zu erwarten, obwohl er der Legion große Verluste zugefügt hatte. Ob sie auf Verstärkung warteten, um dann mit geballter Kraft über sie herzufallen? Vorsichtshalber sandte er noch mehr Späher aus und ließ die Anlegestellen der Schiffe bewachen. Falls ein Schiff mit weiteren Legionären eintreffen sollte, würde er alle Männer zusammenrufen und sie an Ort und Stelle angreifen. Damit hätten sie keine Chance, sich auf den Angriff vorzubereiten, und zudem hätte er den Vorteil der Überraschung auf seiner Seite.

Die Tage vergingen, ohne dass etwas geschah. Nicht ein Römer ließ sich im Hochland blicken. Es war jetzt Sommer und der Weizen zeigte sich in seiner ganzen Pracht. Calach blieb misstrauisch und wachsam.

Erst als die Herbststürme, begleitet von heftigem Regen, einsetzten, wurde er etwas ruhiger. Auf den matschigen, nur schwer passierbaren Wegen würden die Römer es nicht wagen, ins Hochland einzufallen.

Maecilius Falcus' Plan war aufgegangen. Zwei Hofbesitzer wurden wegen Unterschlagung von Abgaben hingerichtet und ihr gesamter Besitz eingezogen. Seitdem zahlten die anderen freiwillig ihre Tribute und niemand im Süden wagte es, auch nur an einen Aufstand zu denken. Claudius Rufus sandte die eingezogenen Tribute nach Rom und stand vor seinen eigenen leeren Truhen. Er hoffte, dass Kaiser Domitian sich mit dem Gold und Silber zufrieden geben würde, obwohl es nur wenig mehr als die Hälfte der vorgegebenen Menge war. Er diktierte seinem Schreiber einen langen Brief, in dem er Domitian um Verständnis bat.

Doch der Kaiser blieb hart. Um die Unruhen, die sich in einigen Provinzen ausgebreitet hatten, zu unterdrücken, benötigte er weitere Legionen und brauchte das Gold, um den fälligen Sold an seine Legionäre zahlen zu können.

Mit deutlichen Worten forderte er Claudius Rufus auf, ihm die vereinbarte Menge an Getreide, Gold, Silber und Zinn zu senden.

Claudius Rufus war verzweifelt. Domitians Schreiben hatte eine unüberhörbare Drohung enthalten. Einer von Agricolas Praetorianern hatte ihm von dem Verrat erzählt, den Caletes an seinem eigenen Volk begangen hatte. Caletes war seine letzte Hoffnung, an die er sich klammerte. Er sandte einen Boten mit einer Einladung zu dem Briganterfürst. Als Barbar kannte er die Caledonier besser als seine Leute und wenn es jemanden gab, der ihm helfen konnte, Calach zu vernichten, dann er. Die beiden unterschiedlichen Männer, die nur die Gier nach Reichtum und Macht verband, beratschlagten bis tief in die Nacht hinein. Gegen Morgengrauen hatte Caletes endlich eine brauchbare Idee, die genauso hinterhältig wie Erfolg versprechend war.

Claudius Rufus war zufrieden. Er versprach Caletes

einen Teil der Beute, obwohl er nicht daran dachte, mit ihm zu teilen. Der Briganterfürst war ihm zu reich und zu mächtig geworden. Sobald er seine Hilfe nicht mehr benötigte, würde er ihn beseitigen.

Miriam war glücklich. Das erste Mal in ihrem Leben erlebte sie bedingungslose Nähe zu einem Menschen, die alles andere unwichtig erscheinen ließ. Die Liebe, die sie mit Calach verband, strahlte aus ihren Augen. Er war so sanft und zärtlich zu ihr, und wenn sie sich tagsüber trafen, warf er ihr sehnsüchtige Blicke zu. Ira hatte einen Sohn zur Welt gebracht, auf den Caratacus sehr stolz war.

Calach und sie würden ebenfalls nicht mehr lange allein bleiben. Miriams Bauch hatte sich gerundet und ihre Schwangerschaft war mittlerweile deutlich zu sehen. Sie freute sich auf das Baby, das ihr Glück vollkommen machen würde.

Calachs Gefolgschaft war den Sommer über auf mehr als zweihundert Krieger angewachsen, die ihm Treue bis in den Tod geschworen hatten. Fast täglich kamen junge Männer, die von seinen Siegen über die Römer erfahren hatten, und drängten darauf, in den Männerbund aufgenommen zu werden. Sie hatten mehrere Prüfungen zu bestehen, bevor sie endgültig eingeschworen wurden. Als Erstes mussten sie in eine hüfttiefe Grube steigen, worauf neun Krieger gleichzeitig ihre Speere aus geringer Entfernung auf sie warfen. Zur Abwehr standen ihnen nur ihr Schild und ein Haselnussstecken von der Länge ihres Unterarmes zur Verfügung. Wenn sie auch nur die kleinste Wunde aufwiesen, wurden sie nicht zugelassen. Als Zweites mussten sie in einem Waldlauf den knapp hinter ihnen startenden Verfolgern entkommen. Wer verwundet wurde oder wessen Hand zitterte, hatte ebenfalls nicht bestanden. Desgleichen geschah, wenn unter seinem flüchtenden Fuß ein Ast knackte oder seine kunstvoll geflochtene Frisur durch Zweige in Unordnung geraten war. Ferner hatte jeder in vollem Lauf einen Ast in Höhe seiner Braue zu überspringen und sich unter anderen kniehohen hindurchzuwinden. Eine weitere Aufgabe bestand darin, ohne den Lauf zu verlangsamen, währenddessen einen Dorn mit den Fingernägeln aus dem Fuß zu ziehen.

Den Sommer über gingen die Männer auf die Jagd und trainierten ihre Körper, doch im Winter war es Calachs Pflicht, sie zu ernähren. Miriam war froh, dass sie genügend Vorräte angelegt hatten. Sie teilte die Rationen ein und überwachte die Zubereitung der Speisen. Der größte Teil des Weizens wurde zur Herstellung von Bier verwendet. Der Winter war lang und Miriam musste, um alle Menschen satt zu bekommen, an die Getreidevorräte gehen, die sie für den Notfall angelegt hatten. Sie hatte alle Vorräte genau eingeteilt und achtete darauf, dass niemand bei der Zuteilung bevorzugt wurde. Sie fühlte sich in dem Dorf ganz zu Hause und dachte immer seltener an ihr altes Leben. Mittlerweile kannte sie alle Dorfbewohner mit Namen und die Frauen kamen immer häufiger zu ihr, um ihren Rat bei allen möglichen Entscheidungen oder Problemen einzuholen. Die Verehrung und Bewunderung, die ihr entgegengebracht wurden, nahm sie kaum wahr. Wie selbstverständlich war sie in ihre Rolle als Gaufürstin hineingewachsen und arbeitete weit mehr, als es ihren Pflichten entsprach.

Calach war jetzt fast jeden Abend mit seiner Gefolgschaft zusammen und kam oft erst nach Mitternacht nach Hause. Er hatte die Männer in Gruppen von jeweils siebenundzwanzig Mann eingeteilt und für jede Gruppe einen Anführer gewählt, der für die Körperertüchtigung und

Disziplin seiner Männer verantwortlich war. Die Krieger hatten ein Sonderstellung im Dorf. Sollte eine junge Frau verheiratet werden, so hatten die Mitglieder des Kriegerverbandes stets die erste Wahl. Erst wenn nach dreimaligem Aufgebot kein Krieger das Mädchen für sich begehrte, durfte sie außerhalb des Kriegerverbandes vergeben werden. Doch sie konnte auch freigekauft werden, wenn der Bräutigam genügend Gold besaß.

Alle vorherigen Beziehungen zu ihren Sippen, auch verwandtschaftlicher Art, galten bis über den Tod hinaus als aufgelöst.

Endlich wurde es wärmer und der Schnee begann zu schmelzen. Die Boote, die unter dem strengen Winter gelitten hatten, wurden wieder instand gesetzt und die Krieger begaben sich auf die Jagd und zum Fischfang. Endlich gab es wieder frisches Fleisch und Fisch. Das Vieh wurde auf die Weiden getrieben und das Dorfleben verlagerte sich wieder mehr nach draußen. In wenigen Wochen würden die Unfreien mit der Aussaat beginnen.

Miriam stand auf dem Platz in der Mitte des Dorfes und beobachtete für einen Moment die Kinder, die sorglos, dicht gefolgt von einem Rudel Hunde, über den großen Platz tobten. Sie strich zärtlich über ihren Bauch, in dem ihr Kind übermütig strampelte. Ihr war die Unruhe, die Calach seit einigen Tagen erfüllte, nicht entgangen. Die Römer würden keine Ruhe geben, bevor sie Calach vernichtet hatten. Sie runzelte sorgenvoll die Stirn. Warum konnte es nicht so friedlich bleiben, wie es jetzt war? Sie wünschte sich nichts mehr, als dass ihr Kind genauso fröhlich und sorglos über den Platz toben konnte wie diese Kinder jetzt. Am liebsten würde sie mit Calach fortgehen, irgendwohin, wo sie in Ruhe leben konnten. Doch sie wusste, dass er sein geliebtes Hochland niemals verlassen würde. Lieber würde er sterben als aufgeben. Sie konnte nur hoffen, dass sie überleben würden.

Als sie abends in seinen Armen lag, nahm sie seine Hand und legte sie auf ihren Bauch. Calach spürte die Bewegung des Babys und küsste sie zärtlich auf den Mund. »Bald werden wir einen Sohn haben«, sagte er zwischen zwei Küssen. »Ich kann es kaum noch erwarten.«

»Lass uns fortgehen oder Frieden mit den Römern schließen. Ich habe Angst, um dich und mich und unser ungeborenes Kind. Wir sind zu wenige, um die Römer besiegen zu können.«

Calach strich ihr zärtlich über das Gesicht. »Mach dir keine Sorgen, meine Schöne, ich werde euch beschützen, und wenn es der Wille der Götter ist, werden wir diese Landräuber besiegen.« Miriam stiegen die Tränen in die Augen, so sehr liebte sie ihren Mann. Er war liebevoll und fürsorglich, aber auch stur und abergläubisch. Sie würde seine Sorglosigkeit niemals verstehen können.

»Gibt es keine Möglichkeit, ihnen aus dem Weg zu gehen? Wir könnten uns gemeinsam mit den Alten in den Wäldern verstecken«, startete sie einen letzten Versuch.

»Nur Feiglinge gehen einer Schlacht aus dem Weg. Ich bin Feldherr und kein langohriger Hase, der hakenschlagend vor jeder Gefahr wegrennt. Willst du mich beleidigen?«, versuchte er zu scherzen. Er zog sie näher zu sich heran und streichelte über ihre voller gewordene Brust. »Habe ich dir schon gesagt, dass ich heute große Sehnsucht nach dir gehabt habe? Beinahe habe ich einen Hirsch verfehlt, weil ich an deine schöne Brust denken musste und mein Blut ganz heiß wurde.« Miriam gab auf. Es gab nichts, was sie tun konnte, außer die weiteren Geschehnisse abzuwarten. Calach würde niemals von hier fort- und schon gar keiner Schlacht aus dem Wege gehen. Sie genoss seine Zärtlichkeiten und die Leidenschaft, mit der er sie liebte. Glücklich schlief sie in seinen Armen ein.

Am nächsten Morgen kam Ira blass vor Sorge mit ihrem Sohn herein. Er hatte hohes Fieber und hustete kläglich. Miriam sah, dass er viel zu warm angezogen war. Sie hatte während ihrer Studienzeit nebenbei Geld als Babysitter verdient und die Zwillinge von Mr. und Mrs. Nash waren einige Male krank gewesen. Sie nahm Ira das Baby aus dem Arm und wickelte es aus der dicken Decke. Sie hatte die mahnenden Worte von Mrs. Nash noch im Ohr. »Sie müssen luftig angezogen sein, damit das Fieber aus dem Körper kann. Die Wadenwickel dürfen nicht zu kalt sein, damit die Kleinen keinen Schock bekommen. Miriam nahm zwei Tücher und tauchte sie in einen Krug mit Wasser. Dann drückte sie die Tücher sorgfältig aus und wickelte sie um die Beine des strampelnden Babys. Sie wiederholte die Behandlung noch zweimal, dann begann die Temperatur endlich zu sinken. Ira nahm sie dankbar in den Arm, bevor sie das Haus verließ. Miriam wusste für jedes Problem einen Rat und es war nicht das erste Mal, dass sie den Kindern, aber auch den Frauen geholfen hatte.

Mit jedem Tag, der verging, verdrängte der hereinbrechende Frühling den Winter und die Unfreien begannen die quadratisch angelegten Felder zu pflügen und mit Kalk zu überziehen, um sie fruchtbarer zu machen. Miriam schien die Einzige zu sein, die sich Sorgen um die Zukunft machte. Alle anderen Dorfbewohner waren fröhlich und verhielten sich so, als wenn es keine Bedrohung durch die Römer geben würde.

Sie gingen ihrer Arbeit nach, stritten und vertrugen sich wieder.

Calach hatte in alle Richtungen Späher ausgesandt, um vor Überraschungen geschützt zu sein. Bereits wenige Wochen später kehrten drei der Männer zurück und meldeten, dass zwei Kohorten aus dem Süden des Landes aufgebrochen seien. Calach begann sofort mit den nötigen Vorbereitungen. Er ließ die Dörfer räumen und zog seine Männer zusammen, dann brachen sie auf und ritten dem Feind entgegen.

Miriam, die das unbequeme Holpern auf dem Wagen noch gut in Erinnerung hatte, zog es vor, auf einem Pferd zu reiten.

Calach hatte als Ort für den Überfall eine enge Schlucht ausgewählt, die von den Römern durchquert werden musste, wenn sie zu seinem Dorf wollten. Die jungen Männer, die das erste Mal dabei waren, konnten den Kampf kaum erwarten und brannten darauf, ihren ersten Kopf zu erbeuten.

Miriam befand sich mit den anderen Frauen und Kindern verborgen im dichten Wald und hatte keine andere Wahl, als abzuwarten, was geschehen würde. Sie war unruhig und nervös. Immer wieder erhob sie sich und lief um das Lager herum. Irgendetwas war anders als sonst. Warnend legte sie einen Finger auf ihren Mund. Die Frauen verstanden sie sofort und unterbrachen die leise Unterhaltung, die sie geführt hatten. Lauschend hob Miriam ihren Kopf. Eine drückende Stille lag über dem Wald. Sie musste herausfinden, was es war, das sie beunruhigte, und lief mit klopfendem Herzen auf den Hang zu, an dem Calach und seine Krieger die Römer erwarteten. Die Stelle war nur wenige hundert Meter entfernt. Miriam war noch nicht weit gekommen, als sie vor sich eine Bewegung sah. Sie verbarg sich hinter einer Esche und starrte erschrocken auf die Krieger, die sich lautlos durch den Wald bewegten. Es waren keine Römer, das sah sie sofort. Konnte es sein, dass die Krieger zu Calachs Truppe gehörten? Ihr Herz raste, während die verschiedensten Gedanken durch ihren Kopf jagten. Plötzlich wusste sie, wer die Männer waren, und die Angst um Calach ließ ihr den Atem stocken. Es waren die Briganter, die sich von hinten an Calachs Truppe heranschlichen. Calach saß ahnungslos in der Falle. Sie musste ihn warnen, aber wie? Die Briganter befanden sich genau zwischen ihr und und dem Stammesfürsten. Es war unmöglich, unbemerkt an ihnen vorbeizukommen, und ihr blieb keine Zeit mehr, einen Bogen um sie zu schlagen und sie dadurch zu umgehen.

Vorsichtig schlich sie hinter den Kriegern her.

Das Knacken des Astes, auf den sie getreten war, dröhnte wie ein Donnerschlag durch den Wald. Miriam duckte sich und versuchte verzweifelt, sich zwischen den hohen Farnen zu verstecken, doch es war zu spät. Zwei junge Männer stürmten auf sie zu, packten sie an den Haaren und zogen sie hoch. »Wen haben wir denn hier?«, grinste der eine, ein wild aussehender junger Mann mit langen blonden Haaren. Miriam öffnete den Mund, um Calach und auch die Frauen durch einen Schrei zu warnen, doch der blonde Krieger kam ihr zuvor. Er presste ihr seine Hand auf den Mund und hielt ihr mit der anderen Hand die Nase zu. Es war schade um die schöne junge Frau, doch sie stellte eine Gefahr für ihr Unternehmen dar. Verzweifelt griff Miriam dem Mann zwischen die Beine und drückte so fest zu, wie sie konnte. Mit einem Aufschrei ließ er sie los und sank auf die Knie. Miriam nutzte den Moment zur Flucht und rannte, so schnell sie konnte, auf den Hang zu. Doch es war zu spät. Calach hatte das vereinbarte Zeichen gegeben und die ersten Männer stürmten schon den Hang hinunter. Das wilde Geschrei, das sie ausstießen, ging Miriam unter die Haut. Sie hörte ihre Verfolger, spürte, wie sie näher kamen, und rannte keuchend weiter. Als sie den Hang beinahe erreicht hatte, drehte sie sich um. Die Briganter waren nur noch wenige Meter von ihr entfernt. Als sie stehen blieb, blieben sie ebenfalls stehen. Die Frau konnte ihnen nicht mehr schaden. Der Kampf war in vollem Gange und der damit verbundene Lärm würde jeden ihrer Schreie übertönen. Miriam wandte den Blick von den Brigantern und starrte auf das Getümmel unter ihr. Calachs Helm blitzte in der Sonne. Er kämpfte gegen zwei Legionäre gleichzeitig. Gerade stieß er dem ersten sein Schwert in die Brust, wirbelte herum und knallte dem zweiten seinen Schild vor den Kopf. Noch in der Bewegung zog er das Schwert aus der Brust des toten Legionärs und stürzte sich auf den nächsten Angreifer. Sie dachte nicht an die Gefahr, in der sie sich befand, sondern nur daran, wie sie ihrem geliebten Mann helfen konnte. Verzweifelt hob sie ihren Blick zu dem strahlend blauen Himmel, an dem kleine weiße Wolken vorübertrieben. Es sah so friedlich aus, dass Miriam die Tränen über die Wangen liefen. Miriam hatte das Gefühl, als würde sie sich in Zeitlupe bewegen, obwohl nur wenige Sekunden vergangen waren. Die Bilder vor ihren Augen wurden weicher, wie in einem Traum, und die grässlichen Geräusche um sie herum begannen zu verstummen. Dann hörte sie das Krächzen.

Der kleine Rabe mit dem herunterhängenden Flügel stand direkt vor ihr. Sie spürte, wie sie ganz ruhig wurde. Ihre ausgebreiteten Arme bewegten sich nach oben und ihre Hände schlossen sich um den goldenen Reif und hielten ihn fest umklammert. Die Briganter wichen angstvoll zurück. Das Licht, das der Reif ausstrahlte, wurde heller und überstrahlte den Nebel, der wie aus dem Nichts erschien und alles um sie herum verschluckte.

Die Worte strömten aus Miriams Mund, ohne dass es

ihr bewusst war: »Es ist die Einigkeit, die ein Volk stark macht. Hört auf das Blut in euren Adern oder ihr werdet alle untergehen und es wird niemand übrig bleiben, der eure Namen und Taten vor der Dunkelheit des Vergessens bewahrt.«

Die Briganter starrten fassungslos auf die Frau, die wie eine Göttin vor ihnen stand, einige sanken ehrfürchtig auf die Knie. »Es bleibt nicht mehr viel Zeit, um eure Entscheidung zu treffen«, klang die Stimme mahnend an ihre Ohren. Die Krieger erwachten aus ihrer Erstarrung. Ohne einander anzusehen, stürmten sie den Hang hinunter und traten mit gezückten Schwertern auf die überraschten Römer zu.

Köpfe rollten und der schon rot gefärbte Boden verwandelte sich in blutigen Matsch. Calach war von allen Seiten umringt. Caratacus stieß einen warnenden Schrei aus, als er sah, dass einer der Legionäre von hinten auf ihn zukam. Das Geschrei, mit dem die Briganter den Hang hinunterstürmten, lenkte die Kämpfenden für einen Moment ab. Der Tribun Maecilius Falcus runzelte unwillig die Stirn. Was fiel den Brigantern ein, schon jetzt in die Schlacht einzugreifen? Das entsprach nicht dem vereinbarten Plan. Schon stand Tanas, ihr Anführer, vor ihm. Maecilius Falcus öffnete den Mund, um ihn zurechtzuweisen, doch er brachte nur ein gurgelndes Geräusch heraus. Tanas hatte ihm ohne Vorwarnung sein Schwert in die Brust gestoßen. Mit leeren Augen sank der Tribun zu Boden. Caratacus hatte alle Hände voll zu tun, um sich gegen seine Angreifer zu wehren. Trotzdem wanderte sein Blick immer wieder zu Calach. Erstaunt sah er, wie einer der Briganter dem Legionär, der im Begriff war, Calach von hinten anzugreifen, den Kopf abschlug. Calach hatte sich mit zwei blitzschnellen Schwertstreichen etwas Luft verschafft. Mit einem Blick erfasste er die veränderte Situation. Er grinste Tanas zu und kämpfte Schulter an Schulter neben ihm weiter. Als die Sonne glutrot hinter den Bergen versank, waren die römischen Kohorten bis auf den letzten Mann vernichtet. Calach ließ sein blutüberströmtes Schwert sinken und legte Tanas den Arm um die Schulter. »Nimm meinen Dank für deine Hilfe entgegen, die ich von euch nicht erwartet habe. Wie kommt es, dass Caletes euch geschickt hat? Ist ihm endlich eingefallen, welches Blut in seinen Adern fließt? Oder hat er begonnen, vor meinem Ruhm und meiner Stärke zu zittern?« Tanas sah ihm fest in die Augen. »Ich muss dich enttäuschen, mein Freund. Caletes hat uns geschickt, um dich zu vernichten, aber bevor wir euch angreifen konnten, erschien uns die Göttin mit dem goldenen Reif und hat uns daran erinnert, wer wir sind. Sie war wunderschön und ich kann immer noch nicht glauben, was meine Augen gesehen haben.«

Miriam war noch eine ganze Weile an der gleichen Stelle stehen geblieben, ohne etwas von dem wahrzunehmen, was um sie herum vorging. Sie fühlte sich, als würde sie aus einem tiefen Traum erwachen. Was war geschehen? Die Briganter waren verschwunden, nur die Frauen und Kinder aus ihrem Dorf standen um sie herum und starrten sie schweigend an. Sie waren, angelockt von dem Licht, aus ihrem Versteck gekommen und hatten Miriam in dem geheimnisvollen Nebel, den goldenen Reif in den Händen haltend, gesehen. In ihren Gesichtern standen Ehrfurcht und Bewunderung. Miriam spürte, wie ihre Knie vor Schwäche zitterten. Die Geräusche, die an ihre Ohren drangen, klangen längst nicht mehr so bedrohlich wie vorher. Sie sah Calach, gefolgt von Tanas und Caratacus, auf sich zukommen. Er wirkte erschöpft, aber er war unversehrt. Glücklich sank sie ihm in die Arme.

Calach bemerkte, dass sie sich kaum noch auf den Beinen halten konnte. Er hob sie hoch und trug sie zu einem der Wagen, wo er sie auf die ausgebreiteten Felle bettete. Sie war erschöpft und schlief tief und fest, während die Dorfbewohner mit den Brigantern ihren Sieg und ihren neuen Bund überschäumend feierten.

Am nächsten Morgen gab Calach den Frauen zwanzig Krieger, die das Los ausgewählt hatte, um sie zurück ins Dorf zu begleiten. Er bestand darauf, dass auch Miriam zurückging. Ihre Schwangerschaft war zu weit fortgeschritten und er wollte ihr den anstrengenden Ritt nicht zumuten. Schweren Herzens gab Miriam nach. Calach küsste sie noch einmal zärtlich auf den Mund.

»Noch bevor mein Sohn geboren wird, werde ich wieder bei dir sein«, versprach er, Er sprang auf sein Pferd, wandte sich noch einmal um und hob grüßend die Hand. Dann brachen sie in scharfem Galopp auf. Sie hatten genügend Pferde und Vorräte von den Römern mitgenommen.

Es war schon dunkel, als sie wenige Tage später die Stadt erreichten. Grüßend hoben die Briganter, die vorgeritten waren, die Hand. Die Wachen, die in Grüppchen plaudernd auf der Mauer standen, schöpften keinen Verdacht und ließen sie unbehelligt das Tor passieren. Calach und seine Männer hatten sich die römischen Rüstungen angezogen und ritten so geordnet, wie es ihnen möglich war, in die Stadt. Noch bevor die überraschten Wachen ihre List bemerkten, wurden sie überwältigt. Die Angreifer teilten sich in zwei Gruppen. Während Tanas mit einem Teil der Männer zu der Villa des Legaten Claudius Rufus ritt, stürmte Calach auf das große Haus von Caletes zu. Er hieb alles nieder, was sich ihm in den Weg stellte. Caletes befand sich mit seiner Lieblingssklavin in seinem

Schlafzimmer, als Kampfgeräusche an sein Ohr drangen. Erschrocken sprang er auf und schickte das Mädchen zur Türe, um nachzusehen, woher die Unruhe kam. Calach hatte nicht vor, die Sklavin zu töten, sie war fast noch ein Kind. Er stieß sie zur Seite und betrat mit gezücktem Schwert das Schlafzimmer.

Caletes stand vor seinem breiten Bett, über dem ein riesiger Baldachin hing. Seine Augen weiteten sich angstvoll, als er Calach erkannte. »Ich habe dir damals mein Wort gegeben, dass ich dich töten werde. Der Tag ist nun gekommen.«

Caletes hob flehend die Hände und sank vor Calach auf die Knie. »Die Römer haben mich gezwungen, dich zu verraten, es war nicht meine Idee«, winselte er. Calach verzog angewidert das Gesicht. »Du hast dein eigenes Blut verraten, jetzt stirb wie ein Mann, oder ist es dir lieber, wenn wir dich im Moor versenken wie ein untreues Weib?«

Er sprang auf ihn zu und schlug ihm mit einem Hieb den Kopf von der Schulter. Dann wischte er sein Schwert an dem hauchdünnen Stoff des Baldachins ab und steckte es zurück in die Scheide.

Tanas hatte keine Schwierigkeiten, die Villa von Claudius Rufus zu übernehmen. Nach einem kurzen, heftigen Kampf waren alle römischen Offiziere und Legionäre tot. Die aus Iberern und Batavern bestehenden Hilfstruppen ergaben sich und wurden verschont. Tanas und seine Männer übernahmen die Stadt und wurden begeistert von den Anwohnern gefeiert.

Die Kunde der Befreiung von den römischen Besetzern verbreitete sich in Windeseile im ganzen Land und der Name Calachs war in aller Munde.

Am nächsten Morgen brach Calach auf. Er verabschiedete sich von Tanas. »Erinnere dein Volk an unsere Vorfahren und an unsere Götter, damit sie nie wieder vergessen, wer sie sind.«

»Ich danke dir mein Freund, es war mir eine Ehre, an deiner Seite zu kämpfen, und ich werde meinen Söhnen davon berichten, die es ihren Söhnen erzählen werden. Mögen die Götter dich immer beschützen.« Die beiden Männer umarmten sich, dann bestieg Calach sein Pferd und ritt mit seinem Gefolge in den jungen Morgen hinaus.

Miriam hatte mit den anderen Frauen wohlbehalten das Dorf erreicht. Während die Männer die Alten und das Vieh aus ihrem Versteck im Wald holten, nahmen die Frauen ihre Arbeit auf und kehrten in den Alltag zurück. Miriams Bauch rundete sich immer mehr und ihre Bewegungen hatten die gewohnte Leichtigkeit verloren. Sie lag erschöpft von der Arbeit am Feuer, als Ira mit ihrem Sohn im Arm hereinkam. Scheu blickte sie ihre Freundin an. »Die Frauen möchten wissen, ob du eine Göttin oder eine Priesterin bist. Hinter vorgehaltener Hand reden sie nur noch von dir.«

»Ich bin keine Göttin und auch keine Priesterin und habe genauso viele Fragen, von denen ich die Antworten nicht kenne.« Sie sah Ira fest in die Augen, bevor sie weitersprach.

»Die ganze Zeit über habe ich gehofft, dass Mog Ruith sie mir beantwortet, doch er lässt sich nicht blicken. Ich möchte wissen, woher der goldene Halsreif stammt und welches Geheimnis er in sich birgt. Er ist oft in meinen Träumen. Seit ich denken kann, habe ich Träume, die ich nicht verstehe. Sie sind manchmal grausam und dann wieder so seltsam, dass ich nichts damit anfangen kann. Es ist so, als würde ich in einem dichten Nebel stehen. Ich kann sehen und doch nicht sehen.«

Ira hatte gebannt ihren Worten gelauscht. Ein Lächeln

zog über ihr Gesicht. Sie besaß die gleiche Unbekümmertheit wie ihr Bruder.

»Die Götter werden schon wissen, was sie tun. Hör auf, dir Gedanken zu machen«, versuchte sie die Freundin zu trösten. »Ich werde dir jetzt eine Geschichte erzählen, die ich von meiner Großmutter gehört habe, als ich noch ein kleines Mädchen war. Ich hoffe, sie wird dich ein wenig von deinen Grübeleien ablenken.

Die Geschichte beginnt vor langer Zeit, noch bevor es Menschen in diesem Land gab.

Die ersten Wesen, die über das Meer kamen, waren die heiligen Raben. Es waren neun und sie brachten die Sonne in ihrem Schnabel mit. Als ihre Füße den Boden Caledoniens berührten, ließen sie die Sonne frei, die sich in den Himmel erhob, wo sie seitdem geblieben ist. Zurück blieb nur der goldene Rand. Die Raben drehten den Rand zu einem Reif, sodass er nicht mehr um die Sonne passte, um zu verhindern, dass sie jemand stehlen kann. Als sie damit fertig waren, verwandelten sie sich in Männer und begannen, Felder anzulegen und Häuser zu bauen. Doch sie waren einsam, keine Frau wartete mit dem Essen auf sie, wenn sie abends nach ihrer Arbeit müde nach Hause kamen, und sie hatten keine Söhne, die nach ihrem Tod von ihren Taten berichten würden.

Eines Tages, als sie die Einsamkeit kaum noch aushielten, gingen sie zu einem heiligen Hain, opferten den Göttern und flehten sie an, ihnen Frauen zu schicken. Der Sonnengott erhörte ihr Flehen. Als der Mond das nächste Mal voll und rund am Himmel stand, legte sich die Sonne für einen Moment über ihn, um ihn zu blenden, und stahl der Mondgöttin acht wunderschöne Jungfrauen, die von den Wellen des Ozeans ans Land gespült wurden. Die Männer warfen das Los über sie und acht von ihnen heirateten die Jungfrauen. Doch der Mann, der keine Jungfrau bekommen hatte, lief erneut zum heiligen Hain und opferte den Göttern und flehte sie an, ihm ebenfalls eine Jungfrau zu schicken. Der Sonnengott sah, dass er ein tapferer Mann war, und schickte ihm eine Jungfrau, die aus der Sonne geboren war. Sie war sehr schön, schöner als die anderen Jungfrauen, und der Mann verliebte sich sofort in sie. Ihre Schönheit überstrahlte alles, und als der Mann sah, wie seine Brüder seine Braut voll Verlangen ansahen, rief er den Nebel, um sie vor ihren Augen zu verbergen. Der Sonnengott war so erzürnt darüber, dass der Mann die Schönheit seiner Frau im Nebel verbergen wollte, dass er sie in dem Nebel verschwinden ließ. Verzweifelt suchte der Mann nach seiner Frau, doch sie blieb für immer verschwunden und mit ihr verschwand der goldene Reif, der das Bündnis mit dem Sonnengott bezeugt hatte.

Seit dieser Zeit taucht alle neun mal neun Jahre eine wunderschöne Frau mit dem goldenen Reif aus dem Nebel auf, um zu sehen, ob es einen Mann gibt, der ihrer würdig ist. Er muss ein reines und mutiges Herz besitzen und allen anderen Männern an Kraft und Tugend überlegen sein.« Ira legte ihr Baby neben sich, das während ihrer Erzählung eingeschlafen war. »Meine Großmutter war eine wundervolle Frau und ich habe sie sehr geliebt. Als kleines Mädchen habe ich mir immer gewünscht, eine aus der Sonne geborene Jungfrau zu sein.«

Diesmal hatte Miriam gebannt an den Lippen ihrer Freundin gehangen.

Die Welt, in der sie lebte, war mystisch und geheimnisvoll und die Menschen liebten ihre Legenden, die von ihren Vorfahren und den Göttern erzählten. War es wirklich so wichtig, auf jede Frage eine Antwort zu wissen? Sie wusste es nicht. Ira hatte sie zum Essen in ihr Haus eingeladen, doch Miriam zog es vor, alleine zu sein. Sie vermisste Calach und wartete sehnsüchtig auf seine Rückkehr.

Schon den ganzen Tag über hatte sie ein merkwürdiges Ziehen im Rücken, das mit jeder Stunde, die verging, stärker wurde. Es dauerte eine Weile, bis sie begriff, dass die Wehen eingesetzt hatten. Mühsam stand sie auf und legte Holz nach. Sie wünschte, Ira wäre noch bei ihr. Das Ziehen wurde mit jedem Mal heftiger und die Abstände zwischen den Wehen kürzer. Miriam stöhnte leise auf. Es war ihre erste Geburt und sie hatte keine Ahnung, was sie tun sollte. Sie erhob sich von ihrer Bettstelle, um Ira zu sich zu holen, doch ein scharfer Schmerz ließ sie wimmernd in die Kissen zurücksinken. Feiner Schweiß überzog ihre Stirn. Sie wartete, bis die Schmerzwelle vorüber war, und versuchte wieder aufzustehen. Doch es gelang ihr nicht, sich zu erheben. Das Kind drückte mit aller Wucht nach unten und sie schrie bei jeder Wehe ihren Schmerz hinaus. Plötzlich wurde die Türe geöffnet und Ira kam herein. Mit einem Blick sah sie, dass die Geburt in vollem Gange war. »Ich hätte es wissen müssen und bei dir bleiben sollen«, warf sie sich vor und beugte sich über die Freundin.

»Ich habe mir fast gedacht, dass es so weit ist, du warst so merkwürdig und hattest diesen Ausdruck in deinen Augen. Es hat mir keine Ruhe gelassen und ich musste einfach noch einmal nach dir sehen.« Sie strich Miriam zärtlich eine verschwitzte Haarsträhne aus der Stirn. »Ich gehe und hole Rana, sie kann mir helfen.« Miriam griff nach ihrer Hand und hielt sie fest umklammert. »Es tut so weh, bitte lass mich nicht alleine und bleibe bei mir«, sagte sie leise. Ira befreite sich energisch aus Miriams Griff. »Ich bin sofort wieder bei dir. Wir werden Rana brauchen, es ist dein erstes Kind und du bist sehr schmal gebaut.«

Sie lief zur Türe und kam wenige Minuten später mit

Rana zurück, die verschlafen blinzelte. Ira kühlte Miriams Stirn und hielt ihr tröstend die Hand. Die Wehen kamen jetzt so rasch hintereinander, dass ihr kaum Zeit zur Erholung blieb. Rana hatte leinene Tücher gebracht, die sie über den kostbaren Fellen ausbreitete, um sie zu schützen. Der Druck nach unten verstärkte sich und Miriam begann instinktiv zu pressen. »Es ist so weit, du musst dich hinhocken, dann ist es für dein Kind leichter herauszukommen«, sagte Ira. Sie halfen Miriam aufzustehen und nahmen sie in die Mitte, um sie besser stützen zu können.

»Ich kann den Kopf schon sehen, du hast es gleich geschafft.« Ira beugte sich hinunter und fing das Kind auf, das sanft aus Miriams Körper glitt. Rana hatte Wasser in dem Kessel über dem Feuer erhitzt und nahm das Kind, um es von den Spuren der Geburt zu reinigen. Das Baby begann empört zu schreien. »Es ist ein Mädchen«, sagte Ira zu Miriam, die erschöpft von der Anstrengung in ihren Kissen lag. Sorgfältig wickelte Rana das Baby in ein Leinentuch und reichte es Miriam, die es zärtlich in den Arm nahm. Staunend betrachtete sie das winzige Gesicht, das voller Runzeln war. Liebevoll drückte sie einen Kuss auf den kleinen Mund. »Es ist nicht besonders hübsch, glaubst du, dass es gesund ist?«, fragte Miriam ängstlich. »Kein Baby wird mit glattem Gesicht geboren«, gab Ira lächelnd zur Antwort. »Es dauert einige Tage, dann werden die Runzeln verschwinden und seine Haut ganz glatt werden.« Sie hatte schon so vielen Frauen in ihren schweren Stunden beigestanden, die nach ihrer ersten Geburt ähnliche Befürchtungen gehabt hatten. »Das Baby ist gesund und du bist noch jung und wirst sicher noch viele Kinder bekommen.«

Miriam konnte sich nicht satt sehen an ihrer Tochter. Die Gefühle, die über sie hereinbrachen, waren kaum zu beschreiben. Sie wusste, dass sie für dieses Kind ohne zu zögern ihr Leben geben würde, und konnte es kaum erwarten, Calach seine Tochter zu zeigen.

Ira blieb noch eine Weile bei ihr, nachdem Rana gegangen war, und half ihr das Baby anzulegen. Der kleine Mund schloss sich um Miriams Brustwarze. Mit leise schmatzenden Geräuschen begann es zu saugen. Obwohl es für Miriam ein ungewohntes Gefühl war, erfüllte es sie mit großem Stolz, ihr Kind ganz alleine ernähren zu können.

»Ob Calach sich auch über eine Tochter freut?«, fragte sie plötzlich. Ihr war eingefallen, dass Calach jedes Mal von einem Sohn gesprochen hatte, wenn sie sich über das Ungeborene unterhalten hatten. Tränen strömten ihr über die Wangen. Sie würde es nicht ertragen, wenn Calach von ihr enttäuscht sein würde.

Ira beruhigte sie. »Die Männer wollen immer nur Söhne, aber es müssen auch Mädchen geboren werden. Wen sonst sollen unsere Söhne eines Tages heiraten? Mein Bruder wird vielleicht am Anfang nicht sehr begeistert sein, aber dann wird er beginnen, seine Tochter zu lieben. Du musst dafür sorgen, dass du schnell wieder schwanger wirst, so lange, bis du Calach einen Sohn geboren hast.« Sie nahm Miriam das Baby von der Brust und legte es neben sie in ein aus Weidenruten geflochtenes Körbchen, das mit einem weichen, schneeweißen Lammfell ausgelegt war. »Beinahe hätte ich etwas Wichtiges vergessen.« Eilig verließ sie das Haus und kehrte wenige Minuten später mit einer Schere zurück, die sie an einem dünnen Hanfseil über das Körbchen hängte. Miriam sah sie neugierig an. »Wozu soll das gut sein?«, fragte sie. »Das Eisen wird dein Baby beschützen und alles Unheil von ihm abwenden«, gab Ira zur Antwort. Dann strich sie Miriam liebevoll über die

Wange. »Ruh dich aus, du bist erschöpft von der anstrengenden Geburt. Wenn du morgen aufwachst, wirst du dich besser fühlen.«

Miriam hatte ihr gar nicht richtig zugehört. Der Gedanke, dass Calach über ein Mädchen enttäuscht sein könnte, ließ ihr keine Ruhe.

»Die Männer sind für das Geschlecht der Kinder verantwortlich. Was ist, wenn Calach nur Mädchen zeugen kann?«

Ira sah sie verständnislos an. »Was redest du da, es liegt immer an der Frau, ob sie einen Jungen oder ein Mädchen zur Welt bringt. Sobald du aufstehen kannst, werden wir der Erdgöttin opfern, und wenn ihr dein Opfer gefällt, wird sie dir das nächste Mal einen Sohn schenken.«

»Ich habe doch Recht. Da, wo ich herkomme, weiß jedes Kind, dass nur die Männer für das Geschlecht verantwortlich sind«, beharrte Miriam trotzig. Sie war zu aufgewühlt, um zu bemerken, dass sie Ira mit ihren Worten verunsicherte. Die Freundin starrte sie erschrocken über den heftigen Ausbruch an. »Du bist die Tochter von Aedui und das Dorf seines Vaters lag nicht weit entfernt von unserem Dorf am Fluss.« Miriam sah an ihr vorbei in das flackernde Feuer. »Das stimmt, aber meine Mutter stammt nicht von hier. Sie ist mit dem Nebel gekommen.« Neugierig setzte Ira sich neben sie. »Meine Mutter ist aus einer anderen Zeit gekommen, einer Zeit, die du nicht verstehen würdest. Nachdem Aedui von den Römern getötet wurde, ist sie mit mir geflohen, und wir sind in unsere Zeit zurückgegangen.« Sie legte eine kleine Pause ein und beobachtete Iras Reaktion. Doch ihre Freundin wirkte mehr neugierig als entsetzt oder gar erschrocken. Es gab Druiden, die in andere Welten gehen konnten, und Miriam war eine Seherin. Sie war von den Göttern ausgewählt, um ihrem Volk zu helfen.

Auffordernd nickte sie Miriam zu, begierig darauf, mehr zu erfahren. »Ich bin erst kurz vor der schrecklichen Schlacht hierher gekommen und alles, was ich erlebt und gesehen habe, erschien mir fremd und grausam. Es war nicht leicht für mich, mich daran zu gewöhnen. Ich stamme aus Britannien, aber es ist das Britannien der Zukunft und dort ist alles anders als hier.« Sie erzählte der staunenden Ira aus ihrem alten Leben. »Bei uns braucht man die Wäsche nicht mit der Hand zu waschen, dafür gibt es eine Maschine. Man legt die Wäsche hinein, drückt auf einen Knopf und wenn man sie wieder herausnimmt, ist sie sauber.«

»Was ist eine Maschine?«, fragte Ira. Miriam überlegte, wie sie es ihr erklären konnte. Ihr Blick fiel auf die Truhe gegenüber ihrer Bettstelle.

»Eine Waschmaschine ist wie eine Truhe, nur nicht aus Holz, sondern aus einem Material, das ihr noch nicht kennt.« Sie musste lachen. Es war wirklich nicht einfach, jemandem aus dem ersten Jahrhundert nach Christus zu erklären, was eine Maschine war und wie sie funktionierte. Dieser Abend würde dafür jedenfalls nicht ausreichen. Sie beschloss, auf ein anderes Thema auszuweichen, das weniger anstrengend sein würde. »In meiner Zeit sind die Römer jedenfalls Geschichte und mit ihren Nachkommen leben wir in Frieden.« Miriam begann zu gähnen und Ira erhob sich.

»Wir werden noch viel Zeit zum Reden haben. Schlaf jetzt, ich werde morgen früh zu dir kommen, sobald ich mein Kind versorgt habe.«

Leise schloss sie die Türe hinter sich und ging nachdenklich nach Hause. Sie war froh, eine Freundin wie Miriam zu haben. Es war spannend, ihr zuzuhören, und sie freute sich schon auf den morgigen Tag, an dem Miriam ihr hoffentlich mehr erzählen würde.

Miriam war allein. Obwohl sie erschöpft war, war sie

viel zu aufgewühlt, um sofort schlafen zu können. Immer wieder betrachtete sie staunend ihr Baby, das friedlich in seinem Körbchen schlief, und konnte es noch gar nicht richtig fassen, dass es tatsächlich ihr Kind war, das neben ihr in dem Korb lag. Es war wie ein Wunder. Vorsichtig strich sie mit ihrem Finger über die kleine Hand ihres Mädchens, die zu einer Faust zusammengeballt war. Sie würde eine Kämpferin werden, stark und gut wie ihr Vater. Die Schmerzen der Geburt waren längst vergessen, als sie die letzten Stunden noch einmal an sich vorüberziehen ließ. Bevor sie erschöpft in einen tiefen Schlaf sank, dachte sie an Calach, den sie mehr liebte als ihr Leben.

Rana und Goba hatten schon das Feuer entzündet und das Essen vorbereitet, als Ira am nächsten Morgen hereinkam. »Wie fühlst du dich?«, fragte sie. Miriam lächelte ihr glücklich zu. Sie lag bequem auf der Seite und war damit beschäftigt, ihre Tochter zu stillen. »Danke, es geht mir gut. Sieh sie dir an, sieht sie nicht süß aus?« Bewundernd sah sie auf das Baby in ihrem Arm. »Sie wird später eine Schönheit werden, wie ihre Mutter«, versicherte Ira ihr lächelnd.

»Was glaubst du, wie lange es noch dauern wird, bis die Männer zurückkommen? Calach hatte versprochen, noch vor der Geburt hier zu sein.«

»Sie werden sicher bald hier sein. Die Wege sind matschig von dem Regen in den letzten Tagen und sie werden nur langsam vorankommen. Mach dir keine Sorgen um Calach, er steht unter dem Schutz der Götter.«

»Ich kann es kaum erwarten, ihm seine Tochter zu zeigen.« Miriam hatte sich längst wieder beruhigt und war überzeugt davon, dass Calach auf ihre Tochter genauso stolz sein würde wie sie. Er kann gar nicht anders, dachte sie. Ein so süßes kleines Wesen muss man einfach lieben.

Ira sollte Recht behalten. Zwei Tage später erscholl das

Hufgeklapper vieler Pferde, dem lautes Stimmengewirr folgte. Miriam wäre am liebsten aufgesprungen, aber es ging nicht. Als Wöchnerin musste sie die ersten Tage nach der Geburt im Haus verbringen. Es blieb ihr nichts anderes übrig, als zu warten. Ira, die fast den ganzen Tag über bei ihr gewesen war, hatte sie für eine Weile allein gelassen, um nach dem Vieh zu sehen. Einige der Kühe waren trächtig und würden schon bald kalben.

Es kam ihr wie eine Ewigkeit vor, bis die Tür endlich geöffnet wurde und Calach erschien. Sein Gewand war staubig und von Schmutz überzogen. Auf seinem Gesicht standen feine Schweißperlen von dem anstrengenden Ritt, doch seine Augen strahlten. Miriams Herz klopfte bis zum Hals, als er mit großen Schritten auf sie zueilte. Er beugte sich über sie und blickte staunend auf das winzige Wesen in den Armen seiner Frau. Sie hielt ihm das Baby hin. »Es ist ein Mädchen«, sagte sie leise und beobachtete, wie seine kräftigen Hände unbeholfen das Baby entgegennahmen, als hätte er Angst, es zu verletzen. Stolz betrachtete er das Bündel in seinen Händen. Es dauerte eine ganze Weile, bevor er das Baby zurück in Miriams Arme legte. Lächelnd setzte er sich neben sie und nahm zärtlich ihre Hand. »Ich habe dich sehr vermisst, meine Schöne. Ira hat mit mir gesprochen. Du brauchst dir keine Gedanken zu machen. Wir werden noch viele Söhne haben.« Er klang sorglos wie immer. »Um die Römer brauchen wir uns ebenfalls keine Gedanken mehr zu machen. Den Brigantern ist wieder eingefallen, wo sie herkommen und wer sie sind. Sie haben sich mit uns verbündet und gemeinsam ist es uns gelungen, den Rest der Legion zu vernichten. Unsere Kinder werden in Frieden aufwachsen können und wir beide werden genügend Zeit haben, uns um unsere Söhne zu kümmern«, sagte er grinsend. Er warf einen verlangenden

Blick auf ihre volle Brust. »Am liebsten würde ich sofort damit beginnen.« Miriam errötete unter seinem Blick. Sie war nie schöner gewesen als jetzt. Calach nahm sie in den Arm und küsste sie voller Verlangen. Dann warf er einen nachdenklichen Blick auf seine Tochter. »Sie wird so schön werden wie ihre Mutter und es wird nicht leicht sein, die jungen Männer später von ihr fern zu halten. Wir werden ihr den Namen Aila geben.« Arm in Arm bewunderten sie das kleine Wesen, das friedlich schlummernd in seinem Körbchen lag, und konnten sich kaum satt sehen an ihrer Tochter. Dann verabschiedete Calach sich mit einem langen Kuss von ihr. Er strich ihr noch einmal zärtlich über die Haare, bevor er sich erhob und sein Haus verließ.

Solange Miriam noch Wöchnerin war, schlief er in dem großen Junggesellenhaus, wie es der Brauch vorsah.

In dem Haus wohnten momentan nur die Männer, die ihre Prüfungen nicht bestanden oder noch nicht abgelegt hatten. Seine Gefolgschaft streifte den gesamten Sommer über durch das Hochland und ernährte sich überwiegend von der Jagd und vom Fischfang, aber auch von wild wachsenden Beeren und Früchten. Ira besuchte Miriam jeden Tag und stellte ihr ständig neue Fragen über ihr früheres Leben, die sie geduldig beantwortete, so gut sie konnte. Sie vermisste Calach und war froh, als er endlich zurück in sein Haus kam und sie sich abends wieder in seine starken Arme schmiegen konnte, die sie so sehr vermisst hatte.

Ailas langes, rotgolden schimmerndes Haar flatterte im Wind. Auffordernd streckte sie ihrem Vater ihre dünnen, braungebrannten Ärmchen entgegen. Calach hob sie hoch und setzte sie vor sich auf sein Pferd. In seinen Augen stand der Stolz auf seine Tochter. Miriam beobachtete die beiden lächelnd und winkte ihnen noch einmal zu. »Ich wünsche euch viel Glück bei der Jagd.« Sie sah ihnen nach, als sie langsam über den Dorfplatz ritten.

»Ich gehe jetzt zur Jagd«, verkündete Aila stolz und genoss die Bewunderung, mit der die anderen Kinder ihr nachsahen, als sie mit ihrem Vater das Dorf verließ. Über ihrer Schulter hing ein kleiner Bogen, den Calach eigens für sie gebaut hatte.

Sieben friedliche Jahre waren vergangen. Miriam war nicht wieder schwanger geworden.

Aila war zu einem temperamentvollen Mädchen herangewachsen, deren Schönheit jeden in seinen Bann zog. Ihre langen rotblonden Haare kringelten sich zu kleinen Löckchen und ihre grauen Augen blitzten vor Lebensfreude. Calach war ganz vernarrt in seine kleine Tochter und brachte es nicht über das Herz, ihr auch nur den kleinsten Wunsch abzuschlagen.

Oft dachte Miriam, dass es besser gewesen wäre, wenn sie ein Junge geworden wäre. Kein Baum war ihr zu hoch und kein Pferd zu wild. Sofort nachdem sie laufen konnte, hatte sie mit dem Reiten angefangen. Den Tag verbrachte sie meistens auf dem Dorfplatz oder in den Ställen bei den Tieren, die sie über alles liebte. Furchtlos hatte sie einem der großen, grauen Kriegshunde einen Dorn, den er sich in die Pfote getreten hatte, herausgezogen und ihn so lange gepflegt, bis er wieder gesund war. Seitdem folgte ihr das große Tier auf Schritt und Tritt und rollte sich abends vor ihrer Haustüre zum Schlafen zusammen.

Calach genoss es, mit seiner Tochter durch den Wald zu reiten, obwohl sie ihn ständig mit Fragen überhäufte. »Warum hängen die Wolken am Himmel und fallen nicht herunter?«, fragte Aila und wies auf den tiefblauen Himmel über ihnen. »Und warum können die Vögel alle fliegen und ich nicht?«, wollte sie einen Augenblick später wissen. »Ich möchte so gerne einmal mit ihnen bis zur Sonne fliegen.« Calach zwinkerte ihr lächelnd zu. »Frag deine Mutter, sie kann dir solche Dinge besser erklären als ich.«

Calach bewunderte Miriams Klugheit genau wie die anderen Menschen in seinem Dorf. Sie wusste auf viele Fragen eine Antwort.

Er überquerte mit Aila einen Fluss, dann ritten sie durch einen Laubwald, bis sie vor sich eine Lichtung sahen. Eine Herde Elche knabberte friedlich an dem würzigen Gras. Calach legte Aila einen Finger auf den Mund und bedeutete ihr, still zu sein. Geräuschlos nahm er seinen Bogen von der Schulter und legte einen Pfeil ein. Er spannte den Bogen und zielte auf eine junge Elchkuh, die seitlich zu ihm stand. Er wollte gerade schießen, als Aila einen kurzen Schrei ausstieß. Die Elche hoben die Köpfe und sahen misstrauisch in ihre Richtung. Das Leittier sog mit weit geöffneten Nüstern die Gerüche ein, die der Wind zu ihm herübertrug, dann gab es einen warnenden Laut von sich. Mit einer Geschwindigkeit, die man dem mächtigen Tier kaum zugetraut hätte, setzte es sich in Bewegung und flüchtete, gefolgt von der Herde, in den Wald. Calach senkte seinen Bogen und steckte den Pfeil zurück in seinen Köcher. »Warum hast du das getan?«, fragte er. Ailas glänzende graue Augen schwammen in Tränen. »Ich will nicht, dass du so einen lieben Elch totschießt. Es tut ihm doch weh, wenn der Pfeil sich in seinen Bauch bohrt.« Sie schob den Ärmel ihres Gewandes zurück und zeigte ihm eine kleine Wunde. »Ich habe gestern mit meinem Bogen geübt und mich an einem Pfeil verletzt. Es hat mir auch wehgetan.«

Calach strich ihr tröstend über das seidige Haar. »Ich bin dir nicht böse, aber ich werde dich auch nicht mehr mit zur Jagd nehmen. Wir brauchen das Fleisch, um alle Menschen in unserem Dorf satt zu bekommen.« Ein wenig enttäuscht war er schon. Gerne hätte er seiner Tochter das Jagen beigebracht. Als er Miriam später davon erzählte, beruhigte sie ihn. »Sie ist noch klein, viele Mädchen sind in diesem Alter so. Als ich noch ein Kind war, habe ich auch eine Zeit lang kein Fleisch gegessen, weil mir die Tiere so Leid getan haben. Es wird sich legen, wenn sie größer ist.«

Calach verbrachte viel Zeit mit Aila. Er schenkte ihr ein eigenes Pferd und brachte ihr bei, im vollen Galopp mit dem Bogen zu schießen. Aila übte so lange, bis es ihr gelang, das ausgewählte Ziel zu treffen. Sie war geschickt und ehrgeizig.

Oft nahm er sie mit in den Wald und zeigte ihr, wie man sich lautlos bewegen und es vermeiden konnte, auf einen Ast zu treten. Der graue Hund folgte Aila wie ein Schatten. Sie nannte ihn Caru und sorgte dafür, dass er immer genügend zu fressen bekam. Von morgens bis abends tobte sie draußen herum und weder Regen noch Schnee konnten sie davon abhalten. Miriam hatte darauf bestanden, dass Aila nähen und weben lernte, sosehr sie sich auch dagegen sträubte. Dann brachte sie ihr Lesen und Schreiben bei. Das Mädchen hatte eine unglaubliche Auffassungsgabe und saugte alles, was man ihr beibrachte, wie ein Schwamm in sich auf. Manchmal verschwand sie ohne etwas zu sagen im Wald. Sie sprach nicht darüber, wo sie gewesen war. Wenn Miriam sie danach fragte, sah Aila sie nur aus ihren großen, grauen Augen an. »Du brauchst keine Angst haben, Caru passt auf mich auf, außerdem bin ich schon groß und ich kenne den Wald. Papa hat mir alles gezeigt.« Sie besaß die gleiche Unbekümmertheit wie ihr Vater. Miriam beschloss, mit Calach darüber zu reden, doch er zog sie nur lächelnd in seine Arme. »Du machst dir zu viele Sorgen, meine Schöne. Aila wird nichts geschehen, sie kennt sich im Wald aus und entfernt sich nicht sehr weit vom Dorf. Caru lässt sie keinen Augenblick aus den Augen. Vertrau ihr und unseren Göttern. Sie werden unsere Tochter beschützen.« Miriam wusste nicht, was sie darauf antworten sollte. Seufzend begab sie sich an ihre Arbeit. Sie würde sich niemals an die Sorglosigkeit der Menschen um sich herum gewöhnen können. Doch mit jedem Tag, der verging, ohne dass ihrer Tochter etwas geschah, wurde sie ruhiger. Aila war wachsam und intelligent. Sie sprühte vor Lebensfreude.

Es war Sommer geworden. Das Korn stand hoch und die Tage waren länger geworden. Aila war wie so oft in den Wald gegangen. Sie liebte es, den Vögeln zu lauschen und die Tiere zu beobachten. Sie hatte einige Sträucher mit Beeren entdeckt, die sie geschickt pflückte, ohne sich an den Dornen zu verletzen. Genussvoll stopfte sie sich die köstlichen Beeren in den Mund und beschloss, am nächsten Tag einen Korb mitzunehmen, um ihre Mutter mit den Beeren zu überraschen. Plötzlich hörte sie ein klägliches Wimmern. Carus Nackenhaare begannen sich zu sträuben. Er knurrte warnend, doch Aila ließ sich davon nicht beeindrucken. Neugierig folgte sie dem Wimmern und entdeckte ein Wildkatzenjunges, das in eine Erdspalte gerutscht war, aus der es sich alleine nicht befreien konnte. Ohne zu zögern sprang das Mädchen zu ihm hinunter und nahm das Kleine in ihre Arme. Liebevoll streichelte sie über das weiche Fell. Das Katzenjunge wehrte sich mit einem leisen Fauchen, das nach kurzer Zeit in zufriedenes

Schnurren überging. Ailas Augen strahlten. »Schau mal, Caru«, rief sie dem großen Hund zu, der argwöhnisch das Fellbündel in ihrem Arm beobachtete. »Ist es nicht süß? Wir werden es mit nach Hause nehmen und Mama zeigen.« Sie hob die kleine Wildkatze hoch und schob sie über den Rand. Dann kletterte sie hinterher und nahm das Junge sofort wieder auf den Arm. Caru schien nicht sehr begeistert zu sein. Er gab ein leises Knurren von sich. »Was hast du denn, Caru«, sagte Aila und kraulte ihn beruhigend am Kopf. »Wir können das kleine Baby doch nicht alleine lassen, sonst wird es noch verhungern.« Mit hoch erhobenem Kopf machte sie sich, gefolgt von Caru, auf den Heimweg. Ihr Gesicht glühte vor Stolz, weil es ihr gelungen war, das Baby vor dem Tod zu bewahren. Sie war erst wenige Meter gelaufen, als sie ein drohendes Fauchen vernahm. Carus Nackenhaare sträubten sich, wie Aila es noch nie an ihm gesehen hatte. Sie drehte sich um und sah eine große Wildkatze, die lautlos zwischen den Bäumen aufgetaucht war. Der Schwanz der Katze bewegte sich drohend hin und her und ihre gelben Augen hingen an dem Mädchen. Furchtlos ging Aila auf sie zu. »Du bist sicher seine Mama und möchtest dein Baby zurückhaben«, sagte sie traurig darüber, dass sie das Kleine wieder abgeben musste. »Das nächste Mal passt du aber besser auf, das musst du mir versprechen.« Die Katze beobachtete jede ihrer Bewegungen. Sie hatte sich zum Sprung geduckt und ihre gelben Augen glitzerten tückisch. Als Aila sich bückte, um das Junge auf den Boden zu setzen, ging alles blitzschnell. Mit einem einzigen, riesigen Satz schnellte die Katze vom Boden und landete direkt über dem Mädchen. Caru reagierte sofort, doch er war nicht schnell genug. Die ausgestreckten Krallen des Raubtieres rissen blutige Streifen in Ailas Schulter. Erschrocken von dem scharfen Schmerz ließ Aila das Junge los. Caru stürzte sich knurrend auf die Raubkatze, die ihm an Schnelligkeit und Geschmeidigkeit weit überlegen war. Der Angriff Carus kam wie eine Explosion und die Katze wich für einen Moment erschrocken zurück. Caru befand sich genau zwischen ihr und ihrem Jungen und ihre Mutterliebe siegte über ihre Furcht. Ohne einander aus den Augen zu lassen, schlichen die beiden unterschiedlichen Tiere umeinander herum. Der nächste Angriff der Katze kam genauso schnell wie der erste. Nur in letzter Sekunde konnte Caru verhindern, dass die Katze seinen ungeschützten Nacken erwischte. Ineinander verbissen wälzten die Tiere sich fauchend und knurrend über den Boden. Angstvoll musste Aila mit ansehen, dass ihr treuer Freund kaum eine Chance gegen die Wildkatze hatte, deren Bewegungen wesentlich schneller und geschmeidiger waren. Die Katze hieb dem Hund eine ihrer Pranken in den Bauch und versuchte zum zweiten Mal, sich in dem Nacken des Hundes festzubeißen. Caru jaulte vor Schmerz auf und wand sich, um den scharfen Zähnen der Katze zu entgehen. Er erwischte sie an der Schulter und biss wütend hinein. Aila ließ das Baby auf dem Boden liegen und trat ohne zu zögern auf die kämpfenden Tiere zu. Die Angst, dass ihrem besten Freund etwas zustoßen könnte, ließ sie nicht an die Gefahr denken, in die sie sich begab.

Caratacus war gerade auf dem Weg in eine der benachbarten Siedlungen, um dem dortigen Gaufürsten einen Besuch abzustatten, als die Schreie der in einen tödlichen Kampf verstrickten Tiere an sein Ohr drangen. Er drückte seinem Pferd die Hacken in die Seite und galoppierte in die Richtung, aus der die Geräusche kamen. Mit Entsetzen sah er das kleine Mädchen mit Tränen in den Augen neben den kämpfenden Tieren stehen, bereit, sich mit bloßen Fäusten dazwischenzustürzen. Er musste sofort handeln und trieb sein Pferd, das bei dem Geruch der Wildkatze angstvoll schnaubte, in vollem Galopp auf Caru und die Wildkatze zu. Erst im letzten Moment stoppte er und packte Aila, die ihn nicht bemerkt hatte, am Arm, um sie zu sich aufs Pferd zu ziehen. Die Katze ließ erschrocken von dem Hund ab, als das Pferd furchtlos auf sie zustürmte. Blitzschnell schnappte sie ihr Junges am Nacken und verschwand lautlos zwischen den Büschen. Aila sprang vom Pferd und beugte sich weinend über den schwerverletzten Hund, der aus unzähligen Wunden blutete. Caratacus trat zu ihr und sah sich die Wunden genau an. »Er wird es überleben, er ist stark,« sagte er tröstend. Die Wunden waren zahlreich, aber nicht tief. Sie mussten sie rasch verbinden, bevor der Hund zu viel Blut verlieren würde. Er band sein Pferd an einem Baum fest. Jetzt erst bemerkte er die blutigen Streifen, die sich quer über die Schulter des kleinen Mädchens zogen. Sie schien den Schmerz gar nicht zu bemerken. Ihre ganze Sorge galt ihrem treuen Freund. »Warte hier, ich werde einige Blätter holen, um das Blut zu stillen.« Wenige Minuten später kam er mit Schafgarbe auf dem Arm zurück, die er zwischen zwei Steinen zu Brei zerquetschte. Vorsichtig schnitt er mit seinem Messer das zerfetzte Gewand des Mädchens auf und legte den kühlenden Brei auf ihre Wunden. Aila verzog nicht einmal das Gesicht. »Bitte beeile dich«, sagte sie. »Wir müssen Caru helfen.« Gemeinsam verteilten sie den Brei auf die vielen Wunden des Hundes. Caru war geschwächt von dem Blutverlust und würde den Weg zum Dorf nicht alleine laufen können. Caratacus überlegte einen Moment. Er konnte Aila auf keinen Fall hier zurücklassen, obwohl es nicht sehr wahrscheinlich war, dass die Wildkatze noch einmal angreifen würde. Normalerweise waren diese Tiere sehr scheu und gingen den Menschen aus dem Weg. Doch er durfte kein Risiko eingehen. »Reite ins Dorf und sage den Männern, dass wir einen Wagen brauchen werden«, forderte er das Mädchen auf. Er hob Aila auf sein Pferd und sie beeilte sich, seiner Aufforderung nachzukommen. Miriam stand gerade mit zwei Frauen auf dem Dorfplatz und unterhielt sich, als Aila in vollem Galopp auf sie zustürmte. Erschrocken sah sie das bleiche Gesicht ihres Kindes, in dessen weit aufgerissenen Augen Angst und Entsetzen stand. Sie breitete die Arme aus und fing Aila auf, die sich dankbar in die Arme ihrer Mutter fallen ließ. Einer der Jungen, die neugierig hinzugekommen waren, nahm das Pferd, um es festzubinden. Aila verzog vor Schmerz das Gesicht, als Miriam ihr den Arm um die schmalen Schultern legte. Rasch zog sie die Hand zurück und sah das Blut auf der Schulter ihres Kindes. »Caratacus hat gesagt, dass ich zwei Männer holen soll und einen Wagen.« Aila sprach vor Aufregung so schnell, dass Miriam nur die Hälfte verstehen konnte. Die Dorfbewohner waren aus ihren Häusern getreten und umringten Miriam und ihre Tochter. »Jetzt beruhige dich erst einmal und erzähle mir, was geschehen ist,« sagte Miriam besorgt. Die Angst, dass ihrer Tochter etwas Schlimmeres hätte geschehen können ließ sie fast wahnsinnig werden. Aila begann zu weinen. »Caru ist verletzt und es ist meine Schuld, ich wollte doch nur das Baby retten,« stammelte sie. »Wir müssen ihn holen und Caratacus braucht Hilfe, er kann ihn nicht alleine tragen.« Miriam sah sich um. Einer der Männer, der hinter ihr gestanden hatte, nickte ihr beruhigend zu. Er würde alles Weitere veranlassen. Aila erzählte stockend, was in den letzten Stunden geschehen war. Miriam war trotz ihrer Angst stolz auf Aila, die sich in große Gefahr begeben hatte, um ein Katzenjunges zu retten.

Als die Männer mit dem Wagen kamen, bestand Aila

darauf mitzufahren. Miriam ließ sie gewähren und setzte sich neben sie auf den Wagen. Eine halbe Stunde später waren sie bei dem verletzten Hund und hoben ihn vorsichtig auf den Wagen. Aila wich nicht von der Seite ihres Freundes. Sie redete beruhigend auf ihn ein und kraulte ihn immer wieder am Kopf, so wie er es am liebsten hatte. Sie weigerte sich, ins Haus zu kommen, und bestand darauf, neben ihrem Freund in den Ställen zu schlafen. Miriam, die sich Sorgen um Ailas Verletzungen machte, ließ sich von Goba sauberes Leinen bringen. Sie tauchte den Stoff in Wein und wickelte ihn anschließend um die Schulter ihres Kindes. Sie hoffte, dass die Wunden sich nicht entzünden würden. Doch ihre Hoffnung erfüllte sich nicht. Am Abend bemerkte sie, dass Aila zu fiebern begann. Das Gesicht des Mädchens glühte und ihre Augen hatten allen Glanz verloren. Sie hob Aila, die sich nicht einmal mehr wehrte, hoch und trug sie ins Haus. Vorsichtig legte sie das Mädchen auf ihre Bettstelle. Dann zog sie ihr das Gewand aus und breitete nur eine dünne Decke über ihren Körper aus, damit die Hitze besser aus dem Körper entweichen konnte. Calach, der mit seinen Männern an diesem Tag auf der Jagd gewesen war, war genauso besorgt wie Miriam. Unruhig lief er in seinem Haus auf und ab. Ailas Atem ging schnell und ihr Gesicht war von feinen Schweißperlen überzogen. Immer wieder legte Miriam ihre Hand auf die Stirn des Kindes. Die Stirn war glühend heiß. Sie lief in Ranas Kammer und forderte sie auf, zum Brunnen zu gehen und Wasser zu holen. Verschlafen kam Rana ihrer Aufforderung nach. Ungeduldig wartete sie auf Rana, die wenig später mit einem Krug Wasser das Haus betrat. Sie tränkte einige Tücher mit dem Wasser und wickelte sie Aila um die Waden. Immer wieder kühlte sie ihr die Stirn und strich ihr liebevoll über die Haare. Doch sie bemühte sich vergebens. Die Temperatur des Mädchens wollte nicht heruntergehen. Verzweifelt sah Miriam Calach an. »Wir müssen irgendetwas unternehmen, und zwar schnell. Lange wird sie das hohe Fieber nicht durchhalten.« In Calachs Augen las sie die Angst um sein kleines Mädchen. Seine Unbekümmertheit und Sorglosigkeit waren daraus verschwunden. Miriam bekam es mit der Angst zu tun. »Unternimm endlich etwas«, sagte sie schärfer als beabsichtigt. »Kannst du nicht Mog Ruith zu uns holen, vielleicht kann er Aila helfen.« Auffordernd sah sie Calach an. »Niemand kann Mog Ruith rufen. Er wird kommen, wenn es nötig ist.« Calach wandte sich ab, damit Miriam seine Verzweiflung nicht sah. Er fühlte sich genauso hilflos wie damals, als er wochenlang auf seiner Schlafstätte gelegen hatte, ohne seine Beine gebrauchen zu können. Er hatte keine Möglichkeit, den unsichtbaren Feind, der das Leben seines kleinen Mädchens gefährdete, zu bekämpfen, und das erste Mal in seinem Leben verlieh ihm auch der Gedanke an die Götter keinen Trost. Aila ging es von Stunde zu Stunde schlechter. Ihr Körper verkrampfte sich im Fieber und sie rang verzweifelt nach Luft. Mehrmals lief ihr kleines Gesicht blau an und Miriam nahm sie angstvoll hoch, damit sie besser atmen konnte. Sie öffnete die Türe und löschte das Feuer, doch auch das brachte dem Kind nur wenig Erleichterung. »Wir brauchen Antibiotika«, Miriam sprach wie zu sich selbst. »Sie hat den Wundstarrkrampf, gegen den bei uns jedes Kind geimpft wird.« Calach sah sie verständnislos an. Er verstand nicht, was die Worte seiner Frau bedeuteten. »Ich muss mit ihr zur Quelle und von dort zurück in meine Zeit. Bei uns gibt es Krankenhäuser und niemand muss an einem Wundstarrkrampf sterben. Es ist die einzige Möglichkeit, ihr Leben zu retten.« Als Calach nichts antwortete, wurde ihre Stimme schrill. »Hast du nicht verstanden? Wir brauchen sofort Pferde, ich werde nicht tatenlos zusehen, wie unser kleines Mädchen stirbt.« Sie schluchzte verzweifelt auf. Calach zog sie in seine Arme und streichelte ihr tröstend über das Haar. »Wir müssen uns entscheiden«, Miriam befreite sich aus seinen Armen und sah ihn an. »Ich weiß nicht, ob sie transportfähig ist, aber es ist die einzige Chance, die wir haben.« Calach befahl Rana, die mit bleichem Gesicht auf dem Boden neben der Türe hockte, einen der Männer zu wecken und ihm auszurichten, er solle sofort drei Pferde satteln. Miriam hatte sich wieder neben Aila gesetzt und begann, dem todkranken Kind sein Gewand überzuziehen. Es zerriss ihr fast das Herz, als sie den glühenden Kinderkörper in ihren Armen hielt. Ailas Augen waren geschlossen und die blassen Lippen aufgesprungen vom Fieber. Sie benetzte sie mit Wasser und zwang ihre kleine Tochter, etwas zu trinken. Ihr Verstand sagte ihr, dass es zu spät war, um mit dem Kind durch die Nacht zu reiten. Sie würde den Ritt wahrscheinlich nicht überleben. Was konnte sie nur tun? Unruhig wanderten ihre Augen durch das Haus, das ihr plötzlich wieder so primitiv erschien wie damals, als sie es das erste Mal betreten hatte. Sie fühlte sich gefangen. Gefangen in einer Zeit, die ihr fremder erschien als zu irgendeinem Zeitpunkt davor. Calachs Augen folgten ihr, trafen sich mit den ihren und versuchten sie zu beruhigen. Arm in Arm saßen sie neben ihrem todkranken Kind und sahen hilflos mit an, wie es immer schwächer wurde. Eine Gestalt erschien in der geöffneten Türe, sie hatten niemanden kommen hören. Miriam liefen vor Erleichterung die Tränen über die Wangen, als sie Barco erkannte. Wie immer trug Barco seinen Windsack über der rechten Schulter. Miriam stürzte auf ihn zu. »Kannst du unserem kleinen Mädchen helfen? Bitte hilf ihr. Wenn sie stirbt, möchte ich auch nicht mehr leben.« Barco schob Miriam sanft zurück und beugte sich über das schwerkranke Kind. Dann zog er einen Beutel unter seinem Umhang hervor und bat Miriam, ihm einen Becher mit Wein zu bringen. Er gab eine winzige Menge von dem gelblichen Pulver in den Wein und verrührte das Pulver sorgfältig mit seinem Finger, bis es vollständig aufgelöst war. Tröpfchenweise flößten sie dem Kind die Medizin ein. Als der Becher leer war, legte Barco dem Mädchen seine Hände auf Stirn und Wange. Miriam und Calach beobachteten jede seiner Bewegungen. Leise Hoffnung stieg in Miriam hoch. Barco hatte Calach damals geholfen, vielleicht konnte er ihrem Kind ebenfalls helfen? Der Dudelsackspieler warf ihr einen aufmunternden Blick zu. »Mog Ruith hat mich zu euch gesandt, ich habe viel bei ihm gelernt.« Schweigend saßen die drei Menschen an dem Krankenbett und warteten. Mehr konnten sie nicht tun. Gegen Morgen erhob Barco sich und spielte eine leise Melodie auf seinem Windsack. Ailas Augenlider begannen leicht zu flattern. »Die Vögel singen so schön«, hauchte sie leise, bevor sie zurück in einen tiefen Schlaf sank. Das Fieber war gesunken und das Kind atmete jetzt ruhig und gleichmäßig. Miriam schloss die Türe und legte noch eine warme Decke über das schlafende Mädchen. Dankbar sah Calach den jungen Musiker an. »Die Götter haben dich im richtigen Moment geschickt, mein Freund. Ich werde ihnen noch heute opfern, um ihnen meine Dankbarkeit zu beweisen.« Als die Sonne aufging, schlief Aila immer noch tief und fest. Ihr Gesicht war noch blass, doch sie hatte keine Krämpfe mehr und war auf dem besten Wege, wieder gesund zu werden. Barco gab ihr noch mehrmals von dem Pulver. Drei Tage später war Aila nicht mehr in ihrem Bett zu halten. Ihr erster Weg führte zu Caru, dem es ebenfalls besser ging. Freudig wedelte er mit dem Schwanz, als er seine kleine Freundin bemerkte, und versuchte mühsam, sich zu erheben. Die Wildkatze hatte mit ihren scharfen Krallen eine Sehne an seiner Hinterhand durchtrennt und er zog das rechte Bein ein wenig nach. »Wird er jemals wieder richtig laufen können?«, fragte Aila, der vor lauter Mitleid die Tränen in den Augen standen, als sie sah, wie sehr der Hund sich abmühte, um ihr entgegenzulaufen. Sie kniete sich neben ihn und kraulte seinen Kopf. Miriam beschloss, ehrlich zu ihr zu sein. »Wahrscheinlich wird das Bein steif bleiben, aber er hat keine Schmerzen und wird sich schon in kurzer Zeit daran gewöhnt haben, das Bein nachzuziehen. Du brauchst dir keine Sorgen um ihn zu machen. Wir werden uns immer um Caru kümmern und niemals vergessen, dass er mutig und furchtlos dein Leben gerettet hat.«

Miriam war von großer Dankbarkeit erfüllt, sie hätte es nicht ertragen können, wenn ihrem Kind etwas zugestoßen wäre. Gemeinsam mit Calach begab sie sich auf den Weg zum heiligen Hain, um den Göttern ihres Mannes zu opfern und ihnen dafür zu danken, dass sie Barco zu ihnen geschickt hatten.

Wieder war ein Jahr vergangen, ohne dass Miriam schwanger geworden war, und Miriam beschloss, mit Aila zur Quelle zu reiten. Das Mädchen war jetzt alt genug, um ihre wahre Herkunft kennen zu lernen. Am Abend sprach sie mit Calach darüber.

»Ich möchte, dass unsere Tochter alles über die Herkunft ihrer Eltern und Großeltern erfährt. Es ist wichtig, dass sie die Quelle kennen lernt, den Ort, an dem wir uns das erste Mal getroffen haben und an dem alles begann.« Bittend sah sie Calach an. »Wirst du uns dorthin begleiten?« Calach nahm sie liebevoll in den Arm. »Wenn du es wünschst, meine Schöne, dann werde ich euch zur heiligen Quelle bringen.«

Am nächsten Morgen brachen sie auf. Miriam lief zu ihrer Truhe und nahm den großen Rucksack heraus, den sie damals mit zur Quelle genommen hatte. Erinnerungen stiegen in ihr hoch. Wie lange war es her, dass sie in ihrer Wohnung in London gesessen und ihn gepackt hatte? Mehr als sieben Jahre waren seitdem vergangen, Jahre, in denen sie überwiegend glücklich gewesen war. Ihr altes Leben erschien ihr nur noch wie ein weit entfernter Traum.

Aila bestand darauf, auf ihrem eigenen Pferd zu reiten und Caru mitzunehmen, Calach ließ sie gewähren. Es erfüllte ihn mit großem Stolz, dass seine kleine Tochter schon so selbstständig und willensstark war. Obwohl er hinkte, hatte Caru keine Probleme, neben ihnen herzulaufen.

Ein warmer Wind wehte und der Himmel leuchtete strahlend blau über ihnen, als sie sich auf den Weg zur Quelle begaben. Sie ritten ohne Eile und Miriam erklärte ihrer Tochter die Namen der Bäume und Pflanzen, an denen sie vorbeikamen. Ab und zu traf sich ihr Blick mit dem von Calach, der ihr liebevoll zuzwinkerte. Ihre Liebe zueinander war mit jedem Jahr, das vergangen war, inniger geworden und Miriam genoss den Ausflug mit ihrer kleinen Familie aus vollem Herzen. Als sie abends am flackernden Feuer saßen und die Sterne bewunderten, die über ihnen funkelten, begann sie Calach und Aila aus ihrem alten Leben zu erzählen. Sie erzählte ihnen von Autos, Flugzeugen und von Schiffen, die sich größer als ihr Dorf und schneller als ein Pferd über die Meere bewegten. Calach und Aila hörten ihr staunend zu. Miriam bemühte sich, ihrer Familie, so gut sie es vermochte, ein Bild von der Zeit, aus der sie gekommen war, zu vermitteln. Calach konnte kaum glauben, was er zu hören bekam. »Du behauptest also, dass ein Flugzeug alle Menschen aus unserem Dorf in seinen Bauch aufnehmen und sich dann mit ihnen in den Himmel erheben kann wie ein Vogel?« Zweifelnd sah er seine Frau an. »Wie soll das möglich sein?«

Sie versuchte, es ihm zu erklären, froh darüber, dass Calach so offen für diese Dinge war, die er nicht wirklich begreifen konnte. Es war ihr wichtig, dass Aila alles über sie und ihre Vergangenheit erfuhr.

Aila war längst eingeschlafen, als sie eng in Calachs Arme gekuschelt alle seine Fragen beantwortete, bis er ihren Mund mit einem zärtlichen Kuss verschloss und sie dazu brachte, sich anderen Dingen zuzuwenden.

Am nächsten Mittag legten sie eine Pause an einem der unzähligen Lochs ein und genossen die warme Brise, die über ihre vom Reiten erhitzten Gesichter strich. Miriam betrachtete nachdenklich die glitzernde Wasseroberfläche des Sees, der glänzend wie ein eingefasster Edelstein zwischen den Hügeln schimmerte. Vor langer Zeit hatte sie schon einmal hier gesessen, mit Malcolm und Willie, um das Geheimnis ihrer Mutter zu ergründen und endlich zu erfahren, wer sie war und wo sich ihre Wurzeln befanden. Die Pferde und Caru tranken von dem klaren, kalten Wasser und Miriam beschloss, dass jetzt der richtige Moment gekommen war, um ihrer Familie zu beweisen, dass es nicht nur Fantasiegeschichten oder Legenden waren, die sie ihnen erzählte, sondern die Wahrheit. Sie nahm ihren Rucksack und öffnete ihn mit geheimnisvoller Miene. »Ich werde euch jetzt etwas zeigen, was ihr noch nie gesehen habt und über das ich auch nie wieder sprechen werde, denn es gehört nicht hierhin.« Sie machte eine kleine Pause. Die Worte von Mog Ruith, die er vor Jahren am heiligen Hain zu ihr gesagt hatte, fielen ihr plötzlich ein. War es richtig, was sie vorhatte? Sie wusste es nicht, doch sie konnte nicht widerstehen, als sie in die erwartungsvollen Augen ihrer Lieben sah.

»Ihr braucht euch nicht zu fürchten. Es sind keine Zaubereien, die ihr jetzt sehen werdet, sondern Dinge, die irgendwann einmal von Menschen erfunden werden.«

Sie nahm eine Polaroidkamera aus ihrem Rucksack und legte vorsichtig einen in Folie verschweißten Film ein. »Es ist besser, wenn ich euch zeige, was man mit dieser Kamera tun kann, denn ich wüsste nicht, wie ich es euch sonst erklären könnte.«

Sie hielt die Kamera ein Stück von sich fort und schoss als Erstes ein Foto von sich selbst, um Calach zu beweisen, dass es keinen Grund gab, sich vor einer Kamera zu fürchten. Lange hatte sie überlegt, wie er wohl reagieren würde und wie sie selbst reagiert hätte, wenn man ihr etwas so Unglaubliches zeigen würde, das sie nicht einordnen, geschweige denn begreifen könnte.

Sie zog das Foto heraus und hielt es so, dass Calach und Aila sehen konnten, wie sich langsam Umrisse auf der hellen Folie zeigten, die immer klarer wurden, bis man Miriams Gesicht ganz deutlich erkennen konnte. Calachs Blick wanderte immer wieder von dem Foto zu seiner Frau hinüber. Er war sprachlos. »Kannst du das auch von mir machen?« Aila war begeistert. »Bitte mach von mir auch so was«, bettelte sie. Ihre Wangen glühten vor Aufregung und Freude, und ihre grauen Augen blitzten vor Vergnügen.

Miriam sah ihrem Mann in die Augen. Er hatte sich von seinem Schreck erholt und nickte zustimmend. Er vertraute seiner Frau und auch, wenn er das alles nicht verstehen konnte, war es in jedem Fall spannend.

Miriam schoss ein Foto von Aila und eines von Calach.

Staunend betrachteten die beiden sich auf den Fotos und weigerten sich, sie wieder aus der Hand zu geben.

Miriam holte ein Foto von ihrer Mutter aus dem Rucksack hervor und zeigte es den beiden. »Das ist deine Oma, mein Schatz. Sie ist schon vor langer Zeit gestorben. Ich möchte nur, dass du weißt, wie sie ausgesehen hat.« Tränen stiegen ihr in die Augen, als sie an ihre Mutter dachte, die sie auch heute noch vermisste. Miriam hatte als Kind so sehr darunter gelitten, nicht gewusst zu haben, wer ihr Vater war, und das wollte sie ihrer Tochter ersparen. »Ich werde die Fotos für dich aufbewahren, damit du sie später einmal deinen Kindern zeigen kannst. Wir müssen nur dafür sorgen, dass sie nicht feucht werden, denn dann werden sie sich auflösen.« Sie sah Aila forschend an. »Du musst mir versprechen, dass du mit niemandem darüber redest, auch nicht mit deinen Freunden. Wenn du älter bist, wirst du verstehen, warum ich dir dieses Versprechen abnehmen muss.«

Aila legte ihre rechte Hand auf ihr Herz, wie sie es bei den Männern beobachtet hatte, und setzte eine so feierliche und ernste Miene auf, dass Miriam sich ein Lächeln nicht verkneifen konnte. »Ich schwöre es bei den Göttern,« versprach sie. Miriam drückte ihr einen Kuss auf den Mund. »Das ist gut«, sagte sie. »Wollt ihr noch mehr sehen? Ich habe damals in London lange überlegt, was ich mitnehmen soll, bevor ich mich auf die Reise begeben habe.«

Aila und Calach kamen neugierig näher. Miriam zeigte ihnen ein kleines Einwegfeuerzeug, das sie am Flughafen von Heathrow erworben hatte, und danach eine Taschenlampe, bei der die Batterie gelitten hatten, denn es erschien nur ein sehr schwacher Lichtstrahl. Zum Schluss zog sie ihre Lieblingspuppe aus dem Rucksack, die sie seit dem Tod ihrer Mutter immer neben sich im Bett gehabt hatte.

Die aufgemalten Augenbrauen der Puppe waren etwas lädiert, genau wie die roten Locken, die den runden Kopf umgaben.

Ailas Augen begannen vor Freude zu glänzen, als Miriam ihr die Puppe in die kleinen Hände legte. »Ich schenke sie dir, aber du darfst nur im Haus mit ihr spielen, wenn niemand außer deinem Vater und mir da ist. Die Dorfbewohner würden es nicht verstehen.«

Sie aßen noch etwas geräuchertes Fleisch und Brot, bevor sie weiterritten. Calach war schweigsam geworden, während Aila ihrer Mutter ununterbrochen Fragen stellte. Nur einmal sah er Miriam an. »Ich habe dich immer in meinem Herzen und wenn du nicht bei mir bist, brauche ich nur meine Augen schließen, dann sehe ich dich vor mir. Ist es für die Menschen dort, wo du herkommst, wichtig, so eine Kamera zu besitzen?«, wollte er wissen. Er versuchte, das eben Gesehene und Gehörte zu verstehen, doch es wollte ihm nicht gelingen.

Ein riesiger Adler zog seine Kreise an dem tiefblauen Himmel über ihnen und riss ihn aus seinen Gedanken. Eine Weile beobachtete er den majestätischen Vogel, der scheinbar schwerelos durch die Luft schwebte.

Dann wandte er seinen Blick Miriam zu, die tief in Gedanken versunken neben ihm herritt. »Es ist alles, wie es sein soll, meine Schöne.« Grinsend zwinkerte er ihr zu. »Das viele Denken ist nichts für dich, wir sollten es den Druiden und anderen weisen Männern überlassen. Vor lauter Grübeln hast du den Adler über dir nicht einmal gesehen.«

Miriam lachte ihn verliebt an. »Du hast Recht, mein geliebter, weiser Mann. Es ist nicht gut, wenn man vor lauter Nachdenken nicht mehr wahrnimmt, was um einen herum geschieht.«

Am nächsten Tag erreichten sie die Quelle. Ein Sturm von Gefühlen tobte in Miriam, als sie von den Pferden stiegen. Hier hatte alles begonnen. An diesem Ort war Calach ihr das erste Mal begegnet. Ihre Hand suchte nach seiner und schmiegte sich vertrauensvoll hinein. Gemeinsam beugten sie sich über das glitzernde Wasser, auf dem kleine Blätter träge ihre Kreise zogen.

Von dem goldenen Halsreif war nichts zu sehen. Irgendwie war Miriam erleichtert darüber, obwohl sie nicht verhindern konnte, dass leise Enttäuschung in ihr hochstieg.

Ihr Blick fiel auf Aila, die einen kleinen grünen Frosch entdeckt hatte, von dem sie fasziniert war. Lautlos schlich sie sich an das Tier heran und blieb eine Weile reglos davor sitzen, bevor ihre Hand blitzschnell hervorschoss und den Frosch fing. Schützend legte sie die andere Hand über den Frosch, um zu verhindern, dass er fliehen konnte. Sie spürte das Herz des Tieres angstvoll pochen. Unruhig wanderten seine Augen hin und her. Aila betrachtete das Tier noch einen Moment. Dann öffnete sie ihre Hand und sah zu, wie der kleine Frosch mit einem riesigen Satz auf den Boden sprang und zwischen den Gräsern verschwand.

Tiefe Zufriedenheit erfüllte Miriam, als sie zu ihrem Mann sah, der zärtlich ihre Hand drückte. Sie liebte ihre Familie und dieses wundervolle raue Land und es gab nichts, was sie zu ihrem alten Leben zurückzog. Sie dachte an Malcolm und Willie. Ob die beiden ebenso glücklich geworden waren wie sie? Schade, dass sie es nie erfahren würde. In Gedanken wünschte sie ihnen Glück.

Sie sah zu den großen Menhiren hinüber und plötzlich hatte sie eine Idee. Es war ihr nicht möglich, etwas über Malcolm und Willie zu erfahren, aber sie hatte die Möglichkeit, den beiden eine Nachricht zu hinterlassen.

»Es gibt etwas, das ich noch tun möchte, bevor wir

morgen nach Hause reiten«, sagte sie an Calach gewandt. »Doch dafür brauche ich einen Meißel oder etwas Ähnliches, das hart genug ist, damit ich Buchstaben in die Steine ritzen kann.«

Calach sah sie überrascht an. Nach einem Blick in ihr entschlossenes Gesicht unterdrückte er die Frage, die ihm auf der Zunge lag. Miriam würde es ihm schon erzählen, wenn es wichtig sein würde.

Den Rest des Tages verbrachte sie damit, an einem der großen Steine zu meißeln. Calach hatte die eiserne Lanzenspitze aus dem Schaft gebrochen und ihr einen faustgroßen Stein aus dem Bach gesucht, den sie als Hammer nutzen konnte.

Schweigend beobachtete er seine Frau, die besessen war von der Idee, Malcolm und Willie eine Nachricht in die ferne Zukunft zu schicken.

Sie arbeitete, bis es zu dunkel geworden war, um noch etwas zu sehen. Dann erst setzte sie sich zu Calach und Aila ans Feuer. Sie erzählte ihnen, wie sie den Brief ihrer Mutter gefunden und sich mit Malcolm und Willie auf die Reise in das nahe gelegene Tal gemacht hatte. Als sie von dem kleinen Raben, mit dem herunterhängenden Flügel berichtete, der sie zu der Quelle geführt hatte, wurde Aila ganz aufgeregt. »Er kommt oft in meine Träume«, sagte sie. »Jedes Mal, nachdem ich aufgewacht bin, war ich ganz traurig, weil er nicht mehr bei mir war. Er spricht manchmal zu mir.« Miriam beugte sich zu ihr herüber und nahm sie in den Arm. Vielleicht würde sie jetzt endlich mehr erfahren. »Worüber spricht er denn mit dir?«, fragte sie neugierig und sah Aila in die glänzenden Augen.

»Er hat mir gesagt, dass ich eine Tochter der Sonne bin, und wenn ich erwachsen bin, werde ich eine große Priesterin und die Wächterin des goldenen Reifs, durch den alles

Leben, aber auch der Tod fließt«, erklärte sie stolz. Sie stand auf und breitete ihre Arme aus. »Er hat mir gezeigt, wie ich den Nebel rufen kann, soll ich es euch vormachen?« Miriam war erschrocken aufgesprungen und zog sie zurück auf den Boden. »Du darfst es nur tun, wenn es wirklich nötig ist«, sagte sie ernst.

Calach hatte die ganze Zeit über schweigend am Feuer gesessen und zugehört. Jetzt ergriff er das Wort. »Erzähl mir alles, ich möchte wissen, was weiter geschehen ist.«

Miriam berichtete von dem Nebel und wie sie verzweifelt versucht hatten, zu verstehen, was mit ihnen geschehen war. Sie erzählte, wie sie nach der Schlacht in ihr altes Leben zurückgekehrt waren, und von dem Club in London, wo sie Mog Ruith in dem Nebel gesehen hatte. Danach waren die Träume gekommen, die jeden Tag intensiver geworden waren und in denen Calach sie zu sich gerufen hatte. »Den Rest kennst du. Ich habe es nie bereut, hierher gekommen zu sein, weil ich dich mehr liebe als mein Leben. Nicht viele Menschen haben das Glück, einen Menschen zu finden, mit dem sie ein so vollkommenes Glück erleben können wie wir beide. Es gibt nur eine Sache, die mich traurig macht.« Calach strich ihr zärtlich übers Haar. »Sag es mir, meine schöne, geheimnisvolle Frau. Was ist es, was dein Glück und damit auch das meine trübt?«

»Ich wollte dir so gerne noch einen Sohn schenken, ich weiß doch, wie sehr du dich danach sehnst.«

»Wir haben unsere Tochter. Sie ist etwas Besonderes und ich bin stolz auf sie. Wenn die Götter uns einen Sohn schenken wollen, werden sie es tun, doch wenn nicht, dann ist es unser Schicksal. Ich brauche keinen Sohn, solange du bei mir bist.«

Miriam schmiegte sich glücklich in seine Arme. Die

Zukunft an der Seite dieses wunderbaren Mannes lag rosig schimmernd vor ihr und sie beschloss, jeden Moment davon zu genießen.

Noch vor Sonnenaufgang, machte sie sich daran, ihre Arbeit an den Menhiren zu beenden. Als sie fertig war, betrachtete sie nachdenklich die Worte, die sie in den Stein geritzt hatte.

Ihr altes Leben lag endgültig hinter ihr und es war gut so.

Mit strahlenden Augen lief sie auf Calach zu und ließ sich von ihm auf das Pferd heben. Keiner der drei Menschen drehte sich noch einmal um, als sie gemeinsam die Quelle verließen und der untergehenden Sonne entgegenritten.

Malcolm hatte immer wieder vergeblich versucht, Miriam zu erreichen. Von einer bösen Vorahnung ergriffen, sagte er alle Termine ab und buchte den nächsten Flug nach London. Er klingelte an Miriams Wohnungstüre, doch niemand öffnete ihm. Von einer Nachbarin erfuhr er, dass Miriam vor einiger Zeit verreist war, ohne zu sagen, wann sie zurückkommen würde.

Frustriert flog er zurück nach Inverurie und begab sich direkt vom Flughafen aus zu Willies Farm. Blumen säumten die Einfahrt, die gepflegt und sauber war.

Auf sein Klopfen hin wurde die Türe von einer jungen, blonden Frau geöffnet. Sie war ihm auf den ersten Blick sympathisch, obwohl sie keine Schönheit war. Ihr rundes Gesicht mit dem etwas zu großen Mund strahlte Herzlichkeit und Wärme aus.

»Wir haben Besuch, Darling«, rief sie fröhlich und reichte Malcolm die Hand.

»Ich heiße Elisabeth und Sie müssen Malcolm sein. Willie hat mir schon viel von Ihnen erzählt. Sie zog Malcolm durch die kleine Diele in die Küche, wo Willie gerade dabei war, einen köstlich duftenden Lammbraten zu verspeisen. »Hallo, alter Freund«, rief Willie fröhlich, »schön, dich zu sehen.«

»Setzen Sie sich und essen Sie mit uns, es ist noch genügend da.« Ohne eine Antwort abzuwarten, nahm sie einen Teller aus einem der Küchenschränke und stellte ihn vor Malcolm hin. Dann reichte sie ihm Kartoffeln, Bohnen und Fleisch. Malcolm, der den ganzen Tag noch nichts gegessen hatte, spürte, wie sein Magen knurrte. Das Lamm schmeckte außerordentlich gut und Malcolm aß mit großem Appetit. Als er fertig war, schob er seinen Teller zurück.

»Vielen Dank, das Essen war ausgezeichnet.« Er wandte sich an Willie, der zugenommen hatte, wie er feststellte. Es war kein Wunder, wenn man eine Frau an seiner Seite hatte, die so gut kochen konnte. »Ich würde dich gerne sprechen, wenn es möglich ist, allein.«

Willie grinste ihm vergnügt zu. »Ich habe keine Geheimnisse vor meiner Elisabeth. Es ist gut, dass du gekommen bist, ich habe ihr nämlich von unserem kleinen Ausflug in die Vergangenheit erzählt und sie will mir nicht glauben, dass ich die Wahrheit gesagt habe. Sie hat behauptet, ich hätte zu viel Whisky getrunken.«

Malcolm sah Elisabeth nachdenklich an. Sie schien eine patente Frau zu sein und seinen alten Schulfreund aufrichtig zu lieben. Willie konnte sich glücklich schätzen, sie an seiner Seite zu haben.

»So unglaublich es sich anhört, aber was Willie Ihnen

erzählt, ist wahr. Miriam, Willie und ich haben tatsächlich eine Reise durch die Zeit gemacht und das ist auch der Grund meines Besuches.« Er warf Willie einen Blick zu, unter dem ihm ganz unbehaglich wurde. Sein Grinsen wirkte auf einmal verkrampft und er begann unruhig auf seinem Stuhl hin und her zu rutschen. »Miriam ist verschwunden und ich möchte von dir wissen, ob du etwas darüber weißt.«

Willie hatte gewusst, dass dieser Tag kommen würde, aber wie sollte er Malcolm beibringen, dass sie ihm keine Wahl gelassen hatte? Er dachte an den Tag zurück, an dem Miriam bei ihm aufgetaucht war und ihn aufgefordert hatte, sie zur Quelle zu begleiten. Es würde diesen Tag niemals vergessen, denn es war der Tag, an dem sich sein Leben geändert und zum Guten gewandelt hatte. Plötzlich fiel ihm der Brief ein. Er hatte zwar Miriam versprochen, ihn abzusenden, es aber in seinem neuen Glück völlig vergessen. Er sprang auf. »Miriam hat mir einen Brief für dich gegeben, ich muss nur überlegen, wo ich ihn hingelegt habe.« Malcolm sah ihm ungeduldig nach. Willie lief ins Wohnzimmer und suchte nach dem Stapel Magazine und Zeitschriften, die auf dem kleinen Tischchen neben der Couch gelegen hatten. Elisabeth und Malcolm waren ihm gefolgt. »Wonach suchst du denn?«, fragte Elisabeth freundlich. »Ich suche die Magazine, die immer hier gelegen haben«, gab Willie zur Antwort. Elisabeth öffnete eine Tür des großen Wohnzimmerschrankes, der noch von Willies Eltern stammte, und kam mit einem großen Stapel Zeitschriften zurück. Willie begann aufgeregt darin zu wühlen. Endlich fand er, wonach er gesucht hatte.

Erleichtert reichte er Malcolm den Brief. »Ich habe Miriam versprochen, ihn zur Post zu bringen, nachdem ich sie zur Quelle begleitet habe, aber dann habe ich es vergessen. Es tut mir Leid.« Malcolm hatte Willie kaum zugehört. Er öffnete den Brief mit zitternden Händen und begann zu lesen.

Als er den Brief gelesen hatte, ließ er sich auf die hinter ihm stehende Couch sinken. Der Ausdruck in seinem Gesicht war verzweifelt. »Ich hatte so sehr gehofft, noch rechtzeitig gekommen zu sein. Wann genau hast du sie zur Quelle begleitet?«

»Es ist schon einige Wochen her.« Willie legte Malcolm den Arm um die Schulter. »Bring uns bitte einen Whisky, ich glaube, Malcolm kann einen gebrauchen«, forderte er Elisabeth auf.

»Miriam wollte nicht, dass ich dich anrufe, und hat gesagt, wenn ich sie nicht begleite, würde sie sich woanders ein Pferd besorgen oder zu Fuß gehen. Es ist wirklich nicht meine Schuld«, versuchte Willie sich zu verteidigen.

»Ist schon gut, ich mache dir ja gar keinen Vorwurf. Sie war eben total verrückt nach diesem Feldherren und fest davon überzeugt, dass er noch lebte. Ich kann nur hoffen, dass sie Recht hatte. Wie es ihr wohl ergangen ist?«

Elisabeth setzte sich zu den Freunden und bat sie, ihnen die ganze Geschichte zu erzählen. Staunend hörte sie Malcolm zu, der ein guter Erzähler war, und vor ihren Augen tauchten die verschiedensten Bilder auf.

Es war weit nach Mitternacht, als er mit seiner Erzählung fertig war. Schweigend starrte er in die Flamme der heruntergebrannten Kerze, die vor ihm auf dem Tischchen stand. »Ich bin noch einmal dort gewesen. Es hat mir keine Ruhe gelassen. Miriam war fort und mit ihr der goldene Halsreif.« Willie sah Malcolm fest in die Augen. »Sieh mich an, ich habe mein Glück gefunden und das wirst du auch. Vergiss Miriam und blicke lieber nach vorne.«

Malcolm bedankte sich für die Gastfreundschaft und verabschiedete sich.

»Ich werde euch beide wieder besuchen, wenn ich darf.«

Elisabeth und auch Willie versicherten ihm, dass er ihnen jederzeit willkommen sein würde.

Traurig fuhr Malcolm nach Hause. Er setzte sich in seinen Sessel und las den Brief immer und immer wieder, bis er ihn auswendig kannte.

Lieber Malcolm,
es war mein Wunsch, dass du diesen Brief erst dann bekommst, wenn Willie wieder auf der Farm zurück ist. Ich weiß, dass du alles versucht hättest, um mich von meinem Plan abzubringen. Doch ich liebe Calach mehr als mein Leben und es ist mein größter Wunsch, bei ihm zu sein und mit ihm zu leben.
Ich habe lange über unsere Erlebnisse nachgedacht und bin überzeugt davon, dass es mein Schicksal ist, ihm zur Seite zu stehen. Davon abgesehen bin ich mir nicht einmal sicher, ob ich überhaupt eine Wahl gehabt hätte. Warum hat Mog Ruith mich immer wieder gerufen? Liegt es daran, dass mein Vater aus der Vergangenheit stammte und es aus diesem Grund wichtig ist, dass ich dorthin zurückkehre? Ich weiß es nicht, aber ich hoffe, dass ich irgendwann einmal die Antworten auf meine Fragen erhalten werde.
Sei nicht traurig darüber, dass ich dich verlassen habe. Eines Tages wirst du eine Frau finden, die besser zu dir passt, als ich es getan hätte.
Ich möchte dich noch um einen letzten Gefallen bitten. Du erinnerst dich sicher an unsere alte Lehrerin, Mrs. MacLish. Bitte fahre zu ihr und erzähle ihr, was alles geschehen ist. Ich habe mit ihr über unsere Erlebnisse gesprochen und ihr versprochen, sie darüber auf dem Laufenden zu halten, was weiter geschieht.

Mein lieber Malcolm, ich wünsche dir viel Glück für dein weiteres Leben und werde dich niemals vergessen, solange ich lebe. Du bist mir immer ein guter Freund gewesen und dafür möchte ich dir noch einmal von ganzem Herzen danken.
In Liebe, Miriam

In den darauf folgenden Tagen war Malcolm unkonzentriert und gereizt. Immer wieder musste er an Miriam denken. Er konnte und wollte sich nicht damit abfinden, dass er seine große Liebe für immer verloren haben sollte. Sein Partner überredete ihn, sich einige Tage freizunehmen. Er hatte bemerkt, dass Malcolm ein Problem mit sich herumtrug, das ihn zu sehr beschäftigte, um wie gewohnt zu arbeiten, und sie konnten es sich nicht leisten, Fehler zu machen.

Malcolm beschloss, noch ein Mal zur Quelle zu reiten. Es war nur ein vages Gefühl, aber vielleicht würde es ihm helfen, über den Verlust hinwegzukommen.

Willie bot ihm an, ihn zu begleiten. »Wenn ihr nichts dagegen habt, würde ich auch gerne mitkommen«, sagte Elisabeth lächelnd. Sie hatte das Gespräch zwischen den beiden Männern aufmerksam verfolgt. »Ich werde darauf achten, dass du nicht in der Vergangenheit verschwindest und mich hier alleine zurücklässt.«

Malcolm war mit allem einverstanden. Am nächsten Morgen ritten sie los. Elisabeth war eine gute Reiterin und hatte keine Probleme, das scharfe Tempo durchzuhalten, das Malcolm eingelegt hatte.

Als sie das Tal erreicht hatten, sah Elisabeth sich bewundernd um. »Ich weiß, dass es nicht Schöneres gibt als unser Hochland, aber das hier ist das schönste Tal, das ich in meinem Leben gesehen habe.« Neugierig folgte sie den

Männern den Bach entlang und weiter durch die dicht stehenden Sträucher bis auf den schmalen Pfad.

Als sie an der Quelle standen, sah sie sich aufmerksam um. Doch sie konnte nichts Außergewöhnliches oder gar Geheimnisvolles entdecken. Die Blätter der Bäume raschelten leise im Wind und die Vögel zwitscherten fröhlich. Sie setzte sich auf einen der großen Menhire, die teilweise übereinander lagen, und beobachtete Malcolm und Willie, die sich gespannt über das klare Wasser beugten. Von dem Halsreif war nichts zu sehen. Malcolm spürte, wie leise Enttäuschung in ihm hochstieg. Er wusste nicht genau, was er eigentlich erwartet oder wonach er gesucht hatte. Es war nur eine unbestimmte Hoffnung, die ihn dazu gebracht hatte, hierher zu reiten.

Willie hatte sich neben Elisabeth auf den Stein gesetzt und ihre Hand genommen. Gemeinsam lauschten sie dem Rascheln der Blätter und dem Gesang der Vögel.

»Wir sollten zurückreiten, oder hast du vor, hier zu übernachten?«, fragte Willie, nachdem er ihn eine ganze Weile beobachtet hatte.

Malcolm sah sich noch einmal suchend um. »Du hast Recht«, sagte er wenig überzeugt. »Lass uns nach Hause reiten und die Vergangenheit endgültig begraben.« Seine Stimme klang so traurig, dass Elisabeth zu ihm trat und ihm tröstend über die Schulter streichelte. Ihr Blick streifte den Stein, auf dem sie eben noch gesessen hatte. Es sah aus, als hätte jemand Buchstaben in den Stein geritzt.

Neugierig trat sie näher. »Wir sind nicht die Einzigen, die hier waren«, sagte sie und wies auf den großen Stein. »Es muss jemand vor uns hier gewesen sein.« Sie beugte sich über die Buchstaben und versuchte sie zu entziffern. »Schau mal, hier steht sogar dein Name«, sagte sie aufgeregt. Malcolms Name war ganz klar zu erkennen. Malcolm beugte sich über den Stein und begann mit seinem Taschenmesser das Moos abzukratzen, das einen Teil der Buchstaben überdeckte. Seine Augen begannen vor Überraschung und Freude zu glänzen, als er die Nachricht las, die Miriam ihm aus der Vergangenheit geschickt hatte. Vor seinen Augen tauchte Miriams Gesicht auf und ihre warme Stimme klang in seinen Ohren, als würde sie zu ihm sprechen.

CALACH LEBT
UNSERE LIEBE WAR STÄRKER ALS RAUM UND ZEIT
WIR SEHEN UNS IN EINEM ANDEREN LEBEN WIEDER
VIEL GLÜCK

Tränen liefen Malcolm über die Wangen, als er die Nachricht wieder und wieder las und sie fest in sein Gedächtnis brannte. Er sah sich noch einmal um, bevor er, gefolgt von Elisabeth und Willie, die Quelle verließ.

Er besaß jetzt die Gewissheit, dass Miriam endgültig aus seinem Leben verschwunden war. Sobald er seine Trauer überwunden hatte, würde er nach vorne blicken und die Vergangenheit für immer hinter sich lassen.

Nachwort

Vor einiger Zeit bin ich in einem schottischen Reiseführer auf den Namen Calgacus gestoßen, über den in einem kurzen Satz berichtet wurde, dass er der erste uns namentlich bekannte »Schotte« war.

Im Jahre 84 nach Christus unterlag er in einer Schlacht am Mons Graupius dem römischen Legaten Gnaeus Iulius Agricola, obwohl er diesem mit dreißigtausend Kriegern an seiner Seite zahlenmäßig beinahe um das Dreifache überlegen war.

Das Schicksal des caledonischen Feldherren, der von den Römern Calgacus genannt wurde, hat mich sofort fasziniert und in seinen Bann gezogen.

Im Zuge meiner folgenden Recherchen stieß ich auf den römischen Geschichtsschreiber Tacitus, dem Schwiegersohn Agricolas, und kam zu dem Schluss, dass man Calgacus, dessen gälischer Name Calach lautete, zu Unrecht nur mit einem Satz bedacht hatte.

Er war ein durch Tapferkeit und Geburt ausgezeichneter, siegreicher und berühmter Feldherr, der laut Tacitus keine Chance gegen die wohlorganisierten römischen Truppen besaß, dem es aber trotz aller widrigen Umstände gelungen ist, den Grundstein für die in späteren Jahrhunderten folgenden Freiheitskämpfe zu legen.

Während des Schreibens an diesem Roman hat sich in mir die Gewissheit gebildet, dass es sich bei dem Feldherrn Calach um einen unbeugsamen, freiheitsliebenden Helden gehandelt hat, der es verdient hat, aus der Dunkelheit des Vergessens in unsere Gegenwart und unser Bewusstsein zurückgeholt zu werden.

Hildegard Burri-Bayer
Kaarst, Oktober 2003

Besuchen Sie die Aurtorin im Internet:
www.burri-bayer.de

Danksagung

Mein besonderer Dank gilt meiner Freundin Julia Fischer, die unzählige Stunden damit verbracht hat, mein Manuskript Korrektur zu lesen.

Herzlich danken möchte ich meiner Freundin Doris Würz, die sich als Probeleserin zur Verfügung gestellt und mir jede Menge Anregungen gegeben hat.

Ganz besonders danken möchte ich Fionna und Ken Hamilton aus Glass, Huntly, Aberdeenshire, durch deren sehr persönlich und gut geplanten, viertägigen Ausritt unter dem Namen »Highland Horseback« ich endlich meinen langjährigen Traum erfüllen konnte: weite Teile der menschenleeren Highlands, fernab von jeder Zivilisation, auf dem Rücken eines Pferdes hautnah erleben zu dürfen.

»Britain's Longest Trail Ride« war ein wundervolles Erlebnis der besonderen Art, das ich niemals vergessen und ganz bestimmt wiederholen werde.

Die Hamburger Chirurgin Beatrice Helmer auf ihrem Weg durch die Zeiten – Zeitreiseromane vom Feinsten!

Franziska Wulf
bei Knaur:

Die Steine der Fatima
Roman

Das Rätsel der Fatima
Roman

… und die Zeitreise geht weiter:

Das Auge der Fatima
Roman

Nichts erinnert mehr an Beatrice Helmers Zeitreisen, die sie zuerst in den Orient und dann ins China zur Zeit Marco Polos geführt haben – nichts außer den beiden geheimnisvollen Steinen, die unberührt in ihrem Schrank liegen. Doch eines Tages entdeckt sie, dass ihre Tochter einen der Steine gefunden hat und offenbar selbst in der Vergangenheit verschollen ist. Erneut begibt sich Beatrice auf die große Reise – und findet sich mitten in der Wüste und im Mittelalter wieder. Wo aber ist ihr Kind?

Die Faszination des alten Ägypten!

Birgit Fiolka bei Knaur

Sit-Ra

Weise Frau vom Nil

Sit-Ra, Tochter adliger Herkunft, wird wegen einer ungewollten Schwangerschaft von ihrer Familie verstoßen und von der Königin Nofretete als Amme für ihr eigenes Kind an den Hof geholt. Bald ist Sit-Ra verstrickt in das Intrigenspiel der Mächtigen und muss um ihr Leben fürchten …

Sit-Ra

Die Rache der weisen Frau

Als einzige thronberechtigte Nachfahrin Echnatons beschließt Prinzessin Sit-Ra, um ihren Machtanspruch zu kämpfen. Dieser wird ihr jedoch vom Reichsverweser Horemheb und seiner Gemahlin streitig gemacht. Doch Sit-Ra gibt nicht auf – und verfällt schon bald dem herben Charme des lebenserfahrenen Horemheb …

Bint Anat

Tochter des Nil

Bint-Anat wird als erste Tochter Ramses II. in die intrigante Königsfamilie hineingeboren. Von ihrer Mutter vernachlässigt, muss sich das intelligente Mädchen allein in der gefährlichen Welt des Palastes zurechtfinden. Schon bald ist Bint-Anats Leben in Gefahr …